샤크델로잉츠

섀델 크로이츠—화사무쌍 1

지은이_이경영 | 초판 1쇄 인쇄_2008년 2월 5일 | 초판 1쇄 발행_2008년 2월 11일 |
발행처_도서출판 청어람 | 발행인_서경석 | 편집장_문혜영 | 편집_최하나, 이환진 | 주소_
경기도 부천시 원미구 심곡1동 350-1 남성B/D 3F | 등록_1999년 5월 31일(제1081-
1-89호) | 문의전화_032)656-4452 | 팩스_032)656-4453 |
http://www.chungeoram.com | 전자우편_eoram99@chollian.net | 어람번호_8-
0003 | 파본은 구입하신 서점에서 교환하여 드립니다. 저자와 협의하여 인지를 붙이지
않습니다. 책값은 뒤에 있습니다.

ISBN 978-89-251-1167-4 04810
ISBN 978-89-251-1166-7 (SET)

샤델크로이츠

이경영 소설

1

火娑無雙

CONTENTS

story 1 폭풍의 매 / 7

story 2 미디엄 / 38

story 3 하늘의 요괴 / 80

story 4 몽우(濛雨) / 120

story 5 고송도(古松島) / 176

story 6 기우사(The Rainmaker) / 224

story 7 야속하는 자들 / 253

story 8 과거 회상 / 305

story 9 상식과 상식의 충돌 / 352

story 10 사기꾼 / 395

과거편 설광(雪光)의 흑기사 / 440

story 1 폭풍의 매

신성력 211년, 4월의 어느 날.

상병 에밀 프링스가 잠에서 깨어난 것은 정오가 다 됐을 무렵이었다.

뭔가 부스럭거리는 소리에 잠을 깬 그녀는 우선 그 소리가 금속끼리 부딪치는 소리라는 사실에 정신이 들었고, 또 그것이 총을 만지는 소리라는 것에 눈이 번쩍 뜨였다.

그녀는 소리가 들리는 왼쪽으로 슬금슬금 고개를 돌렸다. 엉망으로 잠든 동료들 너머로 검은색의 우비를 걸친 남자가 보였다.

결이 좋은 검은 장발 때문에 처음에는 여성이라 생각했다. 하지만 장발 사이사이로 보이는 얼굴은 분명 잘생긴 남자의 것이었다. 왠지 차가워 보이면서도 인생을 달관한 노인처럼 덤덤한 그의 표정이 동공 깊숙이 박혔다.

땀과 흙탕물, 그리고 피로로 찌든 자신들과는 달리 말끔한 얼굴을 한 그 남자는 마치 학자처럼 조용히 총을 만지고 있었다. 민간인이 군용 물품에 손을 대는 것은 이 바란투로스 왕국에서 가장 큰 범죄 중에 하나였다. 하지만 에밀은 바로 일어나 남자를 제압하지 않았다. 총을 다루는 남자의 손짓이 지나치게 정교해서였다.

남자는 총을 분해하기 시작했다. 초식동물의 다리처럼 늘씬한 장총이 그 검은 머리 남자의 손에 이끌려 순식간에 해체되었다.

'우와!'

어젯밤에 전사한 그녀의 소대장도 저렇게 빨리 총을 분해하진 못했다. 지금 남자가 만지고 있는 총은 현재 군에서 사용하고 있는 것과는 전혀 다른 총이라 사용할 때도 그렇고, 고장이 나거나 불발이 되면 고생이 이만저만이 아니었다. 한 번 문제가 생겨 분해를 하면 못해도 5분 이상이 필요했다.

그런데 정체불명의 남자는 1분도 안 되어 총을 완전히 분해했다. 그리고는 부품 하나하나를 보석 감정사처럼 자세히 살피고 있었다.

'누구지, 저 사람은?'

고민하는 에밀의 어깨가 본능적으로 움찔했다. 뭔가가 자신의 몸에 달라붙었음을 느낀 것이다.

그것은 바로 지네였다. 어른 손 한 뼘 길이의 지네 한 마리가 그녀의 어깨와 목을 타고 올라와 얼굴 위를 배회하고 있었다.

에밀은 온몸에 소름이 돋았지만 꾹 참았다. 지금 상황에서 어떤 동작을 취했다가는 왠지 낯 뜨거운 상황이 벌어질 것만 같아서였다.

하지만 그녀의 인내심은 지네의 긴 더듬이가 눈꺼풀 위를 훑으면서 산산이 깨졌다.

"으아악!"

그녀는 비명을 지르며 지네를 쳐냈다. 덕분에 기절한 사람처럼 자고 있던 그녀의 동료들이 허둥대며 일어났다. 군인들뿐만 아니라 인접한 가옥의 민간인들까지도 눈을 떴다.

일어나서 숨을 몰아쉰 에밀은 남자가 있는 곳으로 서서히 눈을 돌렸다. 남자는 자못 엄중한 눈빛으로 그녀를 지켜보고 있었다. 뿐만 아니라 그녀의 전우들까지 그녀에게 시선을 집중하고 있었다.

에밀은 어찌할까 망설이다가 옆에 놓인 자신의 총을 들었다.

"내려놓으십시오! 민간인이 군의 재산에 손을 대는 것은 중대한 범죄입니다!"

남자는 그녀를 가만히 지켜봤다. 그렇다고 해서 손에 든 총의 부품을 내려놓은 것도 아니었다. 그가 아무런 반응도 보이지 않자 에밀은 흙탕물에 찌든 자신의 금빛 단발을 흔들며 화를 냈다.

"안 되겠군! 헤슬러! 콜러! 저 남자를 체포하라!"

그런데 호명을 받은 그녀의 부하들은 조용했다. 의아한 눈으로 뒤를 돌아본 에밀은 깜짝 놀랐다. 소대 전체가 대열을 맞추고 거수경례를 붙인 채 부동자세를 유지하고 있었기 때문이다.

자신이 아무리 소리 쳐도 빈둥거리기만 하던 평소 모습과는 완전 딴판이었기에 에밀의 분노는 삽시간에 경악으로 바뀌었다.

안경을 쓴 일병이 눈짓으로 어서 경례를 하라는 신호를 보냈지만 에밀은 상황을 파악하지 못한 듯 고개만 갸웃거렸다. 그사이 총을 재조립한 남자가 일어나 그녀의 뒤에 섰다.

남자의 키는 꽤 큰 편이었다. 그렇다고 거인처럼 큰 것은 아니었지만 바란투로스 왕국의 여성 평균 키인 에밀에게는 고개를 확 들어야 할 만큼 컸다.

에밀을 가만히 바라보던 남자가 중저음을 냈다.

"계급과 소속, 그리고 이름을 말하라, 병사."

"예?"

에밀은 남자의 복장을 다시 살폈다. 그러자 무릎을 세우고 앉아 있느라 가려져 있던 우비의 왼쪽 가슴이 자세히 보였다. V자 모양 세 개가 겹친 마크 위에 은색의 십자성(十字星) 하나가 당당히 놓여 있었다. 하사관 계급 중에서도 가장 높은 특무상사였다.

기겁한 에밀은 서둘러 경례를 붙였지만 이미 때는 늦은 후였다.

에밀의 부대가 주둔하고 있는 곳은 '엔더후프'라는 이름의 마을로서 인구 300명이 겨우 넘는 작은 촌이었다. 웨스트리치 대륙과 아시엔 대륙의 경계선에 가까운 이 마을은 주위를 뒤덮은 드높은 산지 때문에 아시엔에서 밀려오는 야만족의 침략으로부터 안전했지만, 지금의 꼴은 과연 그럴까 하는 의문을 자아

내게 만들었다.

마을의 가옥 대부분이 반파 상태였고 아예 주저앉은 집도 있었다. 나무 십자가를 대충 꽂은 묘지도 마을 바로 옆에 무수히 존재했다. 주민들은 오랫동안 이어진 불면증과 피로로 인해 지칠 대로 지쳐 있었다. 남자는 몇 명 없었고, 부녀자와 어린아이, 그리고 노인들만이 잔뜩 있었다. 그들을 지키기 위해 파견된 것으로 보이는 보병부대도 상태가 엉망이었다.

총을 분해했던 검은 머리의 남자는 간이 의자에 앉아 다리를 포개고 있었다. 조용히 손바닥 크기의 책을 보던 그는 이윽고 앞에 있는 에밀에게로 시선을 돌렸다.

"이쯤 되면 관등성명을 댈 마음이 생겼겠군."

"예, 그렇습니다!"

목청이 터져라 소리 지른 에밀은 다시 눈을 질끈 감았다. 현재 그녀는 이마를 진흙땅에 댄 채 허리를 들어 뒷짐을 지고 있었다. 소위 '기합'을 받는 중이었다.

"상병 에밀 프링스! 203부대 3중대 7소대입니다!"

"난 섀델 크로이츠 소속의 특무상사 파렌 콘스탄이다."

에밀의 눈이 확 벌어졌다.

'설마, 크로이츠 리더?'

"일어나라, 상병."

에밀은 기계적인 움직임으로 벌떡 일어났다. 이마와 앞머리에 달라붙은 진흙으로부터 흙탕물이 떨어져 얼굴을 더럽혔지만 그녀는 눈 하나 깜박하지 않았다. 특무상사와 상병의 계급차이란 그런 것이었다.

그녀는 그 상태로 베레모를 눌러썼다. 군복 재킷과 똑같은 파란색의 모자는 주인의 머리에 묻은 진흙을 아래로 밀어냈다.

검은 머리의 남자, 파렌은 우비 속에 마련된 방수 주머니를 뒤적거리며 물었다.

"소대 지휘관은 어디 있나?"

"접니다."

"상병이?"

자연스레 나온 질문이었지만 에밀은 그가 왠지 자신을 무시하고 있다고 생각했다.

"중사님은 어제 사망했습니다. 임무 중 사상으로 기록되었습니다."

"병장들은?"

"세 명 모두 중사님과 함께 전사했습니다."

남자는 고개를 갸웃했다.

"임무에 대해서 말하라."

"본대가 도착할 때까지 엔더후프의 민간인들을 지키는 것입니다."

"적은?"

"다수의 고어입니다."

"고어? ……그렇군."

묘한 여운이 섞인 말을 흘려낸 파렌은 우비 밖으로 뭔가를 꺼내 에밀에게 내밀었다. 그것은 깨끗한 군용 수건이었다.

"얼굴을 닦아라."

그 한마디에 에밀의 심장은 분노로 뜨거워졌다.

'날 완전히 놀리고 있잖아!'

그녀는 나름대로 의지를 보이려는 듯 굳은 표정으로 말했다.

"괜찮습니다. 저녁이 되면 다시 지저분해질 겁니다."

대답을 들은 파렌은 시선을 위로 했다. 조각칼로 깎아낸 듯한 그의 턱이 하늘로 향했다. 짙게 낀 먹구름이 계곡물처럼 빠르게 움직이고 있었다.

"오늘 밤에도 비가 오겠군. 전투가 가능하겠나?"

"문제없습니다. 저희들이 가져온 총은 신식이기 때문에 폭우 속에서도 상황 변동 없이 사용할 수 있습니다."

바란투로스의 정규군이 사용하는 총은 뇌관총이다. 화약과 탄환을 따로 넣어 장전하는 이 총은 습도가 높거나 비가 내리면 화약이 젖어 성능이 저하되거나 무용지물이 되기 때문에 최근 탄두와 화약, 뇌관을 하나로 한 신식 총탄과 총이 개발되었다.

하지만 개발만 끝났을 뿐, 신식 탄환의 생산 문제가 아직 해결되지 않았기 때문에 언제 보급될지는 묘연한 상태였다.

그런데 에밀이 이끄는 부대의 총이 바로 그 신식 총이었다. 에밀이 잠에서 깨기 전부터 총을 확인한 검은 머리의 남자는 고개를 끄덕거렸다.

마을 주변을 이리저리 훑어본 에밀은 특무상사를 조심스레 불렀다.

"특무상사님."

"말해라, 상병."

"혹시 저희 부대의 본대가 언제 도착하는지 알고 계십니까?"

파렌은 고개를 저었다.

"난 다른 임무를 맡고 있다. 203부대와 관련된 이야기는 어디서도 듣지 못했다."

"알겠습니다."

에밀은 한숨이 나오려는 것을 겨우 참았다. 깔끔히 잘라 말하는 특무상사의 모습이 미워서 그런 것이 아니라 피로감과 막막함 때문이었다.

그녀들이 임무를 맡아 마을에 온 지는 벌써 4일째였다. 48명의 소대원은 21명으로 줄었고, 그들이 가져온 탄약은 내일을 보장할 수 없었다. 게다가 그들이 막아야 할 적은 '고어'였다. 이쯤 되면 형편없는 식사와 불결한 옷은 이미 다른 차원의 문제였다.

파렌이 일어났다.

"난 좀 쉬겠다. 그대들도 쉬고 있도록."

"알겠습니다, 특무상사님."

그는 그의 것으로 보이는 커다란 군용 배낭과 검은색의 가방을 들고 여관으로 들어갔다. 경례했던 손을 내린 에밀은 모래자루를 쌓아 만든 진지 위에 주저앉았다.

"하아."

한숨을 쉬는 그녀에게 부하 몇 명이 다가왔다. 그녀와 계급이 같거나 한 계급 낮은, 현 상황에서의 최고 선임들이었다.

그중 안경을 쓴 상병이 말했다.

"프링스 상병님, 이제 어떻게 해야 합니까?"

"어쩌긴 뭘 어째? 본대가 올 때까지 기다려야지."

"이런 상황에서 말입니까?"

삭발한 일병의 지적에 에밀은 쓰고 있던 베레모를 벗고 인상을 잔뜩 구겼다.

"그럼 어쩌자고? 여기 있는 주민들을 놔두고 전부 철수하자는 건가?"

"해가 떨어지기 전에 주민들과 함께 철수하면 되지 않습니까? 우린 너무 지쳤습니다! 여관 주인 아저씨가 우리보다 더 잘 싸우는 상황이란 말입니다!"

"좋아, 여길 떠난다 치자. 그렇게 되면 들판에서 당할 수도 있어! 여긴 진지라도 만들어놨으니 그나마 버틸 수 있지만 들판에서 습격당하면 방법이 없다고! 몸으로 버텨야 해! 우리가 아무리 신식 총을 가지고 있다 해도 고어를 진지 없이 상대하는 건 불가능하단 말이야!"

"그럼 여기서 죽자는 겁니까?"

일병의 목멘 목소리에 분위기가 확 가라앉았다. 에밀은 일어나서 아직 스무 살도 안 된 일병의 능을 무드려 주있다.

"힘내자. 내일은 반드시 본대가 올 거야. 그리고 특무상사님도 계시잖아."

눈에서 흘러나오려는 수분을 억지로 목으로 삼키고 있던 일병은 에밀의 말에 의아한 표정을 지었다.

"상병님, 아무리 저분의 계급이 특무상사라고 해도 혼자서는 무리가 아닙니까?"

"아냐. 어떻게든 될 거야."

일병을 비롯하여 주위의 모든 병사들이 하나같이 이해할 수 없다는 듯 손과 고개를 흔들었다. 에밀은 머리를 긁적이다가 모두를 다그쳤다.

"신경 쓰지 말고 맡은 일들이나 철저히 해. 다 끝낸 사람은 해질녘까지 쉬도록 하고. 알았나?"

"예, 알겠습니다."

힘없이 대답한 병사들은 각자의 할 일을 찾아 이리저리 움직이기 시작했다.

여관 1층의 카운터에서 밖을 보고 있던 파렌은 병사들이 작업을 개시하자 비로소 술잔을 들었다.

가볍게 술맛을 본 파렌은 놀라움이 쉬인 시선으로 카운터 너머에 서 있는 여관 주인을 봤다. 콧수염을 두껍게 기른 그 초로의 남자는 눈가의 주름을 더욱 굵게 하며 밝게 웃었다.

"마음에 드십니까?"

"그렇습니다만… 30년 이상 된 고급 술을 공짜로 마시게 된 의미를 잘 모르겠습니다."

"크로이츠 리더… 특수부대 섀델 크로이츠의 현장 지휘관에겐 당연한 대접이지요. 뇌물이라고 생각하셔도 됩니다."

그러면서 주인은 셔츠 안쪽에 들어 있던 목걸이를 꺼내 보였다. 그러자 엄지손가락 정도의 지름을 가진 청동 메달이 파렌의 눈에 들어왔다. 메달에는 서로의 몸을 타고 오르는 두 마리의 뱀이 정교하게 새겨져 있었다.

그것이 어떤 부대의 마크라는 것을 알고 있는 파렌은 쓴웃음을 지었다.

"당신이 그 스페치아셨군요."

"오, 저를 아십니까?"

"폴스켄 시몬스 대령님께서 말씀해 주셨습니다."

"허허, 그 친구가 벌써 대령이 됐군요. 30년 전엔 서로 못 죽여서 안달이었는데……."

"들었습니다. 그리고 대령님께서 이 말을 꼭 전하라고 하셨습니다."

"어떤 말입니까?"

"엿이나 먹으라고 하시더군요."

"이런, 하하하!"

메달을 다시 셔츠 안으로 집어넣은 여관 주인은 밖에 있는 병사들을 향해 눈을 돌렸다.

"고어가 처음 이 마을에 들이닥친 것은 4일 전이었습니다. 그리고 그 다음날, 저 병사들이 신식 총을 들고 왔지요. 하지만 인솔해 온 중사부터 이번 일의 심각성을 전혀 모르더군요. 그냥 다짜고짜 열심히 싸우는데 뭐라고 해줄 말이 없었습니다. 하지만 크로이츠 리더가 온 것은 저들에게 있어서 큰 축복이겠지요."

파렌은 밋밋하게 웃었다.

"저는 다른 임무가 있습니다."

"으음? 이미 제가 드린 뇌물을 드셨지 않습니까?"

"……."

증류주가 든 잔을 가만히 바라보던 파렌은 남은 술을 전부 마신 뒤 빈 잔을 주인에게 내밀었다.

"그렇다면 한 잔 더."

주인은 입가에 미소를 띤 젊은이를 보며 아끼던 술을 다시 꺼냈다.

그로부터 몇 시간 뒤, 먹구름 사이를 아슬아슬하게 비집고 들어오던 햇빛이 완전히 사라졌다. 동시에 예고되었던 비가 부슬부슬 내렸다. 에밀과 병사들은 진지와 야간용 기름 램프를 다시 한 번 점검했고, 주민들은 피난처로 개조된 집에 들어가 가족들의 안전 유무를 확인했다.

긴장감이 병사들의 목을 마르게 했다. 기름 램프에서 나는 매케한 냄새가 긴장감을 배로 증폭시켰다. 3일 동안 겪은 공포로 인해 그들은 미치기 일보직전이었지만, 그래도 날뛰거나 도망치진 않았다. 여관에서 흘러나오는 부드러운 현악기 소리의 마력 덕분이었다.

사실 그 노래는 오래된 군가였다. 원곡은 대부분의 군가가 그렇듯 딱딱하고 힘이 넘쳤지만 여관 주인의 손을 거친 지금의 노래는 잘 익은 술처럼 부드러웠고 향수마저 느껴졌다. 병사들은 그 노래를 매우 좋아했으며, 한편으로는 아무런 보호 장치도 없는 여관에서 음악을 연주하는 주인의 배짱에 감탄하고 있었다.

안경을 쓴 상병이 여관 쪽을 바라봤다.

"여관 아저씨는 여전하시군요. 무서운 게 없으신가 봅니다."

베레모 대신 철제 투구를 쓴 에밀은 쓸쓸한 표정을 지었다.

"싸우기도 잘 싸우던데? 내 총이 빗나가는 건 무수히 봤어도 저 아저씨의 구식 총이 빗나가는 건 단 한 번도 못 봤어. 꼭 귀신같았다니까?"

"어제는 고어를 맨손으로 잡아 눕히고 머리를 부수기까지 했죠. 훈련을 받을 때 그렇게 하라고 배우긴 했지만 실전에서 그렇게 할 수 있는 사람이 있을 줄은 생각도 못했는데 말입니다."

그 광경을 확실히 봤던 에밀은 고개를 내밀어 여관 안에 있는 가게 주인을 다시금 바라봤다.

다섯 줄의 작은 현악기로 군가를 연주하는 가게 주인의 모습은 그를 비춰주는 기름 램프의 연한 불빛처럼 부드러웠다.

그런 그가 어젯밤에는 귀신처럼 싸웠다. 정확히는 중사와 병장들이 모두 사망한 순간부터였다. 그는 혼란에 빠진 병사들을 총 한 자루로 되살렸다. 고어를 한 발에 하나씩 신속하고 정확한 사격으로 제거하면서 병사들이 정신을 차리고 정비할 시간을 벌어줬다.

장전하는 도중에 고어가 달려들면 총검술로 제압했다. 특히 곰처럼 큰 고어를 총으로 걸어 넘어뜨린 뒤 발로 머리를 박살내는 모습은 압권이었다. 덕분에 에밀의 부대는 무사히 아침을 맞이할 수 있었던 것이다.

지금은 다시 연주를 즐기는 여관 주인으로 돌아와 있었다. 고어들이 밀려오면 어떻게 될지 모르겠지만 에밀을 비롯한 병사들은 그가 다시 귀신처럼 싸워주기를 바라고 있었다.

"전직 군인이 아닐까? 스페치아 대원이라던가."

"에이, 스페치아 출신이 왜 이런 촌구석에 찌그러져 있겠습니까? 그들은 전역 후의 대우도 최고라고 들었는데 말입니다."

"뭐, 나도 지금 군대에 있는걸."

에밀의 얼굴이 문득 흐려졌다. 18세 이상의 젊은 남녀가 군대에 자원하는 것은 전혀 이상한 일이 아니었다. 그러나 그녀는 그 당연한 일을 이따금씩 쓸쓸한 얼굴로 내뱉곤 했다. 그녀가 그럴 때마다 병사들은 난처함을 느꼈다.

"그건 그렇고, 저 특무상사님도 참 태평하시네요. 딱히 무기도 없으신 것 같은데……."

여관 주인과 카운터를 사이에 두고 앉은 특무상사는 카운터 위에 술 대신 검은색의 긴 가방을 올려놓은 채 책을 읽고 있었다. 책 제목은 '3개월 만에 완성하는 아시엔 언어'였다. 그 모습만 딱 떼어놓고 보자면 평화로운 마을의 여관이었지만, 밖에서 비를 맞고 있는 병사들의 눈에는 위화감이 넘치는 광경이었다.

병사들의 잡담이 어느 순간 멈췄다. 빗소리 말고 다른 소리가 들린 것이다.

그것은 방울 소리였다. 마을 외곽에 걸어두었던 방울 달린 얇은 끈을 뭔가가 건드렸다는 의미였다. 병사들은 소리가 들린 방향으로 총을 내밀고 숨을 죽였다.

"고어일까요?"

"조용!"

에밀은 아니길 바랐으나 그건 단지 바람에 불과할 것이다. 그들이 물리쳐야 할 대상이자 가장 두려워하는 존재인 고어는 웨스트리치 대륙에 나타나는 괴물 중 가장 끈질긴 인간의 천적이었다. 그런 고어가 한 번 노린 인간의 마을, 아니 인간의 둥지를 이대로 놓아줄 리가 없었다.

에밀은 소리가 한 번밖에 나지 않았다는 사실에 안도했다. 주변에 사는 야생동물이 우연히 끈을 건드릴 수도 있기 때문이다.

그 상황에서도 여관에선 주인의 연주가 계속됐다. 그러나 특무상사 파렌 콘스탄은 달랐다. 그는 책을 덮고 가방의 잠금 장치를 하나씩 해제했다.

주인은 연주를 계속하며 물었다.

"특무상사님의 무기는 어떤 것입니까?"

"카노네 블라트(Kanone Blatt=Cannon Blade) 시리즈 8번입니다."

"호오, 벌써 8번 모델까지 나왔군요. 제가 현역일 때는 최신형이 시리즈 2번이었습니다만……."

그의 가방이 열렸다. 안에는 매의 날개를 연상시키는 커다란 직삼각형의 칼날 한 쌍과 긴 대포를 연상케 하는 철봉이 가방 바닥에 단단히 고정되어 있었다. 내부 상태를 확인한 파렌은 가방 뚜껑에 달린 도구와 나사들을 테이블에 하나씩 내려놓았다.

"재질은 역시 정제된 리제뉴이겠지요?"

"그렇습니다."

"탄은 신식을 쓰는 모양이군요?"

"시리즈 6번부터 악천후에 대비한 신식 탄환을 사용합니다."

"멋집니다."

주인은 칼날에 새겨진 글자를 읽었다.

"슈트롬 팔켄…… 폭풍의 매로군요. 이 검에 딱 어울리는 이름입니다."

파렌은 지그시 웃으며 검을 조립하기 시작했다.

한편, 방울 소리가 들린 방향으로 집중하던 군인들의 눈에 움직이는 물체가 들어왔다. 두 개의 커다란 뿔과 청백색의 안광 여러 개가 어둠 속에서 꿈틀거렸다.

"하아."

한숨을 쉰 에밀은 총에서 머리를 떼고 고개를 숙였다. 다른 병사들도 마찬가지였다.

"사슴 가족이네요."

한 병사의 말대로 안광 무리의 정체는 사슴 수컷과 암컷, 그리고 새끼 두 마리로 이뤄진 무리였다. 램프의 불빛 아래에 들어와 병사들을 빤히 보던 사슴들은 다시 어둠 속으로 사라졌다.

"거참, 별일이 다 있네요. 무슨 사슴이 마을까지 온답니까?"

후임 병사의 한탄에 에밀은 쓴웃음을 지었다.

"그러게? 이렇게 비가 내리는데 왜……."

갑자기 쿵! 하는 소리가 에밀의 뒤편에서 들렸다. 동시에 움푹 파인 투구 하나가 그녀의 머리 위를 스치고 앞으로 날아갔다.

일제히 뒤를 돌아본 병사들은 공중에 들려 있는 병사를 향해 사격했다. 집중사격 후 병사의 육체가 바닥에 떨어졌지만 그는 총을 맞지 않았다. 병사들이 목표로 잡은 것은 그를 들고 있는 어떤 물체였던 것이다.

인간의 모양을 한 괴물의 몸은 썩은 고목나무처럼 쓰러졌다.

그 괴물은 진흙을 대충 발라 만든, 역겨운 모양의 인형 같았다. 휑하니 뚫린 한 쌍의 눈구멍엔 황색의 빛이 아른거리다가 사라졌다. 거칠게 찢어진 입에서 나는 시체 썩는 냄새가 빗줄기를 이겨내고 병사들의 비위를 자극했다.

그것은 바로 고어(Gore)였다.

"트, 트로웰!"

병사 한 명이 기절한 병사를 끌어안고 오열했다. 고어의 갑작스런 기습에 당황한 에밀은 후임병을 멍하니 보다가 얼른 고개를 흔들어 정신을 가다듬었다.

"모두 정신 차려! 고어들이 온다! 욘센도 다시 총을 들어라!"

"ㅇㅇㅇㅇ……!"

"정신 차리라고 했다, 욘센 이등병! 트로웰 이등병을 살리고 싶으면 싸워라! 아니면 여관 안으로 트로웰을 데리고 들어가든가!"

"으……!"

친구를 부축하여 일어나던 병사가 행동을 멈췄다. 그뿐만 아니라 에밀을 포함한 모든 병사들이 동작을 멈췄다.

마을의 사방에서 방울 소리가 들렸다. 방금 전과 달리 방울들이 마구 울부짖다가 순간 소리가 뚝 끊겼다. 끈이 끊어졌다는 뜻이었다.

여관이 있는 서쪽을 제외한 모든 방향에서 황색의 빛이 꿈틀거렸다. 고어들은 그냥 봐도 30이 넘는 많은 숫자로 밀려오고 있었다.

"전원 사격 준비! 고어들이 불빛 안으로 들어오기 전까지는 사격하지 마라! 탄이 부족하다! 램프의 불빛을 이용해서 최대한 정확히……."

순간 발포음이 났다. 동시에 고어의 눈빛 중 하나가 사라졌지만 에밀은 전혀 고맙지 않았다.

"사격하지 말라고 했다!"

"그 명령은 무효다."

에밀은 뒤를 돌아봤다. 그곳엔 검은 머리의 특무상사가 자신들의 중앙에 선 채 부상당한 병사가 쓰던 총을 들고 있었다.

그가 한 발을 더 쐈다. 접근하던 고어 하나가 머리에 구멍이 뚫리며 쓰러졌다. 그는 여유롭게, 그리고 실수 없이 탄환을 장전하여 또 한 발을 쐈다.

그는 사격을 계속하며 말했다.

"짐승들도 비는 싫어하지. 방금 전의 사슴들은 인간보다 더 큰 위험을 피하기 위해 이곳에 온 것뿐이야."

그는 또 한 번의 사격을 한 뒤 말을 계속했다.

"그리고 램프의 위치가 틀렸다. 이 정도라면 고어의 도약 거리 내에 진지가 들어온다. 방금 전의 습격도 그런 이유로 알아차리지 못한 것이다. 저들이 한꺼번에 도약해서 돌진하면 이 진지는 한 번에 부서지겠지. 모든 병사들은 고어의 눈빛을 향해 사격하라. 어둠 속에서 빛나는 그들의 눈빛은 최고의 과녁이 되어줄 것이다. 아니면 곱게 죽기를 빌든가."

병사들은 대답 없이 허겁지겁 방아쇠를 당겼다.

머리를 정확히 맞추는 병사는 거의 없었지만 그래도 효과는 확실했다. 고어들은 다가오다가 쓰러졌고, 발악하듯 도약한 고어는 진지에 도달하지 못하고 총알 세례를 받아 벌집이 됐다.

장전과 사격을 기계처럼 반복하던 에밀은 문득 허전함을 느꼈다. 여러 가지 고어 중에서 가장 무서운 존재라고 할 수 있는 바늘거인의 공격이 단 한 차례도 없다는 사실을 깨달은 것이다.

소위 '바늘거인'이라 불리는 고어는 몸에서 작고 딱딱한 덩어리를 방출해 멀리 떨어진 적을 공격하는 특이한 존재인데, 그 생체 탄환의 위력은 구식 탄환과 맞먹거나 그 이상이다. 때문에 고어를 상대할 때는 생체 탄환을 가장 효과적으로 막을 수 있는 모래 포대 진지가 반드시 필요했다.

어제까지만 해도 맹위를 떨치던 바늘거인이 오늘은 나타나지 않는 게 이상했던 에밀은 총을 쏘며 고어들을 살폈다.

바늘거인의 가장 큰 특징은 안광이 세 개에서 최대 여섯 개 정도 된다는 것인데, 때마침 에밀의 눈에 그런 안광이 들어왔다. 하지만 특무상사의 총성과 동시에 바늘거인의 안광이 피식 사라졌다.

'설마… 저걸 골라서 죽이고 있다고? 비까지 오는 야간에 그렇게 빠른 식별이 가능하단 말이야?'

지금으로선 확인할 길이 없었지만 한 가지만은 확실했다. 그 특무상사는 맑고 차가운 눈으로 적들을 노려보며 자신의 능력을 한껏 보여주고 있었다.

'역시, 크로이츠 리더! 저 남자가 바로 바란투로스의 흑기사!'

옆에 있던 병사가 그녀를 어깨로 툭 밀쳤다.

"뭐 하십니까, 상병님! 어서 쏘십시오! 특무상사님 말씀대로 하는 겁니다!"

"아, 그래!"

그녀는 다급히 방아쇠를 당기고 총알을 장전했다.

아무튼 살아서 돌아갈 수 있다는 희망이 병사들의 마음속에 피어오르고 있었다. 전투가 시작된 후 시간이 꽤 지났음에도 피해는 부상자 한 명에 그쳤고, 몰려오는 고어들의 수는 눈에 보일 정도로 줄어들었다. 희망을 가지기에 충분한 상황이었다.

그때였다.

"피해라."

특무상사는 그 말을 조용히 남기고 진지에서 훌쩍 사라져 여관 안으로 들어갔다. 병사들은 허둥대다가 놀란 개구리마냥 진지 밖으로 몸을 날렸다. 그에 대해 이유 모를 불만을 품은 에밀만이 천천히 일어났다.

그런 그녀의 눈앞으로 뭔가가 떨어졌다. 지축을 울리는 소리와 함께 대량의 흙탕물이 그녀를 덮쳤다. 그 자리에 주저앉은 에밀은 자신의 우비 끝자락을 누른 바윗덩어리를 보고 기겁했다.

에밀의 왼쪽에서 괴성이 들렸다. 사람의 것도, 짐승의 것도 아닌 끔찍한 음성이었다. 옆을 슬그머니 돌아본 그녀는 그대로 망부석이 되고 말았다.

램프의 빛 밖으로 황적색의 빛 한 쌍이 보였다. 풍겨오는 썩은 냄새는 분명 고어의 것이었지만 다가오는 규모는 지금까지 그들을 공격한 고어와 차원이 달랐다.

이윽고 그 눈빛의 주인공이 램프 밑에 모습을 드러냈다. 일반 고어보다 훨씬 크고 두꺼운 몸집에 딱딱한 각질을 갑옷처럼 몸에 두른 새로운 존재였다.

진지 밖에 있던 병사들이 기겁하며 외쳤다.

"시, 시더다!"

두 주먹을 굳게 쥔 시더 고어는 보란 듯이 입을 벌리고 울부짖었다.

시더 고어(Seeder Gore) 혹은 시더라고 불리는 이 괴물은 죽은 인간과 동물의 시체를 이용해 자신이 부리는 고어를 창조하는 고어 사건의 원흉이다.

고어들이 나타나는 장소에는 반드시 시더가 존재한다. 어떻게든 시더를 찾아내어 제거하면 그 시더의 지배에 놓여 있는 고어는 전부 시체 덩어리로 돌아가지만, 시더는 중추핵을 없애지 않으면 제거하기도 힘들뿐더러 고어들의 대부분이 죽거나 자신이 발각되지 않는 한 모습을 드러내지 않기 때문에 모든 면에서 최대의 골칫거리였다.

에밀은 바위에 깔린 우비를 빼기 위해 사력을 다했지만 우비는 쉽게 빠지지 않았다. 시더가 자신을 향해 걷기 시작하자 에밀은 우비의 단추들을 풀었다. 하지만 단추는 패닉 상태에 빠진 그녀가 풀기엔 너무 빡빡했다.

"이런, 전원 사격! 쏘란 말이야!"

안경 상병이 소리치며 총을 쏘기 시작하자 다른 병사들도 열심히 방아쇠를 당겼다. 그러나 시더의 두꺼운 각질에 부딪친 탄환은 납작하게 변하며 튕겨 나갔다. 각질이 아닌 부위에 맞아도 효과는 별로 없었다. 살갗을 뚫지 못하고 그대로 피부에 박힌 탄환은 시더의 행동에 아무런 영향도 미치지 못했다.

그나마 사격도 오래 지속되지 못했다. 그들이 사용해야 할 탄환의 대부분이 바위에 붙들린 에밀과 함께 진지 안에 있었던 것이다.

"비켜라, 병사들."

여관 문 앞에 있던 병사들이 움찔하며 좌우로 물러났다. 여관에 들어갔던 파렌이 그 사이를 빠르게 헤치고 튀어 나갔다. 병사들은 그의 오른손에 들린 생소한 무기를 그저 멍하니 바라보았다.

그것은 주인의 키만큼이나 큰 양손대검이었다. 구경이 큰 장총에 칼날 두 개를 좌우로 붙인 형태의 그 무기는 비에 젖은 밤공기 속에서 주인의 움직임에 맞춰 은색의 실선을 아름답게 남겼다.

특무상사의 왼손에서 주먹 크기의 물체가 날아갔다. 폭탄이었다. 시더의 얼굴에 정확히 닿은 그것은 폭발하며 시더의 얼굴을 엉망으로 만들었다.

시더가 뒷걸음질을 치는 사이 에밀의 앞을 막아선 파렌은 손에 든 무기를 오른쪽 어깨에 걸쳤다.

그는 오늘 내내 입고 있던 우비를 벗은 상태였다. 그가 우비 안에 입고 있던 것은 검은색 바탕에 황금색 선으로 중후하게 디자인된 특수 코트였다. 그의 어깨에는 그가 소속된 부대의 문장인 십자가를 단단히 깨문 해골의 두려운 모양이 달려 있었다.

"쿠우우우……!"

낮게 으르렁댄 시더는 옆에 쓰러진 고어의 시체를 들어 파렌에게 집어 던졌다. 은색의 섬광이 번뜩이더니 반으로 갈린 고어의 시체가 좌우로 튕겨 나갔다.

그는 순식간에 거리를 좁혀 검을 휘둘렀다. 시더 고어의 왼팔이 잘려 떨어지고 오른쪽 다리가 무너졌다. 기민하면서도 파괴적인 공격 능력이었다.

시더는 갈라진 오른쪽 무릎을 재생시키며 남은 오른팔을 휘둘렀으나 파렌은 바람을 탄 꽃잎처럼 부드러운 몸놀림으로 그 무지막지한 공격을 피했다. 불가능할 것이라고 생각했던 인간과 시더의 맞대결에 모든 병사들은 숨을 죽이고 시선을 집중했다.

여관 주인이 병사들 사이에 섰다.

"깜박하신 물건이 있습니다, 특무상사님."

"알고 있소."

여관 주인은 오른손에 커다란 탄을 들고 있었다. 탄두, 장약, 뇌관이 탄피에 덮여 일체화된 신식 탄환이었다.

그는 시더를 유린하는 파렌을 보며 흡족한 미소를 지었다.

"역시 크로이츠 리더답군."

시더의 팔다리를 모두 잘라낸 파렌은 검끝을 땅에 대고 검의 옆구리에 솟아 있는 긴 손잡이를 잡았다. 파렌이 그것을 자루 쪽으로 끌어내리자 검의 중심축에 뚫린 약실이 드러났다.

그가 오른손을 들자 주인은 들고 있던 탄환을 그에게 던졌다. 그것을 받아 약실에 집어넣은 파렌은 손잡이를 툭 쳤다. 찰캉, 하는 맑은 소리와 함께 손잡이가 제자리로 돌아가고 약실이 닫혔.

준비를 마친 파렌은 팔다리를 복구하여 일어나려는 시더를 노려봤다.

시더를 향해 돌진한 그의 검끝이 시더의 가슴 각질을 뚫고 깊숙이 박혔다. 검이 빗방울을 튕기며 두근거렸다. 검 전체에 시더의 생명이자 약점이라 할 수 있는 중추핵의 고동이 전해지고 있었다.

"명복을."

나직이 중얼댄 파렌은 오른손 엄지로 안전장치를 튕기듯 풀고 방아쇠를 당겼다.

대포의 그것을 연상케 하는 폭음이 이 작은 마을, 엔더후프를 진동시켰다. 시더의 등에 뚫린 구멍으로부터 유기물의 집합체와 붉고 투명한 조각들이 뒤섞여 쏟아졌다. 석상처럼 동작을 멈춘 시더는 이내 와르르 무너져 악취를 풍겼다. 동시에 주위에 쌓인 다른 고어의 시체들도 분해되어 바닥에 퍼졌다.

검을 뒤로 물린 파렌은 장전 손잡이를 잡아당겼다. 기계음과 함께 커다란 탄피가 연기를 내며 배출되었다.

귀를 막은 채 몸을 웅크리던 병사들은 눈을 끔벅거렸다.

"뭐야? 검에 대포를 내장한 건가?"

여관 주인은 빙긋 웃었다.

"정확히는 공성용 총이라네. 두꺼운 살덩이 속에 숨겨진 시더의 중추핵을 파괴하려면 저것 정도는 되어야겠지. 안 그런가?"

대답하는 병사는 아무도 없었다.

주인은 돌아오는 파렌을 반갑게 맞이했다.

"훌륭한 전투였습니다. 따뜻한 목욕물을 준비해 놨으니 어서 들어가시지요."

"고맙소."

파렌은 카운터 위에 놓인 수건으로 머리를 덮고 내실로 들어갔다.

전투는 그것으로 끝이었다. 또 다른 시더가 나타나지 않는 한 고어들이 다시 밀려올 일은 없었다.

바닥에 아무렇게나 주저앉은 병사들은 살았다는 안도감과 허무감에 바보처럼 입을 벌리고 탄식했다. 바위에 우비가 깔린 에밀만이 여전히 밖에 있을 뿐이었다.

여관 주인은 그런 모습을 보며 껄껄 웃었다.

"상관을 저대로 둘 생각인가?"

"아!"

이등병들이 서둘러 에밀에게 달려갔다. 그들이 낑낑대며 바위를 미는 동안 여관 주인은 가옥 밖으로 머리를 내민 주민들에게 팔을 흔들었다.

"다 끝났소! 이제 안전합니다!"

피난처 곳곳에서 큰 환호성이 들렸다. 주민들은 어른 아이 할 것 없이 앞 다퉈 밖으로 나와 해방감을 만끽했다. 물론 병사들에 대한 위로와 감사도 아끼지 않았다.

기뻐하는 주민들에게 둘러싸인 병사들은 함께 이 순간을 즐겼지만 그들의 가슴속엔 큰 앙금이 남아 있었다. 그것은 시더를 없앤 장본인의 정체에 대한 의문이었다.

병사들의 부축을 받아 여관으로 들어온 에밀은 우비를 벗고 여관 벽에 기대앉았다. 시더 때문에 긴장했던 탓인지 그녀에겐 움직일 힘도, 의지도 없었다. 그냥 졸릴 뿐이었다.

희미한 그녀의 시야에 커다란 양손대검이 들어왔다. 매캐한 화약 냄새를 아직도 풍기는 그 검은 램프의 빛을 반사하며 말없이 쉬고 있었다.

에밀은 칼날에 새겨진 글자를 아래로 읽어 내려갔다. 검의 이름, 슈트롬 팔켄을 확인한 그녀의 눈이 스르르 감겼다.

'역시, 우리 가문을 몰락시킨 그 크로이츠 리더였어.'

그녀는 그대로 바닥에 쓰러져 잠들었다.

다음날 아침, 시끄러운 소리에 잠에서 깬 에밀은 자신이 어젯밤 여관 바닥을 구르며 잤다는 사실을 깨달았다. 자신이 제대로 된 잠자리에 인도되지 않았다는 사실이 상당히 아쉬웠지만 그래도 괜찮았다. 그녀는 살아서 임무를 완수했다는 사실이 너무도 기뻤다.

흉갑과 군복 상의를 벗은 그녀는 여관 밖으로 나갔다. 주민들은 마을을 복구하느라 여념이 없었고, 그녀의 부하들은 마을 중앙에 세워졌던 진지를 열심히 정리하는 중이었다.

에밀은 여관 옆에 마련된 펌프로 물을 길어 3일 만에 머리를 감았다. 진흙과 구정물로 탁해졌던 그녀의 뽀얀 금발이 맑은 하늘에서 내리쬐는 빛을 받아 환하게 빛났다.

머리를 감고 세수를 마친 그녀의 어깨를 누군가가 수건으로 두드렸다.

"아, 고마워."

후임이겠거니 하고 수건을 받아 얼굴을 닦은 그녀는 옆으로 돌아섰다. 그곳에는 그녀의 후임 대신 파렌이 팔짱을 낀 채 서 있었다.

"헉!"

기겁하여 경례를 하는 통에 머리에 걸친 수건이 아래로 떨어졌다. 파렌은 재빨리 수건을 잡아 그녀에게 다시 건넸다.

"가, 감사합니다, 특무상사님."

그는 괜찮다는 듯 어깨를 으쓱했다.

"되도록 빨리 정리하고 귀환하도록. 총은 유출되지 않도록 철저히 봉인하라."

"하지만 본대가 곧 여기로……."

"그들은 오지 않아."

"예?"

파렌은 손으로 자신의 입을 두드려 목소리를 낮출 것을 권고했다.

"오기야 하겠지. 상병이 말하는 본대 대신 군사 연구소의 요원들이 총을 회수하러 올 것이다. 마을 주민과 병사들이 무사한 것을 보고 꽤 놀라겠지."

하마터면 소리를 지를 뻔했던 에밀은 최대한 목소리를 낮춰 물었다.

"무슨 말씀이십니까?"

"저 신식 총을 보급받을 때 어떤 말을 들었나?"

"특별한 말은 듣지 못했습니다. 이곳에 들어오기 직전에 보급받았을 뿐입니다."

"그럼 잘 들어라. 그대들이 사용한 총은 아직 정식 명칭도 붙지 않은 시제품들이다. 특수부대에도 배치되지 않았지. 그대들은 아마 신식 총이 악천후 속에서 어느 정도의 성능을 발휘하는

지 알아보기 위해 파견되었을 것이다. 대도시와 완전히 격리된 이곳 지형과 장마라는 시기가 그것을 증명해 주지."

"그럼 우리가 싸운 고어는 뭡니까? 그것도 꾸며진 상황입니까?"

"그렇다."

에밀은 황당한 표정을 지었다.

"말이 되는 말씀을 하십시오. 고어를 어떻게 인간이 통제한단 말입니까?"

"간단하지. 포획한 시더 고어를 마을 근방에 풀어두면 고어는 알아서 이곳을 공격한다. 고어의 1차 목표는 인간이니까. 상병은 모르겠지만 수도에는 연구 목적으로 포획된 시더 고어가 다수 존재한다."

"그럼 아까 말씀하신 몰살의 뜻은 무엇입니까?"

"기밀 유지다. 혹시라도 신식 총이 외부로 유출되면 그만큼 우리나라가 타격을 받겠지. 군사 연구 기관의 입장에서는 당연한 처사다."

"그럼 우린 뭡니까! 우린 연구를 도와줄 목적으로 군에 들어온 것이 아닙니다!"

불끈 쥐어진 에밀의 손이 부르르 떨렸다. 파렌은 한숨을 내쉬었다.

"알고 있을지 모르지만, 우리의 1차 방어진이 야만족의 요술로 인해 무너졌다. 2차 방어진이 함락되기 직전에 연합군이 합류해서 가까스로 위기를 벗어났지만 그때까지 희생된 장병들의 숫자는 수천이고, 수만 명의 민간인이 목숨을 잃거나 야만족의 노예가 되었다."

"……."

"현재 야만족은 안개와 비를 마음대로 부려서 구식 총과 대포를 무용지물로 만들고 있다. 때문에 악천후에 영향을 덜 받는 신식 총의 필요성이 어느 때보다도 높아졌다. 군사 연구 기관에서 어떤 미친 짓을 해도 허용되는 상황이라고 할 수 있지."

"그래도……!"

"됐다, 상병. 그만 해라."

에밀은 고개를 숙이고 눈을 감았다. 고작 상병에 불과한 자신이 할 수 있는 일은 거기까지였다. 하지만 분했다. 기분만으로는 수도로 쳐들어가 자신들의 왕인 호엔 3세의 멱살을 들었다 놨다 할 수 있을 것 같았다. 뿐만 아니라 사람 목숨이 그렇게 장난으로 보였느냐고 따질 수도 있을 것 같았다. 하지만 어디까지나 기분뿐이었다. 정말 그랬다가는 호엔 3세는커녕 근위병의 총칼에 쓰러져 강물에 버려질 것이다.

"다 아시면서 왜 저희를 도와주신 겁니까?"

그녀의 질문에 파렌은 가만히 생각하다가 슬쩍 웃었다.

"뇌물을 받았거든."

"예?"

그는 배낭을 메고는 슈트롬 팔켄이 든 가방을 들었다.

"아까 말한 대로, 귀환하라. 부대 안에 들어가서 버티면 죽을 일은 없을 것이다. 아, 지금까지 한 이야기는 상병만 알고 있도록. 다른 병사들에겐 말하지 마라."

"뇌물 말입니까?"

질문에 에밀을 다시 본 파렌은 그녀의 밝은 미소를 보고 이내 똑같이 웃었다.

"특무상사님은 이제 어디로 가십니까?"

"기밀이지만… 아시엔 대륙 어딘가로 간다는 것까지는 말해 줄 수 있겠군."

"힘든 길을 가시는군요."

"미디엄께서 내가 가면 반드시 된다고 하셨으니 죽진 않겠지. 그럼 수고하라, 상병."

"예, 특무상사님. 아, 한 가지 여쭤 봐도 되겠습니까?"

파렌은 말없이 고개를 끄덕였다.

"팔텐트 백작에 대해서 어떻게 생각하십니까?"

뜬금없는 그녀의 질문에 잠시 생각에 잠겼던 파렌은 진지하게 대답했다.

"비록 쿠데타의 주범이지만 내 개인적으로는 큰 계기를 만들어주신 분이지. 그분과 아는 사이인가?"

"아닙니다. 수도로부터 흘러나온 소문을 확인하고 싶었을 뿐입니다. 그럼 행운이 함께하시길 빌겠습니다."

에밀은 절도 있게 거수경례를 했다.

파렌은 그녀의 질문에 대한 이유를 묻지 않고 그대로 돌아서서 마을을 빠져나갔다. 마을 아이들이 그를 우르르 따르며 작별 인사를 하자, 그는 손을 가볍게 흔드는 것으로 인사를 대신했다.

에밀은 점점 작아지는 파렌의 모습을 보며 손을 내렸다.

"조부님께서 말씀하신 그대로군요. 부디 무사하십시오, 바란투로스의 흑기사님."
 아쉬운 표정으로 말을 맺은 그녀는 자신의 후임들이 있는 곳으로 걸어갔다.

story 2 미디엄

신성력 211년 4월. 파렌이 에밀 프링스를 만나기 일주일 전.

조국인 바란투로스, 크게 나아가 바란투로스가 있는 웨스트리치 전체는 1개월 전 침공한 야만족에 의해 1차 방어선이 뚫리고 2차 방어선까지 위협받는 위급한 상황이었다. 하지만 파렌 콘스탄의 기상 시간은 평소와 동일했다.

그를 아는 사람들은 그가 지나치게 냉정해서 그런 것이라고 생각했지만 실은 그렇지 않았다. 자신이 일찍 일어난다고 해서 2차 방어선을 지키는 연합군들이 갑자기 초인이 될 리가 없지 않느냐는 아주 단순하고도 합리적 사고의 결과였다.

5시 30분에 기상한 그는 자신의 저택을 나와 강변 산책로를 뛴 후 6시에 돌아왔다. 거기까지는 다른 건강한 귀족들과 동일하지만 그는 집에 온 직후에 한 가지 수고를 더 해야만 한다.

어느 방문 앞에 선 그는 목소리를 가다듬은 뒤 문을 두드렸다.

"미스 요하네스? 일어날 시간이오."

그에 이은 반응은 폭발적이었다.

"주인님! 죄송합니다, 죄송합니다! 제발 쫓아내진 말아주세요!"

파렌은 싱긋 웃었다.

"알았으니 식사를 준비해 주시오. 오늘은 어전 회동이 있는 날이니 육류 없이 가볍게 부탁하오."

"알겠습니다, 주인님. 죄송합니다!"

이어서 우당탕탕 소리가 들린다. 걱정이 될 정도의 소음이라 파렌은 가끔 들어가서 확인해 보고 싶었지만 실제로 문을 연 적은 단 한 번도 없었다.

파렌은 가볍게 샤워를 한 뒤엔 책을 읽었다. 그가 주로 읽는 책은 브리스톤 왕국 출신의 '윌리엄 쉐이크페어'라는 작가의 작품인데, 파렌은 몇 페이지의 몇째 줄이라는 세세한 단위로 내용을 기억할 정도로 그의 소설을 좋아한다.

그의 독서 시간은 저택에 거주하는 유일한 하인인 '하이디 요하네스'가 식사를 알리면서 끝난다.

"주인님, 식사 준비가 완료되었습니다."

서재 밖에서 들린 그녀의 목소리에 파렌은 아쉬운 손길로 책을 덮고 자리에서 일어났다.

식당의 테이블엔 그가 요구한 대로 육류가 배제된 아침 식사가 놓여 있었다. 빵과 수프, 샐러드, 그리고 각종 과일이 듬뿍 올라온 테이블은 맛깔스러운 것을 넘어서 화려하기까지 했다.

그 옆에는 검은색 하인 복장을 입은 여성이 서 있었다. 짙은 갈색의 머리를 양쪽으로 정성스레 땋은 후 단아한 디자인의 흰색 헤드드레스를 얹은 모습은 두꺼운 뿔테안경만 빼고는 하인의 교본, 그 자체였다.

그녀는 말끔히 다려진 흰색 프릴 앞치마 위에 두 손을 놓은 채 파렌이 앉기를 기다렸다.

얼굴에 주근깨가 살짝 앉은 그녀의 나이는 올해로 열아홉이었다. 그런 어린 나이에 상주 하인으로서 일하는 것은 쉬운 일이 아니었다. 저택의 주인이나 젊은 하인과 스캔들이 벌어지기에 딱 좋은 나이이기 때문이다.

하지만 그녀는 스물일곱 살의 젊은 주인과 단둘이 살고 있음에도 불구하고 그런 스캔들에 휘말린 적이 없었다. 파렌 콘스탄이라는 위인이 하이디 같은 평범한 외모의 여성을 건들 리가 있겠느냐는 세상의 판단 때문이었다. 물론 파렌도 그녀를 함부로 대한 적이 없다.

검은 장발의 주인은 수프를 뜨고 따끈한 빵을 잘라 입에 넣었다. 오랫동안 맛을 음미한 그는 고개를 끄덕여 만족감을 드러냈다.

"음, 역시 미스 요하네스의 솜씨는 훌륭하오."

"감사합니다, 주인님."

그녀에게 시선을 돌린 파렌은 빵을 자르던 손을 멈췄다.

"오늘은 이마요?"

하이디는 본능적으로 움찔했다. 여자로서 벌겋게 혹이 난 이마를 가리려다가 하인으로서의 곧은 자세를 택한 것이다.

"죄송합니다, 주인님."

"아니, 괜찮소. 하지만 아침마다 그렇게 다치는 모습을 보니 걱정이 되는구려."

그녀가 다시 움찔했다.

"주, 주의하겠습니다. 그러니 제발 쫓아내진 말아주십시오!"

"그럴 생각은 없으니 안심하시오. 당신은 내가 지금까지 본 하인 중에서 가장 훌륭한 사람이오. 당신의 조부이신 미스터 요하네스께서도 나처럼 뿌듯해하실 것이니 자부심을 가지시오."

"감사합니다, 주인님."

그러면서 그녀는 손수건으로 눈물을 훔쳤다. 파렌은 복잡한 미소를 지은 채 식사를 계속했다.

사람들은 바란투로스 최고 귀족 중에 하나인 콘스탄 가문의 가장이 어째서 여러 명의 하인을 두지 않는지 의문을 품는다. 실제로 그와 같은 수준의 귀족들은 수십 명의 하인과 경호원, 수대 이상의 마차를 부리며 호사스러운 생활을 하고 있다. 그들은 그렇게 사는 것이 자신들에게 어울리는 생활이라 생각하며 다른 사람들 역시 그것을 당연하게 받아들이고 있다.

하지만 파렌은 그런 것들이 자신에겐 불필요한 요소라고 생각하고 있었다. 그것은 그가 검소해서가 아니라 실제적인 이유가 있어서였다. 다른 귀족과 달리 그는 특수부대의 군인으로서 집을 비우는 일이 잦았다. 부모는 물론 친척도, 부인도 없는 그에게 많은 하인과 경호원은 오히려 골치 아픈 요소였다. 마차를 가지고 있긴 하지만 말과 마부가 없어 무용지물이었다.

식사를 마친 그는 옷을 갈아입었다. 그의 옷은 셔츠 말고는 모두 검은색이었다. 사실 그는 검은색을 그리 좋아하지 않지만 그가 속한 부대인 섀델 크로이츠의 특무상사 복장이 검은색이기에 어쩔 수가 없었다.

준비를 마치고 저택 밖으로 나온 그는 배웅을 위해 나온 하이디에게 조언을 잊지 않았다.

"내가 없다고 식사를 건너뛰진 마시오. 하인에겐 정갈한 자세를 위한 몸매도 중요하지만 그보다 더 중요한 것은 체력이오."

하이디는 대답하지 않았다.

"음? 왜 그러시오?"

그녀의 손수건이 안경 안쪽으로 들어갔다. 그녀는 구슬픈 목소리로 하소연했다.

"주인님께서 요즘 식사를 많이 남기시는 바람에……."

파렌의 입에서 한숨이 흘러나왔다.

"그걸 또 먹어서 처리했소?"

"……."

"난 남은 음식을 처리하기 위해 미스 요하네스를 데리고 있는 것이 아니라오. 당신이 그걸 먹어서 살이…… 아니, 체중에 변화가 생겼다면 내 마음이 또 어떻겠소?"

"죄송합니다, 주인님."

"괜찮소. 오늘은 침대 시트와 베개를 갈아주시오. 늦게 돌아올지도 모르니 쉬엄쉬엄 하시오."

"예, 주인님."

파렌은 정문을 열고나서 그녀를 다시 돌아봤다.

"아, 혹시나 키르히가 오면 어전 회동이 있어서 나갔으니 본부에서 보자고 하시오."

순간 그녀의 얼굴이 하얗게 떴다. 그 탈색 과정을 실시간으로 바라보던 파렌은 실소를 터뜨렸다.

"또 우물우물 말하지 마시오. 그 친구는 그럴수록 화를 잘 내니까."

"아, 알겠습니다. 명심하겠습니다, 주인님."

"그럼 다녀오겠소."

"살펴 다녀오십시오."

허리를 굽힌 하이디를 뒤로한 파렌은 왕궁으로 가는 길을 천천히 걸었다.

약속 시간까지는 충분했다. 그는 자신의 옆에서 반대 방향으로 흘러가는 '하이네스' 강을 보며 여유를 즐겼다.

가판대에서 꽃을 파는 노파가 그를 보고 반갑게 인사했다.

"일 보러 가십니까, 콘스탄 도령?"

"예. 좋은 아침입니다."

"부인은 언제 들이실 생각이오? 내가 그 소식은 듣고 눈을 감아야 속이 후련하겠소이다."

"그럼 오래오래 사셔야 할 겁니다."

"하하하, 듣기만 해도 몸이 건강해지는구려."

그는 노파뿐만 아니라 왕궁으로 가는 길에 있는 모든 노점상 주인들과 따뜻하게 인사를 나눴다. 지금까지의 모습만 보면 개방적이고 인간미 넘치는 귀족으로 여겨지지만, 일단 성문을 통과하면 그런 그의 모습은 절반 정도 사라지게 된다.

문지기들의 칼 같은 경례를 받으며 왕궁으로 들어선 그는 군사 지구에 있는 사무실로 들어갔다.

섀넬 크로이츠라는 명패가 큼지막하게 붙은 문을 열고 안으로 들어간 파렌은 사무실 안의 공기를 살폈다.

사무실은 텅 비어 있었다. 게시판에 붙은 일과표를 확인하려던 그의 귀에 묵직한 발자국 소리가 들렸다.

발자국 소리의 주인공은 대령 계급을 단 회색 머리의 중년인이었다. 파렌만큼이나 키가 크고 몸집은 오히려 더 튼실한 그는 흰색의 전투 코트를 중후하게 차려입고 있었다.

"오, 왔군."

파렌은 가볍게 거수경례를 했다.

"방금 도착했습니다, 대령님."

"좀 들겠나?"

그는 오른손에 든 머그컵을 살짝 들어 보였다. 컵 안엔 뜨거운 갈색 차가 향긋한 냄새를 풍기고 있었다.

"이건 설탕을 안 넣었네."

설탕은 파렌이 세상에서 가장 싫어하는 물질 중에 하나다. 나쁜 추억이 있는 것은 아니었다. 단지 너무 단 음식을 먹으면 심하게 기침을 하는 체질이기에 그렇다.

"저는 괜찮습니다. 다른 대원들은 아직 오지 않았습니까?"

"우리가 너무 일찍 왔지. 오스틴은 어제 출장을 갔으니 우리밖에 더 있겠나?"

"듣고 보니 그렇습니다."

"일단 앉게. 오늘 회동에서 나올 이야기에 대해서 간략히 설명해 주지."

소파에 앉은 대령은 짙게 기른 염소수염을 만지며 인상을 찡그렸다.

"미디엄께서 요즘 불면증에 걸리셨나 보네."

뒤이어 앉은 파렌은 의아한 표정을 지었다.

"무슨 말씀이십니까?"

"1년에 한 번 예언을 하실까 말까 하던 분이 요즘에는 한 주에 한 번 꼴로 예언을 하시거든. 물론 세상 돌아가는 사정이 그만큼 급박하긴 하지만 말일세. 사실 우리 입장에서는 그분이 계속 주무시는 게 편한데 말이지."

파렌은 조용히 웃었다.

그가 상대하고 있는 대령의 이름은 폴스켄 시몬스였다. 겉으로 봐서는 유머를 즐기는 신사 같지만, 그가 바로 바란투로스 왕국의 자랑이자 웨스트리치 대륙 최강의 특수부대라 칭해지는 섀델 크로이츠의 총책임자다.

"회동 얘기가 너무 갑작스레 나왔지?"

"그렇습니다. 칙서가 어제저녁에 도착해서 조금 놀랐습니다."

"나도 화가 날 정도로 놀랐지. 어제가 막내딸 생일이었거든. 난 빨간 피에로 코를 달고 형형색색의 고깔모자를 쓴 채 어명을 받아야 했어. 칙서를 가지고 온 녀석이 웃음을 참느라 아주 죽으려고 하더군."

"그냥 웃게 해주시지 그러셨습니까?"

"아, 난 아무 말도 안 했네. 겁 준 적 없다니까?"

그러나 그의 표정에는 분노의 골이 깊게 파여 있었다. 그것이 그의 평소 표정이라는 사실을 아는 사람들은 그냥 웃겠지만 모르는 사람들은 겁을 먹기 일쑤다.

폴스켄은 차를 마셔 끓어오르는 속을 가라앉혔다.

"무슨 얘기를 하다가 말았지?"

"회동에 대한……."

"아, 그렇지."

검지를 뻗고 윙크를 하는 등 미안하다는 제스처를 보인 폴스켄은 이야기를 이었다.

"야만족에 대한 소문은 자네도 들었겠지? 그 헐벗은 녀석들이 비를 부른다느니, 안개를 부른다느니 하는 이야기들 말일세."

"물론 들었습니다."

지금으로부터 1개월 전, 평소보다 많은 수의 야만족이 바란투로스의 1차 방어진을 공격해 왔다.

'웨스트리치의 철벽'이라는 별명을 가진 1차 방어진은 엄청난 숫자의 대포로 무장된 거대 요새였다. 웨스트리치 대륙의 모든 나라가 협력하여 쌓은 이 요새는 바란투로스 왕국만을 위해 존재하는 것이 아니었다. 웨스트리치 전체를 야만족의 침략으로부터 보호하는 것이 요새의 궁극적인 존재 이유였다.

요새에 대한 야만족의 도발 행위는 신성력 113년에 벌어진 1차 야만족 침범 이후 꾸준히 이어졌지만 그날은 상황이 달랐다. 갑자기 요새 전체가 한 치 앞도 구별할 수 없는 짙은 안개에 휩싸이면서 총과 대포 등에 들어가는 화약이 흠뻑 젖어 무용지물로 변한 것이다.

덕분에 1차 방어진을 돌파한 야만족은 파죽지세로 도시들을 점령하며 2차 방어진을 향해 진격했다. 그 와중에 수만 명의 민간인들이 사망했고, 수천에 달하는 부녀자들이 포로로 잡혀갔다.

2차 방어진인 '사자(獅子)의 요새'에서 야만족과 맞닥뜨린 바란투로스의 병사들은 1차 방어진에서 벌어졌던 이상한 안개를 다시 접했다. 화약 무기가 무용지물이 될지도 모른다는 정보를 미리 입수한 덕분에 병사들은 당황하지 않고 야만족과 싸웠다. 그러나 야만족의 숫자가 너무 많았기에 사자의 요새 역시 함락 위기에 몰리고 만다. 하지만 마침 도착한 인근 국가의 지원군 덕분에 요새는 가까스로 위기를 모면하게 되었다.

각국에서 보낸 연합군이 속속 도착하면서 상황은 반전되는 듯했지만 야만족의 숫자 역시 끊임없이 불어났기에 지열한 내치 상황은 지금까지 이어지고 있었다.

빈 머그컵을 탁자에 내려놓은 폴스켄은 씁쓸한 얼굴로 말했다.

"나라에선 당연히 그에 대한 조사를 시작했지. 학자들은 당시의 기상 상황을 따지면서 안개현상은 말도 안 되는 이야기라며 믿지 않았어. 또한 화약을 무용지물로 만들 안개 따위는 들어본 적도 없다면서 비웃기까지 했지. 결국 내가 직접 모가지를 잡아끌고 사자의 요새로 가서 화약이 젖어 들어가는 꼴을 보여 주니 자기들은 모르겠다며 두 손을 들어버리더군. 그래서 1차

조사는 실패로 돌아갔네."

"지금은 밝혀졌습니까?"

파렌은 진지한 눈빛으로 상관의 다음 이야기를 기다렸다. 고개를 끄덕인 폴스켄은 파렌 쪽으로 몸을 스윽 당겼다.

"자네, 안개술사라는 말을 들어본 적이 있나?"

"칙서에 적혀 있는 것은 봤지만 처음 듣는 말입니다."

"그렇군. 사실 며칠 전에 미디엄께서 국왕 폐하를 비롯한 중신들을 소집하신 일이 있네. 나도 총장(總長)님과 함께 갔지. 미디엄께선 그 자리에서 야만족들이 물을 조종할 줄 아는 안개술사의 힘을 빌리고 있다는 말씀을 하셨네. 폐하께선 안개술사의 정체가 무엇이냐고 미디엄께 여쭈셨지."

"미디엄께선 어떤 말씀을 하셨습니까?"

폴스켄은 피식 웃었다.

"다시 주무시더군."

"……."

"그래도 가장 중요한 단서가 잡힌 것이네. 야만족들은 안개술사라는 놈들의 힘을 이용해 우리가 사용할 화약을 전부 진흙처럼 만들고 있어. 바꿔 말하자면, 안개술사들을 잡아야 전황이 바뀐다는 것이지. 지금 곤란에 처한 건 화약 무기만이 아니야. 전방에서는 검과 갑옷에 녹이 슬어 난리가 났지. 그 콧대 높은 브리스톤 왕국의 기사들도 말이 진흙탕에 적응을 못해서 진땀을 흘리는 중이네. 내가 갔을 땐 말이랑 같이 흙탕물 서커스를 하더군."

"레드 맨틀도 그렇습니까?"

파렌이 말한 레드 맨틀(Red Mantle)은 브리스톤 왕국 기사단 중 최고라고 불리는 자들의 이름이다. 은백색의 갑옷 위에 붉은색의 망토를 화려하게 걸친 이들은 웨스트리치 대륙의 연합군 내에서 섀델 크로이츠와 함께 최강의 부대로 평가받는다.

파렌이 이들과 처음 만난 것은 작년 말, 브리스톤의 새로운 왕이 된 소년 '아셀 더 아발론'이 호엔 3세에게 인사를 하기 위해 방문했을 때다. 그 당시 레드 맨틀과 크로이츠 사이엔 부대장 급 인물 둘이 무기를 들고 다투는 사건이 벌어졌는데, 호엔 3세는 도무지 승부가 나지 않는 둘의 결투를 보고 레드 맨틀의 전력에 대해 크게 감탄했다.

결투는 크로이츠 리더인 파렌과 레드 맨틀 리더인 '프란시스 페이건'이 사고를 친 자들을 말리면서 중단되었다. 그들에 대한 처분은 호엔 3세가 관대하게 넘어가 주면서 마무리되었지만, 이후 파렌은 자신도 모르게 레드 맨틀을 의식하게 되었다.

파렌이 무슨 뜻으로 그런 말을 했는지 잘 아는 폴스켄은 고개를 저었다.

"레드 맨틀이 왔다는 소문은 있었지만 실제로는 아직 파견되지 않았네. 그 친구들은 근위대의 역할을 하니 그쪽 왕이 직접 전장에 나서지 않는 한 볼 기회는 없겠지. 왜, 만나고 싶나?"

"아닙니다."

"아니라면, 키르히 녀석이 그랬던 것처럼 프란시스 페이건과 자웅을 겨루고 싶나?"

파렌은 그저 웃음을 흘렸다. 폴스켄은 악동처럼 자신의 부하를 부채질했다.

"너무 숨길 필요는 없네. 나도 젊었을 때는 스페치아의 어떤 망나니랑 숱하게 싸웠지. 무기를 쓸 줄 아는 수컷들의 마음이 다 그런 게 아닌가? 음? 음? 음?"

폴스켄은 눈썹을 한껏 위로 올려붙이며 부하를 계속 자극했다. 난처한 표정을 지으며 웃은 파렌은 벽시계 쪽으로 시선을 돌렸다.

"일어나시죠, 대령님. 시간이 됐습니다."

"후후, 알았네."

폴스켄은 머그컵을 자신의 책상에 올려놓고 밖으로 나갔다. 파렌은 지체 없이 그의 뒤를 따랐다.

파렌에게 있어서 폴스켄은 훌륭한 상관이자 여러모로 배울 점이 많은 선배였다. 적절한 농담과 유머로 부하들을 포용하면서 자신의 조언과 명령을 확실히 주지시키는 그의 능력은 파렌이 가장 배우고 싶어 하는 그의 장점이었다.

그러나 폴스켄이 파렌에게 가르쳐 준 것은 오로지 고어의 종류와 각각에 대한 대처 방법뿐이었다. 전투 기술이나 부하들을 다루는 능력에 대해서는 사소한 조언조차도 하지 않았다. 다른 부하들의 행동 하나하나에 세세히 신경을 쓰는 것과는 전혀 다른 모습이었다. 다른 사람들이 그 이유를 물으면 폴스켄은 그것이 크로이츠 리더가 가야 할 길이라고 말할 뿐이었다.

파렌이 어떤 남자인지 모르는 사람의 입장에서 보자면 폴스켄이 그를 완전히 내버려 둔 것이라고 생각할 수 있지만, 현재의 새델 크로이츠는 30년 전에 만들어진 1대 크로이츠보다 훨씬 더 강력한 전투력을 보유한 것으로 평가받는다. 성질이 전혀 다른 폴스켄의 리더십과 파렌의 리더십이 적재적소에 발휘되면서 나타난 상승효과 덕분이었다.

파렌과 함께 본부를 나온 폴스켄은 미디엄이 있는 예언의 전당으로 향했다.

예언의 전당은 바란투로스 왕국이 세워지기 이전부터 존재하던 신비의 장소인데, 현재의 왕궁과 수도는 예언의 전당을 중심으로 꾸며진 것들이다.

연분홍색 대리석으로 꾸며진 전당은 이름에 맞지 않게 작고 아담했다. 왕궁을 설계한 건축가들은 왕궁과 전당의 경계에 이질감이 없도록 최선을 다했지만 전당을 이루고 있는 대리석과 똑같은 것들을 도저히 구할 수 없어 포기하고 전당이 더욱 돋보이는 쪽으로 설계를 변경했다는 이야기는 전설로 전해진다.

"오늘은 공기가 습합니다."

파렌의 말에 폴스켄은 이슬이 살짝 맺힌 수염을 만졌다.

"그렇군. 수도의 공기가 이렇게 텁텁한 건 처음이야. 아침까지만 해도 상쾌하더니, 왜 이러지?"

"일시적인 현상 같긴 합니다만……."

파렌은 자신감 없이 말끝을 흐렸다.

전당 앞에서 두런두런 이야기를 나누던 그들에게 우렁찬 발자국 소리가 들렸다. 국왕 호엔 3세를 태운 마차가 백여 명의 근위대에 둘러싸인 채 전당으로 다가오고 있었다.

폴스켄과 파렌은 국왕의 마차가 보인 순간부터 거수경례를 하고 자세를 유지했다. 마차는 그들 바로 앞에서 멈췄다. 마차에서 내린 사람은 보석이 박힌 커다란 왕관을 쓴 노인이었다. 평범한 체구에 흰 수염을 풍부하게 기른 그 노인이 바로 바란투로스의 국왕이자 웨스트리치 대륙 연합의 실질적인 연합왕으로 인정받는 위인, 호엔 3세였다.

호엔 3세는 빛이 살아 있는 날카로운 눈매로 근위대 대장을 봤다.

"모두 돌아가게. 미디엄께서 오늘은 근위대를 남기지 말라고 하셨네."

근위대 대장의 얼굴에 당황한 기색이 떠올랐다.

"하지만 폐하, 혹시라도 불순한 무리들이 습격한다면……."

"폴스켄 시몬스와 파렌 콘스탄이 짐을 수행할 것이네. 자네의 충성심은 기억하겠네만, 이것은 짐의 명령이기 이전에 미디엄께서 내리신 당부일세."

"알겠습니다, 폐하."

근위대장은 허리를 굽혔다.

호엔 3세가 폴스켄과 파렌의 앞을 지나갔다.

"들어가세."

"예, 폐하."

거수경례를 유지하던 둘은 팔을 내리고 전당으로 향하는 국왕의 뒤를 따랐다. 근위대는 국왕의 모습이 사라진 뒤에야 허리를 펴고 귀환했다.

전당 안으로 들어간 호엔 3세는 심한 기침을 오랫동안 했다. 폴스켄이 급히 그를 부축하려 했지만 왕은 손을 저으며 사양했다.

"괜찮아. 이렇게 기침을 하는 것도 오래간만이군."

가슴을 두드리며 허리를 편 왕은 심호흡을 길게 했다. 거칠었던 호흡이 점차 안정을 찾았지만 폴스켄은 여전히 걱정스런 얼굴로 왕을 바라봤다.

"이제 약을 드셔보심이 어떻습니까? 최근엔 좋은 영양제도 많습니다."

"으음, 아닐세. 아무리 훌륭한 영약이라 해도 나이를 막을 수는 없는 법이네. 내 나이가 올해로 일흔셋이야. 하늘께서 재촉하실 때가 된 거지."

"그러한 말씀은 거둬주십시오. 제 마음이 다 아픕니다."

"됐네. 어서 들어가세."

흰 손수건으로 입가를 정돈한 늙은 왕은 다시 걸음을 옮겼다. 두 군인은 위엄을 잃지 않는 왕의 뒷모습을 보며 발을 떼었다.

걸으면서 왕이 말했다.

"자네는 다음 연합왕으로 누가 인정을 받을 거라고 생각하나?"

폴스켄은 쓴웃음을 지었다.

"폐하 외에 다른 왕은 생각해 본 일이 없습니다. 그리고 연합왕이라는 자리는 애초부터 없었지 않습니까?"

"그렇지. 하지만 필요해. 하찮은 짐승들도 구심점이라는 것이 있는 법일세. 구심점이 없는 집단은 흩어지게 되어 있지."

"옳으신 말씀입니다만……."

"개인적으로는 브리스톤의 아셀 더 아발론이 적임이라고 생각하네."

"예?"

폴스켄과 파렌의 안색이 대번에 변했다.

"하지만 폐하, 아셀 왕은 아직 어립니다. 나이로 사람을 평가하는 것은 매우 위험한 일입니다만, 그는 아직 브리스톤 왕국조차 안정시키지 못했습니다."

"자네 말이 맞아. 그러나 그 어린 왕이 브리스톤의 혼란을 잠재운다면 연합의 수많은 왕들이 그를 인정해 줄 것일세. 그만큼 브리스톤이 난장판이라는 말이지만."

"특별히 아셀 왕을 주목하신 이유라도 있으십니까?"

"있지. 왕의 아들로 태어나 왕이 된 자가 아니거든. 다 익은 과일이 입 안에 떨어지기를 기다려 온 다른 왕들과는 시작부터가 다르지. 그는 왕이 되기 위해 필사적으로 살았고, 결국 자신의 힘으로 그 목표를 이루었네. 지금은 비록 어리고 거칠지만 시간이 지나면 분명 자신의 나라뿐만 아니라 다른 나라에까지 영향력을 행사하는 큰 왕이 될 것이네."

폴스켄은 그답지 않게 허둥지둥 말했다.

"폐하, 에스톨 왕자와 페르츠 왕자도 뛰어난 분들입니다."

"음?"

작은 문 앞에서 걸음을 멈춘 호엔 3세는 그들이 밟고 있는 대리석보다 더 차가운 미소를 지었다.

"그 얼간이들이? 자네, 진심인가?"

"……"

"난 살아오면서 수많은 실수를 했네. 그중에서 가장 큰 실수는 자식들을 너무 늦게 봤다는 것이야. 에스톨은 올해 스물넷이고 페르츠는 열여덟이지. 녀석들은 너무 쉽게 컸어. 그래서 그 런지 에스톨은 형인 주제에 동생을 질투하고 있고, 페르츠는 그런 형을 너무 쉽게 용서하고 있네. 왕이 되고자 하는 마음 따위는 둘에게 없어. 아무리 문무가 뛰어나면 뭐 하나? 기백이 죽어 있는데."

전당 안에 긴 침묵이 흘렀다. 폴스켄은 지금 들은 말을 어떻게 받아들이고 어떤 반응을 보여야 할지 망설였다. 반면 파렌은 음악을 감상하듯 눈을 감은 채 조용히 시간을 보냈다.

"물론 나도 아버지일세."

호엔 3세의 그 말은 맑은 우물물처럼 깊었다. 그 흰 눈썹의 왕은 주름진 주먹으로 자신의 가슴을 두드렸다.

"녀석들이 정신 차릴 때까지 내가 죽을 일은 없을 거야. …말이 그렇지, 진짜 그랬다가는 영원히 못 죽겠군. 자, 이제 해야 할 일을 하세. 미디엄께서 우릴 기다리시겠네."

"예, 폐하."

호엔 3세는 자신 앞에 놓인 문을 손으로 밀었다.

문은 얇은 나무로 만들어진 평범한 디자인의 문이었다. 정갈하긴 했지만 그것이 웨스트리치 대륙을 좌지우지하는 전설의 존재, 미디엄에게 도달하는 마지막 관문이라고는 믿어지지 않을 만큼 단순했다.

열린 문 안쪽에는 대리석으로 둘러싸인 작은 연못이 있었다. 연못이 있는 방은 햇빛도 들어오지 않고 촛불이나 횃불 같은 것도 없었지만 푸른색의 빛으로 가득했다. 그 빛의 진원지는 연못에 담긴 물이었다. 물 안에서 솟아오르는 빛이 방 전체를 밝게 비추고 있었다.

방 안에 들어온 왕은 연못 앞에 무릎을 꿇었다. 폴스켄과 파렌도 뒤이어 엄숙한 자세로 무릎을 꿇었다.

왕이 조심스레 말했다.

"위대한 시간과 공간의 중개자시여, 이 보잘것없는 존재와 그 무리들이 당신의 부름에 따라 이곳에 왔습니다. 부디 그 성스러운 모습을 보이시어 저희들에게 큰 깨달음을 주시옵소서."

연못의 빛이 한층 더 강해지는가 싶더니 그 빛 속에서 신비로운 옷을 걸친 여성이 걸어나왔다. 바람 한 점 없는 방임에도 천천히 너울거리는 그녀의 옷은 오색 비늘의 물속 생물처럼 살아서 움직이는 듯했다. 날개처럼 틀어 올린 검은색의 머리는 방금 짜낸 비단처럼 윤기가 났고, 꽃잎처럼 희고 생생한 피부는 그린 듯이 진한 눈썹과 맞물려 초월적인 아름다움을 자랑했다.

감겨 있던 그녀의 눈이 서서히 열렸다. 검은색 눈동자 속에는 보석을 박아놓은 듯한 여러 개의 광채가 눈부시게 반짝이고 있었다.

"잘 오셨소, 호엔 3세. 환영하오, 폴스켄 시몬스와 파렌 콘스탄. 나와 그대들 사이에 허락된 시간이 얼마 없으니 간단히 이야기하겠소."

호엔 3세는 겸손히 머리를 조아렸다.

"말씀하십시오."

"야만족을 돕는 안개술사는 물을 자유자재로 부리는 요술을 익힌 자들이오. 그들을 물리치고 그들의 요술을 없애기 위해서는 물을 이겨내는 힘이 필요하오."

"그 힘이란 어떤 것입니까?"

"불의 힘이오. 그대들이 인위적으로 일으키는 불은 소용이 없소. 천상에서 타오르는 불의 씨앗이 필요하오."

"그 힘을 얻으려면 어디로 가야 합니까?"

"아시엔 대륙으로 가시오. 아시엔의 동쪽 끝에는 아침이 시작되는 나라가 있소."

"아침이 시작되는 나라라고 하셨습니까?"

의아해하는 호엔 3세에게 파렌이 말했다.

"벽암국(劈暗國)을 말씀하시는 것 같습니다."

"벽암국?"

파렌이 말한 벽암국이란 아시엔 동부에 위치한 국가다. 극동지역의 대부분을 장악한 이 나라는 웨스트리치의 그 어떤 국가보다도 뛰어난 조선 기술과 항해 기술을 이용해 웨스트리치 대륙의 나라들과 교역을 하고 있으며, 화약과 그 제조기술을 웨스트리치에 제공해 준 장본인이기도 하다.

미디엄이 말했다.

"벽암국에는 화선산(火仙山)이라는 작은 마을이 있소. 그곳에는 입에서 불을 뿜는 착한 요괴가 살고 있소."

"요괴?"

세 사람에겐 생소한 단어였다.

"그 요괴의 이름은 카샤라오. 카샤는 불의 씨앗, 그 자체라오. 아무리 강력한 안개술사의 요술이라 해도 카샤 앞에서는 무의미하오. 그 요괴를 데리고 이곳으로 오시오."

"그렇다면 미디엄이시여, 저희가 화사를 데려오기 위해 해야 할 일은 무엇입니까?"

"그전에 그대들이 해야 할 일이 있소."

그때 괴이한 현상이 일어났다. 한 덩어리의 회오리가 방문을 우악스럽게 부수며 들어온 것이다.

"폐하!"

폴스켄은 호엔 3세를 안고 회오리로부터 떨어졌다. 파렌은 그들과 회오리 사이를 단단히 막아섰다.

괴상한 회오리였다. 그것은 공기의 빠른 흐름이 아니라 물의 흐름이었다. 강가에서 가끔 보이는 소용돌이가 그대로 뛰쳐나온 것처럼 보였다. 파렌은 그것을 노려봤다. 바람이 됐든 물이 됐든 이 방에서 그냥 일어날 수 있는 현상이 절대 아니었기 때문이다.

"이때를 기다렸다, 미디엄!"

회오리 안쪽에서 들린 목소리였다. 이어서 회오리로부터 인간형의 물체들이 마구 튀어나왔다. 허름한 가죽옷을 입고 뼈를 깎아 만든 칼을 손에 쥔 그 원시적 존재는 폴스켄과 호엔 3세로 하여금 눈을 번쩍 뜨게 만들었다.

"야만족?"

회오리로부터 튀어나온 야만족의 숫자는 총 열여섯 명이었다. 그들은 어린 나이의 소년들보다 키가 작았지만 마른 장작처럼 단단해 보이는 근육과 가벼운 몸놀림은 어지간한 야수들보다도 위협적이었다.

폴스켄은 현재 상황에 큰 혼란을 느꼈다. 저 회오리가 왕궁의, 아니, 수도의 삼엄한 경비를 뚫고 어떻게 여기까지 진입할 수 있었는지 납득이 되지 않았다. 또한 덩치 큰 사람보다 약간 더 클 뿐인 저 회오리에서 무려 열여섯 명의 야만족이 튀어나온 것도 이해할 수 없었다.

회오리가 점차 일그러졌다. 회오리를 이루고 있던 물이 바닥으로 팍 쏟아지면서 인간의 모습이 드러났다. 흰색의 펑퍼짐한 옷을 입고 같은 색의 복면으로 얼굴을 가린 낯선 존재였다.

키와 체형으로 봐서는 남자가 분명했다. 그 존재는 작은 부채를 펴 든 양손 중 오른손을 위로, 왼손을 아래로 한 괴상한 자세를 취하며 말했다.

"역시, 잠에서 깨어났을 때는 능력이 떨어지는구나. 신께서 말씀하신 그대로야. 덕분에 재미있는 말을 들었군. 설마 그대가 카샤를 알고 있을 줄은 몰랐다. 카샤는 확실히 두렵지. 그러나 그대의 생각을 실행할 수는 없을 것이다. 자, 몸이 상하고 싶지 않다면 순순히 나의 오랏줄을 받아라."

"닥치지 못할까!"

폴스켄의 목에 굵은 핏대가 솟았다.

"인간의 모습을 한 주제에 저 사악한 야만족을 이끌고 이 신성한 장소에 들어오다니, 간 한번 큰 놈이로구나! 정체를 밝히고 항복하라!"

"항복?"

흰옷의 남자는 무용수처럼 제자리에서 한 바퀴 돌았다.

"단어의 선택이 부적절하군. 하긴, 웨스트리치 놈들의 지식과 예의는 원래 이 수준이지. 무기도 없는 주제에 항복을 권고하다니, 어이가 없구나."

순간 쩍 하는 둔탁한 소리가 문가에서 터졌다. 문을 가로막고 있던 야만족에게서 난 소리였다.

야만족은 허리가 앞으로 심하게 굽은 것이 특징이다. 그런 허리가 지금은 뒤로 꺾인 채 덜렁거리고 있었다. 등 뒤에서 가해진 심한 충격에 척추가 꺾인 것이다.

"무기가 있으면 되는 거야?"

허리가 꺾인 야만족이 앞으로 고꾸라졌다. 꿈틀거리는 야만족의 뒤통수로 두꺼운 군화가 망치처럼 떨어졌다. 야만족의 머리가 말발굽에 밟힌 과일처럼 내용물을 세차게 뿜어냈다.

문 안으로 야만족을 처치한 자가 들어왔다. 갈색의 풍부한 바람머리를 흔들며 들어온 그는 오른손에 든 양손대검을 파렌에게 집어 던졌다. 얼굴 정면으로 날아오는 검을 기민한 움직임으로 받아 든 파렌은 화를 내기는커녕 검의 이곳저곳을 자세히 살폈다.

대포를 연상케 하는 큰 철봉에 두 개의 큰 칼날을 붙인 특수한 형태의 검이었다. 칼날의 안쪽엔 슈트롬 팔켄이라는 글자가 선명히 새겨져 있었다. 파렌은 고개를 끄덕이며 검을 제대로 잡았다.

"이번엔 나사를 제대로 조였군."

"폐하께 맞아 죽긴 싫었거든."

갈색머리 남자는 자신의 붉은 코트 양옆에 찬 두 자루의 중형검을 들었다. 파렌의 슈트롬 팔켄과 비슷하게 생긴 그 검은 칼날이 한쪽만 붙어 있었고, 한 손으로도 무리 없이 다룰 수 있도록 길이가 짧았다.

호엔 3세는 그를 보고 탐탁지 않은 표정을 지었다.

"맞아 죽기 싫다는 놈이 예의도 갖추지 않는군."

갈색머리 남자는 어이없다는 반응을 보였다.

"이 상황에서 말씀이십니까?"

"아예 무릎까지 꿇으라고 해줄까?"

남자는 쓴웃음을 지었다.

"섀델 크로이츠 중사, 키르히 펙터. 미디엄께서 보내신 칙서에 따라 지금 대령했습니다."

늙은 왕의 눈썹에 힘이 들어갔다.

"칙서라고? 미디엄께서? 미친개에게?"

폴스켄이 풋, 하고 웃음을 터뜨렸다. 슈트롬 팔켄을 들고 적들을 주시하던 파렌도 소리 없이 웃었다.

키르히의 얇은 볼 살이 푸드득 떨렸다. 호엔 3세가 빤히 보고 있는데도 속을 드러낼 만큼 정직한(?) 성격인 그는 파렌만큼이나 준수한 외모를 지녔음에도 불구하고 '바란투로스의 미친개'라는 괴이한 별명을 가지고 있었다. 올해 스물다섯의 젊은이에게 그처럼 험한 별명이 붙은 이유는 바로 그의 전투 방식 때문이었다.

호엔 3세는 시선을 다른 곳에 둔 채 붉으락푸르락하는 젊은이를 힐끗 보며 씩 웃었다.

"아무리 미친개라고 해도 이 자리에 없는 백 명의 근위대보다는 훨씬 낫겠지."

키르히의 표정이 약간 누그러졌다.

왕은 뒷짐을 졌다.

"파렌 콘스탄, 그리고 키르히 펙터. 저 주제도 모르는 생물들을 처리하라. 단, 한 번에 죽이지 마라. 후회할 기회와 시간을 최대한 안겨주도록 하라."

"폐하의 명을 받들겠습니다."

파렌이 전투 자세를 잡았다. 얼핏 봐도 무거워 보이는 특수 대검이 가볍게 땅과 수평을 이뤘다. 표정은 차가웠다. 아침마다 자신의 하인을 깨워주고 노점상 주인들과 반갑게 인사를 나누는 청년의 모습은 온데간데없었다. 지금 파렌의 모습이야말로 바란투로스의 흑기사라는 별명에 걸맞은, 순도 100%의 크로이즈 리너였다.

"키르히 펙터도 폐하의 명을 받들겠습니다."

키르히는 활짝 웃었다. 왕의 지시가 마음에 든 것이다. 그는 양손에 각각 든 두 개의 쌍둥이 검을 좌우로 늘어뜨렸다.

먼저 움직인 쪽은 키르히였다.

자신과 가장 가까운 곳에 있던 야만족 앞에 불쑥 나타난 키르히는 쌍검을 위에서 아래로 내리고 좌우로 펼쳤다. 그의 공격에 반응하지 못한 야만족은 바닥에 쓰러졌다. 그것으로 그가 땅에 서 있을 수 있는 시간은 영원히 끝났다. 그를 일어나게 해줄 팔다리는 이미 제각각 굴러다니고 있었다.

쓰러진 야만족에게 일어나고 못 일어나고는 중요한 일이 아니었다. 팔다리의 단면에서 뿜어져 나오는 피는 그의 생명을 조금씩 갉아먹고 있었다.

"크아아!"

다른 야만족이 날짐승처럼 가볍게 뛰어 키르히의 머리를 노렸다. 혼혈이 아닌 야만족은 대체적으로 인간보다 몸집이 작고 빠르다. 그들은 자신들보다 덩치가 좋고 힘도 뛰어난 웨스트리치 군인을 상대할 때는 주로 뛰어서 머리를 노리는 방법을 사용한다.

야만족의 이동 방향이 갑자기 꺾였다. 높은 발차기로 야만족을 요격한 키르히는 군화 끝으로 야만족의 둔부와 다리 사이의 관절, 즉 고관절을 찌르듯 찼다. 군화 끝에 박힌 징은 뼈를 부수기에 알맞았다. 관절이 망가진 야만족은 비명을 지르며 땅 위에서 몸부림쳤다.

키르히는 왼손에 든 검을 지면 가까이까지 늘어뜨린 뒤 휘파람을 불며 야만족의 옆을 지나갔다. 그 과정에서 야만족의 겨드랑이 밑 동맥이 깔끔하게 끊어졌다.

이번엔 네 명이 한꺼번에 달려들었다. 키르히는 오른손에 든 검으로 야만족 한 명의 목을 아주 살짝 찌른 뒤 한쪽 다리를 걸어챘다. 야만족은 무대 위의 댄서처럼 외다리로 몸을 지탱하며 빙글빙글 돌았다. 목의 동맥을 정교하게 잘린 그 야만족은 살아 있는 분무기가 되어 자신의 피를 사방으로 뿌려댔다.

피는 키르히의 코트를 적셨지만 달려오는 동료들의 얼굴에도 뿌려졌다. 본능적으로 눈을 감은 그들에게 닥친 것은 키르히의 무자비한 칼날이었다. 그들은 다리를 모조리 잃고 동맥을 잘린 채 다른 동료들처럼 서서히 죽어갔다.

그 시점에서 키르히는 귀에 입이 걸려 있었다. 피가 분출될 때 나는 미세한 소리는 그에게 있어서 음악이었다. 너무 큰 고통으로 인해 비명 대신 새어 나오는 격한 숨소리는 합창이었다.

처음엔 전투의 천재라고 불린 그였지만 얼마 뒤엔 살인의 천재로 달리 불리게 되었다. 바뀌고 또 바뀐 별명의 종착역이 바로 미친개였다. 말하기에도 거북한 별명이었지만 키르히 본인은 별로 개의치 않았다. 때로는 지금처럼 자신에게 왜 그런 별명이 붙었는지를 증명하기도 한다.

그가 지시에 따른 살육을 계속하는 동안 호엔 3세는 품에 넣고 있던 곰방대를 꺼낸 뒤 홈에 담뱃가루를 넣었다. 불은 폴스켄이 성냥을 꺼내 붙여주었다. 연기를 깊게 즐긴 왕의 눈빛은 화랑에서 그림을 지켜보는 예술가의 그것처럼 그윽하게 반짝거렸나.

"그 풀피리 꼬마가 이제 겨우 쓸 만해졌군."

성냥을 주머니에 넣던 폴스켄은 왕의 의중이 궁금했다.

"마음에 드십니까?"

"쓸 만해졌을 뿐이야. 아직 어려."

호엔 3세는 오른발을 들어 뭔가를 밟는 듯한 자세를 잡았다. 그를 향해 굴러오던 야만족이 왕의 발바닥 아래에 멈췄다. 팔다리와 목의 힘줄이 베인 야만족은 허우적거리기만 할 뿐, 자신의 얼굴을 누른 늙은 왕의 발을 치우지 못했다.

"요즘은 오래 서 있으면 허리가 아프더군."

왕은 자신에게 야만족을 보낸 파렌을 보며 왼손 검지를 들었다. 왕의 지시를 본 파렌은 자신을 둘러싼 야만족 중 하나를 골라 슈트롬 팔켄을 휘둘렀다. 슈트롬 팔켄은 그 크기만큼이나 무겁다. 그러나 주인인 파렌의 손에서만큼은 고급 요리사의 칼만큼이나 세밀해진다.

검풍이 야만족을 먹어치웠다. 방금 전 당한 야만족과 마찬가지로 사지와 목의 힘줄을 절단당한 야만족은 망가진 꼭두각시 인형처럼 스르륵 무너져 내렸다. 파렌은 무기의 끝으로 야만족을 찌른 뒤 위로 집어 던졌다. 공중에 붕 뜬 야만족의 육체는 포물선을 그리며 날아가더니 먼저 도착해 있던 동료 위로 정확히 엎어졌다.

조절된 높이에 만족한 왕은 폈던 손가락을 검지에서 엄지로 바꾼 뒤 야만족의 몸뚱이를 의자 삼아 깔고 앉았다.

"으음, 좀 낫군. 이건 늙었다기보다는 운동 부족인 것 같아. 폴스켄, 허리에 좋은 운동이 뭐가 있나?"

예절에 맞춰 뒷짐을 지고 서 있던 폴스켄은 잠시 생각한 뒤 답변했다.

"스트레치 체조라고 들어보셨습니까? 몸에 부담이 거의 없습니다."

"으음, 계속해 보게."

힘줄이 잘린 채 고통스러워하는 야만족을 의자 삼아 앉은 뒤 아무런 거리낌 없이 일상적인 대화를 나눈다. 전쟁을 모르는 일반 백성들이 봤다면 놀라 자빠질 광경이었으나 어렸을 때부터 숱한 전쟁을 겪어온 이들에겐 그렇게 큰일이 아니었다.

호엔 3세의 기억 속엔 야만족의 식탁 받침대로 전락한 아군 병사의 머리들부터 산 채로 말뚝에 꽂힌 채 야만족의 손에 들려 다니며 비명을 지르는 장교들의 참혹한 모습 등이 생생히 살아 있었다. 그런 모습을 수십 년 동안 봐온 덕분에 호엔 3세가 생각하는 전쟁터의 최고 매너는 적의 목숨을 단칼에 끊어 뒤끝이 없도록 해주는 것으로 정립되어 있었다.
 크로이츠 멤버 두 명의 칼부림이 거의 동시에 멈췄다. 열여섯 명의 야만족 특공대는 아무런 소득 없이 쓰러진 채 천천히 죽어가는 신세가 되었다. 그들을 끌고 온 흰옷의 남자는 자신 앞에 버티고 선 두 남자를 가만히 보다가 부채를 다시 펼쳤다.
 "야만족에게 뭔가를 기대한 것은 아니었지만 설마 이토록 무능할 줄은 몰랐군. 열여섯 마리가 두 명을 상대하지 못하다니, 이런 어이없음이 또 어디에……."
 흰옷의 남자는 말끝을 흐렸다. 자신의 말을 경청해야 할 두 명이 수업 시간에 딴청을 부리는 학생들처럼 무기를 옆구리에 끼우거나 거둔 채 각자가 몇 명을 해치웠는지를 손가락으로 따지고 있었기 때문이다.
 우기듯 손가락 여덟 개를 마구 흔들던 키르히는 파렌이 손가락 아홉 개를 편 채 호엔 3세가 있는 곳을 슬쩍 가리키자 눈을 부릅떴다. 왕이 깔고 앉은 야만족이 두 명인 것을 뒤늦게 확인한 그는 이내 이마를 붙잡고 아쉬워했다. 그러더니 다시 발끈하여 왕에게 손가락 여덟 개를 흔들었지만 왕은 판결을 내리듯 일곱 개를 펴며 고개를 저었다.
 복면 속에 감춰진 흰옷 남자의 안면이 부르르 떨렸다.
 "나를 뭘로 보는 것이냐!"
 그는 키르히와 파렌을 향해 두 손을 뻗었다. 그의 손아귀에서 순식간에 응집된 물이 포탄처럼 튀어 나갔다.
 둘은 각자의 무기로 물 포탄을 받아냈다. 군화가 대리석 위에서 밀려 나갈 정도로 강한 충격이 몸에 전해졌지만 둘은 특별한 반응을 보이지 않았다.

파렌이 말했다.

"자신의 본질에 합당한 대우를 받고 싶다면 먼저 스스로를 밝혀라."

"그래야 묘비라도 제대로 꾸며줄 수 있으니까."

키르히가 웬일로 그를 거들었다. 사실 거들었다기보다는 파렌 혼자 멋있게 보이려는 것을 막기 위함에 지나지 않았다.

"소원이라면 그리하지."

흰옷의 남자는 오른쪽 다리를 접으며 들더니 부채를 든 양손을 좌우로 폈다. 처음 나타났을 때처럼 기묘한 자세였다.

"미디엄이 우리들에 대한 이야기를 해줬겠지? 난 너희들이 안개술사라고 부르는 집단의 일원이다. 이로써 웨스트리치 군대와 이야기를 나누는 안개술사는 내가 처음이겠군."

"안개술사가 이곳엔 무슨 일로 왔나?"

파렌의 질문은 날카로웠다.

"미디엄을 잡아가기 위해서지. 우리들의 신께서 나에게 미디엄의 포획을 명하셨고, 그에 합당한 힘을 내려주셨다. 카샤에 대한 이야기가 이미 나온 것은 안타깝지만 어쩔 수 없지. 그것이 시간과 공간이 정해준 운명이라면."

"그렇다면 난 그대를 막아야겠군."

파렌은 슈트롬 팔켄을 들었다. 안개술사는 두 발로 땅을 짚고 자세를 바꿨다.

"미디엄에게 이미 들은 것으로 아는데? 우리를 물리치기 위해서는 순수한 불의 힘이 필요하다. 금속을 두드려 만든 그 단순한 무기로는 불가능하다! 너희들의 나약한 힘으로는!"

안개술사의 몸이 순간 꿈틀했다. 그의 흰옷에 파렌의 검은 장발이 부딪쳤다가 제자리로 돌아갔다.

안개술사는 자신의 복부를 꿰뚫은 슈트롬 팔켄의 두꺼운 칼날을 보며 입으로 피를 토했다.

"아니?"

파렌은 슈트롬 팔켄을 그의 몸에서 뽑아냈다. 배를 부여잡고 바닥에 무릎을 꿇은 안개술사는 숨을 거칠게 몰아쉬며 상대를 바라봤다.

"누구냐, 너는? 술법이 걸린 법복을 한 번에 뚫다니……!"

"그 옷을 법복이라고 하나? 단단하긴 했지만 시더의 각질보다는 못했다."

"시, 시더?"

"고어를 모르나?"

안개술사는 대답하지 않았다. 모를뿐더러 대답할 힘도 없었다. 파렌은 자신을 향해 기울어지는 상대의 이마를 손으로 덮었다.

"잘된 일이로군."

파렌이 손을 떼자 안개술사는 앞으로 쓰러져 숨을 거뒀다.

호엔 3세가 시체 의자에서 일어났다.

"녀석들이 이쪽에 대해 아는 것은 오로지 화약 무기뿐인 것 같군."

"불행 중 다행일지도 모르겠습니다."

대답하듯 말한 폴스켄은 그를 뒤따르면서 수첩에 방금 전 일어난 상황들을 적어 내려갔다.

왕은 배를 덜 채운 짐승의 눈빛으로 무기를 거두는 키르히를 불렀다.

"칙서를 받았다고 했는데, 설마 늦게 온 것이냐?"

"제시간에 왔습니다, 폐하. 미디엄께서 제 무기와 파렌의 무기를 들고 이곳으로 오라고 하시더군요."

왕은 상황을 파악하기가 힘들었다.

"미디엄이시여, 이들이 올 것을 알고 계셨다면 미리 준비할 것을 명하시지 그러셨습니까?"

이때까지 연못 위에서 침묵을 지키고 있던 미디엄은 고개를 저었다.

"저 안개술사는 오늘 이곳에 도착했소. 오늘 내가 잠에서 깨어나 그대들과 만날 것을 미리 알고 있었던 것이오. 그대들이 무장을 하거나 더 많은 인원이 이곳에 들어왔다면 안개술사는 모습을 드러내지 않고 왕궁을 계속 떠돌면서 호시탐탐 기회를 노렸을 것이오. 그래서 키르히 펙터에게 준비를 시켰소."

"그렇습니까? 하지만 이로써 걱정거리가 하나 더 생겼습니다. 안개술사가 이토록 간단히 왕궁에 침범할 수 있는 존재라면 앞으로도 계속 이런 일이 벌어질 것 아닙니까?"

"이후로는 없을 것이오. 오늘을 계기로 이들의 요술에 대한 대응 방법이 마련되었소. 같은 술법으로 웨스트리치 대륙에 넘어올 수는 없을 것이오."

"오오, 그렇습니까?"

"시간이 많지 않소, 호엔 3세여."

"아, 예. 말씀하십시오, 미디엄이시여."

"파렌 콘스탄은 이곳으로 오시오."

미디엄은 파렌에게 손짓했다. 파렌은 그녀 앞에 무릎을 꿇었다. 바닥을 적신 야만족들의 피가 그의 무릎을 적셨다.

"그대에게 임무를 내리겠소. 그대는 내일 바란투로스를 떠나 카샤가 있는 곳으로 가시오. 그리고 카샤를 데리고 이곳으로 돌아오시오."

"뜻에 따르겠습니다."

폴스켄이 뒤이어 말했다.

"특별한 말씀이 없으시다면 제가 파렌과 동행할 자들을 뽑겠습니다."

"그럴 필요는 없소. 파렌 콘스탄은 홀로 이 일을 해내야 하오. 말도 이용해서는 안 되오."

폴스켄은 물론이고, 호엔 3세와 키르히도 깜짝 놀랐다. 폴스켄이 다급한 어조로 말했다.

"하지만 미디엄이시여, 아무리 파렌이 훌륭한 군인이라 해도 그 먼 길을 혼자 소화하는 것은 무리입니다. 게다가 파렌은 아시엔 대륙에 가본 일도 없습니다."

"그렇지 않소. 그는 해낼 힘을 가지고 있고, 운명까지도 손에 쥐고 있소."

"하아……."

폴스켄은 더 이상 따지지 못했다. 그만큼 미디엄의 발언은 절대적인 것이었다.

공중에 떠 있던 미디엄의 옷이 연못 속으로 서서히 가라앉다. 미디엄은 눈을 감으며 희미한 목소리로 말했다.

"그 아이를, 카샤를 아껴주시오, 파렌 콘스탄."

파렌은 그 순간 미디엄의 입가에 스친 미소를 놓치지 않았다. 다른 사람들은 미디엄이 아름다운 미소를 지었다며 놀라워했지만 그는 이상할 정도로 가슴이 쓰라렸다.

그날 저녁, 저택으로 돌아온 파렌은 주머니에 손을 넣은 채 밤하늘을 바라봤다. 끝이 마주친 두 개의 은하수가 하늘의 저편에서 환히 빛나고 있었다. 쌍둥이 은하수라고 해서 아시엔 대륙에서는 절대 보이지 않는 명물이었다.

"혼자라……."

나직이 읊조린 그는 현관문을 열었다. 현관 안쪽의 의자에는 하이디가 앉아 있었다. 그녀는 머리를 벽에 기댄 채 정신없이 잠들어 있었다. 안경은 귀에 아슬아슬하게 걸렸고, 목도 불편하게 꺾여 보는 이의 눈을 아프게 했다.

싱긋 웃은 파렌은 그녀 앞에 쭈그려 앉은 후 반쯤 벗겨진 그녀의 안경을 제대로 씌워주었다. 그 자극에 반응한 하이디는 눈을 흐리게 떴다.

"아…… 아! 주인님! 돌아오셨습니까!"

그녀가 벌떡 일어났다. 파렌이 뒤따라 일어났다.

"방금 왔소. 아무 일 없었소?"

상기된 얼굴의 하이디는 안경을 고쳐 쓰며 허둥지둥 말했다.

"방문객은 없었습니다. 그런데……."

그녀의 얼굴에 금세 걱정이 앉았다. 파렌의 옷에서 나는 피 냄새 때문이었다.

"왕궁에서 일이 좀 있었소. 다친 곳은 없으니 안심하시오. 내가 씻는 동안 미스 요하네스는 식당에서 기다리시오. 차는 장미차로 부탁하오."

"알겠습니다, 주인님."

하이디는 고개를 갸웃거리며 부엌으로 향했다.

조금 뒤, 편한 복장으로 식당에 들어온 파렌은 의자에 앉은 뒤 하이디에게도 앉을 것을 권했다. 그의 앞에 미리 준비한 장미차를 놓은 하이디는 조심스럽게 파렌이 권한 자리에 앉았다.

파렌은 그녀에게 장미차를 내민 뒤 자신은 물을 따라 마셨다. 하이디는 기겁했다.

"주, 주인님! 이 무슨……!"

"난 차 종류를 싫어하오. 그리고 장미차는 여성에게 좋은 차요."

"음……."

고개를 숙이고 앞치마를 꼭 잡은 하이디는 지금의 상황을 파악하기 위해 사력을 다했다. 책에서 간접적으로 접했던 수많은 가능성을 추리고 추린 그녀는 이내 서글픈 미소를 지었다.

"결국 전 쫓겨나는 것이군요."

"이곳에서 그렇게 나가고 싶소?"

"예?"

"난 미스 요하네스를 이 저택에서 내쫓을 생각이 없소. 당신처럼 유능한 하인을 내쫓으면 정말 벌을 받을지도 모르오. 내가 매일같이 이렇게 말해주는데도 걱정을 계속하면 나도 모르게 말을 실수할지도 모르니 이젠 주의해 주시오."

"죄, 죄송합니다. 명심하겠습니다."

"내가 미스 요하네스의 시간을 빼앗은 이유는 내가 내일부터 출장을 가기 때문이오."

하이디는 주인의 말을 이해할 수 없었다. 그가 출장을 가는 것은 놀라운 일이 아니었다. 그녀가 이 저택에 들어온 것은 4년 전이었는데, 파렌은 매달 두 차례 이상 장기 출장을 다녀왔다. 그의 첫 출장 때는 주인이 영영 돌아오지 않을까 봐 걱정도 했지만 지금은 그가 돌아오는 날 무슨 요리를 준비해야 하는가가 그녀의 가장 큰 걱정거리였다.

그런데 지금처럼 자리를 마련하면서까지 출장에 대한 이야기를 꺼내는 것은 상당히 이례적인 경우였다.

"이번엔 어디로 가십니까, 주인님?"

"아시엔 대륙으로 갈 것이오."

하이디의 모든 동작과 의식이 정지했다.

"구, 국경 지대로 가시는 겁니까? 그런 것이지요?"

"그렇지 않소. 혹시 벽암국이라고 들어봤소?"

"알고 있습니다. 고모부께서 무역업을 하셔서 벽암국에 대한 이야기는 많이 들었습니다."

그녀의 눈이 퍼뜩 커졌다.

"설마 벽암국으로 가시는 겁니까?"

"그렇소."

"배를 타고 가시는……?"

"도보로 가게 되오. 대륙 남부에 있는 산지를 통해서 가기 때문에 야만족에게 쉽게 발각되진 않을 것이오. 올 때는 벽암국의 배를 타고 올 예정이라 갈 때만큼 힘들진 않을 것 같소. 다만……."

"다만, 무엇인지요?"

"적들이 나의 목적지를 알고 있소."

하이디는 안경을 벗고 오른손으로 얼굴을 덮었다. 파렌은 조용한 어조로 말했다.

"미스 요하네스도 알다시피 나에겐 가족뿐만 아니라 친척도 없소. 때문에 내가 사망하게 되면 콘스탄 가문의…… 아니, 나의 재산은 모두 국법에 따라 국가에 귀속되게 되오. 그러니 당신에게 이걸 주겠소."

그는 콘스탄 가문의 인장이 찍힌 양피지를 내밀었다.

"내가 2년이 지난 뒤에도 돌아오지 못하면 아마 자동적으로 사망 처리가 될 것이오. 그때 이 인증서를 법원에 제출하면 콘스탄 가문의 재산 10분의 1이 요하네스 가문으로 이전될 것이오."

"주인님!"

하이디는 작은 주먹으로 테이블을 강타했다.

"주인님께서 일을 당하실 리가 없지 않습니까! 바란투로스의 흑기사가, 크로이츠 리더가 패배하실 리가 없지 않습니까!"

"있소."

"……"

"인간이니까."

부드럽게 웃은 파렌은 그녀를 다독이듯 말했다.

"요하네스 가문은 4대에 걸쳐 콘스탄 가문을 도와주었소. 하인에게 양도할 수 있는 재산의 한도가 10분의 1로 제한된 것이 아쉬울 정도라오. 이 사항은 부친께서도 유언으로 남겨두신 것이니 부담스러워하지 마시오."

"재산이 무슨 상관입니까! 저에게 아침을 열어주는 사람은 주인님뿐인데……!"

하이디의 입장에선 죽을 만큼 대단한 용기를 내어 꺼낸 말이었다. 하지만 파렌의 반응은 어이가 없을 정도였다.

"노력하면 되오."

"……."

"인증서는 잘 보관하시오. 내일 새벽에 떠날 예정이니 아침은 준비하지 않아도 되오. 오랜 기간 혼자 있기가 힘들겠지만 힘을 내시오. 어려운 일이 생기면 시몬스 대령님이나 아몬 하사, 예레미스 상사에게 도움을 요청하시오. 내가 잘 부탁해 놨으니 부담을 가지지 마시오. 아, 괜찮다면 키르히를 찾아가도 좋소."

"……알겠습니다."

"그럼 잘 부탁하오."

"예, 주인님. 먼저 주무십시오. 전 정리하고 쉬겠습니다."

"그러시오."

파렌이 자리를 떠난 뒤, 한참 후 하이디는 차갑게 식은 장미차를 단숨에 마신 뒤 무겁게 숨을 내쉬었다.

"뭘 노력해, 나쁜 놈……!"

그리고 그녀는 엉엉 울었다. 그녀를 위로해 주는 것은 창밖에서 빛나는 쌍둥이 은하수뿐이었다.

시간이 흐르고 동이 틀 무렵이 됐다.
큰 배낭을 등에 진 파렌은 식당 문을 열었다. 테이블에 엎드려 자고 있는 하이디의 등 위로 짙푸른 새벽 빛깔이 내려앉아 있었다.
파렌은 짐을 놓고 그녀를 안아 들었다.
"4년 전보다 무거워졌군. 그땐 정말 솜털 같았는데."
그녀의 방을 향해 가는 도중 현관을 지나게 된 파렌은 현관문을 보며 옛 기억을 떠올렸다.
4년 전 어느 날, 깡마른 안경잡이 소녀가 커다란 가방을 옆에 들고 그곳에 나타났다. 당시 하사였던 파렌은 다음날, 자신이 제시간에 식사를 하기 위해서는 그 열다섯 살 소녀를 손수 깨워야 한다는 사실을 깨닫고 파안대소를 했다. 그의 부모가 세상을 뜬 이후 3년 만에 짓는 웃음이었다.
방문을 열고 하이디를 침대에 눕힌 바란투로스의 흑기사는 의자에 앉아 한숨을 돌렸다.
4년 만에 처음 들어오는 그녀의 방은 소박했다. 몇 권의 소설과 시집, 그리고 닳고 닳은 각종 요리책이 책장에 빽빽이 끼워져 있었다. 책장 밑 빈칸에는 검은색의 옷이 입혀진 기사의 봉제 인형이 잔뜩 모여앉아 잠든 주인을 지켜봤다. 그 외엔 하녀용 복장과 앞치마가 전부였다.
파렌은 하이디가 쓴 안경을 벗기며 나직이 말했다.
"당신은 촛불이요, 미스 요하네스. 지금까지 날 밝혀줘서 고마웠소."

파렌은 그녀에게 이불을 덮어준 뒤 조용히 문을 닫고 나갔다.

바란투로스 왕국의 수도, 아이젠발트의 새벽은 쓸쓸했다. 새벽이슬을 맞으며 도시의 외곽 성문을 나선 파렌은 먼저 와서 기다리고 있던 호엔 3세와 폴스켄 시몬스에게 경례를 했다. 평소처럼 가벼운 경례가 아니었다. 구경하고 있던 경비병들과 근위병들조차 혀를 내두를 정도로 제식을 정확히 지킨 멋진 경례였다.

호엔 3세는 고개를 끄덕여 그의 경례를 받아주었다.

"꿈은 잘 꿨나?"

"꾼 것 같지만 기억나진 않습니다."

"악몽이 아니면 됐지."

왕은 수염을 긁적였다.

"미디엄께서 말도 내어주지 말라고 하셨지만, 참 깜깜하군. 두 개의 대륙을 걸어서 가로지르다니, 무슨 수도승도 아니고 원……."

"괜찮습니다. 웨스트리치의 위기를 단지 걸어서 해결할 수 있다면 당장 걷는 것이 당연하지 않겠습니까?"

"후후, 하여간 입담은 어떻게 할 수가 없다니까? 키르히 녀석 같았으면 놀리는 재미라도 있을 텐데 말이야."

파렌의 어깨를 두드려 준 왕은 폴스켄에게 기회를 넘겼다.

폴스켄은 직접 들고 온 검은색 가방을 파렌에게 넘겨주었다. 그의 무기, 슈트롬 팔켄이 담긴 전용 케이스였다.

"받게. 루카스가 밤을 새서 다듬었네. 탄은 전부 방수탄으로 준비했으니 화약이 젖어 쏘지 못할 일은 없을 거야."

"감사합니다."

"음, 다 좋은데…… 정말 부대원들과 인사를 하지 않아도 되겠나?"

"그래야 아쉬워서라도 살아 돌아올 것 같습니다."

"그래. 미스 요하네스와 자네의 저택은 걱정하지 말게. 자네 집을 노리고 들어온 도둑은 크로이츠가 어떻게 돌아가는지 자세히 구경하게 될 테니까."

파렌에겐 가장 마음이 든든한 소식이었다.

"잘 부탁드립니다."

"아, 그리고 한 가지 부탁을 좀 하세나."

"말씀하십시오."

"가는 길에 아마 엔더후프라는 마을이 있을 것이네."

지도에서 마을의 명칭을 본 기억이 있는 파렌은 고개를 끄덕였다.

"알고 있습니다."

"그곳에서 스페치아 출신의 아저씨 하나가 여관을 운영하고 있을 것이네. 나랑 잘 아는 사이니 자네가 꼭 이 말을 전해주게."

"말씀하십시오."

"엿이나 먹으라고 하게."

파렌뿐만 아니라 옆에서 듣던 호엔 3세도 깜짝 놀랐다.

"스페치아 누구? 설마 루크 야콥스키?"

"그렇습니다."

마지못해 대답한 폴스켄의 얼굴은 나쁜 짓을 하고 들킨 아이처럼 흙빛이 되어 있었다. 왕의 안색이 급격히 나빠졌다.

"그 친구랑 화해했다고 했지 않나? 난 그걸 듣고 기뻐서 자네와 저녁 식사까지 했는데?"

"폐하께서도 아시지 않습니까? 야콥스키의 그 도를 지나친 행동들을 말입니다!"

"그래도 그렇지, 지금까지도 이러면 어쩌나? 이제 그 친구와 자넨 자기 전에 화장실을 반드시 다녀와야 망신을 안 당할 정도로 늙었단 말일세!"

"개인 사정입니다."

"어허, 이 사람이……?"

파렌이 약간 강하게 헛기침을 했다. 자신들이 이곳에 나온 이유를 다시 기억해 낸 왕과 대령은 안색을 대번에 바꿨다.

"무운을 빌겠네."

"파렌 콘스탄, 반드시 임무를 완수하겠습니다."

경례를 한 파렌은 자신의 유일한 동반자가 들어 있는 검은색 가방을 들고 바란투로스를 떠났다.

가만히 길을 걷던 그는 코트 안주머니에서 작고 두툼한 책을 꺼냈다. 책의 제목은 '3개월 만에 완성하는 아시엔 언어'였다.

정말일까? 하는 미심쩍은 얼굴로 책 표지를 살펴본 파렌은 첫 페이지를 넘겼다. 그의 기묘한 여행은 그렇게 시작되었다.

story 3 하늘의 요괴

신성력 211년 9월 중순.

벽암국 동쪽에는 천성강(天星江)이라 하여 제법 큰 규모의 강이 흐르고 있다. 이 강의 상류에는 팔선구(八仙區)라는 지역이 있는데, 이곳에는 지역 이름에 맞게 선(仙)의 이름을 가진 여덟 개의 마을이 모여 있다.

산세가 워낙 험해서 다른 지역 사람이 이곳으로 오기 위해서는 반드시 배를 타야 한다. 등산 및 도보로 이곳에 간다면 순식간에 길을 잃거나 산속에 숨은 맹수의 밥이 될 것이다. 그런 험한 지형을 관통하는 천성강의 자태는 다른 하늘 아래의 어떤 물도 감히 대적하지 못할 만큼 아름다웠다.

마침 벽암국은 가을이었다. 기암괴석들을 뒤덮은 붉은색과 노란색의 단풍은 바닥이 그대로 보일 정도의 깨끗한 물에 자신들의 자태를 마음껏 비춰보고 있었다. 높고 푸른 하늘빛까지 참지 못하고 뛰어든 물빛은 세상 그 어떤 보석도 흉내 내지 못할 만큼 화려하면서도 그림처럼 조용했다.

안개가 깔린 천성강의 거대한 물 위를 한 척의 나룻배가 가로지르고 있었다. 배의 꼬리에는 흰옷을 입은 사공이 리듬을 맞추듯 천천히 노를 젓고 있었고, 배의 머리에는 검은색의 비옷을 입고 커다란 황색 삿갓을 쓴 남자가 묵묵히 책을 읽고 있었다.

사공은 손님을 봤다. 햇볕과 땀으로 잘 익은 그의 갈색 얼굴에는 푸근한 미소가 가득했다.

"이곳에는 관광을 오신 거요?"

손님이 삿갓을 들며 사공을 응시했다. 검은 장발에 정돈이 안 된 수염을 짙게 기른 남자였다. 눈동자 색도 검은색이었지만 얼굴 구조가 벽암국 사람들과는 약간 달랐다. 두상은 몸에 비해 작고 길었으며, 눈은 깊고, 코도 높았다.

"그렇진 않습니다만, 이곳의 풍경은 제 목적을 잊어버릴 정도로 아름답군요."

대답한 검은 머리의 손님은 밝게 미소를 지었다. 어른스러운 외모의 남자가 그렇게 웃는 걸 보고 미약하게 남아 있던 경계심이 완전히 사라진 듯 사공은 호탕하게 웃었다.

"하하하, 팔선구의 경치는 최고지요! 화가와 작가는 붓을 들게 되고, 종교에 귀의한 사람은 기도를 하게 된답니다. 우리 같은 사람은 술과 안주를 찾게 되지요!"

"그 말씀 그대로입니다."

노를 젓는 사공의 팔이 약간 느려졌다. 이른 아침에 자신을 찾은 이 손님과 좀 더 얘기를 나눠보고 싶어진 것이다.

"그런데 손님, 서 대륙에서 오셨소?"

"예. 바란투로스에서 왔습니다."

"호오, 그러시오? 친구들에게 도시가 정말 크고 웅장한 나라라는 얘기를 자주 들었소. 그곳은 정말 밤에도 거리에 불을 켜오?"

"가로등이라고 해서 기름으로 불을 밝히는 것들이 거리에 쭉 늘어서 있습니다. 수가 많은 만큼 켜는 것도, 끄는 것도 큰 수고지요."

"허허, 한 번 가서 구경해 보고 싶소이다. 그런데 손님, 우리말을 어찌 그리 잘하시오? 손님을 처음 뵈었을 때 정말 깜짝 놀랐소이다."

삿갓의 남자는 고개를 옆으로 삐딱하게 꺾으며 묘한 미소를 지었다.

"열심히 배웠습니다. 하지만 3개월 만에는 안 되더군요."

"그랬구려. 허허허……."

남자가 말한 3개월의 뜻을 알 리가 없는 사공은 그냥 웃기만 했다.

"관광을 오신 게 아니라고 하셨는데, 그럼 무슨 일로 오셨소이까?"

"누군가를 찾아왔습니다. 아, 어르신께서는 혹시 카샤라는 요괴에 대해 아십니까?"

"카샤?"

노까지 멈추고 골똘히 생각하던 사공은 이내 박수를 치며 웃었다.

"아, 그래서 화선산으로 가시는군! 하하, 카샤님이라면 팔선구 사람들은 모두 알고 있다오. 아주 재미있고 신기한 분이시지. 아마 손님께서 예의에 어긋나는 행동만 하지 않으신다면 좋은 추억을 만드실 수 있을 거요."

"그렇군요. 그럼 어르신께 한 가지 여쭈어 봐도 되겠습니까?"

"음? 말씀하시구려."

"요괴가 무엇입니까?"

정적이 흘렀다. 천성강의 물결이 나룻배의 옆구리를 간질이는 소리, 붉은색에서 노란색 나무로 오가는 새들의 울음소리 외엔 그 무엇도 두 사람의 귀에 들리지 않았다.

"정말 모르시오?"

사공이 조심스레 묻자 남자는 고개를 끄덕거렸다.

"5개월 전에 처음 들었고 오는 도중에 만난 분들께 여쭤보기도 했지만, 대답해 주시는 분이 아무도 없으셨습니다."

"음… 하긴, 다른 지역 사람들은 모를 수도 있겠구려."

사공은 다시 노를 움직였다.

"요괴는 아리따울 요(妖) 자에 기이할 괴(怪) 자를 붙여 만든 단어요. 말 그대로 요괴들은 아름다우면서도 기이한 존재라오. 요괴들의 대부분은 하나같이 예쁘장하고 장난을 즐기며 먹을 것을 엄청나게 밝힌다오. 애들하고 잘 놀아주기도 하고, 어른들의 고민을 들어주기도 하지요."

"인간에게 해를 끼치지는 않습니까?"

"그런 일은 없소. 다만 장난이 너무 지나쳐서 사람들이 사소하게 다치거나 하는 경우는 있소."

"그럼 카샤라는 요괴는 어떻습니까?"

"카샤님은 정말 오래된 분이시오. 그분이 언제 화선산 마을에 오셨는지는 아무도 모르오. 다만 팔선구에 사는 요괴 전체가 카샤님을 우두머리로 모실 정도로 그분의 힘은 강력하오."

"어느 정도입니까?"

"우리 할아버지께서 아주 어리셨을 때, 대불수리(大拂水罹)라는 마귀가 세상을 어지럽힌 적이 있었소. 대불수리의 난으로 인해 남도(南都)의 논과 밭이 썩고 우물이 말라서 수많은 사람들이 고통스러워했지. 그때 카샤님께서 대불수리와 그 졸개들을 한 번에 불태워 버리셨소. 주상께서 그에 대한 보답으로 카샤님께 화사무쌍(火娑無雙)이라는 이름과 큰 재물을 주셨지만 카샤님은 전부 거절하시고 다시 이 마을로 돌아오셨소. 그날 이후 사람들은 카샤님을 존경하게 되었다오."

사공의 말을 경청한 남자는 고개를 크게 끄덕이며 만족스러워했다.

"하루빨리 뵙고 싶군요."

"하하, 이제 다 왔소. 저 모퉁이만 돌면 화선산 마을이 나타난다오."

물살을 탄 배는 빠르게 바위를 돌았다. 돌아앉은 남자의 눈에 작은 마을이 들어왔다. 완만한 언덕 전체를 뒤덮고 있는 집들은 그 벽의 색이 하나같이 흰색이었고, 황색 짚을 엮어 만든 지붕을 덮고 있었다.

흙과 나무로 만들어진 그 집들은 남자가 벽암국에 도착한 이후 본 가옥들 중에서 가장 깔끔하고 형태가 좋았다.

"마을 모습이 범상치 않군요."

그가 감탄하듯이 말하자 사공은 껄껄 웃었다.

"화선산 마을은 관광촌이오. 전국 각지에서 손님들이 몰려와 화선산의 산과 물을 즐기다 돌아간다오. 덕분에 마을 사람들 모두가 외부인들에게 친절하고 붙임성이 좋으니 손님께서 지내시기에도 편할 것이오."

"다행입니다."

작은 선착장에서 사공과 작별한 남자는 아시엔의 언어로 '여관'이라 쓰인 건물을 향해 걸어갔다. 선착장 주변에서 물고기와 그물을 손질하던 마을 사람들이 그를 보고 수군거렸다. 벽암국이나 주변 나라에서 오는 손님들은 흔했지만 웨스트리치 대륙인이 오는 경우는 그들에게 있어서 정말 드문 일이었다.

가는 길에 그와 마주친 마을 처녀들은 남자의 큰 키와 딱 벌어진 어깨, 길쭉한 팔다리에 감탄했지만 수염과 먼지로 지저분한 얼굴과 옷에서 풍기는 이상한 냄새 때문에 눈살을 찌푸렸다.

삿갓을 벗고 여관 안으로 들어간 남자는 자신이 들어오는 것을 보고 깜짝 놀란 노파를 보며 정중히 인사했다.

"방을 하나 빌릴 수 있겠습니까, 어르신?"

그의 유창한 아시엔 언어에 또 한 번 놀란 노파는 입에 물고 있던 열매를 꿀꺽 삼킨 뒤 활짝 웃었다.

"어서 들어오시구려. 요즘은 비수기라 방이 아주 많소이다."

"운이 좋군요. 목욕도 할 수 있겠습니까?"

"물론이오. 우리 집 바로 옆이 온천이라 뜨거운 물은 얼마든지 있소. 아주 지칠 때까지 하시구려. 하하하하."

"면도를 할 수 있는 칼도 있습니까?"

"여관에 그런 게 없겠소, 설마? 하하하하."

호탕하게 웃은 노파는 지팡이를 짚고 바쁜 걸음을 걸으며 남자를 안내했다.

온천에서 비와 노숙 등으로 지저분해진 몸을 정갈히 씻은 남자는 욕실 벽에 붙은 거울 앞에서 노파가 준비해 준 작은 칼날로 면도를 시작했다.

먼지와 수염이 말끔히 사라진 그의 얼굴은 고향을 떠나기 전과 별 차이가 없었다. 얼굴은 약간 여윈 듯했으나 오랜 걸음으로 군살이 완전히 사라진 육체는 훨씬 더 강인해 보였다.

그 남자, 파렌 콘스탄은 꿈을 꾸는 기분이었다.

설마 자신이 걸어서, 물론 오는 도중에 배를 여러 번 타긴 했지만, 스스로의 힘으로 불과 5개월 만에 이곳에 도착했다는 사실이 믿어지지 않았다. 이러다가 눈을 뜨면 아시엔 어딘가의 나무 그늘 아래가 아닐까 하는 불안감까지 들 정도였다.

그는 신을 믿지 않았다. 웨스트리치 대륙에는 신성 교단이라는 종교 단체가 있긴 하지만 많은 수의 사람들은 신보다는 돈과 기술을 믿는다. 그들이 내세우는 합리주의에 신이 낄 자리는 없었다. 그러나 지금의 파렌은 아무 신이나 붙잡고 감사하고픈 심정이었다. 그것은 그만큼 고된 여행이었다는 증거였다.

면도를 마친 파렌은 거울에 얼굴 이곳저곳을 비춰봤다. 수염은 흔적조차 보이지 않았다. 그는 손에 든 칼날을 보며 휘파람을 불었다.

"대단한데?"

목욕을 마치고 방으로 돌아온 그는 자신이 입고 있던 옷을 잘 접어 방구석에 밀어놓은 뒤 배낭에서 헝겊으로 단단히 싸맨 다른 옷을 꺼냈다. 그것은 그가 5개월 전 고향을 떠날 때 잠시 입었던 크로이츠 전투복이었다.

전투 코트만 걸치는 것은 기본 군장이라 하고, 그 위에 간단한 갑주와 예비용 탄환 등을 착용하면 완전 군장이라고 한다. 섀델 크로이츠는 어딘가에 주둔하며 장기전을 벌이는 일반 부대가 아니라 특정 사건에만 투입되는 특수부대이기 때문에 배낭이나 침낭 등의 물건은 군장에 포함되지 않는다.

코트를 걸쳐 기본 군장을 마무리한 그는 무기가 든 검은 가방과 깨끗한 군화를 손에 들고 방을 나섰다. 그가 슈트롬 팔켄을 들고 가는 이유는 자신의 목적지에 적들이 나타날지도 모르기 때문이었다. 5개월 전 그의 눈앞에 나타난 안개술사는 카샤에 대해 확실히 알고 있었고, 미디엄이 그에 대해 얘기하려 한다는 것까지 꿰뚫고 있었다. 그런 상황이니만큼 철저히 대비하는 것은 당연한 일이었다.

군화를 단단히 신은 파렌은 노파가 있는 현관으로 갔다.

"어르신, 여쭤보고 싶은 것이 있습니다."

노파는 활짝 열린 정문을 통해 바깥 경치를 즐기고 있었다. 작은 몸집에 등이 살짝 굽은 노파가 녹색의 작은 열매를 먹는 폼이 파렌의 눈엔 그렇게 정겨울 수가 없었다.

노파가 그를 돌아봤다.

"무슨 일이시……."

파렌의 모습을 본 노파는 잠시 동안 입을 다물지 못했다.

"오, 세상에. 한 10년 정도 젊어졌으면 좋겠다는 생각을 항상 해왔지만 오늘은 50년 정도로 욕심을 내고 싶구려. 그렇게 멋지게 차려입고 어딜 가시오?"

"카샤님을 뵙고 싶습니다. 어디로 가면 되겠습니까?"

사공과 이야기를 나누기 전엔 카샤라는 이름에 존칭을 쓰지 않았던 파렌은 내키지 않았지만 이곳 사람들의 생각에 일단 맞춰주기로 했다. 그에게 있어서 카샤는 그가 들고 있는 슈트롬 발켄과 동일한 일종의 '무기'였다. 게다가 인간이 아닌 요괴였다. 카샤에게 존칭을 붙이는 것은 사람을 몇 번 구한 명견에게 존칭을 붙이는 것과 같다고 그는 생각하고 있었다.

"허허, 카샤님을 뵈러 먼 서대륙에서 여기까지 오신 거요? 그렇다면 대환영이오. 카샤님은 이 마을 뒤로 보이는 언덕의 정상에 살고 계신다오. 정상에 올라가면 동굴이 하나 있는데, 절대 안에 들어가지 말고 밖에서 그분을 부르시오. 아, 잠깐 기다리시겠소?"

노파는 급히 지팡이를 짚고 부엌으로 갔다. 시간이 꽤 흐른 뒤 노파가 들고 나온 것은 종이와 노끈으로 단단히 감싼 큼지막한 물건이었다. 종이 안에선 상당히 구수한 냄새와 함께 뜨거운 기운이 넘쳐흘렀다.

"이걸 가지고 가시구려. 빈손으로 가면 카샤님께서 심술을 부리실 거요."

물건을 받아 든 파렌은 고개를 갸웃했다.

"이것이 무엇입니까?"

"고기라오."

"고기라고 하셨습니까?"

"그렇소. 카샤님은 구운 고기를 엄청나게 좋아하신다오. 자, 식기 전에 어서 가져가시오."

파렌은 괜히 미안해졌다.

"이렇게 큰 고기를 손수 요리하여 주시다니, 죄송해서 몸 둘 바를 모르겠습니다."

"괜찮소. 여자의 마음 아니겠소? 하하하하."

"아, 하하……. 그럼 다녀오겠습니다, 어르신."

"후딱 가시오, 후딱. 식은 고기는 싫어하신다니까?"

"예, 알겠습니다."

고기를 가방 옆에 매달고 여관을 나선 파렌은 빠른 걸음으로 길을 걸었다.

마을 사람들에게 길을 확인하면서 언덕 정상으로 올라간 파렌은 코트의 앞단추를 풀어 위에서 부는 서늘한 바람으로 땀을 식혔다. 크로이츠의 전투 코트는 일반 헝겊이 아닌 복합 소재를 이용해 만들었고, 특정 부위에는 철편까지 심어놓은 탓에 동일한 사이즈의 일반 코트보다 몇 배는 무거웠다. 그나마 복합 소재 덕분에 땀이 차지 않는 게 다행이었다.

땀을 식히는 그의 옆에 뭔가가 툭 떨어졌다. 코트 자락을 들었다 놨다 하던 파렌은 움찔하여 손을 멈추고 그쪽을 봤다.

가장 먼저 보인 것은 붉은색의 꼬리였다. 밧줄처럼 길고 두툼한 꼬리가 살랑거리는 것이 신기하면서도 요사스러웠다.

꼬리의 주인은 짐승의 가죽으로 보이는 것을 몸에 대충 두른 소녀였다. 몸집은 대략 7세에서 8세의 아동에 가까웠지만 파렌은 그 소녀를 인간으로 생각하지 않았다.

꼬리는 둘째 치고 피부색이 일단 붉었다. 햇볕에 살이 익어 나오는 붉은색이 아니라 땅에서 퍼낸 흙을 바른 듯한 적토(赤土)색이었다. 짐승의 털처럼 뻣뻣해 보이는 머리카락은 산발이었고 선홍색을 띠었다. 또한 눈동자는 황금색에 동공은 아래위로 길쭉했다. 마지막으로, 앉아 있는 폼이 꼭 원숭이 같았다. 파렌이 그 존재를 소녀라고 판단한 근거는 약간이나마 부푼 가슴 부위와 체형 때문이었다.

꼬리를 흔드는 소녀의 시선은 파렌의 가방에 달려 있는 고깃덩어리에 쏠려 있었다. 그녀는 입에서 흘러나오는 침을 손등으로 연신 훔치며 입맛을 다셨다.

'이것이 요괴겠지? 예쁘고 먹을 것을 밝히는 것을 보니 맞는 것 같군.'

씩 웃은 파렌은 그녀에게 몸을 숙였다.

"배고프니?"

소녀의 황금색 눈동자가 파렌 쪽으로 움직였다.

"본좌(本座)는 고기를 매우 좋아하노라."

대답을 들은 파렌은 말속에 섞인 생소한 단어에 놀랐다.

"본좌? 네 이름이야?"

"본좌는 자신을 높여 부르는 말이다. 모르나?"

"음, 오늘 처음 들었어. 난 아주 멀리서 왔거든."

"호오, 그렇구나. 그럼 본좌가 청하겠노라. 자네가 가진 고기를 본좌에게 조금 나눠 줄 수 있겠는가?"

파렌은 고개를 흔들었다.

"미안해. 줄 사람이 따로 있는 물건이야."

"으음……."

소녀는 팔짱을 끼고 고민하다가 이내 씁쓸한 표정으로 머리를 흔들었다.

"그럼 어쩔 수 없도다. 고기는 먹고 싶지만 남의 물건을 탐하는 것은 나쁜 일이지."

"착한 아이구나."

파렌은 손을 뻗어 소녀의 머리를 만져 주었다. 하지만 손대는 순간 그는 아차 싶었다. 그녀의 머리 상태로 봐서 분명 냄새가 날 것이 뻔했기 때문이다.

하지만 그것은 섣부른 판단이었다. 손에 닿은 머리카락의 감촉은 약간 거칠기만 할 뿐, 지저분하다거나 끈적거리는 느낌이 전혀 없었다. 게다가 은은한 향기까지 났다.

"씻은 지 얼마 안 됐니?"

"씻어? 본좌는 씻지 않아도 된다. 항상 깨끗하지."

"그렇구나. 난 하루만 걸어도 금방 냄새가 나는데, 참 부럽네."

땀이 식었음을 확인한 그는 옷매무새를 정돈했다.

"여기서 작별해야겠다. 나중에 만나면 고기 많이 사줄게."

"오, 정말인가? 기대하겠노라. 잘 가라, 까만 머리."

"그래, 너도 잘 가."

파렌은 길을 걸었다. 소녀도 길을 걸었다.

같은 방향으로.

둘은 우뚝 멈추고 서로를 봤다.

"이쪽에 볼일이 있니?"

파렌의 질문에 소녀는 고개를 끄덕였다.

"본좌의 집은 이쪽이다."

"그렇구나. 나도 이쪽으로 가야 하는데, 잘됐네. 한 가지 물어봐도 될까?"

"그래라. 본좌는 친절해서 대답 잘해주노라."

"혹시 카샤라는 요괴에 대해서 알고 있니? 보아하니 너도 요괴 같은데……."

"오?"

소녀가 눈을 번쩍 떴다.

"카샤를 찾아왔나?"

"응."

"카샤에게 고기를 주기 위해 온 건가?"

"응, 맞아. 알고 있어?"

소녀는 대답 대신 파렌이 가져온 고기를 입에 물고 냅다 달리기 시작했다. 고기를 묶었던 끈이 단숨에 끊어지자 깜짝 놀란 파렌은 그녀를 급히 쫓았다.

"잠깐, 기다려! 나중에 고기 사준다고 했잖아!"

하지만 소녀는 달리는 것을 멈추지 않았다. 파렌이 할 수 있는 것이라고는 그저 달리는 것뿐이었다.

"음!"

소녀가 이상한 소리를 내며 갑자기 멈췄다. 그 틈을 놓치지 않은 파렌은 왼손을 뻗어 그녀를 인형 안듯이 팔로 감아 안았다.

"갑자기 이러면 곤란하잖아. 남의 물건을 탐하는 것은 나쁜 일이라며?"

"음음음음!"

그녀가 고기를 입에 문 채 뭐라고 중얼댔지만 파렌은 그 뜻을 이해하지 못했다. 물론 그 순간까지만 그랬다.

차가운 물방울이 그의 볼에 닿아 부서졌다. 파렌은 물방울이 날아온 쪽을 급히 돌아봤다. 그곳에는 미디엄 앞에서 봤던 물 회오리와 똑같은 것들이 맹렬히 회전하고 있었다.

파렌의 표정이 순식간에 식었다. 마음씨 좋은 청년의 얼굴이 크로이츠 리더의 차가운 얼굴로 변하는 것은 잠깐이었다. 파렌의 품에 안겨 있던 소녀는 그 얼굴을 보고 놀란 듯 눈을 둥글게 떴다.

회오리를 이루고 있던 물이 바닥으로 쏟아졌다. 그 자리에 나타난 것은 흰옷에 흰 두건을 쓴 남자였다. 회오리의 숫자는 총 일곱 개였고, 나타난 남자들의 머릿수도 일곱이었다.

그중에서 파란색 띠로 몸을 장식한 안개술사가 파렌에게 다가왔다.

"이곳에서 대기하고 있으면 서양인이 온다고 들었는데, 정말 나타날 줄은 몰랐군."

"안개술사!"

파렌은 오른손에 든 가방에 잠깐 시선을 뒀다. 가방 속엔 슈트롬 팔켄이 들어 있지만 조립하지 않은 지금으로선 무용지물이었다.

안개술사가 오른손에 든 부채를 폈다.

"서양인이여, 네가 카샤와 만나는 것은 허락할 수 없다. 그 보잘것없는 요괴와 함께 여기서 사라져라!"

그의 부채 위에 물덩어리가 맺혔다.

"으음!"

소녀가 고기를 입에 문 채 버둥거렸지만 파렌은 왼팔을 풀지 않았다. 대신 그의 오른팔이 빠르게 움직였다.

은색 빛줄기가 두건 사이로 보이는 안개술사의 눈에 꽂혔다.

"크아아아악!"

부채를 놓치고 바닥에 주저앉은 안개술사는 눈에 박힌 물체를 다급히 뽑았다. 그것은 파렌이 욕실에서 사용했던 면도용 칼이었다.

'기념품으로 삼으려 했는데……!'

내심 아쉬워한 파렌은 급히 밑으로 뛰었다. 부상당한 안개술사가 팔을 휘저으며 자신을 둘러싼 안개술사들에게 외쳤다.

"여기서 뭘 하나! 치료는 한 명만 하고 나머지는 녀석을 쫓아라! 절대로 놓치면 안 된다!"

"예, 도인(道人)!"

다섯 명의 안개술사가 질풍처럼 달려 파렌을 뒤쫓았다.

근처 바위 뒤에 몸을 숨기고 있던 파렌은 그들이 지나간 것을 확인한 뒤 요괴소녀를 안은 팔을 풀었다. 그에게서 벗어난 소녀는 고기를 양손으로 들고 속삭이듯 사납게 외쳤다.

"안개술사다! 우리 요괴들을 마구 죽이는 녀석들이로다! 용서할 수 없도다!"

"그래? 그렇구나. 그럼 내 옆에 꼭 붙어 있어. 네가 다치지 않도록 해줄게."

"응?"

소녀는 무슨 말이냐는 얼굴로 파렌을 바라봤지만 그는 소녀를 신경 쓸 틈이 없었다.

그는 가방을 열고 안에 든 부품을 꺼냈다.

"이 친구가 널 지켜줄 거야. 인사할래? 슈트롬 팔켄이라고 해."

나사를 조이는 그의 손이 빠르게 움직였다.

"슈트롬 팔켄? 그것이 네 이름인가?"

소녀가 천연덕스러운 얼굴로 묻자 파렌은 실소를 터뜨렸다.

"내 이름은 파렌 콘스탄이야. 부르고 싶으면 파렌이라고 불러도 돼. 그리고 슈트롬 팔켄은 이 검의 이름이야."

"오, 그렇군. 검이 슈트롬 팔켄이고, 넌 파렌 콘스탄이라 이거지? 기억해 두마."

조립을 계속하던 파렌은 문득 그녀의 발음이 원어민 수준에 가깝다는 것을 느꼈다. 웨스트리치의 언어와 아시엔의 언어는 발음 체계가 다르기 때문에 정말 필사적으로 연습을 하거나 오랫동안 해당 지역에서 살지 않는 한 자연스럽게 말하기는 힘들다. 지금 파렌이 하는 아시엔의 언어도 원어민들이 들으면 '외국인치고 잘한다' 정도의 수준이었다.

그런데 소녀의 발음은 파렌이 눈치 채지 못할 정도로 자연스러웠다.

"혹시 웨스트리치의 말을 배운 적이 있어?"

"웨스트리치? 아, 서양 말이군. 배운 적은 없지만 할 줄은 안다."

"어떻게?"

"이유는 모른다. 하지만 머릿속에서 떠오른다."

소녀는 웨스트리치 말로 대답했다. 상당히 놀란 파렌은 고개를 설레설레 저었다.

'요괴라서 그런가?'

마지막 나사를 소여 섬의 조립을 마무리한 파렌은 가방을 닫고 일어났다. 주변을 수색하던 안개술사들이 그를 보고 쏜살같이 달려왔다.

소녀는 파렌을 둘러싼 다섯 명의 안개술사를 야수처럼 사나운 눈매로 돌아봤다.

"혼자 괜찮겠나? 본좌가 도와줄까?"

"괜찮아. 여기 가만히 있어."

파렌은 검을 양손으로 잡았다.

슈트롬 팔켄의 칼자루는 일반 양손대검보다 훨씬 길다. 창이라는 오해를 겨우 면할 수준이었다. 자루를 넓게 잡은 그는 자신으로부터 가장 가까이에 있는 안개술사를 노려봤다. 안개술사들은 그의 차가운 얼굴과 시선을 보고 그의 의도를 알아차렸다.

"그런 무기 하나로 안개술사 다섯을 상대하겠다는 건가? 네가 아무리 훈련을 잘 받은 전사라 해도 우리 안개술사의 요술을……."

겁을 주는 안개술사의 시야에 하늘로 치솟는 붉은 액체가 보였다. 파렌은 이미 첫 번째 안개술사의 가슴을 검으로 꿰뚫고 다른 안개술사를 향해 돌진하고 있었다.

표적이 된 안개술사는 부채를 펼쳐서 자신을 보호하려고 했다. 부채에 흐르는 푸른 기운이 예사롭지 않았다. 하지만 유리 깨지는 소리가 터지면서 부채는 주인의 목과 함께 하늘로 튕겨 나갔다.

순식간에 동료 둘을 잃은 안개술사는 급히 손을 뻗어 요술을 부렸다. 파란색의 물방울이 포탄처럼 전방으로 날아갔다. 물방울에 맞은 바위는 부드러운 케이크처럼 관통되거나 부서졌다.

지그재그로 빠르게 움직여 물방울 포탄을 피한 파렌은 한 명의 무릎을 베어 쓰러뜨린 뒤 다음 상대에게 밀착했다. 그의 단단한 군화 끝이 안개술사의 갈비뼈 밑을 쑤시고 들어갔다. 늑골이 부러지며 들썩이는 격통에 몸을 숙인 안개술사는 자신의 등판에 떨어지는 슈트롬 팔켄의 거대한 칼날을 보지 못했다.

한쪽 무릎 아래를 잃은 안개술사는 파렌에게 손을 펴 보였지만 살려 달라는 말이 나오기 전에 검이 먼저 그의 목을 갈랐다.

혼자 남게 된 안개술사는 양손으로 요술을 사용했다. 그의 상체만 한 물방울이 전방에 맺혀 파랗게 빛을 냈다.

"이건 피할 수 없을 거다!"

그와 파렌의 거리는 어중간했다. 파렌이 뛰어들어 칠 수 있는 거리는 절대 아니었고, 지면 상태가 좋지 않아 좌우로 움직여 피하는 것 역시 쉽지 않아 보였다.

물방울이 안개술사의 손을 떠났다. 파렌은 본능적으로 검끝을 안개술사의 가슴 쪽에 맞추고 자루 위쪽에 붙은 방아쇠를 당겼다.
　강한 폭음이 터졌다. 파렌에게 날아가던 물방울이 탄환에 관통당하면서 형태를 잃고 퍼졌다. 파렌은 긴 숨을 내쉬며 장전손잡이를 당겼다. 회철색의 금속 탄피가 맑은 소리를 내며 땅에 떨어졌다.
　"미안하군. 사람에게 쏘는 건 처음이라서."
　파렌은 하반신만 덩그러니 서 있는 안개술사를 지나 소녀가 있는 곳으로 돌아갔다.
　파렌은 소녀가 겁에 질려 벌벌 떨고 있을 것이라 생각했지만 그녀는 제자의 활약을 보는 스승처럼 바위 위에서 책상다리를 한 채 그를 지켜보고 있었다.
　"너, 보통 인간이 아니로구나?"
　"그렇게 보였어?"
　냉랭하던 파렌의 얼굴에 다시 온기가 퍼졌다.
　"훈련의 결과일 뿐이야. 내 동료들 모두 나만큼 하는걸?"
　"그럼 네 동료들도 너와 같은 종류의 인간이겠지."
　파렌은 그녀가 무슨 말을 하는지 이해하지 못했다.
　잠깐의 여유는 거기까지였다. 파렌에게 눈을 당했던 파란색 띠의 안개술사와 그를 돌보던 안개술사가 들이닥친 것이다.
　"네 이놈!"
　부하들의 시체를 본 파란색 띠의 안개술사는 딛고 있던 넓적한 바위를 발로 굴렀다. 그러자 바위는 그의 발 모양을 따라 움푹 파였다.

다시 차가운 얼굴로 돌아온 파렌은 그의 눈을 먼저 살폈다. 그가 던진 면도칼에 분명 안구가 상했던 그였지만 지금은 시간을 다치기 전으로 돌려놓은 듯 멀쩡했다. 두건을 적신 피가 무색할 정도였다.

"감히 내 부하들을 이 지경으로 만들다니, 그냥 죽여서는 속이 풀리지 않겠구나! 여봐라, 청영(淸影)!"

그의 호명에 옆에 있던 안개술사가 몸을 굽혔다.

"예, 도인."

"나를 도와라! 변화술을 쓰겠노라!"

"뜻에 따르겠습니다."

안개술사는 부채를 땅에 놓았다. 그의 등 뒤로 자리를 옮긴 파란색 띠의 안개술사는 주문 같은 것을 중얼중얼 외우더니 양 손바닥으로 부하의 등판을 밀어 쳤다. 등판을 맞은 안개술사의 몸 전체에 파란 파문이 퍼졌다.

"오오, 오오오오!"

안개술사의 두건 속에서 인간의 것이 아닌 괴성이 흘러나오며 그의 펑퍼짐한 소매에서 짙은 녹색의 손이 튀어나왔다. 날카로운 발톱이 달린 손가락 사이사이엔 반투명한 물갈퀴가 박혀 있었다. 그 변화는 시작에 불과했다. 바지가 터지면서 길고 두꺼운 꼬리가 솟아났다. 옷을 완전히 찢고 등장한 것은 아시엔에서 악어라고 부르는 생물과 비슷한 형태의 괴물이었다.

괴물은 길게 앞으로 나온 주둥이를 벌려 톱처럼 날카롭고 촘촘한 이빨을 파렌에게 자랑했다. 몸의 크기는 대충 커다란 곰과 비슷했지만 길쭉한 형체 때문에 실제보다 더 커 보였다.

보통 사람 같으면 다리가 흔들릴 만큼 당황하거나 겁에 질렸을 것이다. 하지만 파렌은 슈트롬 팔켄에 새로운 탄을 장전하는 여유를 보였다. 오랜 시간 동안 고어라는 괴물들을 상대하면서 단련된 그의 담력은 이런 일로 쉽게 흔들릴 만큼 나약하지 않았다.

"인간이 변한 것인가, 아니면 그것이 원래 모습인가?"

"수생변화술(水生變化術)이다. 인간을 물에 가장 어울리는 모습 중 하나로 만들어주는 요술이지."

파란색 띠의 안개술사는 다른 안개술사들의 부채보다 훨씬 길고 큰 부채를 자랑스레 펴며 웃었다.

"지금은 느긋한 얼굴이지만 그게 과연 언제까지 갈지 지켜보겠다. 하하하하!"

그의 웃음을 신호로 괴물은 파렌에게 돌진했다. 받아칠 준비를 하고 있던 파렌은 급히 옆으로 비켰고, 괴물은 입을 벌린 채 파렌이 있던 자리를 휩쓸었다. 괴물은 짧고 뭉툭한 다리를 지녔지만 밀고 들어오는 속도가 파렌의 예상을 넘어서고 있었다. 흥분하여 뛰어오는 들소 이상으로 저돌적이고 힘이 넘쳤다.

파렌을 지나친 괴물은 방향을 바꿨다. 네 개의 다리를 각기 움직여 방향 전환을 하니 인간이 두 다리로 방향을 바꾸는 것보다 훨씬 빠르고 안정적이었다.

괴물은 파렌을 물어뜯기 위해 몸부림을 쳤다. 워낙 동작이 크고 힘이 좋아서 발을 구를 때마다 지면에 깔린 작은 돌들이 총알처럼 튀었다. 그 돌 중 하나가 파렌의 이마를 때렸다. 살이 찢어지며 굵은 피가 흘러내렸다. 구경하던 소녀는 벌떡 일어났다가 동작을 멈췄다. 괴물의 행동을 살피는 그의 눈을 본 것이다.

핏물이 속눈썹 위에 맺혀 있음에도 불구하고 그는 눈을 감지 않았다. 그의 눈동자는 얼음 덩어리 같았다. 그것은 쫓기는 초식동물의 눈이 아니라 창공에서 먹이의 급소를 살피는 매의 눈이었다.

괴물이 다시 돌진했다. 그와 동시에 슈트롬 팔켄이 움직였다. 폭풍의 매가 부리를 박은 곳은 땅이었다. 파렌은 검의 끝을 땅에 박은 채 몸을 숙였다. 괴물의 긴 턱이 지붕에 떨어진 빗물처럼 칼날의 경사를 따라 미끄러졌다. 직진하는 자신의 힘을 이기지 못한 괴물의 몸은 옆으로 급격히 기울었다.

파렌은 그 상태로 지렛대를 밀 듯 검을 밀며 일어났다. 그러면서 기울어졌던 괴물의 몸이 아예 뒤집어졌다. 배를 하늘에 내놓게 된 괴물은 다시 일어나기 위해 몸을 틀었다. 하지만 그전에 슈트롬 팔켄의 칼끝이 괴물의 가슴뼈를 관통했다.

찢어진 심장에서 터진 피가 하늘 높이 치솟았다. 마지막으로 방아쇠를 당기려던 파렌은 손을 놓고 뒤로 물러나 얼굴에 묻은 피를 쓸어내렸다.

"물에 가장 어울리는 모습이라… 그렇다면 이것은 죽음에 가장 어울리는 모습이겠군."

파렌은 자리를 떠났다. 악어괴물이 쓰러진 자리엔 가슴이 파헤쳐진 작은 도마뱀이 호수처럼 고인 핏물 속에서 꿈틀거리고 있었다.

혼자 남은 파란색 띠의 안개술사는 자신을 보며 걸어오는 파렌을 노려봤다.

"네놈, 정체가 뭐냐?"

안개술사의 목소리는 아련한 공포로 떨렸다. 아무리 그가 다른 안개술사들보다 높은 위치에 있는 자라고 해도 요술로 만들어진 괴물을 보고 당황하기는커녕 능숙하게 사냥을 해버린 사람을 가볍게 볼 수는 없었다. 게다가 이제는 자신의 목숨을 걱정해야 하는 상황이었다.

파렌의 검은 장발이 바람에 흩날렸다.

"중요한 것은 나의 이름이 아니라 나의 목숨일 텐데?"

"후후, 그렇지. 그렇고말고. 네가 고통에 못 이겨 네 이름을 부르짖도록 해주마! 더불어 살려달라고 애원하도록 만들어주겠다! 너는 네가 누군지도 모를 이 땅에서 덧없이 죽어갈 것이다!"

"그런가?"

파렌은 검을 다시 들었다.

"하지만 산은 올라가는 사람에게만 정복되는 법이지."

그는 검끝을 살짝살짝 움직여 상대를 도발했다.

"오너라."

"네 이놈!"

안개술사가 부채를 휘둘렀다. 부채 끝에서 터진 세찬 물줄기가 파렌의 뒤편에 있던 바위를 때렸다. 바위는 칼에 잘린 식물의 뿌리처럼 가뿐히 베여 쓰러졌다. 몸을 숙여 물줄기를 피했던 파렌은 잘린 돌의 단면을 잠시 돌아봤다. 이어서 요괴소녀의 위치를 살폈다. 소녀는 어느새 저 멀리 떨어져 있었다.

안개술사는 소리 높여 웃었다.
"어떠냐? 이것이 안개술사의 위대한 요술이다! 하하하하!"
안개술사는 춤을 추듯 부채를 계속 휘둘렀다. 주변의 큰 바위와 나무들이 사정없이 잘려 나갔다. 바위 몇 개를 연달아 잘랐는데도 물줄기의 힘은 전혀 흐트러지지 않았다. 이건 무기로 막아서 해결될 문제가 아니었다.
하지만 파렌은 막을 생각이 전혀 없었다. 그는 물줄기를 피하면서 거리를 서서히 좁히고 있었다.
슈트롬 팔켄을 이용한 그의 찌르기는 파렌 콘스탄이라는 이름을 아는 자들에겐 공포의 대상이었다. 돌진해서 찌르는 속도가 일반인의 상상을 초월할 뿐만 아니라 정확하고 강력했다. 현재 실전에서 이용되고 있는 갑옷 중에서 그의 찌르기를 막아낼 수 있는 물건은 없다고 평가될 정도다. 또한 그의 검에 내장된 총포도 인간에게 사용될 무기치고는 위력이 과도했다.
하지만 그와 그의 부대인 섀델 크로이츠의 존재 이유를 안다면 오히려 부족하다는 말을 꺼낼지도 모른다.
파렌의 찌르기가 어느 순간 터졌다. 그러나 그의 검끝은 안개술사가 미리 쳐둔 물의 보호막에 가로막히고 말았다.
그의 돌진을 느끼지 못했던 안개술사는 미친 듯이 부채를 휘둘러 파렌을 떨쳐 냈다. 상대가 일정 거리 밖으로 멀어지자 안개술사는 숨을 몰아쉬며 긴장감을 달랬다.
"후, 후후……! 솔직히 놀랐다. 이렇게 빠른 공격을 해내다니, 정말 보통 놈이 아니구나."
파렌이 찌른 곳은 손가락만 한 길이로 새카맣게 변해 있었다.

안개술사는 변색된 보호막을 손가락으로 문지르며 웃었다.

"하지만 그 정도로 이 보호막을 부술 수는 없지. 아마 몇 번은 더 노력해야 할 것이다. 그러나 내가 그럴 기회를 줄 것이라고는 생각하지 마라!"

순간 또 한 번의 찌르기가 작렬했다. 얻어맞은 보호막에 큰 파문이 퍼졌다. 그의 움직임을 이번에도 보지 못한 안개술사는 기겁하여 뒤로 물러났다.

"으, 으윽?"

보호막의 변색 부위가 더 커졌다. 방금 전과 똑같은 부위에 충격이 들어온 것이다. 안개술사는 다시 부채를 움직였지만 파렌은 물줄기가 움직이는 방향에 맞춰 스텝을 밟았다. 마치 파렌의 뒤를 물줄기가 쫓아가는 꼴이었다. 물줄기는 결국 파렌을 잡지 못하고 끊어졌다.

"유지 시간은 여기까지."

그 말은 파렌 자신도 모르게 내뱉은 혼잣말이었지만 안개술사는 피가 등골을 타고 머리에서 쑥 빠지는 느낌을 받았다. 물줄기를 뿜어낼 수 있는 한계 시간을 간파당한 것이다.

찌르기가 계속해서 들어왔다. 같은 위치에 같은 강도를 기계처럼 유지했다. 정밀하다는 말이 딱 어울리는 공격이었다. 더불어 변색 지점의 크기도 점점 커졌다.

여섯 번째의 찌르기를 성공시킨 파렌은 다섯 번째를 성공시켰을 때처럼 뒤로 물러나지 않았다. 지칠 대로 지친 안개술사의 팔은 이제 움직일 수 없는 시경에 이르러 있었다.

파렌은 군화로 보호막의 절반을 덮은 변색 지점을 걷어찼다.

보호막은 단번에 깨져 안개술사의 옷을 적셨다. 파렌은 아무것도 할 수 없는 적을 보며 말했다.

"웨스트리치 대륙에는 시더 고어라는 존재가 있다. 그들은 총에도 뚫리지 않는 단단한 각질로 자신의 약점을 보호한다. 인간이 그것을 부술 수 있는 방법은 두 가지, 약한 부분을 눈으로 골라내 찌르거나 동일한 장소를 반복해서 치는 것이다."

슈트롬 팔켄의 그림자가 안개술사의 머리 위에 드리워졌다. 안개술사는 목숨을 구걸하기 위해 팔을 들려고 했으나 피로에 찌든 그의 팔 근육은 움직여 주지 않았다.

"이해가 되지 않나? 그래도 어쩔 수 없지."

단말마의 비명이 언덕 위에서 울려 퍼졌다.

적을 모두 처리한 파렌은 앉기에 딱 좋은 바위를 찾아 그 위에 걸터앉았다. 그는 검을 옆에 기대어놓은 뒤 볼이 부풀 정도로 큰 한숨을 내쉬었다.

"7대 1이라…… 질리는군."

그의 옆에 요괴소녀가 사뿐히 앉았다.

"자네, 피곤한가?"

"사람인데 당연하지. 그것보다……."

그는 왼팔로 소녀를 확 끌어안았다. 그리고는 오른손으로 소녀의 볼을 마구 잡아당겼다.

"고기는 어쨌지?"

"본좌가 먹었다! 아프니 그만 해라!"

"오, 그래? 하지만 난 그 고기가 꼭 필요해. 카샤를 꼭 만나야 한다고."

"자네가? 무슨 이유로?"

"그건 비밀이야."

"비밀? 이런 무엄한 녀석! 본좌가 누구라고 생각하는 거냐!"

소녀는 꼬리로 파렌의 얼굴을 찰싹찰싹 쳤다. 아프진 않았지만 왠지 모르게 따가웠기에 파렌의 얼굴은 점점 일그러졌다.

그런데 갑자기 꼬리가 멈췄다. 파렌도 움찔하여 앞을 봤다.

기이한 일이 아닐 수 없었다. 방금 목을 잃고 숨이 끊긴 안개술사가 두 팔을 파렌에게 뻗은 채 터벅터벅 걸음을 옮기고 있었다.

잘린 목구멍에서 핏물이 터지고 소리가 들렸다.

"카샤를… 만나게 할 수는 없다……!"

분명 사람의 목소리였지만 죽은 안개술사의 목소리와는 달랐다. 마치 괴물이 억지로 사람의 목소리를 내는 듯했다.

그는 소녀를 놓고 슈트롬 팔켄을 잡았다.

"피해, 꼬마!"

"조용히 해라!"

소녀가 파렌의 앞을 막아섰다. 그와 동시에 안개술사의 뻥 뚫린 목구멍이 그들에게 향했다.

엄청난 굵기의 물줄기가 목구멍으로부터 뿜어졌다. 이때까지 안개술사들이 쓰던 것과는 격이 다른 규모와 파괴력을 지닌 공격이었다.

파렌은 소녀에게 손을 뻗었다. 어떻게든 소녀를 살리겠다는 의지였는데, 밀려난 것은 소녀가 아니라 그였다.

소녀의 작은 입에서 불꽃이 터졌다. 파렌을 밀어낸 것은 그 불꽃의 폭발 반동이었다. 화염의 벽은 다가오던 물줄기를 단숨에 증발시켰다.

파렌이 어이없어하는 가운데 소녀의 몸에서 열기가 뿜어졌다. 적갈색의 피부가 새빨갛게 달아오르면서 검은색의 문양이 몸 전체에 떠올랐다.

"잡신 따위가 본좌의 권위에 도전하다니, 용납할 수 없다!"

소녀의 몸이 거대한 불꽃에 휘감겼다. 꽃봉오리처럼 뭉친 화염이 열리면서 나타난 것은 새빨간 도복(道服)을 걸친 묘령의 여성이었다. 불꽃 속에서 긴 머리를 흔들며 떠 있는 그녀의 모습은 파렌의 상식을 무참히 깨부수고 있었다.

화염은 금색의 끈으로 변해 여성의 손에 쥐어졌다. 그녀는 휘날리는 자신의 머리채를 움켜쥐고 그 끈으로 머리를 묶었다. 끈 뒤로 이어진 머리는 순식간에 불꽃으로 변해 활활 타올랐다. 말 그대로 불꽃의 말총머리였다.

땅을 밟은 여성은 앞쪽으로 오른발을 내딛고 무릎을 반쯤 굽힌 뒤 그 위에 오른팔 팔꿈치를 댔다.

"천요염신(天妖炎神), 화사무쌍(火娑無雙)! 금시당장(今時當場), 열화등장(烈火登場)!"

그러더니 손바닥을 펴고 팔을 좌우로 벌렸다. 마치 연극에 나온 영웅처럼 아주 대담하고 도발적인 자세였다.

"잡신의 잔재여, 본좌가 부여할 공포에 치를 떨어라! 후하하하하!"

거기까지 본 파렌은 손으로 눈을 덮었다. 그를 그렇게 만든 것은 경악이 아니라 어이없음이었다.

'왜 내가 창피하지?'

그는 눈을 덮은 손을 아래로 내려 입을 가렸다. 10대 중후반으로 보이는 그 여성은 여전히 활활 타오르고 있었다.

파렌은 지금 나타난 그녀가 방금 그 요괴소녀의 또 다른 모습일 거라고 확신했다. 외모도 다르고 꼬리도 없었지만 일단 같은 자리에서 나타났을 뿐만 아니라 콧소리 섞인 목소리 및 말투가 완전히 똑같았다.

'요괴는 다 저런가? 아니, 그보다 꼭 저렇게 과도한 행동을 해야 하는 건가?'

모든 것이 궁금한 상황이었지만 파렌은 일단 그녀를 지켜보기로 했다.

안개술사의 목 단면에서 근육과 혈관이 흘러나왔다. 그것들이 한없이 엉킨 끝에 만들어진 것은 살가죽이 벗겨진 인간의 얼굴이었다. 눈구멍은 있었지만 안구는 없었고, 코와 입은 구멍만 뚫려 있었다. 머리의 형태가 완전했으면 그나마 괜찮았겠지만 목의 단면에 얼굴이 가면처럼 덮인 형태라서 흉측하기 이를 데가 없었다.

"카샤……! 정체를 숨기고 있었던 것인가!"

안개술사, 정확히 말해서 안개술사의 몸을 빌린 존재의 질문에 여성은 씩 웃었다.

"화후(火猴, 불원숭이)의 모습도, 지금의 모습도 다 본좌의 것이니라."

그녀는 다리를 어깨 너비로 벌린 채 양손을 허리에 댔다. 당당한 포즈였다. 팔뚝과 무릎 아래가 훤히 드러난 도복의 형태 때문인지 전신에 활기와 탄력이 넘쳐 보였다.

"주변의 요괴들을 사냥한 것도 모자라 감히 본좌의 터전에서 본좌를 찾아온 손님을 노리다니, 눈감아줄 수 없도다! 각오하라!"

그녀는 오른손을 앞으로 내밀었다. 강력한 불꽃이 일어나 그녀의 손을 감쌌다. 정체불명의 존재는 손을 뻗어 물 대포를 날렸으나 물줄기는 그녀의 몸에 닿기도 전에 증발하여 사라졌다.

"가소롭도다!"

그녀는 불에 휩싸인 손으로 원을 그렸다. 불꽃이 그녀의 손을 따라 커다란 고리를 이루더니 맹렬히 회전했다. 그녀는 그것을 왼손 주먹으로 밀어 쳤다. 땅을 불태우며 날아간 불의 고리는 안개술사의 육체를 단단히 휘감았다.

그녀, 카샤는 제자리에서 한 바퀴 돌며 자세를 낮췄다. 왼손을 땅에 댄 모습이 석궁에 놓인 화살처럼 당장이라도 튀어나갈 기세였다. 그녀를 중심으로 큰 불꽃이 솟구쳤다. 하늘 높이 치솟은 그 불꽃 속엔 춤추듯 몸을 돌리며 떠오르는 카샤의 모습이 있었다.

"타아앗!"

불꽃의 정점에서 카샤가 기합을 내지르며 떨어졌다. 그녀의 불꽃 말총머리가 더욱 세게 날름거렸다. 불꽃의 유성에 폭격당한 안개술사의 육체는 저 멀리 날아가 산산이 조각났다.

흉한 얼굴만이 남은 그 존재는 카샤와 파렌을 보며 웃었다.

"이대로 무사히… 아시엔을 떠날 수 있을 거라고는… 생각하지 마라. 아시엔에 남은……모든 안개술사들이 너희들을… 추격할 것이다."

그 말을 끝으로 모든 것이 사라졌다. 카샤는 코웃음을 쳤다.

"흥, 올 테면 얼마든지 오너라."

그러더니 다시금 양손을 좌우로 펼치며 자세를 잡았다.

"본좌, 화사무쌍이 너희들을 모조리 싸잡아 불태워 주마! 후하하하하!"

멀리서 그녀의 과도한 행동을 가만히 지켜보던 파렌은 걱정 어린 한숨을 쉬었다.

'이 민망함은 무엇이란 말인가.'

아무튼 그렇게 마무리를 지은 카샤는 파렌이 있는 곳으로 돌아왔다.

"날 만나고 싶다고 했나?"

"아!"

탄성을 지른 파렌은 똑바로 일어난 뒤 그녀의 앞에 오른쪽 무릎을 꿇었다.

"바란투로스 왕국의 특무상사, 파렌 콘스탄이라고 합니다. 바란투로스와 웨스트리치 연합의 이름으로 당신께 도움을 요청하고자 이곳에 왔습니다."

그의 정중한 인사를 받은 카샤는 머리를 긁적였다.

"도움? 무슨 일인데 그러느냐?"

"안개술사들이 야만족들과 함께 웨스트리치 대륙을 위협하고 있습니다. 수만 명의 백성들이 목숨을 잃고 포로가 되었지만 저희에겐 그들에게 대항할 힘이 없습니다. 당신의 힘으로 저희들을 도와주십시오."

"호오, 안개술사들이 거기까지 손을 뻗었단 말인가? 그것참, 골치 아프겠군."

"저희들이 해드릴 수 있는 것은 전부 해드리겠습니다. 부디 저와 함께 웨스트리치로 가주십시오."

"전부? 그럼 고기를 배불리 먹을 수 있나?"

"예?"

파렌은 농담 같은 그녀의 질문을 어떻게 받아들여야 할까 망설이다가 일단 현실적인 대답을 내놓기로 했다.

"웨스트리치 대륙은 고기를 이용한 요리가 풍부합니다. 원하신다면 얼마든지 제공해 드리겠습니다."

"오, 좋다! 함께 가도록 하지!"

파렌의 진지한 얼굴에 화색이 돌았다.

"감사합니다, 카샤님."

그런데 카샤의 얼굴에 씁쓸함이 돌았다.

"하지만 확답은 아니다. 넘어야 할 산이 있지."

"무엇입니까?"

"엄마의 허락을 받아야만 하거든."

"……"

그렇게 해서 파렌은 카샤를 따라 그녀가 살고 있는 동굴로 향했다.

동굴은 입구가 크고 넓었으며 자연적인 지형이 아니었다. 동굴의 입구는 벽돌로 단정히 마무리되어 있었고, 얼핏 보이는 안쪽 벽면 역시 인공적인 냄새가 풍겼다.

"들어오너라."

"괜찮겠습니까?"

동굴 안으로 들어가지 말라는 여관 노파의 경고 때문에 파렌은 매우 조심스러웠다.

"함부로 침범하는 것은 용납되지 않지만 본좌와 함께 있으면 상관없다."

"그럼 실례하겠습니다."

동굴은 생각보다 깊었다. 본래라면 횃불이 필요했겠지만 지금은 그렇지 않았다. 활활 타는 카샤의 말총머리는 횃불 몇 개를 합친 것보다 더 밝아 아예 눈이 부실 정도였다.

동굴 끝에는 큰 방이 있었다. 방 중앙엔 불이 놓인 화덕이 있었고, 그 좌우엔 새의 둥지를 연상케 하는 커다란 짚단 두 개가 놓여 있었다. 그중 한 곳엔 커다란 짐승이 가만히 웅크린 채 방에 들어온 카샤와 파렌을 지켜보고 있었다.

파렌은 움찔했다.

'호랑이?'

그의 생각대로 짚단 위에 앉은 짐승은 호랑이와 똑같은 외형을 하고 있었다. 다만 털의 색이 자연스러운 주황색이 아니라 물감을 바른 듯한 빨간색이었고, 검은색 줄무늬 역시 진짜 호랑이의 것과 달리 주술적인 형태를 띠고 있었다.

"엄마!"

카샤는 훌쩍 뛰어 붉은 호랑이의 목을 껴안았다. 호랑이는 턱 밑의 부드러운 털로 카샤의 머리를 쓰다듬어 주었다.

"무슨 일로 천요(天妖)의 모습을 하고 있느냐?"

호랑이는 또렷한 인간 여성의 목소리를 내고 있었다. 카샤는 볼을 비비며 사정을 말했다.

"안개술사들이 내 손님을 노렸어. 그래서 혼내줬지."

"손님이라면 저 남자를 말하는 것이냐?"

"응, 서대륙에서 왔대."

호랑이가 자신을 보자 파렌은 몸을 살짝 굽혀 인사했다.

"바란투로스에서 온 파렌 콘스탄이라고 합니다."

"바란투로스라… 혹시 미디엄께서 보내셨소?"

파렌은 깜짝 놀랐다.

"미디엄을 아십니까?"

"그렇다오. 내 나이 정도의 영적 존재들치고 중개자님을 모르는 자는 없소."

"중개자?"

"미디엄님을 칭하는 우리의 말이오. 음, 손님을 이렇게 세워 둘 수는 없겠구려."

호랑이의 옥빛 눈동자가 반짝 빛났다. 그러자 파렌의 발 앞에서 불꽃이 터지더니 흙바닥 위에 금색의 큰 방석이 나타났다.

"앉으시오. 미디엄께서 당신을 보내신 사연을 들어봅시다. 난 카샤의 어미인 파우샤라고 하오."

"배려에 감사드립니다, 파우샤님."

슈트롬 팔켄이 든 가방을 옆에 놓고 방석에 앉은 파렌은 자신의 신분과 하는 일, 그리고 웨스트리치에 일어난 일들을 자세히 이야기했다. 짧은 이야기가 아니었지만 파우샤는 그의 말을 빠짐없이 경청했다.

빛나는 파우샤의 눈엔 대단한 기운이 도사리고 있었다. 진짜 호랑이가 가진 동물적 위압감과는 다른 영적인 위압감이었다. 웬만큼 담력이 없는 사람이라면 몇 초 견디지 못하고 눈을 돌려 버렸을 것이다. 파렌도 숨이 턱턱 막혔지만 최대한 견디며 이야기를 계속했다.

모든 이야기를 다 들은 파우샤는 깊은 한숨을 내쉬었다.

"안개술사들의 움직임이 예사롭지 않다고 생각했는데, 결국 일이 그렇게 되는구려. 그렇다면 두고 볼 수는 없을 것 같소. 위대하신 중개자님의 선택에 따라 카샤를 당신들에게 보내겠소."

"감사합니다, 파우샤님."

인사를 한 파렌은 안도의 미소를 지었다. 카샤는 뭐가 그리 좋은지 방 안을 폴짝폴짝 뛰어다녔다.

"우와, 여행이다, 여행! 서쪽의 고기를 먹을 수 있게 됐다!"

"어허, 무슨 호들갑이냐."

파우샤의 조용한 지적에 카샤는 얼른 무릎을 곱게 꿇고 제자리에 앉았다.

일명 천요의 모습을 한 카샤의 앳된 외모는 매우 신비로웠다. 불타는 말총머리부터가 그랬지만 선이 고운 얼굴과 맑고 큰 눈은 파렌으로 하여금 미디엄을 처음 봤을 때를 떠올리게 할 만큼 인상적이었다.

'요괴라서 그런 것인가?'

파렌은 옅은 미소를 지었다.

"카샤야, 작염검(炸炎劍)을 가져가거라."

파우샤의 말에 카샤는 깜짝 놀랐다.

"정말? 그래도 돼?"

"이번 일에 반드시 필요한 물건이니라."

"상대가 안개술사인데도?"

"네 힘을 과신하지 말거라. 네가 아무리 천요라고 해도 절대 무적은 아니다."

"흥. 알았어, 엄마."

그녀는 동굴 끝에 놓인 작은 상자를 열었다. 파렌은 작염검이라는 것이 어떤 무기인지 매우 궁금했기에 그녀의 손을 유심히 살폈다.

카샤의 손에 들려 나온 것은 분명 검이었다. 하지만 파렌의 표정은 묘하게 일그러졌다. 검은 검이지만 검의 모양을 한 장신구에 불과했던 것이다. 그것을 줄에 달아 목에 건 카샤는 다시 파우샤의 곁으로 갔다.

"언제 출발할까?"

"지금 당장 떠나거라."

"어, 정말?"

"하루빨리 가는 것이 좋다. 비록 모든 일이 시간과 공간의 흐름에 따른다지만 안개술사와 야만족에게 고통받는 자들은 한시가 아쉬울 것이다."

카샤의 표정에 아쉬움이 떠올랐다.

"나 없어도 엄마 외롭지 않겠어?"

파우샤는 고개를 저었다.

"어미는 산신령이다. 영겁의 세월을 살아온 존재에게 시간과 공간은 아무런 의미가 없지. 네가 무사히 땅을 밟고 있으면 난 그것으로 족하다."

"응, 엄마."

파우샤의 목을 껴안은 카샤는 오랫동안 온기를 나눴다. 파렌은 조급함을 보이지 않고 묵묵히 그들의 작별 인사가 끝나기를 기다렸다.

카샤와 함께 동굴 입구까지 나온 파렌은 갑작스레 내리는 소나기를 보며 웨스트리치로 돌아갈 방법을 고심했다. 카샤도 마침 그에 대한 것을 물었다.

"서양까지는 어떻게 가나?"

"일단 배를 이용할 생각입니다. 이곳에 올 때는 수단의 제약이 있었지만 그 이후에 대한 사항은 없었으니 괜찮겠지요."

고개를 오른쪽으로 돌린 그는 깜짝 놀랐다. 있어야 할 카샤의 모습이 보이지 않아서였다.

"어딜 보나?"

파렌은 시선을 아래로 내렸다. 처음 만났을 때처럼 꼬리 달린 어린아이가 된 카샤는 꿍한 얼굴로 그를 응시하고 있었다.

"지금은 왜 또 그 모습이십니까?"

"어쩔 수 없다. 본좌는 천요의 모습을 한 상태로 천수(天水)에 닿으면 큰일 나거든."

"천수?"

"하늘에서 내리는 물. 비나 눈 말이다. 이유는 모르겠지만 그것들에 닿으면 불에 덴 것처럼 화상을 입지. 그리고 이 화후의 모습이 나을 때가 더 많다."

"특별한 이유라도 있습니까?"

"응, 귀엽고 사랑스럽잖아."

"……."

"표정이 왜 그런가?"

"아닙니다."

한숨을 쉬어 민망함을 달랜 파렌은 슬슬 잦아드는 빗줄기를 보며 물었다.

"어머님과 사이가 좋으시더군요. 부러울 정도였습니다."

"응. 하지만 진짜 엄마는 아니다."

그 말에 파렌은 그녀를 봤다. 요괴소녀는 손바닥에 빗물을 모으며 말했다.

"어느 날 엄마한테 물었다. 엄마는 천요의 모습이 되면 어떻게 되느냐고 말이야. 그랬더니 엄마는 요괴가 아니라 산신령이라서 천요로 변할 수 없다고 하셨다."

친엄마가 아니라는 말이었다. 파렌은 아차 싶었다.

"제가 괜한 말씀을 드렸군요."

"그렇지? 부럽지? 배 아프지?"

파렌은 엉뚱하게 반문하는 소녀에게 무슨 말을 해야 할지 몰랐다. 카샤는 씩 웃었다.

"질투가 날 만도 하지. 산신령을 엄마로 둔다는 건 흔한 일이 아니거든. 부끄러워할 것 없어. 본좌가 아는 요괴들 전부 본좌를 부러워하니까."

그러면서 소녀는 손에 잔뜩 받은 빗물을 홀짝 마셨다.

파렌은 그 순수함에 웃음을 흘렸다. 그는 지금까지 자신이 봤던 그녀의 기이한 행동들을 어렴풋이나마 이해할 수 있을 것 같았다.

"비가 그쳤습니다."

"오, 그럼 내려가자."

소녀는 허리끈 뒤에 차고 있던 덧신을 신고 동굴을 나섰다. 파렌은 천천히 그녀를 뒤따랐다.

"아까 배를 타고 간다고 했지? 얼마나 걸릴까?"

"아마 넉넉히 두 달 정도 걸릴 겁니다. 빠른 무역선들이 대충 그 정도 걸린다고 들었습니다."

"그렇군. 아, 그런데 네 말투, 무지하게 거슬린다."

"네?"

"엄마가 서양에 가면 부하를 만들지 말고 친구를 만들라고 하셨어. 넌 이제부터 본좌의 친구가 되는 거야. 하지만 친구끼리는 존댓말을 쓰지 않아. 처음 만났을 때처럼 편하게 말해라."

파렌은 어찌할까 고민했다. 그녀가 원하는 대로 편하게 말을 주고받는 것은 어렵지 않겠지만 나중에 귀국한 이후에도 그러면 난감한 상황이 벌어질 수도 있을 것 같아서였다.

"어허, 본좌와 친구가 될 생각이 없는 건가?"

"정말 괜찮으시겠습니까?"

"응, 응."

카샤는 고개를 크게 두 번 끄덕거렸다. 파렌은 걸음을 멈추고 몸을 웅크려 그녀와 키를 맞췄다.

"그럼 잘 부탁해, 카샤."

그가 머리를 쓰다듬자 카샤의 꼬리가 팔랑팔랑 흔들렸다.

"나만 믿어라!"

"후후, 기대할게."

파렌은 다시 일어나 마을을 향해 걸어갔다. 카샤는 훌쩍 뛰어 그의 어깨에 매달렸다. 그들의 머리 위로 방금 전까지 비를 뿌렸던 구름이 천천히 흘러가고 있었다.

story 4 몽우(濛雨)

팔선구에서 경성(京城)까지는 배로 강을 따라 이동하면 이틀이 걸리지 않았다.

경성은 벽암국의 수도이자 아시엔 대륙에서 가장 큰 항구 도시다. 그곳은 아시엔으로 들어오려는 전 세계의 무역업자들에게 있어서 최대 시장이자 관문으로 통한다.

경성의 세관 검사는 매우 철저하고, 법을 어겼을 경우 내려지는 처벌도 강력하다. 하지만 일단 세관 검사만 통과하면 낮은 세금으로 자유롭게 거래를 할 수 있고, 거래할 수 있는 규모도 가장 커서 합법화된 물건을 파는 무역업자들에겐 낙원에 가까운 장소였다.

파렌은 그 거대한 도시를 보며 한숨을 쉬었다. 표정 변화 없이 내쉰 한숨이었지만 그 소리는 그의 눈빛만큼이나 진지하고 무거웠다.

"왜 그러냐, 파렌?"

카샤가 물었다. 그녀는 오는 도중 행상에게 산 고기 꼬치를 양손에 든 채 행복에 젖어 있었다. 파렌은 그 얼굴에 대놓고 '너 때문이다' 라는 말을 할 수가 없었다.

"아무 일도 아니야."

"그럼 빨리 가자. 경성엔 유명한 고기집이 많거든."

친구를 재촉한 그녀는 양손에 든 고기 꼬치를 단숨에 먹어치웠다.

파렌은 예의와 절도를 매우 중요시하는 성격의 소유자다. 그것은 귀족이면서 군인인 사람들의 공통적 특징이지만 그는 같은 크로이츠 소속 가운데서도 유독 그런 면이 강하다. 그런 그의 신경을 강렬히 자극하는 것이 있었으니, 바로 카샤의 현재 복장이었다.

그녀는 말 그대로 원시인 같은 복장을 하고 있었다. 그나마 신발을 신고 있다는 게 다행이라 생각될 정도였다. 물론 피부에 때가 꼬질꼬질하다거나 냄새가 나는 건 아니었지만 예의범절을 중요시하는 벽암국에서, 특히 경성이라는 대도시에서 결코 허용되지 못할 복장임에는 분명했다.

'요괴니까 허용되지 않을까?'

그는 일말의 희망을 가지고 검문소에 발을 들여놓았다.

외국인 전용 검문소엔 두꺼운 천과 가죽으로 된 군복을 입은 병사들이 있었다. 둥그스름한 형태의 벽암국 군복은 비록 투박하긴 했지만, 실은 파렌이 입은 전투 코트의 시조라고 할 수 있었다. 바란투로스의 군사 연구소에서 아시엔의 군복을 토대로 크로이즈의 코트를 만든 것은 공공연한 비밀이었다.

자주색의 군복과 두꺼운 머리띠를 두른 남자가 파렌에게 다가왔다. 대다수의 병사들이 파란색 군복을 입은 것으로 봐서 이 남자가 지휘관이 분명했다.

"신분증을 보여주십시오."

그는 책을 읽는 듯한 어투로 웨스트리치의 언어를 사용했다. 파렌은 코트 안주머니에서 신분증을 꺼냈다.

아시엔 언어로 쓰인 신분증을 자세히 살핀 남자는 의아하다는 듯 파렌을 봤다.

"바란투로스의 특무상사이십니까?"

"그렇습니다."

"어느 길을 이용하셨습니까? 특무상사 정도 되시는 분은 특별 관리 대상이라 배를 이용하셨다면 우리가 모를 리가 없습니다."

"장벽 지대와 사막 지역을 통과할 때 말고는 도보를 이용했습니다."

"도보? 정말 걸어서 이곳까지 오셨단 말입니까?"

"5개월 좀 넘게 걸리더군요."

"하하, 대단하십니다."

호쾌하게 웃은 남자는 파렌의 신분증을 돌려주었다.

"도보로 오셨다는 것이 믿어지진 않지만 신분증이 확실하니 믿어드려야겠지요. 경성에 오신 것을 환영합니다."

"감사합니다."

"그런데 이 요괴님과는 어떤 사이십니까?"

올 것이 왔다고 느낀 파렌은 숨을 죽이고 카샤를 봤다.

"예, 이 요괴는……."

파렌은 도중에 말을 멈췄다. 가죽을 걸치고 있어야 할 카샤가 적색의 도복을 곱게 차려입고 있었기 때문이다. 게다가 짐승의 털 같은 더벅머리도 어디서 났는지 모를 황금의 그물망으로 가지런히 정돈되어 있었다.

카샤는 그럴 줄 알았다는 듯 입술 끝을 비죽 올리며 코웃음을 쳤다. 파렌은 당황한 기색을 최대한 감추며 하던 말을 마무리했다.

"제 친구입니다."

"그러시군요. 요괴님과 친구를 맺으셨다면 저희도 안심할 수 있지요. 어서 들어가십시오."

"배려에 감사드립니다."

검문소를 통과한 파렌은 꼬리를 흔들며 코를 파는 카샤를 어이없다는 얼굴로 쳐다봤다.

"언제 갈아입었어?"

"방금 전에. 본좌에게 옷을 바꾸는 것 정도는 일도 아니지. 설마 본좌가 그 차림으로 경성에 들어올 거라고 생각했나?"

"복장을 바꿀 수 있을 거라고는 생각 못했지."

"후후, 나약한 변명이로다. 본좌의 능력을 무시하지 마라."

그녀의 옷이 아주 잠깐 가죽으로 변했다가 다시 도복으로 바뀌었다.

"이 가죽은 그냥 가죽이 아니야. 100년 묵은 여우 가죽이라네. 본좌의 귀여움을 항상 유지시켜 주지."

"……."

"표정이 또 왜 그러나?"

"아니야, 아무것도."

카샤와 이틀 동안 붙어 다니면서 그가 들은 말은 크게 두 가지로 압축할 수 있었다. 바로 '고기'와 '귀여움'이었다. 현재 파렌은 카샤의 입에서 한시라도 그 말이 나오지 않으면 귀가 간지러울 지경까지 와 있었다.

싱문 너머의 경성은 파렌이 지금껏 들어왔던 내로 아름다운 도시였다. 끝없이 펼쳐진 쪽빛의 기와지붕과 흰색의 돌로 잘 정돈된 도로가 파렌의 시선을 단숨에 사로잡았다. 어느 것이 바다이고 산인지, 어느 것이 집인지 모를 정도로 자연과의 조화가 절묘한 도시였다.

서양인을 보고도 신기해하지 않는 도시인들의 분위기도 자못 새로웠다. 지금까지 그가 거쳐 온 마을에선 사람들이 서양인을 구경하겠다며 몰려나오곤 했는데 이곳에선 어른, 아이 할 것 없이 파렌과 카샤를 한 번 슥 보고는 갈 길을 재촉했다.

카샤는 깍지 낀 손으로 뒤통수를 받쳤다.

"이제 어디로 가는 건가?"

"항구로 가서 웨스트리치로 가는 배가 있는지 알아봐야겠지. 배는 있을 거야. 웨스트리치와 아시엔은 교역이 활발하니까."

"전쟁 중이라고 하지 않았나?"

"해상무역과 관계있는 후방 지역까지 전쟁이 번지진 않았거든. 아, 보장할 수는 없겠구나. 벌써 5개월 넘게 시간이 흘렀으니까."

몇 개월 만에 고향을 떠올린 그는 무거운 표정이 되었다. 전황이 어떻게 됐는지, 나라는 무사한지, 자신의 동료들이 혹시나 전사하지는 않았는지, 저택에 혼자 있을 하이디가 무사할지 하는 것들이 그의 마음을 순식간에 잠식했다.

"걱정되는 사람이라도 있나?"

카샤의 질문에 파렌은 아주 천천히 고개를 끄덕거렸다.

"많이. 아주 많이."

"남자야, 여자야?"

"남자도 있고, 여자도 있고."

"부인은?"

"부인은 없어."

"오? 어째서? 나이도 있고 재물도 있고 얼굴도 되는데? 그러면 결혼도 간단할 것 아닌가?"

"나도 쉬울 줄 알았어. 사랑도 있었거든."

"그럼 왜?"

"그녀의 사랑이 너무 컸어."

어렵사리 나온 대답이었다.

파렌은 걷던 것을 멈추고 저편으로 보이는 파란 바다에 눈을 돌렸다. 온후(溫厚)한 그의 눈동자가 과거의 기억이 가져온 슬픔으로 차츰 채워졌다. 재미로 꼬치꼬치 물었다가 예상치 못한 반응을 접하게 된 카샤는 어쩔 줄을 몰라 우왕좌왕했다.

"카샤."

"응? 왜?"

꼬리를 바짝 세우고 대답한 카샤는 파렌이 다음에 할 말을 조마조마하게 기다렸다.

"아시엔에선 대낮에도 안개가 끼나?"

"안개? 무슨 소리야? 이 좋은 날씨에 안개가 낄 턱이 없잖아?"

파렌의 어깨를 타고 오른 카샤는 얼른 미소를 지웠다. 파렌의 시선이 닿은 도시 저편엔 짙은 안개가 끼어 있었다. 자연스러운 안개가 아니라 안개 덩어리 하나가 도시에 뚝 떨어진 것처럼 보이는 기묘한 광경이었다.

"요술로 만든 안개다!"

"요술? 설마 안개술사인가?"

"그런 것 같다! 내 기억이 확실하다면 저곳이 바로 항구인데, 녀석들이 항구엔 무슨 볼일이지?"

"항구라면……."

순간 빛이 번쩍이더니 폭음이 들리고 검은 연기가 모락모락 올라왔다. 그곳에 시선을 고정한 채 생각하던 파렌은 눈을 부릅떴다.

"배를 노리는가?"

"배라고?"

"저 녀석들, 배를 부수려는 것 같군. 어떻게 알아냈는지 몰라도 우리가 이곳에 온 목적을 알아낸 것이 분명해. 난감하게 됐군."

"이런, 고약한 놈들!"

카샤가 땅에 내려왔다.

"본좌가 혼쭐을 내겠다! 파렌은 서둘러 따라와라!"

카샤의 작은 몸이 불덩어리로 변해 저편으로 날아갔다. 그녀가 기와지붕을 밟으며 뛰어가는 한편, 파렌은 배낭의 끈을 단단히 조인 뒤 그녀가 간 방향을 향해 뛰기 시작했다.

갑작스런 안개가 깔린 경성의 항구는 난장판이 되어 있었다.

정박해 있던 배들은 크기가 큰 순서로 차례차례 격침되었다. 선원들과 경비병들은 배를 지키기 위해 분투했지만 기습으로 인해 모두가 침착함을 상실한 상태였고, 화약 무기는 안개술사들이 뿌려둔 안개로 인해 무용지물이 되어 배들과 함께 유명을 달리하는 자들이 속출했다.

"모두 침착해라! 훈련받은 대로 대열을 유지하라!"

자주색 군복의 경비대 대장은 혼란에 빠진 병사들을 향해 목이 터져라 외쳤지만 상황은 쉽게 수습되지 못했다. 그 스스로도 대열을 유지하라고 고함을 지르는 것 외엔 제대로 된 명령을 내리지 못할 정도로 당황한 상태여서 혼란은 더욱 가중될 뿐이었다.

창을 든 채 대장을 지키던 병사 두 명이 어디선가 날아온 물줄기에 맞아 머리와 몸을 잃었다. 기겁한 대장은 검과 방패로 방어 자세를 잡았지만 안개술사는 보란 듯이 그의 앞에 나타나 요술을 사용했다.

사람 머리만 한 물방울이 그의 손에서 튀어나가 방패를 때렸다. 첫 번째 물방울은 그럭저럭 버텼지만 세 번째 물방울에 직격당하면서 방패가 대장의 머리 위로 날아가 버렸다. 방어할 구실을 잃은 대장은 검을 들고 안개술사의 가슴을 찔렀으나 검은 안개술사를 둘러싼 물의 장벽에 막히고 말았다.

안개술사가 손을 들어 요술을 사용하려는 찰나였다.

뭔가가 엄청난 속도로 날아와 대장의 귀를 스치고 안개술사의 장벽을 때렸다. 장벽을 간단히 꿰뚫은 그 물체는 안개술사의 몸을 관통하여 뒤에 정박한 작은 배의 옆구리에 박혔다.

"커억!"

입과 가슴에서 피를 토한 안개술사는 외마디 비명을 지르고 절명했다. 대장은 자신을 구한 그 물체를 다급히 확인했다.

그것은 다름 아닌 화살이었다. 웬만한 사람의 키보다 길고 두께도 두꺼웠지만 그 형태는 화살이 분명했다.

"칠척강궁(七尺剛弓)의 화살!"

그는 피가 흐르는 귀를 잡은 채 화살이 날아온 방향을 봤다. 말을 탄 누군가가 기마병들을 이끌고 달려오며 활을 쏘고 있었다. 최고급 장교만이 입을 수 있는 황금색 미늘 갑옷에 붉은 깃이 달린 투구를 쓰고 두 자루의 긴 쌍수도(雙手刀)를 등에 찬 호걸이었다.

그가 화살을 날리자 일반 활에선 도저히 날 수 없는 괴성벽력이 터졌다. 칠척강궁이라 하여 활 자체도 개인이 사용할 수 있는 활 중에서 가장 큰 것이지만 활의 형태가 일반 군용과는 달랐다. 윤기가 흐르는 검은색의 궁체를 황금색의 용이 타고 오르는 그 자태가 보는 이의 마음을 들뜨게 만들 징도로 화려하고 강해 보였다. 안쪽에 적힌 항룡궁(降龍弓)이라는 글자가 결코 무색하지 않은 병기였다.

공기를 뚫고 날아간 화살이 공중에 떠 있는 안개술사들을 하나씩 관통했다. 팔이나 다리에 화살을 맞는 자는 없었다. 무조건 몸과 머리였다. 강력한 화살의 위력에 안개술사들의 방어 요술은 종잇장에 불과했다.

대장이 소리 높여 외쳤다.

"여해(呂偕) 장군! 여해 장군이시다!"

병사들과 선원들뿐만 아니라 안개술사들의 시선이 한곳에 집중됐다. 한쪽에는 희망이, 다른 한쪽에는 아련한 공포가 깃들었다.

파란 띠를 몸에 두른 안개술사가 그를 향해 달려갔다.

"네놈이 바로 항룡장군(降龍將軍) 여해로구나! 네놈이 오기를 기다렸다!"

여해의 화살이 안개술사에게 날아갔다. 다른 안개술사와 달리 파란 띠의 안개술사가 사용하는 방어 요술은 강력했다. 금속의 화살촉은 물의 장벽에 박혔지만 나무로 된 화살대가 부러지면서 더 이상 전진하지 못했다.

"세상에서 사라져라!"

커다란 물방울이 여해를 향해 날아갔다. 여해는 들고 있던 활을 안장에 끼운 뒤 말에서 뛰어내렸다. 말은 왼쪽으로 달려갔고, 여해는 신발과 무릎 갑옷을 땅에 대고 미끄러지면서 물방울을 피했다. 안개술사와 여해의 거리는 그렇게 단숨에 좁혀졌다.

안개술사가 크게 놀라 요술을 펼쳤지만 여해는 상관하지 않고 등에 찬 칼 중 하나를 빼 든 채 상대에게 걸어갔다. 살짝 굽은 그 검은 여해의 키만큼이나 길었다. 은색의 미끈한 칼날 아래에는 산하동색(山河動色)이라는 아시엔의 상형문자가 깊게 조각되어 있었다.

투구의 그늘 속에 감춰진 여해의 눈이 투기로 빛났다. 안개술사는 그가 코앞에 올 때까지 요술만 외우고 있었다. 그가 뿜어내는 위압감에 질린 나머지 사리를 분별하지 못하게 된 것이다.

여해의 키는 일반 아시엔 사람보다 머리 둘은 더 컸다. 뿐만 아니라 근육과 갑옷으로 무장된 몸은 웬만한 야수들 이상으로 장대했다. 그런 자가 무기를 들고 다가오면 그 누가 질리지 않겠는가.

"아, 아아……!"

겁에 질린 안개술사의 머리부터 사타구니까지 은색의 빛이 휩쓸고 내려갔다. 정확히 절반으로 나뉜 안개술사의 시체가 좌우로 넘어지면서 여해의 몸에 피를 뿌려 가슴까지 내려오는 그의 검은색 수염이 핏물에 젖어 엉겨 붙었다.

파란 띠의 안개술사가 일격에 사망한 것을 본 안개술사들은 겁에 질려 잠시 공격을 멈췄다. 곧 그 상황을 수습한 자가 있었다. 붉은색 띠를 몸에 두른 안개술사였다.

"도인들이여, 당황하지 마라! 그대들은 배를 부수는 것에만 신경 쓰도록 해라! 저 여해라는 자는 나, 계룡 도사가 막아주겠노라!"

여해의 눈이 가늘어졌다.

"적술사(赤術士)……."

낮게 중얼거린 그는 우선 손을 들어 병사들에게 공격을 지시했다. 그가 방금 죽은 파란 띠의 안개술사와 대치하는 사이 기마병들과 함께 전열을 다듬은 경비병들은 활을 들고 침착하게 안개술사들을 공격하고 있었다.

 비록 이들의 화살은 아무런 띠도 두르지 않은 안개술사조차도 죽일 수 없었지만 귀찮게 하는 데에는 그만이었다. 아무리 나약한 화살이라 할지라도 그것을 방어하는 안개술사의 입장에선 고도의 집중력이 요구되기 때문이었다.

 땅에 내려온 붉은 띠의 안개술사는 여해를 보며 두 개의 부채를 폈다. 끝자락이 붉은색으로 칠해진 부채의 흰 면에는 주술적 문자들이 그림처럼 배치되어 있었다.

 "항룡장군이라는 별칭이 어울리는 풍채로다. 이 기회에 우리가 모시는 신께 인사를 드림이 어떤가?"

 여해는 대답 대신 검을 들었다. 두건 사이로 보이는 안개술사의 눈이 기분 나쁜 곡선을 그렸다.

 "그렇게 나올 줄 알았다."

 안개술사는 부채를 앞세우고 자세를 잡았다. 오른손을 위로, 왼손을 아래로 한 그들만의 자세였다.

 "그대도 알겠지만 적술사는 무술사(無術士)나 청술사(靑術士)와 그 격이 다르다. 도사나 무당의 도움 없이 나를 잡겠다는 생각은 버려라. 물론 상대가 그대인 이상 나도 목숨을 걸어야겠지."

 "……."

 "우리는 그대들의 목숨을 빼앗을 생각이 없다. 그저 대양으로 나갈 수 있는 배를 모조리 부수고 선원들을 제거하면 끝이지. 잠자코 있으면 된다, 항룡장군."

그에 대한 여해의 대답은 칼로 일으킨 바람이었다.

"대화, 무용(對話無用)!"

"그것이 대답이라면 할 수 없구나!"

안개가 적술사를 공중으로 밀어 올렸다. 그와 동시에 여해의 말이 주인에게 달려왔다.

그가 활을 잡고 화살을 시위에 걸었다. 강궁이 뿜어낸 화살은 안개술사가 미리 쳐둔 보호막을 강타했다. 안개술사는 비웃 듯 요술을 준비했다. 다른 복장의 안개술사들과 달리 그의 요술은 거의 찰나에 마무리되었다. 그러나 그는 요술을 사용하지 못했다. 그가 공격을 위해 보호막을 걷는 순간 여해의 화살이 날아들었기 때문이다.

화살이 안개술사의 어깨를 스쳤다. 옷이 터지고 피부가 드러났다. 도저히 화살이 만들어낸 파괴력이라고는 생각할 수 없는 광경이었다.

"이것이 하늘의 용을 떨어뜨린다고 전해지는 항룡궁의 위력인가? 소문대로구나!"

그의 손에 뭉쳐 있던 물방울이 여해를 향해 날아갔다. 둥그스름한 물방울이 날아가면서 창처럼 날카롭게 변했다.

여해는 오른손에 든 화살을 바닥의 돌과 돌 사이에 박고 왼쪽 어깨에 걸친 또 다른 쌍수도를 빼 들었다. 날에 혈염산하(血染山河)라고 새겨진 그 칼은 피에 담근 듯 불그스름한 색을 띠고 있었다.

"흠!"

그가 휘두른 칼이 날아오는 물방울과 충돌했다. 유리가 깨지는 소리가 터지면서 물방울이 좌우로 나뉘었다.

여해는 즉시 검을 거두고 땅에 박아둔 화살을 뽑았다. 그사이 다른 요술을 준비한 안개술사는 머리 위에 뭉친 거대한 물방울에 오른손을 집어넣었다.

화살이 먼저인가, 아니면 요술이 먼저인가. 그에 대한 승부는 아쉽게도 이뤄지지 않았다.

"멈춰라!"

천공을 뒤흔드는 목소리가 항구를 쩌렁쩌렁 흔들었다.

한 줄기의 화염이 안개술사 사이를 휘젓고 돌아다녔다. 그 불길에 닿은 안개술사들은 나방처럼 파닥거리며 비명을 질렀다. 수많은 안개술사들을 순식간에 불태운 그 화염은 굉음을 일으키며 여해와 안개술사 사이에 떨어졌다.

화염을 밀어내며 나타난 것은 천요의 모습을 한 카샤였다.

"천요염신, 화사무쌍!"

그녀가 양팔을 활짝 벌렸다.

"금시당장, 열화등장! 각오하라, 안개술사들아!"

카샤의 갑작스런 등장에 군신상(軍神像)처럼 무표정하던 여해의 표정이 약간이나마 누그러졌다.

"이런, 카샤님?"

카샤가 그를 돌아봤다. 그의 눈과 구릿빛 얼굴, 그리고 코 아래를 완전히 덮은 긴 수염을 한참 동안 살핀 그녀는 상대가 누군지 가까스로 떠올렸다.

"오, 설마 여해인가? 못 본 사이에 많이 늙었구나?"

"인간은 세월에 약한 법이지요."

"그렇군. 아, 이야기는 나중에 하자! 우선 안개술사들을 정리한 뒤에……."

그러나 상황은 이미 정리된 후였다. 붉은 띠의 적술사는 살아남은 안개술사들을 데리고 산지를 향해 도망치고 있었다.

"이런, 뭐냔 말이다! 감히 본좌를 무시하는 게냐!"

그녀가 발을 굴렀다. 두꺼운 돌로 다져진 부두의 바닥이 쩍! 소리를 내며 금이 갔다.

"그래도 카샤님 덕분에 큰 피해를 막을 수 있었습니다."

활과 화살을 거둔 여해는 카샤에게 허리를 굽혀 인사했다.

"중장군 여해, 카샤님께 인사를 드립니다."

"오오, 그래. 생각해 보니 정말 오래간만에 보는 것 같구나. 모친은 건강하신가?"

"정정하십니다."

인사를 나누며 노기를 가라앉힌 카샤는 팔짱을 끼고 주위를 둘러봤다. 정박 중이던 열한 척의 대형 선박 중 열 척이 완파되어 바다 속에 처박혀 있었다. 그나마 떠 있는 한 척의 배도 돛이 모두 부러진 상태였다.

"큰일이로다. 출발할 수 있는 배가 없으니 이 일을 어찌한단 말인가?"

"배를 이용하실 일이 있으십니까?"

"그렇다. 아, 마침 저기 오는군."

여해는 카샤가 보는 곳으로 몸을 돌렸다. 파렌이 배낭과 검은색 가방을 든 채 항구로 달려 들어오고 있었다.

그의 복장을 본 여해의 눈이 꿈틀거렸다.

'크로이츠……?'

카샤의 옆에 온 파렌은 배낭과 가방을 놓고 가쁜 숨을 정리했다.

"남은 배는 하나뿐인가?"

"그나마도 쓸모가 없군. 아, 우선 인사해라. 이 나라의 중장군인 여해다. 엄마의 제자이기도 하지."

파렌은 깜짝 놀랐다.

"이분이 여해 장군?"

"오, 혹시 알고 있나?"

"물론이지. 7년 전이었나? 120명의 병사로 3만의 야만족을 막아내어 세계 전쟁 역사에 기록을 남기신 명장이야."

여해를 보는 파렌의 눈동자는 어느새 깊은 경외감에 젖어 있었다. 그는 복장을 단정히 한 뒤 여해에게 거수경례를 했다.

"바란투로스의 특무상사, 파렌 콘스탄입니다."

그의 절도 있는 경례가 마음에 들었는지 여해의 눈빛에 서린 날카로움이 약간 무뎌졌다.

"파렌 콘스탄… 나도 자네의 이야기는 들었네. 서양 제일의 용장이라고 칭해지더군."

"과분한 이름입니다. 고명하신 여해 장군께 비하면 저는 일개 졸병에 지나지 않습니다."

"자신을 너무 낮추지 말게. 아무튼 만나서 반갑군."

"영광입니다, 장군님."

그와 인사를 나눈 여해는 병사들에게 이쪽으로 오라는 손짓을 한 뒤 카샤에게 물었다.

"혹시 콘스탄 특무상사와 배를 이용하실 겁니까?"

"응, 그렇지. 본좌는 이제 서양으로 가서 안개술사들을 혼내줄 생각이다. 안개술사들이 야만족 녀석들과 함께 연합해서 서양을 침공하는 모양이야."

"벽암국에서도 관심을 갖고 지켜보는 일입니다."

"그에 대한 해결책으로 중개자님께서 본좌를 지목하셨더군. 그래서 서양인들도 도울 겸, 그쪽 고기 맛도 볼 겸 가보려고 한다네."

"잘 알겠습니다."

여해가 병사들에게 명령을 내렸다.

"이 서양인을 포박하라."

"예, 장군!"

병사들이 즉각 밧줄과 무기를 들고 파렌을 포위했다. 파렌과 카샤는 크게 당황했다.

"무, 무슨 짓인가, 여해! 왜 파렌을 붙잡는 건가!"

"소인은 벽암국의 중장군으로서 카샤님을 서양에 보내드릴 수 없습니다."

"어째서!"

"방금 보셨다시피 안개술사들은 서양뿐만 아니라 우리 벽암국까지도 위협하고 있습니다. 서양의 사정이 위급하다는 것은 알지만 카샤님과 같은 분을 보내면서까지 그들을 도울 생각은 추호도 없습니다."

카샤는 기가 막혔다.

"서양 사람들이 죽는다고! 자네는 그것을 두고 볼 만큼 냉정한 자였나?"

"대답하지 않겠습니다."

"이런, 무엄한……!"

카샤의 불타는 말총머리가 사납게 흔들렸다. 병사들은 뜨거운 기운을 동반한 그녀의 기세에 흠칫했지만 여해는 눈빛 하나 변하지 않았다. 오히려 등에 찬 검을 빼 들기까지 했다.

"뜻을 이루시려면 소인을 쓰러뜨리십시오. 단, 소인도 벽암국의 중장군으로서 필사적으로 상대해 드릴 것입니다."

"죽는 것이 소원이라면 그리하지!"

카샤의 양손이 불꽃으로 달아올랐다. 여해도 검술의 자세를 갖추고 정신을 집중했다.

"그만 해, 카샤."

파렌은 그녀를 제지했다.

"파렌!"

"괜찮아. 웨스트리치의 사정이 있으면 아시엔의 사정도 있는 법이야. 만약 네가 싸운다면 웨스트리치와 아시엔의 관계가 틀어질 수도 있어."

"여기까지 와서 그런 소리를 하면 어떡하나! 5개월 동안 걸어서 여기까지 온 네 역사가 아깝지 않나? 네 나라의 백성들이 걱정되지도 않나?"

"걱정돼. 하지만 폭력으로 해결할 수 있는 문제는 따로 있어. 어떻게든 될 테니 너무 걱정하지 마."

"……."

카샤의 주먹에서 타오르던 불꽃이 사라졌다. 여해는 검을 거

두고 몸을 숙여 인사했다.

"카샤님께서는 고향으로 돌아가 주십시오. 이후에 제가 찾아뵙겠습니다."

"듣기 싫다!"

"그럼 소인은 이만."

돌아선 여해는 파렌을 묶은 밧줄의 매듭을 직접 확인한 뒤 말에 올라탔다.

그때, 한 팔을 잃은 병사 한 명이 비틀거리며 여해에게 뛰어왔다.

"장군, 큰일 났습니다! 외국인 시장에 안개술사들이 나타났습니다!"

여해의 눈이 커졌다.

"안개술사들은 방금 도주했을 터인데?"

"모르겠습니다, 장군님! 경비대가 최선을 다해 싸웠지만……!"

"알겠다. 한 명은 이자의 팔을 붕대로 막고 의원에 데려다 주어라. 다른 자들은 나를 따르라. 특무상사는 경비대장이 맡아서 관청으로 데려가도록 하게."

"알겠습니다, 장군!"

경비대 대장은 오른 주먹을 왼쪽 가슴에 대고 허리를 굽혀 명령을 받아들였다.

"본좌도 가겠다."

카샤가 여해의 말에 올라탔다. 엉덩이를 붙이고 앉은 것이 아니라 두 발을 말의 등에 대고 선 자세였다. 여해의 듬직한 어깨에 양손을 댄 카샤는 한숨을 쉬었다.
"사람은 살리고 봐야겠지?"
"감사합니다."
여해가 말에 박차를 가했다. 긴 울음소리를 낸 말은 질풍처럼 내달려 항구를 빠져나갔다.

그들이 시장에 도착했을 때 싸움은 그 어디에도 없었다. 대신 시장 입구부터 안쪽까지 시뻘건 시체 조각만이 펼쳐져 있을 뿐이었다. 마치 정육점을 보는 듯한 그 살풍경에 여해를 따라온 병사들은 하나같이 표정을 구겼다.
말에서 내린 여해는 굳은 얼굴로 주위를 살폈다. 박살난 시체 사이사이로 파란색 군복의 벽암국 병사들의 시신이 보였다.
카샤는 주먹을 부르르 떨었다.
"이 무자비한 것들! 안개술사들은 어디에 있나! 모두 나와라! 이 카샤가 상대해 주마!"
"기다리십시오."
손을 뻗어 카샤를 진정시킨 여해는 바닥에 떨어진 시체 조각들 중 몇 개를 집었다. 병사들은 아무렇지도 않게 시체 조각들을 집어 드는 상관의 행동에 놀랐으나 여해의 눈은 유물을 발굴하는 학자의 그것처럼 맑았다.
잘린 손과 팔뚝을 맞춰보고 그 단면을 살핀 그는 그것들을 바닥에 놓고 다시 일어났다.
"한 명입니다."
"한 명이라니?"

"시신들의 잘린 모양과 훼손 정도가 동일합니다. 그리고 부서진 시신의 주인들은 모두 안개술사입니다. 병사들과 외국인들의 시신을 보십시오. 요술에 당했기 때문에 대부분 멀쩡합니다."

카샤는 현장을 다시 살펴봤다. 여해의 말을 들은 뒤라 그런지 확실히 다르게 보였다.

"그럼 안개술사들을 죽인 자가 누군가?"

"괴물이겠지요."

"괴, 괴물?"

"한 손으로 인간의 대퇴부를 일격에 끊을 수 있는 자입니다. 보아하니 날이 있는 무기 두 개를 양손에 들고 휘저은 것으로 보입니다. 진실로 괴물이 아니면 천부적인 살인 재주꾼일 것입니다."

"음……."

요괴로서 무기를 들 일이 별로 없는 카샤에게는 그리 와 닿지 않는 말이었다.

"그럼 일은 정리된 것인가?"

"시신들의 상태를 봤을 때 이들은 카샤님께서 제 앞에 나타나시기 전에 죽었습니다. 이들과 관계된 일은 마무리되었다고 봐도 될 것입니다."

"그럼 파렌을 풀어줘라!"

여해는 몸을 돌려 카샤를 정면으로 봤다. 천요의 모습을 했다고는 하지만 카샤의 키는 여해의 가슴에도 못 미쳤다. 여해의 체구가 워낙 건장하기도 했지만 카샤의 몸은 벽암국의 평범한 소녀들과 다를 바가 없었다. 그런데도 그녀와 여해가 뿜어내는 기세는 거의 대등했다.

"들어드릴 수 없는 부탁입니다."

"어째서? 본좌가 누군지 잊어버린 건가? 본좌는 카샤다! 선대왕에게 화사무쌍이라는 이름을 받은 하늘의 요괴란 말이다!"

"알고 있습니다. 그리고 카샤님께서 소인에게 명령을 내리실 위치가 아니라는 사실 또한 확실히 알고 있습니다."

"뭐, 뭐라고?"

여해는 대답 없이 말에 올랐다. 그는 옆에 바짝 붙은 카샤를 모른 척하고 병사들에게 지시를 내렸다.

"너희들은 현장을 보존하라. 안개술사의 시신은 궁중술사들이 올 때까지 건드리지 마라. 생존자들이 가옥 내에 있는 것 같으니 그들에게 이곳에서 무슨 일이 있었는지 소상히 알아내도록 하라."

"예, 장군!"

여해는 말의 고삐를 당겨 시장을 빠져나갔다. 발을 굴러 분통을 터뜨린 카샤는 말이 뛰어간 방향을 따라 내달리기 시작했다. 두 발로 뛰는 그녀와 말을 탄 여해의 거리가 순식간에 좁혀지는 것을 본 병사들은 혀를 내둘렀다.

"소문대로 대단하시네."

"전설의 요괴 아니신가? 그건 그렇고 중장군의 말씀대로 정말 한 명이 한 짓일까? 굴러다니는 머리통만 봐도 안개술사 놈들의 수가 열은 넘어 보이는데?"

"나야 모르지. 아무튼 비가 오기 전에 궁중술사들이 왔으면 좋겠군."

　병사 중 하나가 서쪽 하늘을 가리켰다. 먹구름이 산꼭대기를 넘어 경성으로 밀려오고 있었다.

　여해를 따라 관청까지 간 카샤는 밤늦게까지 문밖에서 난동을 부렸다. 그녀의 소란에도 불구하고 여해는 특유의 힘 있는 글씨로 보고서를 작성하고 병사들에게 지시를 내렸다. 오히려 겁에 질린 문지기들을 다독여 주는 여유까지 보였다.

　카샤는 답답했으나 문을 부수고 들어갈 수는 없었다. 그녀는 분명 불같은 성격의 소유자였지만 지켜야 할 법도는 반드시 지키라는 모친의 당부까지 무시할 정도로 막나가는 요괴는 아니었다.

　빗방울이 떨어졌다. 떨어지던 빗방울이 불타는 그녀의 말총머리에 닿았다.

　"으악!"

　격통에 머리를 감싸 쥔 카샤는 얼른 화후의 모습으로 돌아왔다. 검게 타버린 머리가 서서히 제 모습을 되찾았다.

　"후아, 큰일이 날 뻔했도다."

　곧이어 큰 비가 경성의 거리에 떨어졌다.

　비가 내릴 것에 대비해 삿갓과 비옷을 준비하여 나온 문지기들은 길 한복판에서 비를 맞고 있는 카샤를 보고 측은한 마음이 들었다.

　"이걸 쓰시겠습니까?"

　문지기 중 하나가 삿갓을 내밀었다. 카샤는 고개를 픽 돌렸다.

"여해에게 가서 말해라! 본좌가 비에 젖는 꼴을 보고 싶지 않으면 파렌을 풀어주라고!"

문지기는 난처한 얼굴로 내밀었던 삿갓을 머리에 썼다.

그로부터 수 시간이 흘렀으나 여해는 밖으로 나오지 않았다. 가만히 기다리던 카샤의 뱃속에서 꼬르륵 소리가 났다. 자신을 걱정하는 문지기들의 눈빛이 마음에 들지 않았는지 그녀는 배를 붙잡고 슬그머니 관청을 떠났다.

그녀는 풍겨오는 고기 냄새를 따라 터벅터벅 걸었다. 그녀가 발을 들여놓은 곳은 식당가였다. 온갖 요리 냄새가 그녀를 유혹했지만 카샤는 어떻게 할 수가 없었다. 돈이 없어서였다.

몇몇 주인들이 그녀의 귀여움과 측은함에 끌려 음식을 공짜로 주겠다는 제안을 했다. 그녀는 본능을 억제하고 제안을 거절했다. 사실 그녀는 의외로 융통성이 없는 성격이었다.

빗줄기가 한층 더 강해졌다. 카샤의 꼬리도 축축하게 늘어졌다.

갑자기 그녀의 꼬리가 바짝 일어났다. 음식 냄새 사이에 긴 신선한 피 냄새를 맡은 것이다. 사람들은 전혀 모르는 눈치였지만 그녀의 예민한 코는 정확했다.

호기심에 주변을 돌아보던 카샤의 눈에 확 들어오는 것이 있었다.

국수집 안으로 붉은 코트의 남자가 보였다. 그는 구름처럼 풍부한 갈색의 바람머리를 굽힌 채 열심히 국수를 먹고 있었다. 카샤는 뭔가에 이끌리듯 그가 있는 국수집 안으로 들어갔다.

남자는 벌써 네 그릇째의 국수를 비우고 있었다. 그가 먹은 국수들은 맛만 약간 다를 뿐, 하나같이 고기 국물과 고기 사리로 점철된 것들이었다. 굶주린 카샤는 피 냄새를 확인하겠다는 초반의 목적을 잊고 결국 남자의 옆에 놓인 빨간색 가방을 밟으며 식탁에 달라붙었다.

국수를 먹는 것에 열중이었던 남자는 문득 젓가락을 멈추고 고개를 돌렸다. 처음 보는 생물이 턱걸이를 하듯 식탁 끝을 양손으로 붙든 채 커다란 황금색 눈동자를 굴리고 있었다.

뭐냐는 듯 피식 웃은 남자는 다시 식사에 집중했다. 그러나 남자의 손은 카샤의 목에서 꼴깍 하는 소리가 튀어나오면서 다시 멈췄다.

"뭐야, 이 원숭이는? 거기서 안 내려와?"

남자는 웨스트리치의 언어로 성질을 내며 그녀가 밟고 있는 가방을 발로 찼다. 고기 국수에 정신이 팔린 나머지 떨어지는 것에 대비하지 못한 카샤는 그만 이마를 식탁 모서리에 찧고 말았다.

"아우우······."

그녀가 이마를 잡고 수그리는 모습이 안쓰러웠는지 옆에 있던 중년의 부인이 남자를 다그쳤다.

"거, 너무한 거 아니요? 그 꼬마 요괴님이 워낙 배가 고프셨던 것 같은데, 그렇게 화를 낼 것은 없잖소?"

남자가 눈을 부릅떴다.

"아, 또 뭔데? 나, 당신네 말 몰라!"

그의 기세에 눌린 부인은 고개를 얼른 돌렸다.

이마를 만지던 카샤는 문득 가방을 봤다. 가방의 모양이 그녀의 눈에 꽤 익숙했다. 곰곰이 생각하던 그녀는 손바닥을 마주쳤다.

"아, 파렌의 가방과 비슷한 가방이다!"

남자가 움찔했다.

"뭐? 누구?"

"파렌! 네 가방, 파렌의 가방이랑 똑같이 생겼다!"

"파렌을 알아?"

"응, 본좌의 친구다! 너도 파렌을 아나?"

"알기야 하지."

"그럼 너도 내 친구다! 기념으로 국수를 내놔라!"

"뭐?"

자신의 앞자리에 떡하니 앉는 소녀를 멍하니 보던 남자는 기가 막힌 듯 실소를 터뜨렸다.

"원숭이가 무슨 국수 타령이야?"

남자의 눈에 살짝 부어오른 카샤의 이마가 들어왔다. 그의 표정이 점차 누그러졌다.

"…뭐, 아무렴 어때. 말이 통하는 상대를 만난 기념이다."

손을 들어 주인을 부른 남자는 손짓 발짓으로 같은 국수를 주문하기 위해 노력했다. 그 꼬락서니를 어이없다는 얼굴로 보던 카샤가 물었다.

"너, 아시엔 말 모르나?"

"원숭이가 인간 어르신의 일에 무슨 상관이야?"

"흥, 파렌은 엄청 잘하던데."

"……."

남자가 왠지 심각한 얼굴로 굳어진 사이 카샤가 제대로 된 주문을 했다.

"이 친구가 먹던 걸로 하나 더."

"예이, 알겠습니다."

조금 뒤 그녀가 기다리던 국수가 식탁에 놓였다. 면과 고기 사리를 우선 해치운 카샤는 국물을 쭉 들이마신 뒤 활기 넘치는 숨을 터뜨렸다.

"우와, 살 것 같다. 역시 고기는 국물이 되어도 최고다!"

젓가락으로 가만히 국물을 휘젓던 남자가 그녀를 봤다.

"이마는 괜찮아?"

마음에 걸렸던 모양이다. 카샤는 밝게 웃었다.

"이마? 아아, 괜찮다. 본좌는 튼튼하다. 혹시 걱정했나?"

"원숭이 치료하는 법은 모르거든."

"본좌, 원숭이 아니다!"

"그럼 뭔데?"

"본좌의 이름은 카샤다."

"호오, 카샤 원숭이로군. 하긴, 그냥 원숭이가 말도 하고 국수도 먹고 하진 못하겠지."

카샤의 얼굴이 분노로 달궈졌다. 시큰둥한 눈으로 그녀를 보던 남자가 식탁 쪽으로 시선을 움직였다.

"더 먹을래?"

"응! 선물은 사양 않는다!"

"맘대로 시켜."

남자가 손을 다시 들었다. 주인이 바삐 뛰어와 카샤의 주문을 적어 돌아갔다.

"헤에, 너 돈에 대해서는 꽤 관대한 놈이로구나? 파렌은 이것저것 막 따졌다."

"내 돈도 아닌데 뭐. 그리고 파렌은 원래 그래. 재수 없을 정도로 꼼꼼하지."

"그렇군. 아, 네 이름은 뭐냐? 본좌가 이름을 밝혔으니 너도 이름을 밝혀라."

"나?"

"응. 친구끼리는 서로의 이름을 알아야 하지 않나?"

남자는 꿍얼대며 입을 열었다.

"키르히라고 해. 키르히 펙터."

잠시 후 국수는 물론 각종 고기 요리로 배를 가득 채운 카샤는 키르히를 따라 빗속으로 들어갔다. 그가 어디로 갈지 밝히지도 않았지만 그녀는 무조건 따라나섰다.

빗속에 맨몸으로 뛰어든 카샤는 양손으로 머리를 감싼 채 키르히를 불렀다.

"우산 없나?"

"원숭이가 무슨 우산이야?"

"본좌는 비 무지 싫어한다!"

"황당하네."

주변을 두리번거리던 키르히는 벽에 붙은 현상금 전단 중 가장 큰 것을 잡아 뜯고는 그것을 이리저리 접어 배를 뒤집어놓은 모양의 모자를 만들었다. 그리고 그것을 카샤의 머리에 푹 씌워주었다.

"여관까지 얼마 안 남았으니 그걸로 버텨봐."

"오, 이거 쓸 만한데? 어디서 배웠나? 본좌도 가르쳐 주라!"

키르히는 피식 웃고 말 뿐이었다. 종이 모자가 마음에 들었는지 만지작거리던 카샤가 그에게 물었다.

"자네는 안 쓰나?"

"그런 걸 쪽팔려서 어떻게 쓰냐? 원숭이나 쓰지."

카샤의 얼굴이 험악해졌다. 이마와 코에 잔뜩 힘을 준 모습이 영락없이 꼬마원숭이였다.

"그리고 난 비를 좋아해."

"비를? 왜?"

"내 몸에 묻은 피를 씻어주거든."

카샤가 걷던 것을 멈췄다. 비가 내릴 때마다 농담 반, 진담 반으로 그 말을 꼭 내뱉는 키르히는 공포에 질렸을 꼬마 요괴의 얼굴을 감상할 겸 뒤를 돌아봤다.

"겁낼 것 없어. 난 원래 이런 놈……."

키르히는 하려던 말을 멈췄다. 카샤의 얼굴은 그의 예상과 달리 불쾌감으로 일그러져 있었다.

"얼마나 게을렀으면 뜨뜻한 물을 놔두고 비로 몸을 씻나? 짐 승도 아니고."

예상치 못한 말에 키르히는 크게 당황했다.

"아니, 그게 아니고……."

"아아, 됐다. 구질구질한 얘기는 듣기 싫다. 비로 피를 씻어? 이런 어이없는 놈은 난생처음이로다."

할 말을 잃은 키르히는 다시 걸음을 옮겼다. 카샤도 다시 그를 따라갔다.

"너한테 피 냄새가 나긴 했는데, 혹시 외국인 시장에서 안개 술사들을 참살한 놈이 바로 네놈이렷다?"

"아, 그놈들? 좀 까불더라고."

키르히는 자랑하듯 씩 웃었다.

"역시 그렇구나. 하지만 아무리 사악한 놈들이라 해도 신체를 그렇게 훼손하는 법이 어디 있나? 그런 행동은 다 업보가 되어 너에게 돌아오게 되어 있도다."

"업보가 뭔지는 몰라도, 많은 수의 적을 혼자 상대할 때는 어쩔 수 없어."

카샤에겐 생소한 이야기였다.

"무슨 말인가?"

"동료의 죽음에 분노한 놈들을 상대하는 게 쉽겠냐? 아니면 동료의 죽음에 기겁한 놈들을 상대하는 게 쉽겠냐?"

"음? 으음……? 오, 그런 방법이 있구나! 새로운 사실을 깨달았다!"

소녀는 진심으로 기뻐했으나 그녀를 보는 키르히의 얼굴에는 비웃음이 만연했다.

"깨달으면 뭐 해? 원숭이가 그런 거 어디 써먹을 데나 있겠어? 싸움해 본 일이 있긴 하냐?"

"어라? 본좌를 무시하지 마라. 지금은 예쁘고 귀엽게만 보일지 몰라도 실은 모든 것을 불태우는 무시무시한 힘을 가지고 있지."

키르히의 거칠고 진한 눈썹이 불쑥 올라갔다.

"너, 방화범이야?"

그는 카샤가 요괴라는 사실을 모르고 있었다. 아니, 알 리가 없었다.

"그래도 밤에 불장난하지 마. 빈말인 줄 알았는데 오줌을 싸긴 싸더라."

카샤의 얼굴이 수치심에 확 달아올랐다. 피부색이 적토색이라 티가 확 나진 않았지만 안면에서 뿜어지는 열기는 키르히조차 느낄 정도였다.

"아녀자에게 무슨 말버릇이냐!"

"아녀자 같은 소리하네. 그 단어는 대충 이런 여자를 두고 하는 거 아닌가?"

키르히의 양손이 보이지 않는 술병을 만지듯 곡선을 그리며 위에서 아래로 내려왔다. 그 행동의 의미를 어렴풋이 깨달은 카샤는 치밀어 오르는 불쾌감을 여지없이 드러냈다.

"그 추잡한 손짓은 뭐냐? 도전? 그래, 도전이로구나! 여기서 한판 붙자! 무기를 빼 들어라!"

"몰라, 귀찮아. 뱃멀미도 안 가셨어."

"무서운 거냐? 본좌가 무서운 거냐? 살려달라고 빌면 용서해주마!"

"귀찮다니까."

키르히는 자신에게 들러붙는 카샤를 슬금슬금 떼며 여관으로의 길을 재촉했다.

키르히가 예약을 해둔 외국인용 여관은 외관부터 아시엔의 건물들과 달랐다. 기초부터 옥상까지 웨스트리치의 건축 양식에 맞췄을 뿐만 아니라 가구들까지도 웨스트리치의 것을 그대로 사용하고 있었다. 물론 여관의 주인 역시 웨스트리치 사람이었다.

짧은 파이프 담배를 물고 책을 읽던 중년의 여관 주인은 흠뻑 젖은 키르히와 종이 모자를 쓴 카샤가 들어오자 깜짝 놀라 수건을 들고 뛰어나왔다.

"아니, 우산이라도 쓰시지 왜 이렇게 젖으셨습니까?"

비가 좋아서 라는 말을 할까 했던 키르히는 카샤와의 말싸움이 기억에 거슬렸는지 평범하게 대답하기로 했다.

"비가 생각보다 많이 내리더라고요."

"저런, 그래서 이 요괴 아가씨도 흠뻑 젖으셨군요."

굵직한 콧수염의 주인은 수건으로 카샤의 머리를 정성껏 털어주었다. 꼭 자기 아이를 돌보는 듯한 주인의 모습에 키르히는 의아했다.

"그 원숭이가 요괴라는 건가요?"

"워, 원숭이?"

무슨 망발이냐는 말이 주인의 눈가에 잠깐 스쳤다. 그가 이곳에 온 지 하루도 안 됐다는 것을 떠올린 주인은 이내 푸근한 미소를 되찾았다.

"손님은 요괴를 모르시겠군요. 경성과 같은 대도시에서는 보기 힘들지만 작은 마을에선 흔히 볼 수 있지요. 갈아입을 옷을 드릴까요, 아가씨?"

주인의 배려에 카샤는 싱긋 웃으며 사양했다.

"괜찮소. 본좌의 옷은 금방 마른다오. 지금은 이 녀석이 예약한 방에 가서 쉬고 싶소."

"그러시군요. 그런데…… 괜찮으시겠습니까?"

카샤는 키르히가 자기 방에 불을 켜기 전까지 주인의 말뜻을 이해하지 못했다.

키르히는 벽에 설치된 기름 램프 네 개에 불을 넣고 젖은 코트를 벗었다. 벗은 코트가 방바닥에 떨어지자 둔탁한 쇳덩이 소리가 났다. 코트 안쪽에 끼워진 철판들이 내는 소리였다. 만약 이 코트를 옷걸이에 걸었다면 옷걸이가 휘어지거나 부러졌을 것이다.

그는 군데군데 피가 배인 셔츠의 단추를 풀며 말했다.

"미안하지만 목욕은 내가 먼저 하지. 요괴 원숭이가 욕조에 남긴 털을 구경하면서 씻고 싶진 않아. ……근데 너 안 들어올 거야?"

카샤는 문밖에 우두커니 서 있었다. 그녀의 황금색 눈동자는 창가 아래에 놓인 1인용 침대에 정확히 꽂혀 있었다.

"저, 저 위에서 네놈과 같이 자는 건가?"

"그럼 어떡해? 나보고 바닥에서 자라고? 방값을 지불하는 사람은 나야. 돈도 없으면서 주인 행세하려거든 밖에서 빗방울 구경이나 해."

"으, 으으음……!"

카샤는 슬금슬금 안으로 들어와 문을 닫았다.

마침 셔츠의 단추를 다 푼 키르히는 나비가 날개를 펼치듯 셔츠를 확 벗었다. 그것은 코트와 달리 옷걸이에 제대로 걸어놓았다. 빗물에 젖은 키르히의 상반 나신이 램프의 불빛을 받아 반짝거렸다. 굴곡이 뚜렷한 근육의 계곡을 타고 물방울들이 흘러내렸다. 그는 거울 앞에 서서 수건으로 몸의 물기를 닦았다.

"흐악!"

상반 나신을 보고 비명을 지른 카샤는 손으로 얼굴을 가렸다. 갑작스런 그 소리와 반응에 키르히의 표정이 구겨졌다.

"또 뭐?"

"세상에 남녀가 유별한데 아녀자 앞에서 웃통을 벗어젖히다니, 이런 추잡한……!"

키르히는 어이가 없었다.

"요괴라며? 남녀 같은 소리 하고 자빠졌네."

그리고는 새 옷가지를 들고 욕실로 들어갔다.

그가 목욕을 마치고 나온 뒤 카샤가 얼른 안으로 들어갔다. 피식 웃은 키르히가 코트를 닦으려는 찰나, 욕실 안에서 비명에 가까운 괴성이 터졌다.

"이런 예의범절도 모르는 녀석! 정리를 좀 하면서 목욕을 하란 말이다!"

키르히는 별말 없이 코트 속에 들어 있는 철판들을 꺼내 헝겊으로 물기를 깨끗이 닦았다. 크로이츠들이 입는 코트에는 여러 가지 종류가 있는데, 파렌과 키르히가 입는 코트는 코트 안쪽에 신체 보호용 철판을 댈 수 있는 공간이 마련되어 있다.

코트의 물기를 완전히 제거한 키르히는 철판이 빠진 코트를 옷걸이에 건 뒤 자신의 무기가 든 가방을 열었다. 열자마자 피 냄새가 독하게 진동했다.

그는 우선 칼날에 묻은 혈흔을 제거한 뒤 칼날 위에 장치된 총신 안쪽을 긴 솔로 털었다. 살점 몇 개가 솔 끝에 묻어 나온 것을 보며 그는 킥킥 웃어댔다. 광적인 웃음이 아니라 장난을 끝낸 뒤의 어린아이처럼 해맑은 웃음이었다.

깨끗이 닦인 두 개의 검이 반짝반짝 빛났다. 적갈색 나무로 된 자루는 싱싱했고, 칼날 아래에 새겨진 '도펠 슈트롬'이라는 글자도 또렷했다. 십여 명의 뼈를 잘라냈음에도 불구하고 그 칼날들은 방금 전에 벼려낸 것처럼 깨끗했다.

검을 가방에 넣는 것으로 정돈을 마친 키르히는 바닥에 떨어진 살점들을 깨끗이 청소한 뒤 침대에 누웠다.

"배를 타고 오자마자 싸우질 않나, 원숭이한테 국수를 사주질 않나……."

불평이 그의 입에서 흘러나왔다.

미디엄의 지시를 받고 두 달 동안 배를 이용해 아시엔으로 온 그는 배에서 내리기 직전까지 이어진 멀미 때문에 상당히 지쳐 있었다. 아침에 안개술사들을 상대한 뒤엔 피로를 이기지 못하고 사람들이 없는 골목에 주저앉아 잠들기까지 했다.

그래서인지 키르히는 침대에 등을 대자마자 그대로 잠들었다. 침대를 양보해 달라는 말을 꺼내려 했던 카샤에겐 상당히 저주스러운 상황이었다.

어찌할까 고민하던 카샤는 결국 키르히를 옆으로 밀어젖히고 이불 속에 들어갔다.

잠자리를 대단히 따지는 그녀의 성격은 그녀 자신뿐만 아니라 파렌까지 고생시켜 왔다. 그냥 돌아다닐 때는 머리, 어깨, 무릎 할 것 없이 달라붙는 그녀였지만 잠을 잘 때만큼은 완전히 격리된 다른 자리를 써야 한다며 고집을 피워 파렌을 이틀 동안 괴롭혔다. 그 결과 파렌은 카샤를 만난 첫날과 둘째 날 모두 침낭에 의지해 집 밖이나 마루에서 자야만 했다.

그녀가 워낙 강하게 밀쳐 대는 바람에 잠에서 깬 키르히는 멍한 눈으로 카샤를 봤다. 카샤는 이불 끝자락을 목 아래에 바짝 붙인 채 상대의 움직임을 살피고 있었다.

"뭐 해?"

키르히가 물었지만 카샤는 눈만 둥그렇게 뜨고 있을 뿐이었다.

"돌겠네."

침대에서 나온 키르히는 램프의 불을 모두 끈 뒤 칼칼한 목을 만지며 밖으로 나갔다. 그는 문을 닫기 전, 눈을 똥그랗게 뜨고 자신을 보는 카샤에게 경고를 날렸다.

"어이, 원숭이. 너, 내가 돌아올 때까지 안 자면 장롱에 넣어서 재울 테니까 알아서 해. 알았지?"

그의 발자국 소리가 멀어지기를 기다린 카샤는 이윽고 눈을 질끈 감았다.

"여해, 이 녀석, 두고 보자! 그놈이 파렌을 잡아가지 않았으면 본좌가 저 깡패 때문에 이렇게 고생할 일도 없을 텐데……!"

꿍얼대던 그녀가 금방 조용해졌다. 비를 그대로 맞고 돌아다니면서 급격히 누적된 피로 때문이었다.

기절하듯 잠든 카샤가 일어났을 때 해는 이미 중천에 가까워지고 있었다. 벌떡 일어난 그녀는 왠지 허전한 자신의 옆을 보고 깜짝 놀랐다. 옆에는 키르히는커녕 누군가가 누운 흔적조차 없었기 때문이었다.

키르히는 침대에 허리를 대고 앉은 채 잠들어 있었다. 이불도 없이 팔짱만 낀 채 눈을 감고 있는 그를 보고 카샤는 어리둥절했다. 골똘히 생각해 본 그녀는 곧 결론에 도달했다.

"서양의 풍습이로구나!"

오해를 사실로 확정한 그녀는 침대에서 내려와 키르히의 어깨를 흔들었다.

"일어나라, 키르히! 아침이 지났다!"

"음……."

어렵사리 눈을 뜬 그는 손으로 눈 위를 누르며 끙끙거렸다. 카샤는 불편한 자세로 잠을 자느라 몸이 삐걱거리는 그의 사정도 모른 채 계속 졸라댔다.

"게으름 피우지 말고 어서 일어나라! 본좌와 함께 파렌이 있는 곳으로 가는 거다!"

"예, 예. 그리합죠."

가까스로 몸을 일으켜 코트를 챙겨 입은 키르히는 무기 가방을 들고 방을 나섰다.

여관 주인이 준비한 식사는 두툼하고 큰 스테이크였다. 웨스트리치 방식의 고기 요리와 처음 맞닥뜨린 카샤는 입맛을 다시면서도 접시 옆에 놓인 포크와 나이프를 어찌 써야 하는지 몰라 난감해했다.

"이 무기들로 먹는 건가?"

키르히는 대답 없이 스테이크를 즐겁게 썰었다. 그를 따라 포크와 나이프를 든 카샤는 흉내를 내기 위해 안간힘을 썼지만 고기는 만족스럽게 잘리지 않고 접시를 서서히 벗어났다.

그동안 키르히는 스테이크의 반을 먹어치웠다. 따끈한 차를 마시며 먹는 것을 잠시 쉰 그는 놀리듯이 카샤를 비웃었다.

"원숭이가 흉내도 못 내?"

"원숭이가 아니니 흉내를 못 내는 거다."

그녀의 뾰루퉁한 반응을 충분히 즐긴 키르히는 그녀의 포크와 나이프를 빼앗더니 능숙한 솜씨로 그녀 앞에 놓인 스테이크를 잘랐다.

"어때? 인간 어르신답게 잘 자르지? 원숭이랑은 격이 다르다 이거야."

"흥, 사람만 잘 자르는 줄 알았더니 음식도 잘 자르는구나."

"식탁 앞에서 말 참 잘한다. 원숭이라 비위도 강한가 보네."

스테이크를 먹기 좋게 잘라준 키르히는 포크와 나이프를 다시 돌려줬다.

"다 잘라놨으니 그 삼지창 같은 걸로 그냥 찍어먹어. 손으로 집지 말고."

"자꾸 원숭이 취급하지 마라! 확 물어버리겠다!"

"그리합죠."

키르히는 빗겨내듯 웃은 뒤 식사를 계속했다.

식사를 마치고 밖으로 나온 둘은 여해가 있는 관청으로 향했다. 더울 정도로 맑은 하늘이 코트를 입은 키르히에겐 부담스러웠다. 가는 동안 카샤는 어제 미처 묻지 못한 것들을 물었다.

"키르히는 왜 이곳에 왔나?"

"원숭이 구경하러."

순간 카샤가 이빨을 세워 키르히의 장갑 낀 손을 깨물었다. 키르히는 그 상태로 카샤를 질질 끌고 가며 하던 얘기를 계속했다.

"두 달 전인가? 우리 할배 왕보다 높은 어르신이 이곳으로 가라고 하시더군. 내가 도착하는 날이면 파렌이 이곳 사람들에게 붙잡힐 거라나? 그래서 나보고 구해내래."

카샤는 깜짝 놀랐다.

"두 달 전에 그 이야기를 들었다고?"

"응."

키르히는 손수건을 꺼내 장갑에 묻은 그녀의 침을 닦았다.

"설마 미디엄께서 보내신 건가?"

"그렇지."

"아, 참 다행이다. 본좌는 방법이 없을 줄 알았다."

카샤는 가슴에 손을 얹고 안도의 한숨을 쉬었다.

"그렇다면 빨리 가자! 파렌을 잡은 놈은 가까이에 있다!"

"그래?"

키르히는 품속에 든 편지를 만지작거렸다. 원래 그가 오늘 가야 할 곳은 벽암국의 왕이 있는 궁전이었다. 그리고 그가 지니고 있는 편지는 호엔 3세의 친서였다. 그런데도 그가 카샤를 따라가는 이유는 안절부절못하는 카샤의 모습 때문이었다.

"파렌을 잡은 사람이 누군데?"

"여해다."

"여해? 혹시 벽암국 중장군 여해 말이야?"

"그렇다! 은혜를 모르는 배은망덕한 놈이지!"

"호오, 그렇단 말이지?"
키르히의 입가에 이상한 미소가 떠올랐다.

관청 앞에 도착한 카샤는 문지기들을 향해 성큼성큼 걸어갔다. 문지기들은 난감한 얼굴로 그녀의 시선을 피했지만 소용없었다.
"여해를 만나러 왔다! 문을 열어라!"
문지기들은 빌 듯이 그녀를 말렸다.
"안 됩니다, 카샤님. 장군께서 카샤님을 절대 들이지 말라고 직접 지시를 내리셨습니다."
"듣기 싫다! 본좌, 오늘 그놈과 결판을 내야겠다!"
그녀는 펄펄 뛰었지만 문지기들은 요지부동이었다.
"절대 그럴 수 없습니다. 목에 칼이 들어와도 장군의 명을 어길 수는 없습니다."
"뭐라고? 네 이놈들! 본좌가 누구인지 알고 이러는 거냐?"
"알고 있지만 따를 수는 없습니다."
"어허!"
기세를 부리는 카샤의 옆으로 키르히의 그림자가 지나갔다. 그의 행태를 본 카샤는 경악하여 그를 말리려 했지만 그의 손이 더 빨랐다.
"길을 좀 열어주실까?"
문지기들은 그가 내뱉은 웨스트리치 말을 알아듣지 못했다. 하지만 그가 자신들의 목에 붙인 도펠 슈트롬의 칼날이 무엇을 의미하는지는 확실히 알고 있었다.

"이, 이게 무슨 짓입니까! 아무리 서양인이라 해도 범죄를 저지르면 이쪽의 법에 따라 처벌받게 되어 있습니다!"

문지기들이 다급히 소리쳤으나 키르히에겐 통하지 않았다.

"나, 당신네들 말 모른다니까?"

사실이 그랬으니 카샤도 어쩔 도리가 없었다.

칼날이 목의 살갗을 조금씩 파고들었다. 통증과 함께 피가 흐름에도 불구하고 문지기들은 꿈쩍도 하지 않았다. 철저한 훈련과 상관에 대한 진심 어린 충성이 빚어낸 결과였다. 이대로 가다가는 정말 큰 충돌이 빚어질 거라고 판단한 카샤는 소리를 빽! 질렀다.

"그냥 문을 열어라! 어제 시장에서 안개술사들을 참살한 놈이 바로 이놈이란 말이다!"

문지기들의 안색이 확 변했다.

어제 안개술사들의 시신을 수습하고 현장 조사를 실시한 병사들은 도무지 믿기 힘든 경험을 했다. 안개술사의 살해 장면을 목격했던 외국인이나 내국인들의 대부분이 심한 정신적 충격에 빠져 말도 제대로 하지 못한 것이다. 만약 군인이나 용병 출신이었던 자들의 증언이 없었더라면 병사들은 귀신이나 마귀의 행각이라고 보고를 올렸을지도 모른다.

붉은 옷을 입은 남자 한 명이 굶주린 개가 먹이를 뜯듯 십여 명의 안개술사를 참살했다는, 그 괴담 아닌 괴담은 밤사이 병사들에게 쭉 퍼졌고 문지기들의 귓가에도 아직 남아 있었다.

'이 남자가……?'

'사람을 뜯어 먹듯이 죽였다는 그 붉은 옷의 귀신?'

문지기들은 누가 먼저랄 것 없이 긴장된 침 덩어리를 꿀꺽 삼켰다.

목에 칼이 닿은 문지기는 조심스레 눈을 돌려 상대를 봤다. 선혈로 염색을 한 듯 선명한 갈색의 바람머리 밑으로 벽안이 무섭게 이글거렸다. 그 형태는 분명 인간의 것이었지만 눈동자 속에서 흘러나오는 기운은 결코 예사롭지 않았다.

'움직이면 베인다!'

문지기는 애원하듯 카샤를 봤다. 그러나 그녀는 어서 문을 열라는 손짓만을 할 뿐이었다.

'이 귀신 같은 남자한테 죽느니 차라리 장군님께 매를 맞는 것이 낫겠지.'

결국 문지기들은 관청의 대문을 열었다. 키르히는 문지기를 인질처럼 잡고 관청 안으로 들어갔다.

비 때문에 젖은 무기와 침구류 등을 손질하던 병사들의 눈길이 단번에 그쪽으로 쏠렸다. 관청 내엔 단숨에 비상이 걸렸고, 몇몇 병사들은 재빨리 활과 화살을 들고 시위를 당겼다. 그에 대한 키르히의 대처는 너무도 대담했다. 그는 검으로 인질의 턱수염 절반을 말끔히 깎으면서 무력시위에 나섰다.

"잡졸들에겐 볼일 없어. 여해 장군을 만나러 왔는데, 혹시 계신가?"

병사들은 조용했다. 그가 웨스트리치의 말로 주절거린 탓도 있지만 가장 큰 이유는 다급히 키르히를 따라 들어온 카샤 때문이었다.

"여해는 어디 있나!"

병사들의 대답보다 카샤의 발견이 더 빨랐다. 어제 입은 갑옷 대신 보라색의 군복을 입은 여해는 대청의 마루에서 누군가와 장기를 두고 있었다. 카샤는 여해의 장기 상대를 보고 크게 놀랐다.

"파렌!"

파렌은 여해와 함께 난데없이 벌어진 인질극을 멍하니 보고 있었다. 검은 장발의 남자는 손에 들고 있던 장기 말을 원래 있던 자리에 놓고 자리에서 일어났다.

"카샤? 키르히? 둘이 거기서 뭘 하는 거야?"

그보다 더 어이없어 하는 쪽은 키르히였다.

"뭐야? 잡혀 있다고 해서 구경하러 왔더니 편하게 노름질을 하고 있잖아?"

파렌은 오른손으로 이마를 짚으며 탄식했다.

"네가 지금 얼마나 나라 망신을 시키고 있는 지나 알고 있는 거냐? 인질로 관청 대문을 돌파하다니, 이런 부끄러운······! 그리고 노름질이 아니라 장기다."

"쳇, 남의 동네에 와서도 잘난 척을 하는군."

키르히는 인질의 목에 댄 검을 내렸다. 문지기가 그에게서 떨어지자마자 사방에 깔려 있던 병사들이 무기를 들고 달려들었다.

"저놈을 잡아라!"

"흐음?"

구름처럼 달려드는 병사들을 보고 키르히가 콧소리를 냈다. 이어서 아래로 처져 있던 도펠 슈트롬의 끝이 꿈틀했다.

"멈춰라!"

순간 폭발한 여해의 고함에 병사들의 발이 본능적으로 멈췄다. 동시에 몇몇 병사들이 앞세웠던 창끝이 가지치기를 당한 나뭇가지처럼 바닥으로 떨어졌다. 엄지 바로 앞까지 창이 잘린 병사는 기겁하여 엉덩방아를 찧었다. 다른 병사들은 키르히의 자세가 이미 변해 있음에 놀라움을 금치 못했다. 만약 여해가 멈추라고 외치지 않았다면 도펠 슈트롬의 범위에 들어간 병사들은 어제 죽은 안개술사들처럼 고깃덩이가 됐을 것이다.

"에이, 시시하게."

코웃음을 친 키르히는 도펠 슈트롬을 양어깨 위에 얹었다.

카샤는 어처구니가 없었다.

"네, 네 이놈! 이 맑은 하늘 아래에서 진정 살인을 하려 했단 말이냐?"

"정당방위인데?"

"닥치지 못할까! 네가 감히 화사무쌍의 이름을 피로 더럽히려 하다니, 용서할 수 없다!"

"조용히 못해? 애당초 네가 파렌이 잡혀 있다고 거짓부렁만 안 했으면 이럴 일도 없잖아? 이 나라에서는 원숭이도 거짓말을 하나?"

"거짓말 아니다! 파렌은 어제 분명 잡혀갔단 말이다!"

그때 여해가 말했다.

"정확히 말씀드리자면 연행입니다. 급한 조사를 할 때 실시할 수 있는 적법한 절차이지요."

신발을 신고 마당으로 나온 여해는 카샤에게 허리를 굽혔다.

"어서 오십시오. 잠은 편히 주무셨습니까?"

"편히 잘 리가 있나? 왜 다짜고짜 파렌을 끌고 가서 이런 상황을 만든 건가?"

"저는 벽암국의 중장군으로서 해야 할 일을 했을 뿐입니다. 그리고 현 상황은 파렌 콘스탄 특무상사도 이해하고 있습니다."

"뭐라고?"

카샤는 여해를 따라 마당으로 나온 파렌을 봤다.

"무슨 소린가, 파렌?"

"장군의 말씀이 옳아. 이 나라에서 살고, 이 나라 사람들에게 인정을 받고 있는 너를 아무런 동의 없이 데려가려 한 것은 분명 예의에 어긋나는 일이지. 난 너를 데려가서 우리 대륙을 구하겠다는 생각만 했을 뿐, 네가 이 나라에서 얼마나 소중한 존재인지는 몰랐어."

"본좌가 가겠다고 동의를 했다! 본좌가 본좌의 친구를 돕겠다고 하는데 다른 자들의 생각이 뭐가 중요한가!"

그녀가 펄쩍 뛰자 파렌은 그녀에게 다가가 무릎을 굽히고 앉았다. 이어서 두 손으로 그녀의 어깨를 살며시 눌러주었다.

"카샤, 그렇게 생각하면 못 써."

자못 엄한 그의 표정에 위압을 당한 카샤는 입을 꼭 다물었다. 반면 그의 그런 표정을 시도 때도 없이 봐왔던 키르히는 속이 뒤집어질 지경이었다.

'또 시작이다.'

파렌이 말했다.

"네가 만난 지 이틀밖에 안 된 나를 따라 웨스트리치 사람들을 돕고 싶어 하는 마음은 정말 고마워. 아니, 고맙다 못해 아침마다 절이라도 하고 싶은 심정이야. 하지만 넌 이곳을 그냥 떠나선 안 돼. 만약 그렇게 하면 이곳 사람들이 모두 너에게 실망하고 말 거야."

"어째서? 본좌는 이해할 수 없다! 본좌가 본좌 마음대로 하겠다는데 뭐가 나쁜가?"

어떻게 말해줘야 할지 잠시 고민하던 파렌은 이윽고 지그시 웃으며 그녀의 머리를 만져 주었다.

"넌 이곳 사람들에게 사랑을 받고 있잖아?"

카샤의 안색이 확 변했다. 키르히는 아랫입술을 비죽 내밀었다.

'그래, 항상 저렇게 되지.'

파렌에게 설득당한 카샤는 고개를 숙이고 뒷머리를 긁적거렸다.

"그, 그런가? 그렇구나. 하하……. 본좌의 생각이 짧았던 것 같다."

"그래, 그러니 조금만 기다려 봐. 분명 방법이 있을 거야."

"알았다, 파렌."

그녀를 진정시킨 파렌은 일어나서 키르히를 봤다. 아래쪽에서 보여줬던 그의 온화함은 온데간데없었다. 대신 북풍 같은 냉엄함이 몰아칠 뿐이었다.

"타국의 관청에서 인질극을 벌인 이유를 보고받고 싶군, 키르히 펙터 중사."

그가 그렇게 나올 줄 예상하고 있었던 키르히는 뭐가 대수냐는 듯 웃었다.

"원숭이한테 속은 것뿐이야."

키르히의 왼쪽 눈이 움찔했다. 카샤가 어느새 그의 허벅지를 깨물고 매달려 있었다.

"어쨌든 널 구해주려고 왔어. 눈물 나게 고맙지?"

"그것 말고 진짜 이유가 있는 것 같은데?"

"후후, 역시 우리 특무상사님의 눈은 속일 수가 없다니까?"

키르히의 시선이 여해 쪽으로 향했다.

"항룡장군 여해라는 자의 실력이 어느 정도인지 궁금했거든. 용을 물리치는 장군이라, 멋지잖아? 그 전설의 주인공을 만날 수 있게 됐다고. 그렇게 생각하니 봄바람 맞은 처녀처럼 심장이 뛰어서 견딜 수가 있어야지?"

병사들은 여해의 앞으로 슬금슬금 이동했다. 그들은 웨스트리치의 말을 몰랐지만 키르히의 표정과 눈빛은 사람이라면 누구나 느낄 수 있을 정도로 위험했다.

"됐다. 모두 물러나라."

여해의 명에 병사들이 좌우로 움직여 그의 앞을 비켜주었다. 여해는 키르히를 잠시 살펴본 후 슬쩍 웃었다.

"복장과 무기를 보니 자네도 크로이츠인 것 같군."

꽤 능숙한 웨스트리치 말이었다.

키르히는 어깨를 으쓱거렸다.

"그렇습니다. 그런데 우리말을 할 줄 아시나 봅니다?"

"그렇다네. 벽암국의 무과(武科) 고시에는 서양의 언어 능력도 포함되어 있지. 첩자나 포로를 심문할 때 통역을 동원하는 것보다는 유용하지 않겠나?"

"확실히 그렇지요."

쓴웃음을 지은 키르히는 바로 본론에 들어갔다.

"고명하신 장군께 한 수 배워도 되겠습니까?"

"한 수라……."

그 순간 관청의 마당에 나온 병사들은 자신의 눈을 의심했다. 분명 바닥에 발을 대고 있어야 할 키르히가 어느 순간 공중에 떠 있었기 때문이다. 거기다가 공격을 위해 떠오른 게 아니라 얻어맞아서 떠오른 자세였다. 키르히가 움직인 것을 확실히 본 사람은 여해와 파렌, 그리고 키르히의 허벅지를 물었다가 놓친 카샤뿐이었다.

엎드리듯 땅에 떨어진 키르히는 복부를 부여잡고 가쁜 숨을 쉬었다. 무릎을 세워 키르히를 가격했던 여해는 자세를 바로하고 뒷짐을 지었다.

"장군님이 먼저 치신 건가?"

"치는 걸 받아서 치신 것 같기도 한데……?"

병사들이 수군댔다. 파렌은 마음속으로 정답을 내놓았다.

'먼저 움직인 쪽은 키르히지만 치는 것은 장군이 더 빨랐지. 하지만 정당방위의 개념이 성립되기도 전에 치시다니, 이상하군.'

키르히가 다시 일어났다. 여해는 그를 보며 기쁜 듯 고개를 끄덕거렸다.

"좋은 실력이군. 어제 안개술사들이 정말 한 명에게 죽었는지 의심스러웠는데 이제 그 의심이 사라졌네. 이름이 키르히 펙터라고 했나?"

키르히는 허리에 달아놓은 칼집에 도펠 슈트롬을 집어넣고 대답했다.

"그렇습니다, 장군. 계급은 중사입니다. 무례를 사과드리지요."

그답지 않게 공손한 자세였지만 그의 사과가 진심이라고 생각하는 사람은 아무도 없었다. 일단 표정부터가 한 번 제압을 당해 복수를 다짐하는 맹수의 것이었다.

"아닐세. 중사는 내 병사를 위협했고, 난 중사에게 물리적 폭행을 했네. 양쪽 다 법적으로 문제가 발생할 수 있는 일을 저질렀으니 이럴 때는 타협을 하는 게 좋겠지. 민국, 이리 오너라."

여해는 키르히의 인질이 되었던 문지기를 호명했다. 턱수염의 절반이 깎여 우스꽝스러운 모습이 된 문지기는 여해에게 다가와 바로 섰다.

"장졸(張卒, 현재의 병장) 민국, 대령했습니다."

"그래, 민국아. 너를 위협했던 손님께 내가 큰 죄를 저지르고 말았구나. 어찌하면 좋겠느냐?"

키르히를 한 번 슬쩍 본 병사는 눈치 빠르게 대답했다.

"손님께서 문제를 삼지 않으신다면 저도 함구하겠습니다."

"알겠다. 중사도 민국에게 사과하지 않겠나?"

여해의 요청에 키르히의 안색이 확 구겨졌다.

"이런 졸병 따위에게 왜……!"

병사들은 분명 그가 욕에 가까운 말을 했을 거라고 생각했다.

해석할 수는 없었지만 어투 자체가 워낙 거셌기 때문이다.

여해는 빙긋 웃으며 문지기의 어깨를 두드렸다.

"손님께서 정중히 사과를 하시는구나."

"예?"

문지기는 여해의 말을 도저히 믿을 수 없었지만 굳게 박힌 충성심을 흔들어 뽑을 정도는 아니었다.

"알겠습니다, 장군."

"그래, 고맙다. 네가 나를 구한 것이나 다름없다. 이제 자리로 돌아가서 본분을 다하여라. 다른 자들도 모두 자리로 돌아가서 하던 일을 마저 하도록 해라."

"예, 장군!"

병사들이 바삐 자기자리로 돌아갔다.

카샤가 재빨리 여해의 어깨에 올라앉았다. 그리고는 어린아이를 귀여워해 주듯 흰머리가 희끗희끗 보이는 여해의 머리를 만져 주었다.

"이야, 착한 일을 했구나! 내 친구들을 위해 거짓말을 해주다니, 역시 여해는 좋은 녀석이다!"

"별말씀을 다 하십니다. 더 큰 문제가 벌어지기 전에 막았을 뿐입니다. 아무튼 들어가시지요, 카샤님. 다과를 준비해 올리겠습니다."

"오, 다과 좋지. 너희들도 어서 들어와라."

그녀는 파렌과 키르히에게 손짓했다. 파렌은 못마땅한 얼굴로 키르히를 봤다.

"가서 장군께 감사드려라."

"내가 왜? 난 보호해 달라고 말한 적 없어?"

"일을 무마시켜 주신 것에 대한 말이 아니다. 네가 방금 전 목숨을 잃을 뻔했다는 사실은 알고 있겠지?"

여해에게 무릎으로 맞았을 때를 말하는 것이다. 키르히는 여유를 부렸다.

"넌 내가 그렇게 우습게 보여?"

"무슨 말이지?"

"난 그 아저씨가 날 죽일 생각이 없다는 것을 알고 있었어. 그 찰나의 순간에 장군의 눈빛을 읽었지. 그래서 일부러 대놓고 멋있게 맞아준 거야. 오, 너무 감탄할 필요 없어. 난 원래 그런 놈이니까."

"……."

파렌의 주변 공기가 급격히 냉각됐다. 키르히는 제 발이 저린 듯 당황했다.

"거짓말이 아니야! 진짜 예상했다고!"

파렌은 인상을 가볍게 구긴 채 한숨을 내쉬었다.

"됐으니 올라와라."

"흥."

키르히는 관청 밖에 그대로 놔둔 자신의 무기 가방을 챙긴 뒤 대청마루로 올라갔다.

여해와 파렌은 키르히 때문에 중단된 장기를 계속했다. 카샤는 그들 사이에 앉아 판의 흐름을 구경했지만 그런 놀이에 관심이 없는 키르히는 마루 구석에 혼자 앉아 햇볕이 내리쬐는 노란 마당을 구경했다.

이윽고 여해가 고개를 가로저었다.

"이로써 3전 3패로군. 수많은 장교들과 장기를 뒀봤지만 자네 같은 승부사는 처음일세. 내가 완벽히 졌군."

"아슬아슬한 승부였습니다."

"아닐세. 아무튼 이로써 자네가 어떤 남자인지 알 것 같군. 장기는 작은 전쟁이지. 자고로 사람과 사람은 다툴 때에야 비로소 서로를 파악할 수 있다고 하지 않나? 자네처럼 젊고 유능한 인재를 밑에 두신 분들이 부럽군."

"과찬이십니다."

담소를 나누는 동안 파란 저고리를 입은 소녀가 까만 댕기머리를 흔들며 마루로 다가왔다. 소녀는 여해에게 공손히 허리를 굽혔다.

"다과상이 마련되었습니다, 장군님."

"음, 벌써 그리 되었구나. 어서 내오너라."

"예, 장군님."

소녀는 바삐 부엌으로 달려갔다. 소녀를 가만히 보던 키르히가 물었다.

"관비(官婢)입니까?"

"아닐세. 정식 직위를 가지고 나라의 녹을 받는 관인(官人)일세. 지금은 저렇게 간단한 옷을 입고 있지만 실은 양가집 규수지."

"그런 아가씨가 왜 여기서 저런 일을 합니까?"

"학문이 조금 부족했지. 우리 벽암국은 고시의 성적에 따라 첫 관직을 결정한다네. 그래서 지금의 일을 맡게 됐지. 나와 친한 사람의 여식이라 일이 없을 때는 내가 직접 글을 가르쳐 준다네. 열심히 한다면 다음 고시에서 더욱 좋은 관직을 얻을 수 있겠지."

조금 뒤 그녀가 상을 들고 왔다. 상 위에는 형형색색의 과자와 과일 향기가 물씬 나는 시원한 차가 놓여 있었다.

상을 놓으면서 그녀의 시선이 파렌에게 잠깐 향했다. 파렌이 족자에 시선을 두고 있어서 눈을 마주하는 일은 없었지만 그녀는 그것으로도 만족하는 듯 얼굴을 붉힌 채 후다닥 사라졌다. 그녀의 행동을 끝까지 지켜본 키르히는 떫은 표정을 그대로 드러냈다.

"표정이 왜 그러나, 키르히?"

카샤의 물음에 키르히는 어깨를 으쓱했다.

"원숭이 냄새 때문에."

키르히의 손을 뭔가가 덮쳤다. 여해와 파렌은 키르히의 손을 문 채 바닥에 엎드려 있는 카샤의 모습에 깜짝 놀랐다.

"아니, 카샤님? 조금 전에도 중사의 다리를 무시더니… 도대체 무슨 일이십니까?"

여해가 걱정스레 물었지만 카샤는 키르히의 손을 끝까지 물고 늘어졌다. 사건은 파렌이 카샤를 겨우 떼어놓으며 진정되었다.

"저 버릇없는 놈이 본좌를 계속 원숭이라고 부른다! 저런 고얀 놈은 생전 처음이다! 여해는 도대체 뭘 하는 거냐! 서런 놈이야 말로 주리를 틀어서 바다에 던져 버려야 하는 것이 아니냐? 파렌도 무슨 말을 좀 해봐라!"

"알았어. 주의시키지."

하지만 파렌의 말은 거기까지였다. 그는 키르히에게 말이라는 수단이 결코 통하지 않음을 누구보다도 잘 알고 있었다.

카샤가 투덜대는 가운데, 여해가 카샤에게 과일차가 든 주전자를 내밀었다.

"우선 드시지요, 카샤님."

"오, 그러지."

카샤가 잔을 들었다. 여해는 공손한 자세로 그녀의 찻잔을 채워주었다. 키르히는 상전을 대하듯 하는 그의 모습을 이해하지 못했다.

"아니, 장군께서는 왜 이 원숭……."

말을 하려는 순간, 키르히의 눈에 송곳니를 드러내는 카샤의 모습이 보였다. 말을 끊기 싫었던 키르히는 자존심을 억누르고 단어 사용을 바꾸기로 했다.

"왜 이 꼬마를 어르신처럼 모시는 겁니까?"

차를 모두 따른 여해는 잔잔히 웃었다.

"나보다 훨씬 오랜 세월을 살아오신 분께 대접을 해드리는 것은 당연하지."

"……오랜 세월이요?"

"아, 자네 몰랐나? 카샤님은 이 세상에 나타나신 지 200년도 더 된 분이라네."

키르히는 잠시 멍한 표정을 지었다. 카샤를 만나기 전에 그와 비슷한 이야기를 이미 들었던 파렌은 눈을 감고 조용히 경청했다.

"200일이 아니라요?"

"그렇다네. 카샤님께서 친구 만들기를 워낙 좋아하시고 격식을 따지시지 않는 분이라 자네들과는 존칭을 사양하시기로 한 것 같지만, 그렇다고 카샤님의 품격에 누가 되는 말을 해서는 곤란하네."

"으음……."

키르히는 카샤를 슬그머니 봤다. 꼬마 요괴는 턱을 치켜 올린 채 거만하게 웃었다.

"호호홍, 이제 알겠느냐?"

하지만 키르히의 눈엔 그녀의 등 뒤에서 흔들리는 꼬리가 그렇게 거슬릴 수가 없었다.

"음, 그래. 그럼 이제 원숭이라고 안 부를게."

"그러도록 해라. 잘못을 깨닫는 것은 아름다운 일이지."

"자, 손."

키르히는 왼손을 카샤에게 내밀었다. 카샤는 별 생각 없이 오른손을 들어 그의 손 위에 포개었다.

"이건 무슨 놀이인가?"

그녀가 물었지만 키르히는 사악함에 물든 미소를 지을 뿐, 아무 말도 하지 않았다. 애완견을 길러본 일이 없는 여해는 방금 벌어진 일의 심각성을 알지 못했으나 파렌은 오른손으로 얼굴을 덮은 채 시름에 잠겼다.

카샤와 키르히가 경쟁적으로 과자를 해치우는 가운데, 찻잔을 먼저 비운 여해가 키르히에게 물었다.

"자네는 무슨 일로 벽암국에 왔나?"

키르히는 카샤와 얼굴을 맞댄 채 남은 과자 하나를 반으로 쪼개느라 정신이 없었다. 파렌이 과자를 빼앗은 뒤에야 정신을 차린 갈색머리의 청년은 자세를 바로 하며 말했다.

"마침 잘됐습니다. 기회를 좀 마련해 주셨으면 합니다."

"기회? 어떤 기회를 말하는 것인가?"

"벽암국의 왕을 뵙고 싶습니다."

파렌과 카샤는 그가 헛소리를 한다고 생각했지만 키르히에 대해서 아직 잘 모르는 여해는 진지하게 받아들였다.

"내가 비록 중장군이기는 하지만 상감마마를 뵙는 자리를 만드는 것은 쉽지 않네. 우선 자네가 어떤 자격으로 우리 벽암국을 찾았는지가 중요하겠지. 일단 자네의 신분은 내가 보장할 테고… 역시 중요한 것은 명분이겠군."

"명분은 이거면 되겠습니까?"

키르히가 품속에서 두툼한 편지를 꺼냈다. 아까 여해에게 무릎으로 맞으면서 뭉툭하게 굽긴 했지만 종이의 질도 좋았고 봉투 입구에 찍힌 바란투로스의 왕가 인장도 인상적이었다.

"호엔 3세께서 보내시는 친서입니다."

story 5 고송도(古松島)

 서둘러 정복(正服)을 차려입은 여해는 파렌과 키르히, 카샤, 그리고 규정상 동행해야 하는 열여섯 명의 병사를 데리고 궁궐로 향했다. 거리를 지나던 사람들이 그들의 행차를 구경하는 가운데, 여해는 뒤따라오는 키르히를 보며 한탄 섞인 목소리를 냈다.
 "왕께서 쓰신 친서를 가지고 있었다면 최고급 사절의 자격을 가지기 때문에 굳이 날 찾아올 필요가 없었을 것이네. 그리고 친서는 도착한 그날 전달하는 것이 원칙일 텐데, 왜 이리도 시간을 끌었나?"
 키르히는 어쩔 수 없었다는 듯 서글픈 표정을 지었다.
 "너무 피곤해서 잤죠."
 그 한마디에 여해의 발걸음이 멈췄다. 병사들도 엉겁결에 행진을 중단했다.

　여해의 근엄한 눈빛이 황망함으로 물들었다.

　"잤다고?"

　"오는 도중에 멀미를 심하게 한데다가 도착하자마자 안개술사들을 처리하니 피곤하더라고요. 그래서 골목에서 잠깐 눈을 붙였습니다. 일어나니 밤이 됐고, 비도 내리고, 또 출출하기도 해서 그냥 오늘 전달하기로 했지요."

　"허허, 왕의 친서를······!"

　여해는 실성한 듯 웃고는 눈을 스르륵 감았다. 그는 자신의 상식을 벗어난 이 젊은이의 행동을 어찌 받아들여야 할지 몰라 혼란스러웠다. 하지만 키르히도 할 말은 있었다.

　"그럼 어전에서 피 냄새 풀풀 풍기면서 졸아야겠습니까? 그때 제 주머니는 안개술사 놈들의 살점으로 두둑했단 말입니다."

　"이 사람아, 그래도 그렇지!"

　파렌이 대신 고개를 숙였다.

　"부하의 결례를 용서하십시오, 장군."

　"아니, 자네가 대신 사과를 할 일은 아니네만··· 이거 참, 당혹스럽군. 사적인 이유로 친서의 전달을 늦추다니, 나로서는 도저히 이해가 되지 않네."

　"사절로서의 경험이 없어서 벌어진 일입니다. 부디 양해를 부탁드립니다."

　"흠······."

　못마땅한 시선을 키르히에게 보낸 여해는 고개를 끄덕거리며 몸을 돌렸다.

"알았네. 일부러 게으름을 피운 것은 아닌 것 같으니 못 들은 것으로 하지. 어서 가세."

일행이 다시 움직였다. 키르히의 엽기적 행실을 이 자리, 이 나라에 있는 그 누구보다 많이 겪어온 파렌은 눈총만 한 번 주고는 묵묵히 여해의 뒤를 따라갔다. 키르히는 뭐가 문제냐는 듯 피식 웃은 뒤 걸음을 옮겼다.

한참 조용히 걷던 키르히는 심심해졌는지 시큰둥한 얼굴로 왼손을 슬슬 풀고는 말 한마디를 흘렸다.

"원숭이."

이어서 낚싯대를 들어 올리는 낚시꾼처럼 자신의 왼손을 머리께로 들었다. 어느 틈에 그의 왼손을 깨문 카샤가 딸려 올라왔다.

"너, 여기 왕이 어떤 사람인지 아냐?"

카샤는 키르히의 손을 깨문 채 고개를 끄덕거렸다.

"괜찮은 사람이야?"

황금색 눈동자를 좌우로 움직이며 생각해 본 카샤는 다시 고개를 끄덕거렸다. 대체로 그렇다는 인상이었다.

"정상인이었으면 좋겠네. 우리 할배는 성격이 좀 이상하거든."

카샤는 눈을 크게 뜨고 눈썹을 위로 치켜 올렸다.

"할배가 누구냐고? 우리 왕. 난 할배라고 부르지."

카샤는 오른쪽 눈을 그대로 둔 채 왼쪽 눈을 찡그렸다.

"내가 버릇없는 놈이라고? 군주와 신하가 허물없이 지내는 게 뭐가 나쁜데?"

어이없다는 듯 시선을 옆으로 둔 채 웃은 카샤는 하던 말을 계속 해보라는 듯 코끝을 움직였다.

"내 고향에서 우리 할배 왕은 위대하지만 그 누구도 이해할 수 없는 남자로 알려져 있어. 누군가는 폭군으로 여기고 누군가는 성군으로 여기지. 의견이 갈린 비율도 거의 비슷해."

카샤는 눈짓으로 키르히의 의견을 물었다. 키르히는 부끄러움이 미묘하게 섞인 미소를 지었다.

"세상에서 제일 좋은 사람."

그의 얼굴을 잠시 지켜본 카샤는 무슨 말인지 모르겠다는 듯 고개를 갸웃거렸다. 하지만 앞에서 키르히의 말을 전부 들은 파렌은 지그시 웃고 있었다.

이윽고 궁궐에 도착한 파렌과 키르히는 정문에 들어서기 전에 검은 헝겊으로 눈을 가렸다. 궁의 구조를 함부로 알릴 수 없다는 벽암국의 의지이자 전통이었다. 역사상 궁궐에 발을 들여놓은 웨스트리치 사람 가운데 눈을 가리지 않은 사람은 오로지 후궁이 되었던 몇몇 여성들뿐이었다.

파렌과 키르히는 저항 없이 그들의 조치를 받아들였다. 하지만 몸만 가만히 있었을 뿐이었다.

"어제 보니까 별거 없던데."

키르히의 그 말은 장난삼아 내뱉은 헛소리였으나 웨스트리치 언어를 아는 궁인들은 크게 움찔했다. 그런데 파렌이 그의 장난에 동참했다.

"숫자는?"

"하나당 셋."

그 셋의 뜻은 어제 그가 카샤와 함께 먹은 고기 국수의 고깃덩어리 숫자였다. 그러나 그 의미를 알 턱이 없는 궁인들은 뭔가 찔리는 것이 있는지 안절부절못하고 진땀을 흘렸다.

"그밖에는?"

"북쪽에 뒷문이 있었지."

이번에는 여해가 깜짝 놀라 그들을 봤다. 그들의 장난기 가득한 입술 모양을 보고 상황을 파악한 여해는 그냥 웃기만 했으나 궁인들은 거품을 물기 직전까지 갔다. 키르히가 말한 북쪽의 뒷문은 그가 지낸 여관의 뒷문을 말하는 것이었는데, 공교롭게도 왕과 왕족들 전용으로 마련된 비밀 뒷문이 궁궐의 북쪽에 위치하고 있었다.

수행원들 가운데 가장 나이가 많은 궁인이 결국 참지 못하고 소리쳤다.

"네 이놈! 네놈의 정체를 바른 대로 고하지 못할까!"

하지만 키르히는 품속에서 친서를 꺼내 흔들 뿐이었다.

오는 동안 깔아둔 적절한 도발 덕분에 파렌과 키르히는 지금까지 이어져 내려온 관례와 달리 속옷 안쪽까지 철저히 검사를 받아야만 했다. 하지만 이런 일에 익숙한 둘에겐 아무런 자극도 주지 못했다.

검사실에서 잠시 벗겨졌던 눈가리개는 왕이 있는 용전(龍殿)에 가서야 비로소 제대로 벗겨졌다. 조금 헝클어진 머리를 정돈한 둘은 앞서 있는 여해와 함께 왕의 앞으로 걸어갔다.

먼저 여해가 허리를 굽히고 예를 올렸다.

"중장군 여해, 바란투로스의 사절과 함께 시급히 대령했사옵니다."

옅은 수염의 젊은 왕은 고개를 천천히 끄덕였다.

"수고하셨소, 중장군. 사절들은 어서들 오시오."

상급자인 파렌이 먼저 인사했다. 오른팔을 굽혀 가슴 아래에 대고 허리를 좋은 각도로 굽혔다. 그의 절도 넘치는 자세에 그 자리에 있던 모든 이들이 내심 감탄했다.

"바란투로스 왕국의 특무상사, 파렌 콘스탄입니다. 상감마마를 뵙게 되어 큰 영광입니다."

이어서 키르히가 같은 자세로 예를 갖췄다.

"바란투로스 왕국의 중사, 키르히 펙터입니다. 호엔 3세 전하의 친서를 전해 드리기 위해 이곳에 왔습니다."

파렌에 비해 절도는 별로였지만 대신 움직임이 시원시원했다. 왕의 옆에 서 있던 카샤는 웬일이냐는 듯 입술을 동그랗게 모았다.

젊은 왕은 웃으며 그들을 환영했다.

"멀고 먼 이곳까지 오느라 고생들 하였소. 모두 편히 서시오."

"감사합니다, 마마."

셋은 동시에 허리를 펴고 자세를 바로 했다. 미리 약속을 한 것은 아니지만 군인의 호흡이라는 것은 서양이든 동양이든 통하는 법이다.

궁인을 통해 친서를 전달받은 왕은 짧은 수염을 만지며 고개를 갸웃거렸다.

"고생이 정말 많았던 모양이오?"

친서는 여전히 굽어 있었다. 키르히가 편다고 노력은 했지만 안에 든 내용물이 워낙 두꺼운 탓에 완벽히 펴는 데에는 실패한 것이다.

왕은 그리 신경 쓰지 않았지만 다른 신하들의 눈이 있어서 그런지 여해가 변호에 나섰다.

"어제 외국인 시장에 나타난 안개술사들을 제압한 사람이 다름 아닌 키르히 펙터 중사였사옵니다. 그 와중에 그리 된 것이라 사료되옵니다."

"오, 나도 들었소. 혼자서 제압했다지?"

"그렇사옵니다, 마마."

"고명한 무인들도 하나를 상대하기 힘들다는 안개술사들을 혼자서, 그것도 십여 명이나 한꺼번에 제압하다니 실로 놀라운 능력이 아닐 수 없구려. 비록 외국인 시장이 특별 구역이라 하더라도 경성의 땅이고, 그것은 곧 짐의 일이라오. 그대 덕분에 큰 희생을 면하게 됐으니 이 어찌 기쁘지 아니할 수 있겠소? 진심으로 고마움을 표하는 바이오."

그의 칭찬에 키르히는 자랑하듯 씩 웃었다.

"황송할 따름입니다."

궁인들과 신하들은 경박한 표정이라며 내심 꿍얼댔지만 왕은 이번에도 그다지 불쾌함을 느끼지 못했다. 사실 그는 어렸을 때 바란투로스에서 3년간 유학을 한 일이 있었다. 덕분에 그쪽 문화에 대해 잘 알고 있을 뿐만 아니라 그들의 사고방식과 과도한 제스처에 대해서도 익숙했다.

"그럼 호엔 3세께서 어떤 말씀을 하셨는지 한 번 보겠소."

봉투 안에는 잘 접힌 두 장의 종이가 있었다. 하나는 지도였고, 하나는 일반적인 편지였다. 지도를 옆에 따로 놓은 왕은 편지를 읽어 내려갔다.

"음, 허허, 이 편지가 분명 2개월 전에 쓰인 편지가 맞소?"

"그렇습니다, 마마."

키르히의 대답을 들은 왕은 놀라움을 감추지 못했다.

"중장군이 카샤님의 일로 특무상사를 구속하게 되는 것부터 어제 있었던 안개술사들의 난동까지 자세히 쓰여 있구려. 미디엄님의 예언은 정말 언제 들어도 놀랍소이다."

감탄한 이후 글을 끝까지 읽은 왕은 편지를 곱게 접은 뒤 지도 옆에 내려놓았다.

"파렌 콘스탄이라 하였소?"

"예, 마마."

"호엔 3세께서 그대를 대표로 지목하셨으니 그대에게 우리의 입장을 말하겠소. 그대들이 카샤님을 서양으로 모시고 가는 것은 허락할 수 없소."

키르히는 눈을 부릅떴지만 파렌은 대답 없이 왕의 다음 말을 기다렸다. 왕의 눈빛과 표정, 그리고 목소리 모두 완전히 거절하는 자의 것이 아니었기 때문이다. 파렌을 시험할 겸 그렇게 말했던 왕은 일절 변동 없는 그의 자세를 보고 빙긋 웃었다.

"일단 우리 벽암국의 사정을 알려주겠소. 좌장군, 앞으로."

그의 호명에 맞춰 군신 대열의 왼쪽 선두에 서 있던 푸른 정복 차림의 깡마른 노인이 앞으로 나와 왕에게 예를 올렸다.

"신(臣), 좌장군 현학. 부름에 대령했사옵니다."

"좌장군께서 안개술사들이 지금까지 우리 벽암국에서 저지른 행태를 간단히 설명해 주시구려."

"알겠사옵니다."

그는 그 자리에서 파렌과 키르히를 보며 말했다.

"사절께서는 안개술사에 대해 어느 정도나 아시오?"

"그들이 스스로를 안개술사라고 칭한다는 사실 외에는 전혀 알지 못합니다."

파렌의 대답을 예상했던 좌장군은 카랑카랑한 목소리로 말했다.

"안개술사는 무수장군(霧蒐將軍)이라는 헛된 신을 추앙하는 대로정교(大露正敎)의 교도이오. 그 무수장군이 오래전 카샤님께서 쓰러뜨리신 대불수리라는 설이 있지만 확인된 바는 아니오. 그들은 수년 전부터 이 경성을 중심으로 혹세무민(惑世誣民)을 저지르고 있으며, 그들에게 약탈을 당하고 자식들을 빼앗긴 백성들의 수는 헤아릴 수가 없소. 그들은 요괴들을 잡아 그들의 육체와 피를 요술의 재료로 쓰고 있고, 납치한 젊은이들을 세뇌하여 자신들과 같은 안개술사로 바꿔놓고 있소."

사정을 들은 파렌은 궁금증을 털어놓았다.

"대로정교라고 하셨는데, 그들의 본거지를 토벌하신 일은 있으십니까?"

"작년에 대규모 토벌을 감행하여 본거지를 부수고 무수장군의 화신(化身)을 제거하였소. 하지만 그들의 교주는 잡지 못했고 안개술사들과 그들의 초인적 힘은 아직도 건재하오."

"그 무수장군이라는 것보다 더 큰 원인이 있을 수도 있다는 말씀이시군요."

파렌의 지적은 정확했다.

"그렇소. 지금까지 밝혀진 바에 따르자면 안개의 씨앗, 우리 식으로는 무로종(霧露種)이라는 물건이 그들이 발휘하는 힘의 원천이라고 하오."

"안개의 씨앗?"

"그렇소. 그것만 제거한다면 안개술사들의 숫자는 더 이상 늘어나지 않을 것이고, 남은 안개술사들의 힘도 급감할 것이오. 그렇게 되면 우리 병사들의 힘만으로도 그들을 물리칠 수 있소."

이어서 왕이 말했다.

"상황은 들은 바와 같소. 우리가 카샤님을 쉽게 놔드릴 수 없는 이유를 이제 알겠소?"

"부족함이 없습니다."

"그렇다면 짐은 더 이상 할 이야기가 없구려."

"그럼 이제 소인이 말을 하겠습니다, 마마."

왕의 눈이 살짝 커졌다. 비록 몸집이 작지만 총명한 외모의 왕은 37세라는 나이와 체통을 잊고 파렌의 말을 조심스레 기다렸다. 왕이 그토록 조바심을 내는 이유는 파렌을 둘러싼 이질적인 공기 때문이었다.

그가 유학 시절 바란투로스에서 느낀 여러 가지 감동 중 가장 인상 깊었던 것은 바란투로스가 자랑하는 국립 관현악단의 교향곡을 처음 접한 순간이었다. 그때 그가 느꼈던 거대한 장중함은 지금까지도 그의 가슴에 남아 있었다.

　파렌의 주변에 흐르는 공기는 그 장중함에 한없이 가까웠다. 적어도 왕은 그렇게 느꼈다. 그것은 호엔 3세가 친서를 통해 바란투로스의 흑기사라는 서정적인 별명으로 파렌을 소개했기 때문일지도 모른다.

　파렌이 입을 열었다.

　"웨스트리치까지 갈 수 있는 군함을 소인에게 주십시오."

　"군함? 군함이라니, 갑자기 무슨 말이오?"

　"소인은 카샤를 배로 데려가겠다는 계획을 세웠습니다. 하지만 어제 안개술사들로 인해 소인이 합법적으로 사용할 수 있는 배가 모두 부서졌습니다. 아무래도 계획을 성공하기 위해서는 장거리 항해가 가능하기로 유명한 벽암국의 군함을 제공받아야 할 것 같습니다."

　어전의 공기가 단숨에 가라앉았다. 왕의 표정은 굳어졌고 카샤는 사색이 됐다. 몇몇 무신들은 무기에 손을 얹기도 했다. 그 와중에 희희낙락한 사람은 키르히뿐이었다.

　"말이 좀 지나친 것이 아니오? 지금 그대가 범한 무례는 벽암국과 바란투로스의 우호 관계에 심한 누가 될 수도 있소."

　왕이 진지한 목소리로 따지고 들었지만 파렌은 엄중한 표정을 바꾸지 않았다.

　"그렇지 않습니다. 두 나라의 관계는 더욱 깊어질 것입니다."

　그는 오른팔을 옆으로 서서히 펼쳤다. 그리고는 몸을 숙이면서 팔을 가슴 아래에 붙였다.

　"군함을 준비해 주십시오, 마마. 그 기한은 소인이 안개의 씨앗을 부수고 돌아올 때까지로 정하겠습니다."

신하들은 무슨 말도 안 되는 허풍이냐며 웅성거렸으나 왕의 얼굴에는 진한 화색이 돌았다.

"그렇다면 이것이 필요할 것이오."

왕은 편지와 함께 첨부되어 있던 지도를 들어 보였다.

"친서에는 호엔 3세께서 그대들에게 내리는 명도 포함되어 있었소. 호엔 3세의 부탁에 따라 그대와 키르히 펙터에게 명을 내리겠소. 이 지도에 표시된 섬으로 가서 안개의 씨앗을 격파하시오."

"알겠습니다, 마마."

파렌은 다시금 몸을 숙여 명을 받아들였다.

"그리고 중장군, 가까이 와서 이 지도를 살펴보시오."

"예, 마마."

공손한 자세로 지도를 건네받은 여해는 그 자리에서 즉시 지도를 펼쳤다. 웨스트리치의 방식으로 그려진 지도였지만 여해가 보기에는 전혀 무리가 없었다.

지도는 그리 복잡하지 않았다. 오른편에는 해안선이 그려져 있었고, 왼편에는 수많은 섬들이 그려져 있었다. 그리고 섬들 가운데 하나는 특별히 붉은색의 동그라미로 구분 지어졌다.

"지도가 어느 지역인지 알 것 같소?"

왕의 질문 후에도 지도를 한참 동안 살펴본 여해는 이윽고 고개를 끄덕였다.

"알 것 같사옵니다. 경성으로부터 반나절 정도 배를 타고 내려가면 중량(衆梁)이라는 지역이 나옵니다. 중량은 그 물살이 워낙 빠르고 흐름이 일정치 않아 일반적인 배로는 통과가 불가능한 지역이옵니다. 그로 인해 중량의 가운데에 있는 섬인 고송도(古松島)는 그 규모가 대단히 큼에도 불구하고 사람이 살지 않는 무인도가 되었사옵니다. 지도에 표시된 섬이 바로 그 고송도이옵니다."

"그럼 그곳까지 갈 수 있는 방법은 있소?"

"격화선(激火船)을 사용하면 가능하옵니다."

격화선이라는 말에 어전이 잠시 소란스러워졌다. 왕도 턱수염을 만지며 난감한 표정을 지었다.

"괜찮겠소?"

"저들이 없는 자리에서 말씀드리는 것이 좋을 듯싶사옵니다."

"알겠소. 파렌 콘스탄과 키르히 펙터는 잠시 자리를 비켜주겠소?"

"그리하겠습니다."

파렌과 키르히는 궁인의 안내를 받아 어전 밖으로 나갔다. 그 틈을 타 키르히는 오래간만에 잡은 부동자세 탓에 뻐근해진 몸을 풀었다. 그러면서 그는 옆에 선 파렌에게 넌지시 물었다.

"뭐래? 난 씨앗을 부수라는 말 이후로는 전혀 모르겠던데?"

그 말 이후 이루어진 왕과 여해 사이의 대화는 모두 아시엔의 말로 이뤄졌기에 키르히로서는 알아들을 방법이 없었다.

파렌은 정면에 시선을 둔 채 말했다.

"지도에 표시된 목적지로 가기 위해서는 특별한 배가 필요하다더군."

"그런데 왜 우릴 내보낸 거야?"

"벽암국의 입장에서는 그것이 대단한 비밀 무기인 것 같아. 하지만 무슨 무기인지는 짐작이 가는군."

"그래? 뭔데?"

"상륙함일 거야."

"상륙함?"

"해상에서 지상으로 군대나 물자를 곧장 옮길 수 있는 배를 말하지. 대륙의 중심에서 활동하는 우리들에겐 관심을 둘 필요가 없는 물건이지만 바다와 관계가 깊은 벽암국으로서는 매우 중요한 무기라고 할 수 있어."

"왜?"

동료의 무식함에 짜증이 치민 파렌은 질타하듯 키르히를 흘겨봤다. 키르히는 다른 곳에 시선을 둔 채 딴청을 부렸다.

파렌은 헛기침으로 마음을 가라앉힌 뒤 설명을 시작했다.

"우리의 공성 무기와 개념이 비슷해. 좀 극단적인 비유이긴 하지만 우리는 성벽이 얼마나 오래 버티느냐, 또 성벽을 얼마나 빨리 부수느냐에 전쟁의 승패가 걸려 있지. 반면 적국과 바다를 맞대고 있는 벽암국에서는 얼마나 많은 군대를 육지로 올려 보내느냐, 또 얼마나 많은 군대를 바다에서 막아내느냐에 따라 전쟁의 승패가 갈리지. 그런 점에서 빠르고 확실한 상륙함은 큰 무기라고 할 수 있어."

"오호라."

"격화선이라는 이름을 생각하면 아마 고속상륙함 내지는 강습(强襲)상륙함일 거야. 작전 지역이 급류에 휩싸여 있다고 했으니 그 물살을 가르고 갈 수 있을 만큼 빠르고 강한 배겠지."

"자네는 모르는 것이 없군."

감탄을 보낸 사람은 여해였다. 둘의 대화를 틈타 조용히 다가온 그 호걸은 뒷짐을 진 채 파렌을 보며 웃고 있었다.

"예상인가, 아니면 이미 알고 있었나?"

"어렸을 때 벽암국과 구산국(九山國)의 전쟁 기록과 전술 분석 자료를 읽은 적이 있습니다. 그것을 바탕으로 간단히 추론한 것에 지나지 않습니다."

여해는 쓴웃음을 지으며 고개를 끄덕였다.

아침에 파렌과 둔 장기에서 첫 번째 판을 패배했을 때 여해는 살갗을 파고드는 날카로움을 느꼈다. 좀 더 자세히 표현하자면, 차디찬 칼날에 의해 해부되어 자신의 모든 것이 낱낱이 파헤쳐지는 느낌이라 할 수 있었다. 그것은 여해가 지금껏 경험한 적이 없는 가공할 만한 통찰력이었다.

파렌이 무기를 들고 얼마나 잘 싸우는지 여해는 아직 알지 못했다. 사실 관심도 없었다. 그가 정말 알고 싶은 것은 그가 지휘관으로서 참여한 전쟁터의 모습이었다. 얼마나 화려하고 일방적이며 끔찍할 것인가? 여해는 한 사람의 군인이자 지휘관으로서 그 모습을 순수하게 감상하고 싶었다.

"자네가 이곳 사람이 아닌 것을 생각하면 훌륭한 추론이었네. 중요 부분을 제외하고는 말이지."

"제가 들어도 되는 이야기입니까?"

"상감마마께서 허락하셨네."

"다행이군요."

"그렇지도 않을 것이네."

부정적인 대답을 들은 파렌은 잠자코 여해의 다음 말을 기다렸다.

"자네가 예상한 대로 격화선은 고속상륙함이네. 하지만 설계가 완전히 마무리된 배도 아닐뿐더러 승선할 수 있는 인원이 아주 적지."

"그럼 저와 키르히를 포함하여 승선할 수 있는 인원은 총 몇 명입니까?"

"아마… 다섯 명 정도?"

그 말을 하는 여해의 모습은 이상할 정도로 초라했다.

옆에서 듣던 키르히의 얼굴이 하얗게 떴다.

"다섯 명이요?"

그의 반응에 무안함을 느꼈는지 여해는 가슴 아래까지 늘어진 수염을 계속 만지작거렸다.

"말하지 않았나? 격화선은 아직 미완성일세. 그리고 사람이 타고 이동할 수 있는 배는 한 척밖에 없지."

"으음……."

키르히는 팔짱을 끼고 잠깐 생각에 잠겼다. 그리고는 파렌의 어깨를 잡고 진심으로 말했다.

"우리 원숭이고 뭐고 그냥 가자."

그럴 줄 알았다는 듯 파렌은 눈을 감고 한숨을 터트렸다.

"여기까지 와서 포기할 생각인가?"

"그럼 어떡해? 이 나라에서 원숭이 안 준다고 발악을 하잖아? 본거지나 다름없는 곳을 치겠다는데 다섯 명 타는 쪽배를 주면 어쩌라고? 우리가 무슨 개미집 털러 가는 줄 아나?"

"펙터 중사, 진정하게."

여해는 미안한 마음에 그를 말렸지만 키르히는 그런 말을 들을 정도로 착한 남자가 아니었다.

"진정하라고 하셨습니까? 이 상황에서요?"

"그렇다네. 카샤님께서 우릴 도와주신다면 승산은 있네."

키르히는 어이없다는 듯 양손을 허리에 대더니 급기야 실소를 터뜨렸다.

"원숭이요? 아, 그렇군요? 안개술사들이 원숭이 털에 못 견뎌 재채기를 하면 그 틈에 찔러 죽이자고요? 기절할 정도로 훌륭한 방법입니다, 장군님."

파렌의 검은 눈썹이 찌푸려졌다.

"그만둬, 키르히. 카샤는 그럴 능력이 있어. 미디엄님의 말씀을 벌써 잊었나?"

그가 그렇게까지 진지하게 나오자 키르히도 움찔했다.

"정말이야?"

"그래. 그리고 이번 일은 카샤가 없으면 성공할 수 없어."

"특무상사의 말이 맞네. 들어가서 자세히 얘기하도록 하세."

"예, 뭐, 알겠습니다."

키르히는 미심쩍은 얼굴로 둘을 따라갔다.

왕의 허가가 난 덕분에 작전의 수립은 일사천리로 진행되었다.

본래는 파렌과 키르히가 카샤를 데리고 가는 쪽으로 추진되었으나 신하들은 파렌들이 고송도에 가지 않고 카샤를 빼돌릴 수도 있다며 강력히 반대했다. 수 시간 동안 이어진 갑론을박 끝에 결국 여해가 그들을 도울 겸, 그리고 감시도 할 겸 동행하기로 결정되었다.

이야기가 끝난 뒤 파렌과 키르히는 다시 어전 밖으로 나왔다. 카샤, 키르히와 함께 여해의 관청으로 가려 했던 파렌은 만찬을 함께하자는 왕의 말에 따라 카샤와 함께 궁에서 시간을 보내기로 했다.

어전 앞 기둥에 기대앉은 키르히는 지친 얼굴로 서서히 붉게 물들어가는 구름을 감상했다. 키르히의 반대편에 등을 대고 선 파렌은 코트의 위쪽 단추를 연 채 눈을 감고 있었다. 그리고 카샤는 오늘 내내 열변을 토했던 둘 사이에서 자신의 꼬리 끝을 가지고 놀았다.

"아, 담배 한 대 피우고 싶다."

잠을 자듯 가만히 있던 파렌이 눈을 반쯤 열었다.

"네가 담배를 피웠었나?"

"아니. 그냥 들고 있었던 적은 많아."

"왜?"

"멋있어 보이려고."

파렌은 따지기도 힘들었는지 다시 눈을 감았다.

"미스 요하네스는 잘 있나?"

"물론 잘 있지. 우리 멤버들이 하루에 한 명씩 돌아가면서 은밀하게 마크를 했거든. 알고 있었어? 시장에서 돌아다니는 꼴통들이 하이디를 노리고 있었더라고. 네가 집에서도 안 보인다는 소문이 돌면서 녀석들이 슬슬 걔한테 달라붙더라."

"그래서?"

"다른 날은 몰라도 내가 마크한 날에 걸린 놈들은 강물 맛을 제대로 봤지. 잉어가 덧셈을 할 때까지 맞은 놈도 있었어."

파렌이 다시 눈을 떴다.

"죽였다는 건가, 아니면 정말 덧셈을 하기 전까지 때렸다는 건가?"

"한 세 시간 맞으니까 잉어가 미적분을 한다면서 막 울더라고."

"흠."

"그런데 하이디 말이야."

"음."

"아직도 호박 팬티 입더라?"

"……"

"농담이야, 농담이라고."

파렌은 인내의 한숨을 길게 내쉬었다. 들리지 않게 킥킥 웃은 키르히는 조금 뒤 정색을 하고 다시 말했다.

"돌아가면 걔 어떻게 할 거야?"

파렌은 키르히가 꺼낸 질문의 요점을 파악하지 못했다.

"무슨 말이지?"

"하이디 말이야. 출발하기 전에 잠깐 봤는데 거의 미치기 직전이더라고. 누가 대문만 열고 들어와도 막 뛰쳐나오고 난리라니까?"

"병원에는 데리고 가봤나?"

파렌으로서는 나름대로 걱정이 되어서 한 말이었으나 키르히에겐 그렇게 들리지 않았다. 그 갈색머리의 남자는 고심 끝에 상대의 속뜻을 이해해 줄 만큼 너그럽고 속이 깊은 사람이 아니었다.

"굳이 병원에 갈 필요가 있겠어? 그렇게 된 원인이 이 동네에 있는데?"

키르히의 어투가 좀 격해졌다. 카샤는 슬슬 궁금해졌는지 파렌 쪽으로 고개를 돌렸다.

잠시 생각을 한 파렌은 소리 없이 웃었다.

"그래도 혼자 앓게 하는 것보다 전문 의사에게 도움을 받게 하는 것이 훨씬 더 나아. 나도 그랬으니까."

그 대답에 얽힌 사연을 아는 키르히는 자신도 모르게 따지고 들었다.

"그래서, 네 상처는 다 아물었어? 의사 선생 덕분에 테르나가 갈라놓은 가슴이 깔끔하게 붙었냐고."

"괜찮으니까 같이 활동할 수 있는 거야."

"오, 그래? 넌 그랬어? 말이 나와서 하는 얘기지만 다른 사람들 눈엔 절대 아니었다고!"

"키르히."

중사의 이름을 부르는 파렌의 목소리엔 감정이 섞여 있었다. 본능적으로 움찔한 키르히는 잠시 망설이는가 싶더니 다시 말을 꺼냈다.

"너, 나에 대해서 잘 알지? 네가 알다시피 난 연애와는 담을 쌓은 사람이야. 그런 내 눈에도 너랑 테르나의 모습은 정상이 아니었어! 남자라는 놈이 자신과 파혼하자마자 한 달도 안 돼서 다른 남자가 준 결혼반지를 끼고 나타난 여자를 웃으며 대하는 게 정상이야?"

"오해하지 마, 키르히. 난 정말 괜찮다니까?"

걱정하는 투로 딱 잘라 말하는 상대의 모습에 키르히는 말문이 막혔다.

"뭐, 좋아. 그렇다니까 그런 줄 알고 있겠어."

키르히는 거기서 말을 끝내려고 했다. 그런데 호기심에 불이 붙은 카샤가 가만히 있지 않았다.

"테르나가 누구냐?"

두 남자는 자신들 사이에 앉아 있는 요괴소녀를 봤다. 키르히는 어떤 대답을 해야 할지 망설이는 파렌의 표정을 놓치지 않았다.

"사람이지."

그는 당당히 선수를 쳤다. 그것으로 파렌이 직접 고민할 필요는 없어졌다. 두 남자의 사정을 모르는 카샤는 투덜거렸다.

"그러니까, 어떤 사람이냔 말이다."

"너보다 얼굴도 예쁘고 늘씬하고 키도 커."

"후후, 그렇다면 본좌만큼 귀엽지는 않다는 말이로군?"

"음……."

키르히는 머리를 긁거나 표정을 이리저리 찡그리며 고민했다. 그러더니 급기야 파렌에게 도움을 요청했다.

"테르나가 어릴 적에 귀염둥이 계통은 아니었지?"

파렌은 부드러운 미소를 지으며 회상에 잠겼다.

"사람에게 계통이라는 말을 쓰는 것은 좀 그렇지만… 귀여운 것과는 거리가 멀었지."

"오, 그럼 어떤 아이였나?"

"그냥 지켜보는 것만으로도 마음이 따뜻해지는 그런 아이였어. 마치 동화 속의 공주님 같았지. 머리에 꽃다발을 쓰면 꽃의 공주가 됐고 비를 맞으면 물의 공주가 됐거든."

그렇게 말을 하는 파렌은 환히 웃고 있었다.

"호오오."

파렌의 표현에 가슴이 뭉클해진 카샤는 두 손을 모으고 테르나의 모습을 상상해 봤다. 하지만 그런 모습을 악당이 그냥 두고 볼 리가 없었다.

"그러나 공주님은 기사를 배반하고 혼자 행복하게 잘살았다는 말씀."

"엉? 배신이라니?"

키르히는 눈을 크게 뜨고 어이없다는 듯 소녀를 봤다.

"지금까지 내가 한 말을 어디로 들은 거야? 아까 말했잖아. 다른 남자의 결혼반지를 꼈다고. 그렇게 해서 이야기는 끝난 거지."

"그럴 수가!"

예상치 못한 결말을 접한 카샤는 꼬리를 바짝 세우고 부르르 떨었다.

"그런 일을 당하고도 그 계집을 그냥 놔뒀단 말인가? 파렌은 바보인가?"

"글쎄? 내가 왜 그랬을까?"

파렌은 카샤 앞에 수그리고 앉아 그녀의 머리카락을 어루만졌다. 선홍색의 머리카락이 파렌의 손가락 사이에서 바람을 맞은 갈대처럼 움직였다.

"이유가 있으니까 그런 거야."

"무슨 이유인가?"

"말 못할 이유."

"……."

"그 얘기는 여기까지 하자. 좋은 얘기도 아니잖아."

"흠, 그렇게 하지."

하이디의 안부에서 시작된 이야기는 그렇게 끝났다. 그렇지만 카샤는 파렌과 테르나 사이에 얽힌 이야기가 계속 마음에 걸렸다. 평상시엔 차가운 무쇠 같던 그의 영혼이 그녀에 대한 이야기가 나올 때마다 미세하게 달궈졌기 때문이다. 그런 작은 변화야말로 카샤의 호기심을 자극하는 큰 요소였다.

그러나 그녀의 고민은 조금 뒤 그들 앞에 놓인 진수성찬 앞에서 산산이 허물어졌다.

작은 만찬장에서 벽암국의 왕, 여해, 카샤와 함께 앉은 파렌과 키르히는 눈이 아플 정도로 현란한 색상의 요리들을 보며 할 말을 잃었다.

그들은 접대용 식사가 단순히 먹는 사람의 배를 불리기 위해 만들어지는 것이 아님을 알고 있었지만 그래도 앞에 앉은 사람을 가릴 정도로 차려지는 것은 너무한 게 아니냐고 생각했다. 그러나 그것은 그들의 문화에서 비롯된 생각일 뿐이었다.

카샤가 무서운 속도로 고기 요리들을 해치우는 가운데, 왕이 먼저 파렌들에게 말을 건넸다.

"짐은 안개술사들이 도대체 무슨 목적으로 야만족들을 도와 서양을 공격하는지 모르겠소. 그들이 그토록 귀중히 여기는 안개의 씨앗까지 가지고 간 것 같은데 말이오."

"안개의 씨앗은 고송도에 있다고 하시지 않으셨습니까?"

파렌이 의아하여 묻자 왕은 고개를 저었다.

"안개의 씨앗은 하나가 아니오. 우리 궁중술사들의 조사에 따르면 안개의 씨앗은 총 세 개인데, 그중에 하나는 아직 세상에 나타나지 않았다고 하더이다. 현존하는 두 개의 씨앗 중 하나는 고송도에, 다른 하나는 서양으로 간 안개술사들의 손에 있는 것이오."

왕은 작은 술잔에 든 술로 목을 축였다.

"특무상사, 그대는 안개술사의 목적이 무엇이라고 생각하오?"

"미디엄님이라고 생각합니다. 실제로 소인이 이곳에 오기 전 안개술사 한 명이 미디엄님을 노린 일이 있었습니다."

왕은 깜짝 놀랐다.

"바란투로스의 수도에, 그것도 왕궁에 안개술사들이 침범했단 말이오?"

"미디엄께서 미리 대비하신 덕분에 큰일은 벌어지지 않았습니다만, 그때는 소인도 적잖이 놀랐습니다."

"그렇겠구려. 아무튼 안개술사들이 미디엄님을 노리다니, 정말 무서운 일이 아닐 수 없구려. 행여나 미디엄께서 그들의 사악한 손에 납치를 당하신다면 서양뿐만 아니라 우리 대륙에도 큰 재앙이 닥칠 것이오."

"그렇습니다."

"아, 짐이 너무 무거운 이야기만 한 것 같소. 친서를 보아하니 호엔 3세께서 두 사람을 정말 아끼시는 것 같았소. 믿음도 상당하시고……. 아직 서른도 안 된 젊은 나이에 그 대단하신 분의 인정을 받다니 놀랍기 그지없소. 특별한 공이라도 세운 것이오?"

"큰 공을 세운 일은 없습니다. 다만 명령을 이행할 뿐입니다."

원론적인 이야기였다. 하나 벽암국의 왕은 보기보다 탐구심이 깊었다.

"군주의 명을 받고 따르는 신하는 수도 없이 많소. 하지만 군주의 신뢰와 걱정을 함께 받는 신하는 그리 많지 않소. 정말 특별한 사연이 없으면 친서에까지 그대들에 대한 믿음과 걱정을 보이실 리가 없지 않겠소?"

파렌은 고개를 돌려 키르히를 봤다. 키르히는 입에 물고 있던 뼈를 빼고 씩 웃었다.

"적당히 밝히는 건 괜찮겠지."

그의 말은 왕의 궁금증을 더욱 증폭시켰다. 더불어 먹는 것에 쏠려 있던 카샤의 관심까지 돌려놓았다.

"듣고 보니 본좌도 궁금하다. 무슨 일이 있었나?"

한참을 고민한 끝에 결국 파렌이 입을 열었다.

"소인과 키르히 펙터 중사, 그리고 섀델 크로이츠 전원은 10세가 되기 전에 왕명에 따라 선발되었습니다. 소집된 모든 크로이츠들은 전하께서 직접 관리하셨습니다."

왕과 여해, 카샤 모두 놀랐다. 특히 훈련대장을 잠시 지냈던 여해의 놀라움은 더욱 컸다.

벽암국은 징병제를 시행하는 나라로써 18세 이상의 남자들은 반드시 군에 들어가거나 군과 관계된 관청에서 일하게 되어 있다. 직업 군인을 희망하는 자들은 16세에도 입대가 가능하지만 그보다 어린 나이의 남자는 절대 받지 않는다. 이유는 어른이 되지 못한 남자에게 살인 기술을 가르치면 안 된다는 그들의 전통적 윤리 사상에 있다.

그런 사상을 몸에 익힌 왕과 여해에게 파렌의 이야기는 가히 충격적이었다.

"10세? 설마 그때부터 군사훈련을 받았단 말인가?"

여해는 정색을 하고 물었지만 파렌은 얼굴색 하나 바뀌지 않았다.

"키르히는 8세부터 훈련에 임했습니다. 훈련 내용은 국가 기밀이기에 밝힐 수 없습니다."

"내용이 문제가 아닐세. 그렇게 어린 아이들에게 훈련을 시켜야 할 이유가 도대체 무엇인가?"

"크로이츠의 주적은 인간이 아니라 고어이기 때문입니다."

"음······."

고어는 오로지 웨스트리치 대륙에서만 나타난다. 하지만 그들에 대한 웨스트리치 각국의 대처 방법은 군사적으로 연구할 가치가 있기 때문에 왕과 여해 모두 고어에 대한 것을 잘 알고 있었다.

특히 왕은 유학 시절 고어를 실제로 본 일이 있었다. 비록 철창에 갇힌 존재를 보긴 했지만 당시 왕이 느낀 공포는 대단했다. 고어들이 뿜어내는 인간에 대한 증오심, 그것을 실제로 느낀 순간 왕은 그 자리에 무릎을 꿇고 자신이 벽암국에서 태어난 것을 천지신명에게 감사하기까지 했다.

"섀델 크로이츠가 오로지 고어에 대항하기 위해 조직된 부대라는 것은 알고 있었네만, 설마 어린 시절부터 아이들을 훈련시켰으리라고는 꿈에도 생각 못했네. 어린아이들이라면 사상자도 많이 발생했을 텐데……."

"크로이츠 역사상 사망자는 한 명뿐입니다."

"한 명뿐이라고?"

"그렇습니다. 당시 선발된 전원이 훈련을 무사히 마쳤고, 사망한 부대원도 정식 임무 중 순직하였습니다."

"허허……."

여해는 말문이 막혔다. 더불어 섀델 크로이츠라는 집단에 대한 궁금증도 더욱 증폭되었다. 그러나 왕은 그 이상의 질문을 하지 않기로 했다. 그가 원하는 대답은 이미 나온 상태였다.

"호엔 3세께서 그대들을 아끼시는 이유를 알겠소. 그대들의 성장을 가장 가까운 곳에서 지켜보셨을 테니 꼭 친손자처럼 느껴지시겠지."

"그렇습니다."

그제야 파렌의 표정이 부드러워졌다.

"그런데 말이오, 친서에 쓰인 말씀 중에 이해가 되지 않는 것이 있었소."

"말씀하십시오, 마마."

"호엔 3세께서 추신에 '우리 강아지를 잘 부탁하오'라고 쓰셨소. 혹시 애완견을 데리고 왔소?"

"픕!"

키르히의 입에서 순간 웃음이 뿜어졌다. 왕이 흠칫하며 그를 봤지만 키르히는 고개를 굽실대며 사과할 뿐이었다.

만찬을 무사히 마친 모두는 왕궁을 떠나 여해와 함께 관청으로 향했다. 거기서 쉴 겸, 내일 당장 개시될 작전에 대해 논할 겸 해서였다.

왕궁을 나설 때 자신을 묶었던 안대를 기념품으로 챙긴 키르히는 그것으로 나비넥타이를 만들어 목에 걸고 다녔다. 동행한 병사들과 지나가는 행인들 모두가 꼴불견이라며 흉을 봤지만 여해는 이제 적응이 된 듯 '원래 그런 놈'이라는 말을 속으로 되뇌며 그를 무시했다.

카샤는 너무 많이 먹어 빵빵해진 배를 두 손으로 들고 가다시피 하고 있었다. 보기만 해도 눈이 아플 정도였지만 카샤 본인은 포만감만이 존재하는지 활짝 벌어진 입을 다물지 못했다.

"역시 궁중 음식은 언제 먹어도 최고다! 그렇지 않나, 키르히?"

키르히는 그녀를 물끄러미 바라봤다.

"왜 나한테 시비야?"

"파렌과 여해는 바쁘지 않나?"

둘은 카샤와 키르히를 뒤로한 채 나란히 걷고 있었다. 작전에 대한 이야기를 하는 것인지, 아니면 이야기를 하는 척하며 둘을 무시하는 것인지는 모를 일이었다.
"맛은 확실히 있더라. 요리를 보니 네 생각도 좀 하는 것 같고."
"본좌에 대한 생각?"
"응. 원숭이 골 요리가 안 나왔잖아. 여기선 꽤 유명하다던데……."
따끔한 감각이 키르히의 오른손을 타고 전신에 번졌다. 그는 한숨을 푹 쉬었다.
"왼손으로 하자. 나, 오른손은 좀 민감해."
그의 요구에 맞춰 통증이 오른손에서 왼손으로 옮겨갔다.
"그래, 잘했어."
키르히는 그 상태로 카샤를 질질 끌며 길을 걸었다.

벽암국의 왕을 만난 날로부터 이틀 후.
고송도가 있는 중량(衆梁)에 정박한 여해의 군함은 이른 아침부터 병사들의 기합 소리로 시끄러웠다.
그들은 함선 갑판의 격납고로부터 비밀 무기를 꺼내고 있었다. 그것은 커다란 통 한 쌍을 위에 얹고 상하좌우에 큰 날개를 단 기묘한 형태의 배였다. 그것이 바로 벽암국이 개발 중인 고속상륙함, 격회선이었다.
물고기와 비슷한 동체는 철판이 둘러져 있었고, 위쪽의 오목한 부분에는 다섯 개의 조잡한 좌석이 일렬로 놓여 있었다. 의자는 편함과는 거리가 멀어 보였지만 대신 대단히 튼튼하게 조립되어 있었다.

바닷바람 속에 검은 장발이 흔들렸다. 파렌은 얼굴을 덮는 머리카락을 손으로 정리하며 격화선의 관찰을 계속했다.

'바람 대신 화약의 힘으로 가는 배라… 확실히 빠르긴 하겠군. 하지만 문제가 반드시 생길 텐데?'

"너무 자세히 관찰하면 살려서 돌려보내 줄 수 없네."

파렌은 왼쪽을 봤다. 투구를 옆에 든 여해가 웃으며 다가오고 있었다. 파렌은 고개 숙여 인사했다.

"안녕히 주무셨습니까, 장군."

"괜찮았네. 일찍 일어났군."

"격화선을 직접 보고 싶어 어제 일찍 잠들었습니다."

여해의 굵직한 눈썹이 꿈틀했다.

"음? 설마 진짜로 격화선을 정탐하려 했나?"

"단순한 궁금증일 뿐입니다. 그리고 격화선의 중요한 비밀은 이 자리에서 알아낼 방도가 없을 것 같습니다."

"그런가? 자네가 밝혀낼 수 없는 비밀이라는 것이 무엇인가?"

"격화선에 실린 화약과 선체에 달린 날개의 역할입니다."

그의 정확한 지적에 여해는 간담이 서늘했지만 애써 드러내지 않았다.

"화약은 요즘 세상에 흔한 것이 아닌가?"

"그렇습니다. 하지만 격화선에 달린 저 통과 내부에 가득 들어 있다는 화약은 주목할 만합니다. 저 정도 규모의 화약이 한

꺼번에 폭발한다면 배는 물론이고 탑승한 사람들까지 모두 가루가 되겠지만 그에 대해 걱정하는 벽암국 사람은 아무도 없었습니다. 아무래도 벽암국에서는 통에 든 화약을 천천히 소모시켜 강력한 힘을 얻을 수 있는 방법을 알고 있는 것 같습니다."

"……."

"기밀 유지에 대해서는 근심하시지 않으셔도 좋습니다. 저는 군인일 뿐, 과학을 볼 줄 아는 눈은 없습니다. 그리고 바란투로스는 내륙에 위치한 나라이기 때문에 격화선 같은 고속상륙함은 필요가 없습니다."

"말이라도 그렇게 해주니 됐네. 그건 그렇고, 하늘이 참 기묘하군."

"그렇습니다."

파렌은 여해를 따라 하늘을 봤다.

중량의 하늘은 구름이 잔뜩 끼어 매우 흐렸다. 하지만 그 구름은 오로지 중량의 바다 위에만 머무를 뿐, 움직일 생각을 하지 않았다.

"자연이 만들어낸 구름 같지는 않습니다."

"저 구름들이 만약 안개술사들의 짓이라면 카샤님의 힘을 빌리지 못할 수도 있을 것 같군."

카샤는 천수(天水), 즉 비나 눈이 내리는 상태에서는 그녀의 또 다른 모습인 천요(天妖)의 모습을 갖출 수 없다. 또한 천요의 상태로 천수를 맞게 되면 인간이 화상을 입은 것과 비슷한 상처를 입게 된다.

여해는 그 사실을 알고 있었다. 파렌은 그 대목에서 여해와 카샤 사이의 일이 궁금했다.

"장군께서는 카샤를 꽤 오래전부터 알고 계셨던 것 같습니다."

"그렇지. 지금 생각해 보니 정말 오래전의 일이군. 내가 그분을 처음 뵌 것은 무과 시험에 낙방한 뒤였네. 기마 궁술 시험을 치르던 도중 말에서 떨어져 다리를 다쳤지. 시험은 무사히 치렀지만 결국 낙방했다네. 실제 전쟁터에서 낙마한 장수가 어떻게 되는지는 굳이 말을 하지 않아도 알겠지?"

파렌은 고개를 끄덕이고 여해의 말을 조용히 기다렸다.

"그때 내 나이 스물셋이었네. 난 그 일로 낙심하여 술로 두 달을 보낸 뒤 나를 키워줄 스승을 찾아 벽암국을 떠돌게 되었네. 소문의 소문을 따라 결국 밟은 곳이 바로 화선산이었네. 그곳에서 산신령이신 파우샤님을 뵙게 되었지."

"카샤님의 모친 말씀이시군요."

"그렇다네. 난 그분께 활 쏘는 법을 배우면서 몸과 마음을 갈고닦았지. 그 과정에서 카샤님께 많은 도움을 받았네. 더불어 큰 부상도 당했지."

"부상이라고 하셨습니까?"

파렌은 깜짝 놀랐다. 항상 중후하던 여해의 구릿빛 얼굴에 온기가 스며 나왔다. 그는 갑옷으로 두껍게 가린 자신의 가슴에 손을 얹었다.

"이곳, 심장에 화상을 입었지."

"……."

"내가 인간이고 그분은 요괴라는 사실을 깨달았을 때 난 이미 서른을 넘긴 뒤였네. 그 이후 부인을 맞이했지. 지금 생각해 보면 참으로 어리석은 행동이었지만 이상하게도 부끄럽지 않고 즐겁기만 하네. 이상한 일인가?"

"아닙니다, 장군. 저로서는 배우고 싶은 일입니다."

"음? 배우고 싶다니?"

"어찌하면 과거를 보며 웃을 수 있습니까?"

"흠……."

여해는 뒷짐을 지며 생각했다. 파렌은 그에게서 나올 대답을 기다리느라 자신의 뒤에 서 있는 카샤를 느끼지 못했다. 여해도 그것은 마찬가지였다.

이윽고 여해가 말했다.

"자네의 과거가 무엇인지 모르겠네만 이제 미련을 버리는 것이 좋네. 그 과거를 놓아주지 않으면 자네는 다른 사람의 손을 잡지 못할 것이야."

"알겠습니다, 장군."

파렌은 힘겹게 웃었다. 여해는 어떤 반응을 보여야 할까 고민하다가 결국 상대와 비슷한 미소를 짓고 말았다.

"자, 조식이나 하러 가세. 오늘은 아침을 든든히 먹어두어야 하네."

"예, 장군."

자리를 옮기려던 파렌이 갑자기 멈췄다. 놀란 얼굴의 그는 자신의 손을 잡아챈 카샤를 발견하고는 힘없이 웃었다.

"언제 나온 거야? 마침 잘됐다. 아침 먹으러 가자."

카샤는 아랫입술을 문 채 가만히 있었다. 표정도 좋지 않다. 뭐라고 말은 하고 싶지만 입 밖으로 나오지 않아 스스로도 답답한 모습이었다.

"나쁜 꿈이라도 꿨나 보구나."

파렌은 그녀를 그대로 들어 가슴에 안았다. 아버지가 자식을 안은 구도였지만 갑작스레 일을 당한 카샤의 얼굴은 후끈 달아올랐다.

"좋아하는 고기 많이많이 먹으면 기분이 괜찮아질 거야. 먼저 가시지요, 장군님."

"음, 그러지."

여해는 앞서 걸으며 자신이 방금 전 했던 말을 마음속으로 수정했다.

'그래, 다른 이가 잡아주면 될지도 모르지.'

선실에 마련된 식당 안엔 키르히가 먼저 와 있었다. 긴장감 없이 의자 위에 축 늘어진 그의 모습에 여해는 실소를 터뜨렸다.

"자네처럼 긴장하지 않는 군인은 처음일세."

등받이 뒤로 고개를 젖히고 있던 키르히는 슬그머니 머리를 들었다.

"또 왜 그러십니까?"

"아, 나쁜 뜻으로 한 말은 아닐세. 마른 장작처럼 뻣뻣이 있는 것보다 훨씬 낫군."

여해는 그의 앞에 앉았다. 뒤따라 식당으로 들어온 파렌과 카샤는 옆 테이블에 마주 앉았다. 파렌이 그녀를 안고 들어오는 모습을 본 키르히는 혐오감을 느낀 듯 얼굴을 찡그렸다.

"냄새 안 나?"

"괜찮은데?"

"그래? 어젯밤에 보니까 막 긁더라고."

키르히의 시비에 카샤는 이를 악물고 으르렁거렸다. 여해는 그런 키르히의 모습이 너무 재미있는 듯 미소를 지우지 못했다.

"이렇게 태평하다니, 자네라는 사람은 정말 모르겠군. 오늘이 자네 제삿날이 될지도 모른다는 것을 잊었나?"

"잊진 않았습니다."

그는 테이블 위에 놓인 젓가락을 양손에 나눠 쥐고는 나무 숟가락의 끝을 찍었다. 위로 튕겨 올라간 숟가락은 그가 현란히 놀리는 젓가락에 튕겨 아래로 내려오지 못했다.

"사람이야 언제든지 죽을 수 있죠. 지금 식사를 하다가 기도가 막혀 죽을 수도 있고, 계단 올라가다가 미끄러져 뇌진탕으로 죽을 수도 있고, 갑자기 벼락을 맞아 죽을 수도 있고, 원숭이한테 물려 죽을 수도 있고. 그런 거 아니겠습니까?"

딱! 하는 소리와 함께 위로 크게 떠오른 숟가락은 그의 오른손에 잡혀 다시 탁자 위로 돌아왔다.

"죽음이라는 녀석, 의외로 단순하고 좋더라고요. 친해지니절 성심껏 도와주더군요. 친구는 서로 돕는 법이라지 않습니까?"

"그렇군. 괜찮은 말이네."

이후 이어진 식사는 매우 조용히 흘러갔다. 음식을 준비한 선원도 여해를 보며 숨을 죽였다. 그들이 오늘 어디서 무슨 일을 할지 알기 때문이었다. 그 와중에도 소리를 내며 신나게 식사를 하는 키르히는 모두의 눈에 별종처럼 보였다.

식사를 마친 넷은 잠시 후 장비를 갖추고 갑판으로 다시 나왔다.

격화선에 오르기 전에 파렌과 키르히는 자신들의 무기와 탄환을 다시 점검했다. 그들이 사용하는 무기의 정식 명칭은 카노네 블라트(Kanone Blatt=Cannon Blade)지만 둘 중 어느 누구도 먼저 말하지 않았다. 명칭 따위는 그들에게 중요한 요소가 아니었다. 오로지 자신들의 무기가 적을 베는 데 무리가 없는지 만이 중요했다.

무기를 점검하는 모습은 둘 다 차가웠다. 상냥함도, 원숭이라는 말도 나오지 않았다. 카샤가 옆에서 꼬리를 나풀거려도 둘의 시선은 움직이지 않았다.

둘은 마지막으로 서로의 무기를 교환해 한 번 더 점검했다.

"중사 키르히 펙터, 준비 완료."

"특무상사 파렌 콘스탄, 준비 완료."

확인을 마친 둘은 인사를 하듯 무기를 돌려주었다.

격화선에 모두가 올라탔다. 배의 조종간은 여해가 잡았다. 그들을 태운 격화선은 기중기를 통해 바다 위에 놓였다.

군함이 파도를 가로막고 있음에도 불구하고 격화선은 뒤집어지는 게 아닌가 싶을 정도로 심하게 요동쳤다. 중량의 거친 물살을 느낀 키르히는 벌써부터 멀미가 나는지 배를 매만졌다.

"빨리 출발하죠, 장군님. 비밀 병기에 토하긴 싫습니다."

"음… 하고 싶으면 해도 좋네."

"예?"

"두고 보면 알 것이네. 모두 꽉 잡게."

여해는 손을 들어 군함 위의 병사들에게 신호를 보냈다.

긴 장대 끝에 놓인 불씨가 격화선에 달린 도화선에 닿았다. 도화선이 타 들어가는 소리가 모두를 바짝 긴장시켰다.

불씨를 안은 도화선이 좌우의 화약통 속으로 동시에 들어갔다. 다음 순간 깔때기처럼 생긴 화약통의 끝에서 폭발음과 함께 불꽃이 뿜어졌다.

배가 바닷물 위를 나르듯이 가르며 질주했다. 관성의 엄청난 힘이 모두의 육체를 짓눌렀다.

"으억!"

말을 듣지 않고 대충 앉아 있던 키르히는 허둥지둥 몸을 숙였다. 뒤에 앉아 있던 파렌이 그를 누르지 않았다면 뒤로 튕겨 바다에 빠졌을 것이다.

엄청난 속도로 질주함에도 불구하고 배는 안정성을 잃지 않았다. 파렌은 자신이 경험하는 이 불가사의의 비밀을 알아내기 위해 배의 구석구석을 살폈다.

'가벼운 배가 이런 속도로 높은 파도를 견디다니, 이해가 되지 않는군. 옆에서 파도가 치면 분명 뒤집어질 텐데……?'

궁금해 하는 그의 귀에 끼익 하는 마찰음이 들렸다. 소리를 따라 시선을 돌린 파렌은 배의 좌우에 늘어진 날개의 각도에 주목했다.

'풍력을 이용해 배의 안정성을 확보하는 것이군. 이런 바람에 부러지지도 않다니, 대단한 기술력이다.'

그렇게 달린 지 얼마 되지 않아 커다란 섬 하나가 모두의 눈에 들어왔다. 나이를 헤아리기도 힘든 오래된 소나무가 가득하다고 하여 이름이 붙은 섬, 바로 고송도였다.

섬이 가까워지자 파렌의 머릿속에 한 가지 의문이 떠올랐다.

"장군, 질문이 있습니다!"

바람 탓에 파렌의 목소리는 매우 컸다.

"말하게!"

대답하는 여해의 목소리도 컸다.

"이 배는 어찌 멈춥니까? 특별한 장치라도 있는 것입니까?"

"마침 잘됐군! 준비하게!"

"예?"

"내가 신호하면 모두 뛰어내리는 것일세! 알았나?"

파렌은 어이가 없었다. 카샤와 키르히도 입을 다물지 못했다.

"지금이야!"

여해의 거대한 몸이 바다에 떨어졌다. 우물쭈물하던 셋은 눈을 질끈 감고 그를 따라 바다에 뛰어들었다.

주인을 잃고 홀로 질주를 한 격화선은 모래사장까지 통과하더니 암벽에 부딪쳐 산산조각 났다. 통에 화약이 남아 있었는지 큰 폭발까지 일어났다.

바닷물 위로 고개를 내민 채 그 광경을 지켜본 키르히는 자신을 지나쳐 유유히 헤엄쳐 가는 여해를 한참 동안 지켜보다가 버럭 소리를 질렀다.

"장군님! 이건 좀 너무한 거 아닙니까? 화가 나다 못해 웃기는데 말입니다?"

"저번에 말했을 터인데? 설계조차 아직 미완성이라고 말일세."

"그렇습니까? 아, 예! 그렇군요!"

짜증스레 외친 키르히는 바닷물을 때려 부수듯 팔을 휘저으며 여해를 따라갔다.

뭍으로 올라와 쉬는 모두에게 온풍이 밀려왔다. 카샤가 모두를 위해 발열을 한 덕분에 그들의 몸과 옷, 그리고 무기는 순식간에 말라 제 모습을 되찾았다.

"허, 데리고 다닐 만하네. 좋다, 원숭이."

감탄한 키르히는 언제 들어왔는지 바짝 말라 죽은 물고기를 주머니에서 꺼내 옆에 버렸다.

그 말을 의식한 듯 발열을 마친 카샤는 모두의 앞에, 특히 키르히의 정면에 섰다.

"본좌의 능력은 이것으로 끝이 아니다! 이곳에 왔으니 이제 천요의 모습으로 변하여 섬에 있는 안개술사 녀석들을 싸잡아 불태워 주겠다! 그리고 키르히, 지금까지 본좌를 원숭이라고 깎아내렸던 네놈도 혼을 내주마!"

방금 카샤가 보여준 발열 능력에 솔직히 놀랐던 키르히는 어젯밤까지도 파렌과 여해가 강조해 왔던 카샤의 '진정한 능력'에 대한 이야기와 미디엄의 이야기를 되새겼다. 혹시나 카샤가 엄청난 힘을 선보인다면 자신의 입장이 조금 난처해질지도 모른다는 생각이 그의 마음을 불안하게 만들었다.

"그럼 보여줘 봐. 저 배가 폭발한 소리를 듣고 안개술사 녀석들이 밀려올 거야. 보여줄 거라면 빨리 해."

"사양 않지!"

카샤는 하던 대로 손을 활짝 펴고 두 팔을 좌우로 벌렸다.
"잘 보아라! 천요염신(天妖炎神), 화사무쌍(火娑無雙)! 금시당장(今時當場)……."
그때였다.
갑작스런 폭우가 섬에 몰아닥쳤다. 카샤를 지켜보던 파렌과 여해는 얼굴을 손으로 덮거나 시선을 돌리고 말았다. 카샤도 거의 울기 직전이었다. 그러나 사정을 모르는 키르히는 달랐다.
"빨리 해, 원숭아. 시간 없다니까?"
결국 카샤는 눈을 가린 채 서럽게 울어댔다.
"이것 참, 큰일이군."
여해는 등에 찬 쌍수도 중 하나를 뽑아 들었다.
"어찌하시겠습니까?"
파렌도 슈트롬 팔켄을 들었다. 둘의 눈동자 속에는 소나무 숲에서 밀려 나오는 하얀 옷의 남자들이 가득 있었다.
"지휘는 자네에게 맡기지. 자네의 능력을 보고 싶군."
"알겠습니다. 키르히는 전방 왼쪽을, 장군께서는 전방 오른쪽을 맡아주십시오. 저는 후방에서 지원하겠습니다."
"알겠네."
키르히와 나란히 선 여해는 그를 흘끔 바라봤다. 도펠 슈트롬을 양손에 나눠 잡은 키르히는 뭐가 그리 즐거운지 실실 쪼개고 있었다.
"궁금한 것이 있네, 키르히."
"말씀하십시오."
"자네는 죽이는 게 좋은가, 전투가 좋은가?"

키르히의 미소가 더욱 짙어졌다.

"둘 다 아주 좋아합니다."

그들이 대화를 나누는 사이 모래사장은 수십 명의 안개술사에게 포위되었다. 전방을 맡은 키르히와 여해는 쉴 새 없이 눈을 움직여 그들의 움직임을 살폈고, 파렌은 안개술사들의 배치 상황과 숫자를 세는 데 주력했다.

비 때문에 천요의 모습을 포기해야 했던 카샤는 우물쭈물 대고 있었다. 뿐만 아니라 그녀는 흐르는 눈물을 주체하지 못했다. 키르히의 콧대를 납작하게 해주겠다는 계획이 실패로 돌아간 것은 물론 지금처럼 위급한 상황에서 아무 도움도 못 주게 된 자신이 너무 바보처럼 느껴졌기 때문이다.

'아무도 본좌를 돌아보지 않고 있어.'

그녀는 자신에게 말 한마디 건네지 않는 세 남자의 모습이 두려울 정도로 부담스러웠다.

'어찌하면 좋지? 본좌만 믿고 여기까지 왔을 텐데……!'

하지만 그것은 오해였다.

파렌이 작은 목소리로 중얼거렸다.

"왼쪽에 26명, 오른쪽에 18명. 중앙으로 수가 확인되지 않은 무리 하나가 더 나올 분위기다. 키르히는 신호와 동시에 왼쪽을 교란해라."

"제한 사항은?"

"신체 훼손 제한, 사격 제한 모두 해제하겠다."

"진짜? 아주 좋네."

키르히는 도펠 슈트롬의 탄약실을 열고 붉은색으로 칠해진 원통을 집어넣었다. 여해는 그것이 탄환일 것이라고 생각했지만 그 형태가 처음 보는 것이라 적잖이 신경 쓰였다.
파렌이 이어서 말했다.
"장군께서는 키르히가 교란을 시작하면 오른쪽의 안개술사들을 처리해 주십시오."
"그러지."
간단하면서도 어려운 지시였다. 지금 나온 안개술사들은 전부 최하위의 능력을 가진 무술사(無術士)로서 항룡장군이라 불리는 여해의 실력이라면 20명을 베는 것도 큰일은 아니었다.
하지만 문제는 거리였다. 뛰어드는 동안 안개술사들이 요술 준비를 마무리한다면 여해도 부상을 피할 수 없을 것이다.
'자아, 문제는 어찌 해결할 생각인가, 파렌 콘스탄.'
파렌은 슈트롬 팔켄의 자루 끝에 받침대 같은 것을 천천히 끼울 뿐, 침묵을 지켰다.
조금 뒤 두 패로 갈라진 안개술사들 사이로 또 다른 안개술사들이 모습을 드러냈다. 처음 나온 안개술사들 간의 거리를 보고 예상한 것이 그대로 맞아떨어지는 순간이었다.
새로 나타난 안개술사들의 앞에는 파란색 띠를 몸에 두른 안개술사 한 명이 있었다. 무술사들보다 한 단계 위의 계급으로 추정되는 청술사(靑術士)였다.
자리를 잡은 청술사는 지금까지 나타난 안개술사들이 그랬던 것처럼 부채를 활짝 펼쳤다.
"잘 왔다, 무엄한 것들! 나는!"
그 순간 그의 뒤편에 있던 안개술사들의 몸에 피와 살점이 걸

쭉하게 튀었다. 가슴 위쪽이 모조리 날아간 청술사의 몸은 힘없이 앞으로 고꾸라졌다.

당황한 안개술사들의 시선이 모조리 파렌에게 쏠렸다. 방금 전 자루에 끼운 받침대를 이용해 슈트롬 팔켄을 총처럼 사용한 파렌은 검을 천천히 내리며 나직이 중얼거렸다.

"아마추어들."

그가 만든 잠깐의 혼란. 그 틈을 이용해 붉은색의 야수가 몰아치는 빗발을 꿰뚫고 달렸다.

안개술사 중 한 명의 허리가 뒤로 꺾였다. 그의 허리를 무릎으로 가격한 키르히는 척추가 꺾인 충격에 눈을 부릅뜬 상대를 보며 활짝 웃었다.

"웃어, 치즈."

도펠 슈트롬이 안개술사의 목에 떨어졌다. 깔끔하게 잘린 목구멍으로부터 피가 뿜어졌다. 안개술사의 심장이 마지막으로 밀어낸 피는 다른 안개술사들의 안면을 세차게 때렸다. 피 때문에 저절로 눈을 감은 자들은 다시 눈을 뜨지 못하고 키르히에게 베였다.

여섯 명의 안개술사가 그렇게 시체로 변했다. 남은 자들은 요술을 사용하여 적을 없애려 했으나 키르히가 휘두르는 두 개의 칼날은 일말의 틈도 주지 않았다.

순식간에 해체된 시체 한 구가 안개술사들 사이로 떨어졌다. 안개술사들은 바닥에서 굴러다니는 시체 조각의 끔찍한 몰골을 보고 공포에 질려 요술을 제대로 사용하지 못했다.

대열의 중앙을 돌파한 키르히는 자신의 좌우에 위치하게 된 안개술사들을 향해 도펠 슈트롬을 각각 뻗었다. 그가 방아쇠를 당기자 칼날 위에 달린 커다란 총구에서 폭음이 터졌다. 화약 폭발에 밀려 나간 것은 일반적인 탄환이 아니라 화약에 섞여 있던 작은 쇳조각들이었다.

대인살상용 산탄(散彈)이 휩쓸고 지나간 현장은 참혹했다.

총구로부터 가장 가까이 서 있던 안개술사는 형체를 알아보기 힘들 정도로 박살났고, 그 뒤에 있던 안개술사들은 얼굴과 몸을 가리지 않고 박힌 쇳조각으로 인해 비명을 지르며 쓰러졌다. 몇 명이 산탄의 지독함에서 벗어났지만 갑작스런 참상이 던져 준 충격에서까지 벗어나지는 못했다.

키르히는 양팔을 벌린 채 그들에게 돌아섰다.

"이래서 난 비가 좋다니까?"

그의 코트 자락 밑으로 핏방울이 떨어졌다. 비가 그의 몸에 묻은 피와 살점들을 말끔히 털어주고 있었다.

멀리서 그 광경을 본 카샤는 자신이 오랫동안 숨을 쉬지 못했다는 것을 뒤늦게 깨닫고 숨을 몰아쉬었다. 키르히를 만난 날 들었던 모든 말들, 그리고 파렌이 키르히에게 보내는 신뢰의 이유. 그 모든 것들이 지금 그녀의 눈앞에서, 그녀를 좌절하게 한 빗속에서 잔인하게 증명되고 있었다.

"어, 어어어……."

정신적 충격에 벙어리가 되어버린 안개술사 한 명이 자리에 주저앉았다. 키르히는 그를 보며 웃었다. 20여 명을 순식간에 죽일 수 있는 자만이 지을 수 있는 권위적인 미소였다.

"겁낼 것 없어. 난 원래 이런 놈이거든. 아, 우리 말 모르나?

이런, 이런."
 고개를 절레절레 흔든 키르히는 그에게 걸어갔다.
 "자, 계속하자. 내가 어디까지 했는지 말해줄 사람?"
 "아아아악!"
 안개술사들의 비명이 울려 퍼졌다.
 그 반대편에서도 비슷한 수준의 비명이 터지고 있었다. 그 중앙에는 쌍수도를 거머쥔 여해가 있었다.
 상관이라 할 수 있는 청술사의 갑작스런 죽음과 키르히의 난동에 정신이 팔려 있던 나머지 여해의 접근조차 알아차리지 못했던 안개술사들은 허겁지겁 요술을 준비했지만 상황을 바꾸지는 못했다.
 요술이 막힌 안개술사는 일반인과 다를 것이 전혀 없었다. 또한 그들에겐 여해의 칼을 막아낼 만한 무기도 없었다. 그들이 손에 들 수 있는 것이라고는 종이와 대나무로 만들어진 부채가 전부였다.
 청술사와 함께 나왔던 안개술사들은 청술사의 시체를 옮겨야 할지, 아니면 공황 상태에 빠져 도륙당하는 동료들을 도와야 할지 망설였다. 그러던 중 한 명이 겨우 정신을 차리고 뒤로 돌아섰다.
 "후, 후퇴! 어서 보고를 드리고 지원을 요청해야 한다! 이 녀석들은… 커헉!"
 그의 가슴팍을 뚫고 은색 칼날이 솟구쳤다. 안개술사들은 어느새 자신들 틈에서 동료의 등판을 찌르고 있는 장발의 남자를 보고 기겁했다.

찌른 상대를 발로 차 검을 뽑은 파렌은 돌아서서 안개술사들의 앞길을 막아섰다.

"말은 실행의 정열에 찬바람을 몰아올 뿐이다. 윌리엄 쉐이크페어의 말이지."

그리고 살아서 그를 지나간 자는 아무도 없었다.

파렌이 작전을 성공할 수 있었던 이유 중 첫 번째는 숲에서 몰려나오는 안개술사들의 모습이었다. 그들은 머릿수가 많았을 뿐, 불이 난 집에서 뛰쳐나오는 자들처럼 대열과 규칙을 완전히 무시하고 있었다. 그것은 각자의 역할이 무엇인지 전혀 모르고 있음을 의미했다.

두 번째 이유는 그들의 배치 상황이었다. 그들은 요술을 미리 준비할 수 있는 시간이 충분히 있었음에도 불구하고 지휘관이 나올 때까지 가만히 서 있기만 했다. 그들은 침입자가 올 것에 대해 전혀 예상하지 못했을뿐더러 지금 같은 상황에 대한 훈련을 받은 적도 없고, 심지어는 경험조차 없다는 것을 스스로 증명했다.

오합지졸들이 의지할 것은 오직 하나, 지휘관의 명령이었다. 파렌은 지휘관이 나올 자리를 미리 비워둔 안개술사들 덕분에 사격 위치를 미리 봐둘 수 있었다. 결국 그의 저격은 성공했고, 안개술사들의 혼란은 그의 예상을 크게 뛰어넘었다.

정예 중에 정예인 파렌들에게 있어서 지휘관을 잃고 당황해 버린 수십 명 따위는 아무것도 아니었다. 만약 안개술사들이 분노와 복수심에 휩싸여 광기를 부렸다면 누군가가 다칠 수도 있었지만, 파렌은 키르히가 가진 분위기 조성 능력을 누구보다 잘 알고 있었다.
 단시간에 상황을 정리한 파렌과 키르히, 그리고 여해는 확인 살상까지 마친 뒤 카샤가 있는 곳으로 돌아왔다.
 파렌은 멍하니 서 있는 카샤에게 손을 내밀었다.
 "가자, 카샤."
 "응?"
 카샤가 움찔했다. 파렌은 빙긋 웃었다.
 "다 끝났어. 숲에서 좀 쉬자."
 카샤는 기분이 복잡했다. 힘을 빌려주러 온 주제에 구경만 했으니 당연했다. 더불어 파렌이 자신에게 미련하나 없이 작전을 짜서 성공시켰다는 사실에 이상한 질투심까지 느끼고 있었다.
 "파렌, 혹시 본좌가 이렇게 될 것을 알고 있었나?"
 "비가 내릴지도 모른다는 생각은 미리 해뒀어. 그뿐이야."
 "그럼 지금의 작전을 즉흥적으로 꾸몄단 말인가?"
 파렌은 당연하다는 듯이 말했다.
 "작전은 원래 즉흥적인 거야."
 카샤는 입을 꾹 닫았다.
 한편, 파렌의 작전과 지휘를 잠깐이나마 맛본 여해는 내심 감탄을 금치 못했다.
 '천하의 카샤님도 파렌 콘스탄이란 남자 앞에서는 한낱 장기 말에 불과하다는 것이겠지. 비가 오면 쓸 수 없는 장기 말……. 자신이 가진 장기 말의 특징이 무엇인지, 그것으로 뭘 어떻게 할 수 있는지 확실히 아는 남자로군.'
 만약 파렌과 전장에서 적으로 만났다면 어찌 될 것인가. 여해는 상상하는 것만으로도 소름이 돋았는지 자신도 모르게 실소를 흘렸다.

"후후."

파렌이 그를 돌아봤다.

"무슨 일이십니까, 장군?"

"아닐세. 다른 안개술사들이 몰려올 수도 있으니 어서 숲으로 들어가세."

"알겠습니다. 키르히, 재장전을 잊지 마라."

"아, 또 깜박했네."

키르히는 도펠 슈트롬으로부터 탄피를 빼고 새로운 탄을 집어넣었다. 빠르면서도 여유로운 모습이었다. 파렌과 여해도 각자의 무기를 잠시 점검했다. 그들의 전문가적인 모습에 풀이 죽은 카샤는 숲을 향해 걸어가는 파렌의 뒤를 터벅터벅 따라갔다.

그녀는 걷는 도중 깨달았다. 그토록 반항적이고 제멋대로인 키르히가 지금까지 파렌의 말을 거역한 적은 없었다. 평소에 그냥 하는 조언은 몰라도 명령만큼은 절대 따랐다. 그냥 말만 터놓고 할 뿐이었다.

'진짜 무서운 놈은 따로 있었군.'

그녀는 파렌의 과거 때문에 그를 불쌍히 여겼던 자신을 바보라고 꾸중했다.

story 6 기우사(The Rainmaker)

 해안을 벗어나 소나무 숲에 들어선 일행은 잠시라도 비를 피할 곳을 찾아봤지만 적당한 장소는 찾기 힘들었다. 결국 파렌은 자신들이 없앤 안개술사들이 걸어왔던 길을 따라 움직이기로 했다.
 "바로 본거지를 칠 생각이야?"
 키르히의 질문에 파렌은 고개를 저었다.
 "가까운 곳에 안개술사들의 전초 기지가 있을 거야. 격화선이 폭발한 지 얼마 되지 않아 안개술사들이 몰려온 것을 생각하면 기지는 해안에서 적어도 3분 거리에 있겠지."
 안개술사들의 발자국을 되짚어가던 일행은 예상외의 모습을 보게 되었다. 소나무 숲은 곧장 고송도 중앙에 있는 바위산과 연결되어 있었는데, 숲과 산이 완전히 붙어 있는 것이 아니라 마치 마을처럼 생긴 가옥의 군집을 사이에 두고 있었다.

가옥은 전부 기와지붕이었고, 군집의 규모도 상당했다. 그리고 마을의 뒤편으로는 산으로 향하는 오솔길이 뻗어 있었다.

"밤이 될 때까지 기다릴까?"

"그럴 필요는 없을 것 같군. 경비가 아예 보이지 않아."

파렌의 말에 키르히는 눈에 힘을 주고 마을을 살폈다. 그의 말대로 경비는커녕 돌아다니는 사람조차 없었다.

"그럼 어떻게 하지?"

"가서 비를 피해야지."

파렌은 당당히 숲 밖으로 나갔다. 키르히와 카샤는 으악! 소리를 내며 그를 붙들었다.

"왜 이래! 걸리면 어쩌려고!"

"저 마을은 아마 비었을 거야. 만약 있다고 해도 전투와는 관계가 없는 자들이겠지. 만약 예비 인원이 있었다면 단 한 명이라도 나와서 눈을 부릅뜨고 경비를 섰을 거야. 그렇지 않으면 건물 안에서 당하게 되니까. 요술을 부릴 틈이 없으면 아무것도 못하는 안개술사들이 좁은 건물 내에서 뭘 할 수 있겠나?"

"오호라."

키르히는 파렌을 잡은 손을 풀고 그의 앞에 섰다.

"내가 앞장서지."

"좋을 대로 해."

두 남자는 긴장감 없는 모습으로 마을을 향해 걸어갔다. 여해는 가만히 그들을 보는 카샤에게 다가갔다.

"가시지요, 카샤님. 소인이 모시겠습니다."

"음……."
머리를 긁적인 카샤는 그들의 뒤를 따라갔다.
"안색이 좋지 않으시군요."
그녀가 투덜거리듯이 말했다.
"본좌는 비에 약하지 않나?"
"하하하."
여해는 낮게 웃었다.

그는 카샤의 속을 이해하고 있었다. 화사무쌍이라는 이름에 대한 자부심이 드높은 그녀가 아무 도움도 못 주고 여기까지 따라왔으니 얼마나 속이 끓겠는가? 그래도 여해는 지금의 상황을 굳이 바꾸고 싶지 않았다. 언제 발휘될지 모르는 카샤의 힘에 맹목적으로 기대느니 파렌의 훌륭한 판단력을 믿는 것이 훨씬 나았기 때문이다.

파렌의 예상대로 마을은 완전히 비어 있었다. 일행은 길가에 위치한 작은 집에서 비를 피하기로 했다.

가장 먼저 방에 들어간 키르히는 옷으로 어질러진 방을 보며 피식 웃었다.

"녀석들, 뛰어나가느라 정신이 없었군."

그는 밖에 있는 동료들에게 들어오라는 손짓을 했다. 모두는 신발을 신은 채 방 안으로 들어갔다. 적지에서 신발을 벗고 정리하는 등의 예의범절을 지킬 이유는 없었다.

모두는 장롱 안에 있는 수건으로 젖은 머리와 얼굴을 씻었다. 장롱을 뒤적이던 키르히는 입술을 비죽 내밀었다.

"여자 속옷이 없네?"

"저질스러운 놈이로다."

카샤가 비아냥거리자 키르히는 정색하며 맞섰다.

"모르면 가만히 있어. 여성의 유무 확인은 중요한 거야."

"엉?"

"중사의 말이 옳습니다, 카샤님."

여해가 설명했다.

"마을에 여성이 있으면 자력으로 인력을 구축할 수 있음은 물론 식량 생산을 할 수 있는 가능성이 높음을 뜻합니다. 또한 여성의 옷이 젊은이의 것인지, 늙은이의 것인지를 확인하는 것도 중요합니다. 늙은 여성의 옷가지가 없다면 거처가 자주 바뀔 가능성이 높다고 판단합니다."

"그렇군."

몰랐던 사실을 알게 된 카샤는 배움에 대한 기쁨보다는 점점 위상이 작아지는 자신의 모습에 불만을 가졌다.

"군인은 그런 것들을 모두 익혀야 하나?"

질문의 대상은 파렌이었다. 그는 물기가 완전히 빠지지 않은 머리를 수건으로 매만지며 대답했다.

"맡는 임무와 계급에 따라 다르지. 나와 키르히는 현장 지휘관 급이니까 잘 알고 있는 거야."

"현장 지휘관이면… 부하도 있다는 말이로군?"

"그렇지. 지휘관 급이 10명 좀 넘고, 나머지는 전부 일반 대원이야."

벽에 뒷머리를 댄 채 쉬던 여해가 깜짝 놀라 고개를 들었다.

"자네들 같은 자가 10명이 넘는단 말인가?"

"그렇습니다."

여해는 바란투로스의 잠재력이 새삼 두려웠다. 그런데 키르히가 웃으면서 손사래를 쳤다.

"그래 봤자 쓸모없습니다."

"쓸모가 없다니?"

"다들 겉으로는 강한 척하고 있지만 막상 파렌이 빠지면 허둥대거든요. 파렌 바로 밑에 부관이랍시고 상사가 두 명 있는데, 둘이 머리를 딱 붙이고 지휘를 해도 작전이 헛돌아가는 경우가 발생하죠. 제가 오기 전에 있었던 임무에서도 민간인 여럿 잡을 뻔했답니다."

"그렇군."

여해는 속으로 가슴을 쓸어내렸다.

화제의 방향은 키르히가 말했던 임무 쪽으로 바뀌었다.

"민간인 피해가 있을 뻔했다니, 무슨 말이지?"

질문하는 파렌의 표정은 대단히 진지했다. 키르히는 그럴 줄 알았다는 듯 실실 웃어댔다.

"보레트문트 지방에서 시더 두 마리 급의 상황이 발생했지. 시몬스 대령님이 마침 출장을 가신 터라 우리들끼리 출동했는데, 리벨 녀석이 시더의 숫자를 한 마리로 잘못 인식해 버렸어. 그래서 시더 하나만 잡고 귀환하다가 뒤늦게 깨닫고 가까스로 수습했지."

"리벨이? 그 똑똑한 리벨 클리츠가 왜 그런 실수를……?"

"왜라니? 리벨 녀석은 너나 대령님이 없으면 머리가 반 바퀴 덜 돌아간다는 걸 아직도 몰랐어?"

"테르나가 도와주지 않았나?"

테르나라는 이름이 나오자 카샤는 깜짝 놀랐다. 그녀는 지금 파렌이 말한 테르나가 파렌과 파혼했다는 그 테르나가 맞는지 의심스러웠다.

키르히는 어깨를 으쓱했다.

"테르나는 교본대로 작전 짜는 건 최고지만 능동적이진 못하지."

파렌은 이마를 덮고 한숨을 쉬었다. 키르히의 얼굴에서 미소가 서서히 사라졌다.

"우리가 실제로 활동한 시간이 짧은 탓도 있지만 모두 너한테 너무 의지해 버렸어. 대령님의 말대로 섀델 크로이츠가 아니라 파렌 크로이츠지."

"……그래서 리벨은?"

"지금도 영창에서 벽 보고 있을 거야."

이마를 덮은 파렌의 손이 눈 위로 내려왔다.

"할 말이 없군."

"그래도 리벨 녀석을 너무 혼내지는 마. 작년에 네가 주의줬을 때 무슨 일이 벌어졌는지 기억하지?"

"그래, 알았어. 이제 오늘 일에만 집중하자."

"음."

키르히는 도망치듯 시선을 슬금슬금 돌렸다.

파렌은 생각에 잠겼다. 카샤의 일로 잊고 있던 것들 중에 하나인 자신의 부대에 대한 걱정이 먹구름처럼 그의 의식을 뒤덮었다. 특히 부하의 실수로 인해 민간인들이 위험해질 뻔했다는 이야기는 그의 기분을 더욱 가라앉게 만들었다.

여해의 큰 손이 그의 어깨를 덮었다.

"부하들과 오랫동안 떨어져 지낸 적이 없었나 보군."

"예, 장군. 지휘관 급의 부대원들과는 함께 훈련을 받으며 자랐습니다. 모두 형제자매나 마찬가지입니다."

"형제자매라… 후후, 원래 맏형의 역할이 그런 것일세. 아마 자네가 돌아가면 모두 자네를 더욱더 깊이 신뢰하게 될 것이네. 더불어 이번에 드러난 자신들의 단점을 보완하기 위해 노력하겠지."

"정말 그렇겠습니까?"

"물론이지. 자네가 신뢰할 정도의 사람들이라면 그 정도 정신은 있을 것이네. 내 경험에서 나오는 이야기니 믿어도 되네."

"감사합니다, 장군."

파렌의 표정이 겨우 풀렸다.

카샤는 파렌이 형제라고까지 말하는 사람들이 과연 어떤 자들인지 매우 궁금했다. 그런데 그녀의 머릿속에 어처구니없는 생각이 떠올랐다.

'설마, 전부 키르히 같은 놈들은 아니겠지?'

시간이 조용히 흘렀다.

모두는 이제 어찌해야 할지 고민하고 있었다. 파렌도 고향에 대한 일을 어느새 잊은 상태였다. 안개의 씨앗을 부수겠다고 오긴 했지만 막상 섬에 도착해 보니 예상보다 섬의 규모가 컸고, 악천후 때문에 수색도 어려웠다.

'섬의 구조를 모르니 어떻게 할 수가 없군. 산속인지 산 어딘

가에 있는 동굴인지 알 길이 없으니……. 이대로 시간을 낭비하면 식량 문제 때문에라도 곤란해질 거야.'

그는 마을에 들어올 때 보였던 오솔길을 떠올렸다.

'그 길을 따라가 봐야 하나?'

갑자기 카샤가 창가에 매달렸다. 모두는 자연스레 그녀에게 시선을 돌렸다.

종이를 바른 창문은 위아래로 여는 방식이었다. 뒤꿈치를 들고 창문을 살그머니 연 카샤는 눈을 동그랗게 뜨더니 손을 흔들어 파렌을 불렀다. 이상함을 느낀 파렌은 그녀 옆에 다가가 창문 밖을 살폈다.

창문 밖에는 안개술사들의 행렬이 보였다. 수는 약 30명 정도에 전부 무술사였고, 행렬의 가운데에는 천막이 씌워진 가마를 탄 청술사가 있었다.

키르히가 목소리를 죽이고 슬그머니 일어났다.

"뭔데?"

"안개술사야. 수는 30명… 28명이군."

"지원군이야?"

"소식이 없으니 왔겠지. 마침 잘됐군."

"응?"

파렌은 키르히의 등을 치며 일어났다.

"뒷문으로 나가자, 키르히. 둘이서 해결하는 거야."

둘은 소리 없이 뒷문으로 나갔다.

땅바닥을 때리는 빗소리가 그들의 발소리를 감춰주었다. 집 뒤에 몸을 숨긴 둘은 길 한가운데에서 꿈쩍도 않는 안개술사들을 조용히 살폈다. 안개술사들은 카샤가 처음 목격했을 때와는 달리 가마를 중심으로 넓게 퍼져 이곳저곳을 바라보고 있었다.

키르히는 청술사가 탄 가마를 보고 쓴웃음을 지었다.

"탈것 한 번 특이하게 생겼네. 유치하게 노란색이 뭐야?"

키르히의 말대로 안개술사의 가마에 씌워진 천막은 노란색이었다. 가마 뒤편과 위쪽을 가린 천막은 비단으로 촘촘히 짰는지 빗물이 거의 스며들지 않았다.

파렌은 씩 웃었다.

"너무 비웃지 마. 우리를 도와줄 고마운 천막이니까."

키르히는 자신의 상관을 물끄러미 바라보며 작전 지시를 기다렸다.

한편, 가마에 탄 청술사는 손잡이를 내려치며 답답함을 토로하고 있었다.

"형운(炯雲) 도인은 도대체 뭘 하는 건가? 수상한 소리가 났으니 출동한다고 해놓고는 아무 소식도 없다니! 적이 누군지 알아야 원군을 데려올 것이 아닌가?"

옆에 있던 안개술사가 그에게 말했다.

"혹시 카샤에게 당하신 것이 아니겠습니까?"

"카샤? 그럴 리가 없다. 빗속의 카샤는 같잖은 존재야. 그 요괴는 오로지 천요의 모습으로 변해야만 진짜 힘을 쓸 수 있지. 안개의 씨앗이 붙잡아둔 저 비구름과 바다요괴들이 있는 이상 우리가 카샤에게 당할 일은 없다!"

"예, 도인. 소인의 부족함을 용시해 주십시오."

"됐다. 아무래도 폭발이 일어난 장소로 가봐야겠다. 모두 모여서 대열을 갖춰라!"

흩어져 있던 안개술사들이 가마의 앞뒤로 모여 대열을 만들었다.

서열 관계상 가장 뒤에 서야 하는 젊은 안개술사는 열을 맞추기 위해 바삐 움직였다. 눈치를 보며 열을 제대로 맞춘 그는 비가 오는 와중에도 옷의 주름을 곧게 잡기 위해 고개를 살짝 숙였다.

순간 뿌득! 하는 격한 소리가 터지면서 그의 코가 가슴에 닿았다. 목이 앞으로 꺾인 안개술사의 뒤통수에는 진흙 발자국이 크게 찍혀 있었다.

그의 머리를 지지대 삼아 뛰어오른 불청객은 낙하하면서 양손에 든 검으로 가마의 천막을 찍어 내렸다. 가마 안에 앉아 있던 청술사는 불청객의 접근을 느꼈지만 가마에 씌워진 천막 탓에 상대의 위치를 파악하지 못해 허둥대기만 했다.

두 줄기의 핏줄기가 가마 좌우로 길게 뿜어졌다. 가마에서 다시 뛰어올라 대열의 뒤에 착지한 남자, 키르히 펙터는 땅을 밟자마자 주변의 안개술사들을 난도질했다. 모든 안개술사들이 키르히의 위치를 파악하기 위해 뒤로 돌아섰지만 대열을 맞추느라 밀집되었던 탓에 그를 제대로 볼 수 있는 사람은 그와 직접 맞닥뜨린 소수뿐이었다.

안개술사들이 좌우로 넓게 퍼졌다. 너무 급하게 움직이느라 안개술사들끼리 몸을 부딪치는 일까지 있었다.

모든 안개술사들이 키르히를 눈에 담은 그 순간, 슈트롬 팔켄을 거머쥔 파렌이 길가로 나와 그들의 등을 보며 달려갔다.

"문제 발견, 방향 전환, 공격을 위한 위치 확보, 대응할 방법의 선택과 결정, 그리고 실행."

슈트롬 팔켄이 빗줄기를 갈랐다. 등의 급소를 당한 안개술사가 격통을 이기지 못하고 짐승처럼 비명을 질렀다.

키르히에게 정신이 팔려 있던 안개술사들은 그 비명에 놀라 고개를 돌렸다. 파렌은 차가운 눈으로 그들을 꾸짖었다.

"모두 느리다, 안개술사들이여."

두 명에게 앞뒤로 포위당한 안개술사들 틈으로 피바람이 불었다.

일이 끝나고 살아남은 안개술사는 오직 한 명이었다. 도펠 슈트롬의 칼날이 그의 늑골 밑과 어깻죽지에 닿아 있었지만 그 이상 전진하지는 못했다. 파렌의 슈트롬 팔켄이 그 진로를 막은 탓이었다.

"한 명은 살리라고 했을 텐데?"

"아차."

무기를 거둔 키르히는 어깨를 불쑥 들더니 익살스러운 표정을 지으며 뒤로 물러났다.

안개술사의 목에 칼날을 댄 파렌은 아시엔 언어로 물었다.

"안개의 씨앗이 어디 있는지 말해라."

부들부들 떨던 안개술사는 조금 뒤 고개를 끄덕거렸다.

"지, 지도를 주겠다. 우리 신전의 지도도 함께 포함되어 있다."

파렌은 턱을 움직여 그리하라는 신호를 보냈다.

자신의 안주머니에 손을 넣은 안개술사는 파렌의 눈치를 심하게 보더니 막대처럼 생긴 물건을 꺼내 입에 물었다. 그리고는 막대에 뚫린 구멍 속으로 숨을 들이밀었다.

높고 긴 소리가 울렸다. 뒤에서 안개술사를 지켜보던 키르히가 눈을 부릅뜨고 칼을 올렸다.

"이 자식이!"

"잠깐!"

키르히를 제지시킨 파렌은 군화 끝으로 안개술사의 복부를 걷어차 그를 기절시켰다.

"죽여서는 안 돼. 다른 방법을 동원해서 위치를 알아내자."

"어떻게?"

"고문이라도 해야겠지."

"고문? 우리가 고문 기술을 배운 적이……."

그때였다.

마을 저편의 나무가 쓰러지면서 쿵! 쿵! 하는 소리가 규칙적으로 들렸다. 소리가 들린 방향을 돌아본 둘은 기와지붕 위로 물고기 한 마리가 지나가는 것을 보고 의아해했다.

"여긴 비 오면 물고기가 날아다니나 봐?"

키르히의 농담성 질문에 파렌은 대답하지 않았다.

물고기의 정체는 금방 밝혀졌다. 그것은 키르히의 말처럼 하늘을 날아다니는 물고기가 아니라 물고기 모양 머리의 거인이었다.

오른손에 대충 깎은 몽둥이를 쥔 거인은 그 키만 해도 인간의 두 배 정도는 되었다. 인간과 비슷한 형태의 몸에는 피부 대신 미끈미끈한 회색 비늘들이 촘촘히 자리 잡았고, 허리 아래, 특히 사타구니는 해초 같은 것으로 두껍게 가려져 있었다.

보기만 해도 거부감이 드는 외모였으나 고어들을 상대해 온 둘에게는 큰 감흥이 없었다. 하지만 괴물의 몸에서 뿜어지는 엄청난 악취는 그들이 아시엔에서 겪었던 일들 중 가장 강렬한 것으로 기록되기에 충분했다.

"짜증나네. 내가 처리할까?"

"좋은 의견이다, 중사."

파렌은 기절한 안개술사를 왼쪽 어깨에 들쳐 업고는 카샤가 있는 집으로 향했다.

"파렌? 특무상사님? 어이, 형!"

그의 부름에도 불구하고 파렌의 걸음걸이에는 변함이 없었다.

결국 괴물과 단둘이 남게 된 키르히는 쓴웃음을 지었다.

"뭐, 좋아. 크기도 대충 시더 고어랑 비슷하고……."

그는 바닥에 널브러진 시체의 단면에 손가락을 넣더니 그 피를 자신의 코밑에 발랐다.

"이걸로 비린내도 해결됐고. 그럼 시작할까?"

천천히 접근하던 거인이 키르히를 향해 몽둥이를 휘둘렀다. 그 힘은 풍압만으로도 비에 젖은 시체 조각들을 밀어낼 정도로 강력했다.

가벼운 몸짓으로 몽둥이를 피한 키르히는 거인의 뒤로 돌아 들어가 무릎의 뒤쪽을 베었다. 두꺼운 비늘로 뒤덮인 다른 부위와 달리 연약한 피부로만 보호된 관절 안쪽은 한 번의 공격으로도 쉽게 잘라졌다.

상처로부터 투명한 액체가 뿜어지고 거인이 기우뚱했다. 그러나 상처는 금방 아물었고, 거인은 몽둥이로 주위를 마구 치며 키르히를 쫓아냈다.

"재생도 하신다, 이거지? 할 수 없네."

키르히는 도펠 슈트롬의 안전장치를 풀었다. 총을 사용하기 위함이었다. 그때 그의 눈에 집밖으로 나와 있는 카샤의 모습이 들어왔다. 그는 안개술사를 업고 가는 파렌의 뒷모습을 잠시 동안 보다가 안전장치를 다시 걸었다.

여해와 함께 비를 맞고 있던 카샤는 다가오는 파렌을 보며 두 주먹을 꼭 쥐었다.

"저건 바다요괴다, 파렌!"

"요괴라고?"

처마 아래에 안개술사를 내려놓은 파렌은 포로가 신음 소리를 내자 발끝으로 그의 배를 한 번 더 걷어찼다. 꿈틀거리던 안개술사는 다시 조용해졌다.

"요괴가 저런 흉악한 존재였나?"

"원래는 아니다! 분명 안개술사 녀석들이 사악한 요술을 써서 바다요괴들의 모습과 성격을 바꿔놓은 게 분명하다! 절대 저런 모습이 아니야!"

"그렇구나."

파렌은 거인의 모습을 다시 보며 카샤에게 물었다.

"해결할 방법이 있을까?"

"요괴를 원래 모습으로 되돌릴 방법 말인가?"

"그것도 좋고."

두 가지의 의미가 담긴 대답이었다. 시간을 오래 끌면 안 되는 현재 상황에서 바다요괴의 목숨까지 신경 쓰는 것은 사실 대단한 사치였다. 카샤는 그것을 알면서도 마음이 쓰라렸다.

카샤가 대답을 고르는 동안 여해가 걱정을 드러냈다.

"저렇게 놔둬도 괜찮겠나?"

파렌은 들리지 않게 한숨을 쉬었다.

"키르히가 시간을 끄는 이유를 모르겠습니다."

합세해야 하지 않겠냐는 뜻으로 말했던 여해는 그답지 않게 풀린 표정을 지었다.

"중사 혼자서 바다요괴를 처리할 수 있단 말인가?"

"크기나 힘을 봐서 저 바다요괴는 일반 시더 고어와 큰 차이가 없습니다. 시더처럼 중추핵을 가진 존재가 아니기 때문에 제거하는 것은 더욱 쉬울 겁니다. 키르히의 능력이라면 비관통탄(非貫通彈)으로 머리를 노려 일격에 끝낼 수 있었을 텐데… 이해가 되지 않습니다."

파렌의 생각과 키르히의 생각은 일치했다. 오랜 훈련과 실전을 거치며 단련된 키르히의 전투 능력은 자신의 상대가 총 한 방에 쓰러질 약골이라는 사실을 정확히 알려주고 있었다.

그럼에도 불구하고 키르히가 시간을 끄는 이유는 카샤의 표정 때문이었다. 왠지 이대로 적을 해치웠다가는 꼬마 요괴에게 깊은 원망을 살 것 같았다. 그래서 그는 파렌에게 지적당할 각오를 하고 적의 구석구석을 살피고 있었다.

한참 움직인 끝에 그의 눈에 들어오는 것이 있었다. 요괴의 뒤통수로부터 허리 중앙까지 이어진 이질적인 부분이었다. 굵은 밧줄 같은, 아니, 벌레의 배처럼 생긴 그 부위는 요괴의 호흡이나 맥박과 전혀 일치하지 않는 움직임을 보이고 있었다.

키르히는 혹시나 하는 마음에 뛰어올라 그 부분을 아주 살짝 베었다. 베인 부분에서 검은색의 액체가 튀었다. 더불어 살이 베여도 꿈쩍 않던 바다요괴가 팔을 마구 휘두르고 비명을 지르며 괴로워했다.

'그렇구나!'

바다요괴의 몽둥이가 땅을 때렸다. 공격을 미리 읽고 피했던 키르히는 요괴의 팔을 밟고 올라간 뒤 요괴의 뒤통수에 손을 뻗었다. 그가 문제의 부분을 손으로 붙잡음과 동시에 광적인 요괴의 움직임이 거짓말처럼 멈췄다. 대신 키르히가 잡은 부분만이 미친 듯이 꿈틀거렸다.

바다요괴가 앞으로 엎어졌다. 상대를 제압한 키르히는 손을 유지한 채 동료들에게 손짓했다.

모두가 달려와 키르히의 손에 잡힌 것을 살펴봤다. 카샤는 그것을 보자마자 펄쩍 뛰었다.

"예복충(隷僕蟲)이다!"

키르히가 빠르게 물었다.

"그게 뭔데?"

"요술로 만들어낸 벌레다! 짐승이든 요괴든 이 예복충에 쏘이면 요술사의 지시를 따르게 되어 있다! 안개술사 녀석들이 만들어낸 게 분명하다!"

"그래? 그럼 이걸 어떻게 처리하지?"

"본좌가 신호하면 손을 놔라!"

당당한 목소리였으나 키르히는 못 미더운 표정을 지었다.

"아까처럼 또 징징 짜려고?"

"닥치고 따라라!"

카샤가 손을 들었다.

키르히는 예복충을 잡은 손을 놓았다. 동시에 잔뜩 부푼 카샤의 입에서 붉은 불길이 뿜어졌다. 불에 맞은 벌레는 키르히에게 잡혔을 때보다 더 세게 발광을 하더니 이윽고 파란색 빛을 내며 재로 변했다.

그러자 키르히가 올라탄 바다요괴의 몸이 서서히 줄어들었다. 두꺼운 비늘은 사라지고 하늘색의 피부가 그 자리를 대신했다. 물고기 모양의 머리는 둥그스름한 올챙이의 것처럼 완화되었고, 몸도 카샤와 비슷하게 작아졌다. 변하기 전과 후의 공통점은 귀 대신 자리 잡은 지느러미뿐이었다.

까만 보석 같은 한 쌍의 눈이 깜박깜박 움직였다. 카샤의 표정이 환하게 밝아졌다.

"정신이 드느냐?"

"아, 카샤님!"

요괴는 일어나려다가 다시 쓰러졌다. 키르히가 그의 등을 꾹 밟고 있었기 때문이다.

"파렌, 어쩔까? 배고픈데 이놈 구워먹을까?"

바다요괴가 움찔했다. 구경하던 파렌은 짜증스레 눈을 감았다.

"진심인가?"

"폴스켄 아저씨가 이럴 때일수록 농담을 하라고 했잖아."

"……됐다. 우리는 이 요괴에 대한 지식이 없으니 카샤에게 맡기기로 하지."

파렌과 키르히는 처음 잡았던 방으로 안개술사와 바다요괴를 각각 끌고 들어갔다. 급소를 강하고 정확하게 맞은 탓인지 안개술사는 여전히 의식을 회복하지 못했다. 덕분에 화제는 바다요괴 쪽으로 집중될 수 있었다.

요괴는 방의 상석에 정좌한 카샤에게 큰절을 올렸다.

"감사합니다, 카샤님. 소인을 구해주신 은혜, 죽어서도 잊지 않겠습니다."

"아니다. 감사는 저 인간들에게 하여라. 직접적으로 널 도와준 자는 저들이다."

요괴는 방향을 바꿔 파렌과 키르히에게 큰절을 했다.

"소인, 후로기라고 합니다. 이 은혜 평생 잊지 않겠습니다."

"그럼 돈 내놔."

"예?"

"상스럽게 들리긴 하겠지만 기념품 챙길 돈이 없어서 좀 고민이거든. 기념품 사 오라는 녀석들은 많은데 이 동네 물가는 비싸더라고."

바다요괴, 후로기의 머리에 땀인지 물인지 모를 액체가 송골송골 맺혔다.

보다 못한 파렌이 나섰다.

"이제부터 질문은 내가 하겠다, 키르히 펙터 중사."

경고를 받은 키르히는 보조개가 생길 정도로 입을 꼭 다물고 시선을 돌렸다.

"몇 가지 물어봐도 되겠습니까?"

"물론입니다, 은인이시여."

"당신과 같은 처지인 바다요괴의 수가 얼마나 됩니까?"

"대단히 많습니다."

대답한 후로기는 눈물을 글썽거렸다.

"이 섬은 원래 우리 바다요괴들의 마을이었습니다. 우리 부족은 요괴들끼리의 회합이 있을 때를 제외하고는 섬을 나가는 일이 없이 조용히 살았지요. 그런데 작년에 안개술사들이 이곳에 들어와 마을을 부수고 아이들을 인질로 잡았습니다. 그로 인해 우리 부족은 그들의 요구대로 그 벌레를 몸에 붙이게 되었습니다. 그 수는 약 백여 명 정도입니다."

"백여 명이라면, 안개술사들의 수가 그 이상이라는 말입니까?"

"그렇습니다. 두 배가량 됩니다. 하지만 전부가 피리를 가진 것은 아닙니다."

포로로 잡은 안개술사가 피리로 바다요괴를, 정확히는 예복충을 부른 것을 기억하는 파렌은 그 말에 주목했다.

"전부 가지지 못했다는 것이 무슨 말입니까?"

"작년부터 있었던 안개술사들은 벌레를 제어하는 피리를 가지고 있습니다. 하지만 새로운 피리를 만들어내지는 못했습니다. 교주가 있어야만 한다는 말만 되풀이할 뿐이었습니다."

"그렇다면 그들의 본거지는 어디에 있습니까?"

"산 바로 밑에서 지하로 이어진 동굴 속입니다. 원래는 우리 부족의 마을이었습니다."

파렌은 입을 다문 채 끄덕거렸다.

모두는 파렌이 무슨 생각을 하고 있을지 궁금했다.

변해 버린 바다요괴가 백여 명 넘게 있다는 것은 매우 절망적인 정보였다. 또한 안개술사의 숫자가 그 두 배에 달한다고 하니 일행들의 부담은 더욱 커졌다. 그런데 파렌의 얼굴은 어려운 방정식을 흥미롭게 푸는 수학자처럼 생생했다.

"안개의 씨앗이 어디에 보관되어 있는지는 알고 있습니까?"

"지하 묘지에 있습니다. 우리 부족의 역대 족장님들께서 묻혀 계신 곳이지요."

"마을에서 가장 깊은 곳입니까?"

"아닙니다. 방수가 잘되는 방일 뿐입니다."

"……호오."

파렌이 웃었다. 모두는 고개를 갸우뚱거렸다.

"좋은 생각이라도 떠올랐나?"

여해의 물음에 파렌은 고개를 끄덕인 뒤 기절한 안개술사를 업었다.

"그렇습니다. 하지만 그전에 이들의 병법 지식을 시험해 봐야 할 것 같습니다. 후로기라고 했습니까?"

"예."

요괴가 고개를 끄덕였다.

"나와 같이 갑시다. 오래 걸리진 않을 겁니다."

방을 나선 파렌이 한 일은 우선 안개술사를 시체들 사이에 눕혀놓은 뒤 자신의 발자국을 지우는 것이었다. 파렌이 정성을 다할 필요도 없었다. 빗줄기가 워낙 강해서 작은 흔적 정도는 순식간에 사라졌다.

조금 뒤, 기절한 안개술사가 깨어나 주위를 두리번거렸다. 파렌은 지붕에 숨어 그의 움직임을 조용히 관찰했다.

주저앉은 채 꿈인지 생시인지 분간을 못하던 안개술사는 부리나케 일어나 산속으로 이어진 길을 향해 달렸다. 파렌은 검은 표범처럼 지붕에서 살그머니 내려와 안개술사의 뒤를 쫓았다.

산길을 달린 안개술사가 도착한 곳은 거대한 동굴의 입구였다. 경비를 서던 안개술사 중 한 명이 그를 부축하여 안으로 데리고 들어갔다. 수풀 속에서 동굴 입구를 세심히 살핀 그는 멀리 떨어진 곳에서 기다리게 한 후로기에게 돌아왔다.

"다른 입구가 있습니까?"

"없습니다. 그저 들어오는 길만이 있을 뿐입니다. 굳이 있다면 통풍을 위해 동굴 천장에 뚫어놓은 배기관 정도입니다. 하지만 그곳으로 들어가실 생각은 버리십시오. 우리 요괴들보다 작은 짐승 정도만 겨우 들어갈 수 있는 구멍입니다."

"알았습니다. 그럼 카샤가 있는 곳으로 돌아가십시오. 저는 조금 뒤에 가겠습니다."

파렌은 산속으로 뛰어갔다. 후로기는 그가 뛰어 들어간 수풀을 잠시 동안 보다가 마을로 향했다.

파렌이 다시 돌아온 것은 그로부터 두 시간 뒤, 정오가 막 지날 무렵이었다.

부엌에서 안개술사들이 남겨놓은 말린 고기와 떡을 찾아 식사를 대신하던 일행은 비에 흠뻑 젖은 파렌이 돌아오자 너도나도 일어나 그를 맞이했다.

"방법이 생겼나?"

카샤가 다급히 묻자 파렌은 고개를 끄덕였다.

"그래. 큰 폭발이 필요해. 녀석들에게 카샤가 왔다는 것을 제대로 알려야 하거든."

"폭발?"

키르히의 표정이 시들해졌다.

"이렇게 비가 많이 오는데 무슨 폭발이야? 이런 폭우에선 기름을 부어도 소용없다고."

"그건 불이지 폭발이 아니잖아."

"뭐?"

파렌은 소반 위에 놓인 떡을 집어 들어 보였다.

"이거면 충분해."

그러자 키르히뿐만 아니라 모두의 표정이 시들해졌다.

"웬 떡 같은 소리인가?"

카샤의 질문에 파렌은 미지근히 웃었다.

"자세히 말하자면 이 떡을 만드는 재료지."

그는 부엌 구석에 놓인 자루를 끌고 왔다. 절반 정도 움푹 꺼진 자루에는 떡을 만들고 남은 쌀가루가 들어 있었다.

"바로 이거야. 이걸로 집 한 채 정도는 간단히 날릴 수 있어."

쌀가루로 집을 날리겠다는 말에 여해와 카샤, 후로기는 서로를 보며 고개를 갸웃했다. 반면 가장 나쁜 표정을 짓고 있던 키르히가 갑자기 안색을 바꿨다.

"분진 폭발 말이야?"

"맞았어."

"하지만 조건이 너무 열악하지 않아? 이 폭우가 불러온 습기 때문에 가루가 젖어서 축축하다고. 가만있어도 몸이 끈적거리는 판이라 효과가 없을 거야."

"가루야 말리면 되지."

파렌은 쌀가루가 묻지 않은 왼손을 카샤의 머리 위에 얹었다. 키르히는 멋쩍은 미소를 지었다.

"하긴, 옷도 순식간에 말리니까."

카샤의 표정이 밝아졌다. 그녀는 파렌이 정확히 무엇을 원하는지 알지 못했지만 그래도 기뻤다. 구경꾼 신세를 벗어나지 못했던 그녀에게 모처럼 그녀만이 할 수 있는 일이 생긴 것이다.

"본좌가 할 일을 말해라, 파렌!"

"좋아. 우선 이 마을에서 가장 큰 집을 찾아볼까? 어서 움직이자."

그리고 작업이 개시됐다. 파렌이 목표로 삼은 집은 총 네 곳이었다. 그 안에 쌀가루를 뿌리는 역할은 키르히가 전담했다.

"왜 키르히인가?"

라는 여해의 질문에 파렌은 쌀가루 때문에 허옇게 되어버린 키르히를 보며 말했다.

"크로이츠는 화약 무기를 이용해 고어를 제거합니다. 하지만 전투가 장기화되거나 시더 고어의 수가 예상을 벗어날 경우에는 화약이나 탄환이 부족해질 수 있습니다. 그래서 크로이츠는 주위 사물을 이용한 유사 폭발물 제조 방법을 익히게 됩니다. 키르히는 분진 폭발 유발과 비료 폭탄 제조의 전문가입니다."

"흠."

그래도 여해는 이해가 되지 않는 듯 연신 수염을 쓰다듬었다.

"정말 쌀가루로 폭발을 일으킬 수 있는 건가?"

"탄광에서 폭발 사고가 일어나는 것은 장군께서도 알고 계실 겁니다. 사고는 석탄에 불이 붙어서 일어나는 것이 아니라 탄광의 공기 중에 섞인 미세한 석탄 가루가 한꺼번에 연소하면서 발생하는 것입니다. 그런 폭발은 설탕이나 소금, 쌀가루 등으로도 일으킬 수 있습니다."

"그렇군. 그런데 자네의 계획대로 폭발을 일으키는 것은 좋지만 큰 효과가 있겠나? 난 적들에게 일부러 카샤님의 존재를 알리겠다는 자네의 생각이 무엇을 위한 것인지 도무지 모르겠네."

"목적은 안개술사들의 수를 확실히 줄이는 것입니다."

"수를 줄인다고?"

파렌은 오른손을 들어 떨어지는 빗방울을 받았다. 폭우는 그의 손을 순식간에 채웠다.

"이 비는 안개술사들이 가진 카샤에 대한 공포를 말해줍니다. 적이 가진 공포는 최대한 키울 가치가 있지 않겠습니까?"

그는 손을 꾹 쥐었다. 손바닥에 고여 있던 물이 그의 손가락 사이로 흘러나왔다.

"공포는 후회, 그리고 죽음으로 바뀔 겁니다."

여해는 예언가처럼 중얼거리며 아련한 살기를 흘리는 파렌의 모습에서 이유 모를 오싹함을 느꼈다.

수건으로 입을 가린 채 쌀가루를 집 구석구석에 뿌린 키르히는 부채로 가루들을 휘저었다. 마구잡이로 하는 것이 아니라

20년 가까이 훈련받은 그대로 시행하는 중이었다. 키르히가 뿌옇게 만든 방은 카샤가 발열하여 습기를 제거했다. 덕분에 쌀가루 냄새가 조금씩 구수하게 변했다.

"아, 냄새 좋다. 본좌 배고파졌다."

키르히가 눈을 부릅뜨고 그녀를 봤다.

"너무 뜨겁게 하지 마. 당장 폭발해서 내가 통구이가 될 수도 있어."

"정말인가?"

발열하는 그녀의 선홍색 머리가 대장간의 무쇠처럼 달아올랐다. 키르히는 진심으로 경악했다.

"야, 그만 해! 누구 죽일 일 있어?"

"본좌를 원숭이라고 칭한 벌이다!"

"이런 제길!"

키르히가 쌀가루를 집어 카샤에게 뿌렸다. 카샤도 반격하듯 쌀가루를 뿌렸다. 그 싸움은 점점 심해져서 둘 다 머리부터 발끝까지 하얗게 됐지만 둘의 얼굴에는 분노 대신 미소가 번졌다.

그렇게 노는 둘을 보고 여해가 물었다.

"……오늘 내로 되겠나?"

질문을 받은 파렌은 빗물을 쥐었던 손만 볼 뿐, 아무 대답도 하지 않았다.

가까스로 집 네 곳의 폭파 준비를 마친 키르히는 도펠 슈트롬을 양손에 들었다.

"어디부터 쏠까? 빨리 말하지 않으면 가루가 젖을 거야."

"아무 데나."

대답한 파렌은 앞에 선 카샤의 귀를 양손으로 막아주었다. 키르히는 작렬탄을 장전한 도펠 슈트롬의 안전장치를 풀고 집들을 조준했다.

"좋아, 아무 데나."

도펠 슈트롬의 총구가 불을 뿜었다. 총구를 떠난 탄환은 가옥의 벽에 충돌하자마자 폭발했다. 그리고 곧 집 안 가득히 뿌려진 쌀가루들이 급격한 반응을 일으키며 대폭발을 일으켰다. 나무 파편과 기와 조각이 튀고 빗방울들이 폭발에 밀려 나갔다. 집 두 채를 부순 키르히는 연이어 탄을 장전한 뒤 남은 두 집을 향해 쐈다.

집 네 채의 폭발음은 안개술사들의 본거지에도 확실히 들렸다. 전망대에서 파렌이 일부러 놓아준 안개술사와 적들에 대해서 논의하고 있던 그들의 우두머리, 적술사(赤術士) 계룡은 눈을 부릅뜨고 밖을 바라봤다.

옆에 있던 안개술사들이 호들갑을 떨었다.

"카샤입니다! 카샤가 왔습니다!"

"카샤가 빗속에서 능력을 사용하고 있습니다! 큰일입니다, 도사!"

"교주의 말씀은 어찌 되는 겁니까!"

"그만!"

계룡이 지팡이로 바닥을 찍었다. 나무 지팡이로 낸 소리라고는 생각되지 않을 정도로 큰 소리가 전망대를 흔들었다.

"진정하라, 사제들이여! 카샤는 비나 눈이 내리면 절대 힘을 발휘하지 못할 것이라고 교주께서 말씀하셨다! 그분이 우리를 속이실 리가 있다고 생각하나?"

"하지만 이런 장대비 속에서 저런 폭발이 일어났습니다! 화약도 진흙처럼 되어버리는 빗속에서 말입니다! 폭발은 불이 없으면 일어나지 않는 법! 이것은 카샤가 능력을 발휘하는 것이라고밖에는 볼 수 없습니다!"

"그렇습니다, 도사!"

계룡은 답답했지만 설명할 길이 없어 아무 항변도 하지 못했다.

옆에서 지켜보던 청술사가 건의했다.

"아무래도 비의 양이 부족한 것 같습니다, 도사. 안개비로는 모닥불을 끌 수 없는 법. 비의 양을 더욱 늘려 카샤가 힘을 발휘할 수 없도록 함이 옳을 것 같습니다."

계룡은 강하게 끄덕였다. 청술사가 말한 사항은 그가 사용할 수 있는 여러 가지 능력의 가장 쉬운 것 중에 하나였다.

"좋아, 그러지. 당장 실행하세."

그는 지팡이를 양손에 쥐고 주문을 외웠다. 다른 안개술사들은 두 무릎을 바닥에 대고 양팔을 벌려 기도하기 시작했다.

지팡이가 파란 빛을 머금으며 진동했다. 그와 함께 내리는 비의 양이 크게 증가했다. 그야말로 한 치 앞도 볼 수 없는 폭우였다.

계룡은 만족한 듯 웃었다.

"하하하, 이 정도면 카샤가 아니라 불의 신이라 해도 꼼짝할 수 없을 것이다!"

그 무렵, 집의 처마 밑에서 비를 피하던 일행은 갑자기 퍼붓는 비를 보며 놀랐다. 키 때문에 서 있지 못하고 앉아 있던 여해는 슬그머니 일어났다. 이제부터 벌어질 일이 궁금해진 것이다.

'공포를 키우겠다더니 비를 키웠군. 특무상사의 말대로 안개술사들이 겁을 먹은 것 같긴 한데, 비가 더욱 내린다고 해서 안개술사들의 수가 줄어들 리는 없지 않은가?'

다른 이들과 마찬가지로 파렌의 계획을 모르는 바다요괴, 후로기가 무심코 중얼거렸다.

"이런, 둑이 견뎌줄지 모르겠군요."

"둑?"

여해의 시선이 작은 바다요괴에게 향했다. 후로기는 걱정스런 표정으로 대답했다.

"그렇습니다, 장군. 저희 마을은 산 아래의 지하에 있기 때문에 비가 너무 많이 내리면 빗물이 들어차 홍수가 날 수 있습니다. 그래서 장마에 대비해 일부러 마을 주변에 물길을 파고 둑을 쌓아놨지요. 금년에는 안개술사 녀석들 때문에 둑을 점검하지 못해서 걱정입니다."

멍한 표정을 지은 여해는 귀신에 홀린 사람처럼 힘없이 물었다.

"만약 홍수가 나면 자네 요괴들은 어찌되나?"

"저희는 바다요괴라 홍수가 나도 익사할 염려가 없지만 마을 내부가 엉망이 되겠지요."

그때였다.

산 저편에서 산사태를 방불케 하는 굉음이 터졌다. 묵묵히 벽에 기대고 있던 파렌이 똑바로 일어났다.
 "구경을 가시겠습니까, 장군?"
 여해는 그를 봤다. 폭우 속에서 지금껏 작전에 관한 한 냉정함을 유지하고 있던 파렌이 회심의 미소를 짓고 있었다.
 "물난리지만 보실 만하실 겁니다."

story 7 약속하는 자들

 흙탕물이 마을로 밀려들어 왔다. 그 물이 발목까지 차오르자 여해는 카샤가 젖지 않도록 그녀를 들어 어깨에 앉혔다.
 여해는 흐르는 흙탕물을 관찰했다. 산에서 둑이 터지는 소리에 비해 흐름이 약했다. 그것은 산에 잔뜩 서 있는 노송(老松)들이 물살을 막아주었거나 물살의 주류가 다른 곳에 있다는 뜻이었다.
 그는 외통수를 맞은 듯 쓴웃음을 지었다.
 "수공(水攻)이라… 지형에 대한 지식과 성공의 확신이 없으면 실행할 수도 없는 병법이지. 실패하면 고생한 만큼의 대가조차 얻지 못하니까. 그런데 굳이 수공을 택한 이유라도 있었나?"
 파렌은 물이 흐르는 속도를 유심히 보며 설명을 시작했다.
 "마을의 지하 묘지가 방수 처리되었다는 후로기 씨의 말이

실마리였습니다. 묘지의 방수 처리는 묘지가 주거지와 가까운 곳에 있거나 묘지에 물이 차 시신이 심하게 훼손될 우려가 있을 때 주로 하게 됩니다."

"그것으로 마을이 물에 잠길 수 있다는 확신을 가진 것인가?"

"그렇습니다. 그래서 안개술사들이 비를 더 많이 뿌리도록 유도했습니다."

"그럼 심한 강수로 둑이 터질 것은 어찌 알았나?"

"지금 같은 기상 이변 수준의 폭우를 견딜 수 있는 둑은 고도의 건축 기술과 좋은 재료를 요하게 됩니다. 하지만 이 섬에는 그런 기술이나 재료 모두 존재하지 않습니다. 아니, 세상 어디에도 없을 겁니다."

"하지만 터진 물이 반드시 마을로 향한다는 보장은 없지 않았나?"

"놓아준 안개술사를 따라갔을 때 마을 입구로 흘러 들어가는 물줄기를 보고 확신했습니다. 또한 물이 지나갈 길이 확실히 존재했습니다."

그 말에 가장 놀란 자는 후로기였다.

"아니, 저희도 잘 모르는 물길을 어찌 아셨습니까?"

"물길로 추정되는 지형을 따라 어린 나무들이 자라 있었습니다. 섬 전체에 깔린 소나무의 대부분이 수백 년 이상의 나이를 자랑하는데 그곳의 나무들만, 그것도 숲 중앙에서 자라는 나무들의 나이가 어린 것은 그곳 지형이 과거에 한 번 심하게 바뀐 적이 있다는 증거입니다. 마침 그 물길은 둑으로 이어지고 있었습니다."

"허어……."

모두는 입을 벌리고 감탄했다. 다만 이런 경우를 자주 겪어온 키르히는 무감각한 얼굴로 물줄기를 구경했다.

여해는 질문을 한 가지 더 하려다가 참았다. 그것은 마을이 물에 잠겼을 때 바다요괴들의 생사 여부를 알고 작전을 시행하였느냐의 여부였다.

'이 친구가 바다요괴의 특성까지 알 리는 없을 텐데?'

의심을 하면서도 말을 내뱉지 않은 이유는 카샤 때문이었다. 만약 파렌이 오로지 안개술사들의 처리를 목적으로 바다요괴들의 목숨을 무시했다면 도덕심 깊은 카샤가 파렌을 따라갈 리가 없을 것이다.

그런데 여해 대신 다른 사람이 그에 대한 의문을 제기했다. 앞뒤를 가리지 않는, 아니, 모르는 남자, 키르히였다.

"만약 바다요괴들이 물에 빠져 죽을 수도 있는 존재였으면 어쨌을 거야? 설마 미리 알고 있었다고 하진 않겠지?"

카샤는 여해의 예상대로 깜짝 놀라 긴장했다. 파렌은 키르히를 돌아봤다.

"내가 예언가도 아닌데 어떻게 알겠어? 바다요괴들이 이곳에 살고 있다는 사실조차 모르고 왔는데?"

"그럼 요괴들이 익사하든 말든 무시하고 저지른 일이란 말이야?"

다음에 이어질 대답에 모든 것이 걸려 있다. 그렇게 생각한 여해는 자신과 크게 상관없는 일임에도 불구하고 긴장했다.

파렌이 대답했다.

"익사가 두려운 종족이었다면 수해 시 몰살의 위험이 있는 곳에 일부러 마을을 세울 리가 없지. 그렇지 않습니까, 후로기?"

후로기는 멋쩍게 웃었다.

"그렇지요. 저희에게 두려운 것은 오히려 햇볕입니다."

키르히가 오른쪽 눈썹을 치켜 올렸다.

"햇볕이? 왜?"

"직사광선은 피부에 나쁘지요."

"……."

키르히의 표정이 확 풀렸다. 어색함에 빠진 그는 어깨를 으쓱하여 후로기의 묘한 대답을 넘겼다.

그로써 품고 있던 모든 의문을 해소한 여해는 편하게 숨을 내쉬었다.

"그럼 이제 남은 것은 잔당들을 소탕하는 것인가?"

파렌은 고개를 저었다.

"아직 미지의 요소가 많이 남아 있습니다. 바다요괴들의 마을, 아니, 적의 본거지에 대한 지식이 없는 상황이라 익사할 안개술사의 수가 얼마나 될지, 생존자가 얼마나 될지는 모릅니다. 최악의 경우 한두 명의 피해로 끝날 수도 있습니다. 하지만 현재의 강수량과 위에서 흘러내리는 물의 양을 봐서는 적지 않은 피해를 입혔을 거라고 예상합니다."

"음……."

"그런 이유로 본거지에 대한 진입은 둑에서 터진 물이 가라앉은 이후로 하겠습니다."

"그러지."

여해는 흐르는 흙탕물을 말없이 지켜봤다. 그러다가 눈을 감았다. 지금 자신의 귀에 들리는 빗소리, 그리고 물소리가 과거 어느 때보다 훨씬 크고 깊이 있게 들렸기 때문이다.

그는 마음속으로 파렌에게 사과하고 있었다. 그냥 서양에서 온 젊은 군인이라고 생각했던 그가 설마 자신을 이렇게까지 긴장시키리라고는 예상하지 못했던 것이다.

'자네를 시험해 보려 했던 내가 오히려 시험에 빠지는군.'

그는 7년 전, 120명의 병사로 3만의 야만족을 막아낸 기적 같은 전투를 떠올렸다.

당시 그와 그의 병사들은 비좁고 험한 계곡 지형과 뼛속을 파고드는 강추위 속에서 무려 닷새 동안 싸웠고, 결국 승리했다. 여해는 계곡 특유의 갑작스런 강추위에 미처 복장도 준비 못하고 식량 보존 기술도 부족한 야만족이 오랫동안 버티지 못할 것이라는 예상을 했다.

결국 그의 생각은 정확히 맞아떨어졌다. 태울 나무 하나 없이 차가운 바위 계곡 속에서 전투에 참여하지 못한 후열의 야만족들은 동상에 걸리거나 얼어 죽었고, 그들이 식량으로 가져온 생고기와 물은 모조리 얼어붙어 쓸모없게 됐다.

숫자의 차이에 전혀 굴복하지 않은 여해와 그의 병사들은 기습과 방어전을 벌인 지 일주일이 되던 날, 전의를 완전히 상실한 적진 중앙으로 쳐들어가 적 총대장의 목을 베면서 승리를 거머쥐었다. 그리고 그렇게 이끌어낸 승리는 전쟁 역사에 길이 남을 대첩으로써 동서양에 기록되었다.

여해는 다시 눈을 뜨고 세상을 봤다. 그때, 적 총대장의 목을 들며 느꼈던 뜨거운 피가 자신의 몸을 다시 달구는 느낌이 들어 견딜 수가 없었다.

'그때 살아남아서 다행이 아닌가, 여해여.'

마음속으로 자신의 이름을 부른 그는 아무도 모르게 미소를 지었다.

'바로 지금, 네 옆에서 생애 가장 큰 맞수가 될지도 모를 남자가 숨 쉬고 있구나.'

두 남자가 과연 전장에서 적으로 만날 것인가? 그것은 운명의 신만이 알 일이었다.

한편, 안개술사들의 본거지는 파렌의 예상대로 엉망이 되어 있었다.

바다요괴들의 마을은 둑이 터지면서 동굴 입구로 밀려들어 온 흙탕물에 의해 급격히 채워졌다. 자연의 섭리를 어긴 데에 대한 물의 분노는 속도부터가 무시무시했다.

가장 큰 타격을 입은 자들은 마을의 밑 부분에 갇힌 바다요괴들을 감시하던 안개술사들이었다. 동굴 속의 마을은 뒤집어진 원뿔 모양이었기에 밑 부분이 잠기는 속도는 대단히 빨랐다.

선천적으로 물속에서 호흡을 할 수 있는 바다요괴들은 물속에서 허우적대다가 뻣뻣이 굳어지는 안개술사들을 말없이 바라봤다. 아이를 둔 부모는 급히 자식들의 눈을 가렸지만 대부분의 바다요괴들은 분노 어린 시선으로 자신들을 가두고 학대한 자들의 마지막 모습을 지켜봤다.

물은 마을 입구부터 하층부까지 이어진 나선형의 길을 따라 소용돌이를 만들며 차올랐다. 그 물살의 빠른 속도 때문에 물에 빠진 안개술사들은 허우적거리다가 힘을 잃고 하나둘씩 익사했다.

이 다급한 상황을 보고받은 적술사 계룡은 한동안 말을 하지 못했다. 사람의 소리인지 귀신의 소리인지 모를 것을 웅얼거리던 그는 옆에 서 있는 안개술사들에게 고함을 질렀다.

"이게 무슨 일이냐! 물이 들어올 수 있다는 얘기를 한 사람은 아무도 없지 않느냐!"

대답하는 안개술사는 없었다. 또한 여름이 가기 전에 둑을 점검해야 한다는 바다요괴들의 경고를 기억하는 안개술사 역시 없었다.

"무, 물이 계속 차오릅니다, 도사! 이대로라면 밑은 물론이고, 이 전망대까지 물에 잠길 수 있습니다!"

"으으음……!"

신음을 지른 계룡이 갑자기 눈을 부릅떴다. 구름처럼 짙고 둥글둥글한 그의 눈썹이 독이 오른 짐승의 털처럼 날카로워졌다.

"안개의 씨앗! 씨앗을 건져 내야 한다!"

"그렇습니다, 도사! 당장 비를 멈추시고 물을 내보내야 합니다!"

청술사 중 한 명이 건의하자 다른 청술사가 얼른 이의를 제기했다.

"비를 멈추시면 안 됩니다! 카샤가 노리는 것이 바로 비가 멈출 때일지도 모릅니다!"

두 말 모두 일리가 있다고 판단한 계룡은 고민 끝에 비를 멈추기보다는 강수량을 줄이기로 결정했다.

"좋아, 어서 준비해라! 안개의 씨앗이 침수되어 마비되기 전에 비를 줄이고 물을 막는 것이다!"

그는 지팡이를 쥐고 주문을 외웠다. 다른 안개술사들이 정신을 집중하여 그를 도왔다. 지하에 보관한 안개의 씨앗과 통해 있는 그 나무 지팡이는 일종의 원격 조종기로써의 역할을 하고 있었다.

강수량이 급격히 줄고, 동굴로 쏟아지는 물의 양도 더불어 줄어들었다.

한참 뒤, 물살 속에서 가까스로 살아남은 안개술사들은 비틀거리며 위쪽으로 올라가는 길을 걸었다. 가는 길은 어둡지 않았다. 동굴 곳곳에 박힌 야광석이 그들의 갈 길을 환히 비춰주었다.

힘든 걸음을 계속하여 입구 부근에 도달한 안개술사들은 전혀 예상치 못한 일과 마주치고 말았다. 운 좋게 위쪽에 배치되어 물을 피했던 다른 안개술사들이 물 지옥에서 탈출한 자신들을 향해 뛰어 내려오고 있었던 것이다.

"아니, 무슨 일이신가? 좀 멈추시게!"

청술사 한 명이 손을 뻗어 그들을 제지하려 했다. 그런 그의 몸 위로 뜨거운 것들이 쏟아졌다. 피와 시체 조각이었다.

붉은 코트를 입은 뭔가가 도망치는 안개술사들을 뜯어 먹듯이 죽이며 달려오고 있었다. 청술사를 비롯한 모두는 산 채로 분해되는 동료들의 모습을 보고 그 자리에 굳어졌다.

이윽고 사람인지 짐승인지 모를 그것이 청술사 앞에 나타났다. 살인 충동에 깊이 젖은 남자, 키르히는 자신의 송곳니에 해당하는 쌍검을 청술사의 이마와 복부에 각각 댔다.

"여어, 아저씨는 무슨 맛?"

"무슨 소리를……!"

순간 청술사의 머리와 몸뚱이가 맹수에게 물어뜯긴 것처럼 박살났다. 간신히 연결되어 있던 팔다리가 한 번 부르르 떨리더니 바닥에 떨어졌다.

청술사의 뒤쪽으로 줄줄이 서 있던 안개술사들은 기겁하여 꼼짝도 하지 못했다. 뇌까지 고장난 듯 소변을 줄줄 흘리는 자도 있었다.

웅크리고 있던 키르히가 일어났다. 야광석의 불빛 속에 그의 얼굴이 들어왔다. 분명 잘생긴 사람의 얼굴이었지만 그 얼굴 가죽 안에서 도사리는 짐승의 살기가 피 냄새와 더불어 진동했다.

키르히가 치아를 활짝 드러내며 웃었다.

"다들 식사 안 했나 보네? 속들이 깔끔하잖아?"

안개술사들은 대답 대신 도망을 치기 시작했다. 밑으로, 또 밑으로. 끝에 가면 거대한 물살 때문에 도망칠 구석이 없음을 알면서도 그들은 멈추지 않았다. 그들은 무거운 쪽으로 저울이 기우는 세상의 기본을 충실히 따를 뿐이었다.

키르히가 물이 찬 곳까지 도달했을 때 그에게 쫓기는 안개술사는 아무도 없었다. 맡은 일을 깔끔히 해결한 그는 뒤를 돌아봤다.

"위치는 안다고 했지?"

그와 거리를 두고 따라온 후로기는 겁에 질린 얼굴로 끄덕거렸다.

"물론입니다. 아무튼 정말 무서우신 분이군요. 같은 인간을 그렇게 살해하실 수 있다니, 제 눈으로 보고도 믿을 수가 없습니다."

키르히는 어깨를 으쓱했다.

"그래도 먹진 않아."

"……."

"정말이라니까?"

"아, 알고 있습니다."

키르히가 식인을 할 것이라고는 생각해 본 적이 없는 후로기는 식은땀을 흘렸다.

'오해를 산 적이 있으신가 보군.'

키르히는 도펠 슈트롬을 야광석의 불빛에 비춰보며 물었다.

"씨앗을 가져오는 데 얼마나 걸릴까?"

"잠수를 해야 하니 한 10분 정도 걸릴 겁니다. 하지만 마음이 좀 아픕니다. 지금 상황에서 지하 묘지의 문을 열면 족장님들의 시신이 훼손될 터인데……."

"마음은 알겠지만 지금 우리에게 주어진 시간은 그렇게 많지가 않아."

"그것은 알지만……."

"그럼 내가 옷 벗고 들어갈까? 사람이 물속에서 익사하지 않는 방법 좀 가르쳐 줄래? 아니, 바다요괴가 되려면 어떻게 해야 하지?"

그가 코트 단추를 풀자 후로기는 당황하여 두 팔을 흔들며 그를 말렸다.

"알겠습니다! 다녀올 테니 제발 기다리십시오!"

그는 재빨리 물속으로 몸을 던졌다. 일을 마무리 지은 키르히는 주위에 굴러다니는 바구니를 뒤집어 그 위에 걸터앉았다.

그는 마을에서 미리 챙겨온 떡을 품속에서 꺼냈다. 떡은 물에 잔뜩 젖어 번들거리고 있었다.

"젖은 빵보다는 낫겠지."

그는 떡을 흔들어 물을 턴 뒤 입 안에 넣었다.

그 무렵, 파렌과 여해는 카샤를 데리고 전망대를 향해 올라가고 있었다.

예상했던 안개술사들의 저항은 거의 없었다. 전망대로 다들 피신했거나 의외로 많은 자들이 물 지옥에 빠졌거나, 둘 중 하나였다.

올라가는 동안 여해는 앞서가는 파렌에게 물었다.

"키르히 혼자 길을 뚫을 수 있겠나?"

"그라면 충분합니다."

여해는 파렌이 명확한 목소리로 대답할 수 있는 근거가 궁금했다.

"그를 믿는군."

파렌이 대답하듯 말했다.

"그가 처음 살인을 저지른 것은 여덟 살 무렵입니다. 대상은 40대의 남성이었습니다."

여해와 카샤 모두가 놀랐다.

"어른을 여덟 살 아이가 살해했단 말인가?"

"그렇습니다. 전직이 용병인 그 남자는 고아원을 운영하면서 자신에게 맡겨진 아이들을 탄광에 가두고 강제로 노역시킨 파렴치범이었습니다. 사건 기록에서 키르히는 친구들에게 가해지는 학대를 보다 못해 살해했다고 진술했습니다. 실제로 피해자는 6년에 걸쳐 범행을 저질렀고, 그로 인해 사망하여 아무렇게나 버려진 아이들의 수는 20여 명에 달했습니다."

"그런 일이… 정말 불행한 일이로군."

여해는 아이들의 희생 사실에 안타까워했고, 카샤는 죽은 자에 대한 분노를 드러냈다.

"업보로다, 업보. 분명 천벌을 받은 게야."

파렌은 이야기를 계속했다.

"당시 키르히는 피해자가 쓰고 있던 안경의 다리를 부러뜨린 뒤 그것으로 피해자의 목을 찔러 살해했습니다. 그런데 부검 결과 밝혀진 사실 하나가 군부의 주목을 끌었습니다. 키르히가 상대를 아무렇게나 찌른 것이 아니라 목의 동맥, 즉 경동맥을 정확히 끊었던 것입니다."

여해와 카샤는 경악하여 파렌을 봤다.

"……우연이었겠지?"

대인 전투 경험 및 해부학에 대한 지식이 깊은 여해에겐 믿기 힘든 이야기였다. 여덟 살 꼬마의 나약한 힘으로 그런 정교한 작업은 불가능하다는 것이 그의 소견이었다.

"모두가 그렇게 생각했지만 조사 결과 그것이 키르히의 재능이라고 판명되었습니다."

"재능?"

"키르히는 또래 아이들보다 팔과 어깨, 그리고 허리의 힘이 월등했고, 양손을 모두 쓸 수 있었을 뿐만 아니라 오른손과 왼손에 차이가 확연했습니다. 그의 오른손은 숙련된 외과의사와 맞먹을 정도로 민감하고 정교했으며, 왼손은 둔감한 대신 놀라운 완력을 낼 수 있었습니다."

카샤에게 왼손을 물라고 부탁하던 키르히의 모습이 여해의 눈앞을 스치고 지나갔다. 키르히를 깨문 당사자인 카샤는 침을 꼴깍 삼켰다.

"가장 중요한 것은 해부학에 대한 천부적인 감각이었습니다. 그는 전문적으로 교육을 받은 일이 없는데도 인간의 급소와 연골의 위치를 감각적으로 파악하고 있었습니다."

"살인의 천재로군."

"종합하자면 그렇습니다."

처음 이 섬에 왔을 때 키르히의 전투를 본 여해는 그의 손에 인간의 육체가 분해되는 것을 보고 깜짝 놀랐다. 경성에서 그에게 죽은 안개술사들의 시체를 봤을 때도 놀랐지만 실제로 보니 느낌이 달랐다.

키르히는 오른손에 든 칼로 인체에 틈을 내고 왼손으로 그 틈을 쳐 확실히 끊어놓았다. 기계적 힘을 앞세워 마구 부수는 것과는 거리가 먼, 조각가가 돌을 때려 자신이 원하는 모습을 만드는 것처럼 세밀한 모습이었다.

"키르히 같은 기인이 자네의 말을 잘 따르니 참으로 용하군.

어떻게 관리를 했기에 그런가?"

파렌은 고개를 모로 하며 웃었다.

"생일을 챙겨주었습니다."

여해와 카샤는 서로를 마주 봤다. 생일이라는 단어와 키르히라는 남자를 연결시키기가 쉽지 않아서였다.

전망대는 안개술사들의 요술로 보호된 문에 가로막혀 있었다. 파렌이 문에 돌을 던지자 파란색의 이상한 힘이 튀어나와 돌을 으스러뜨렸다.

요술에 대해 생각하지 못한 파렌은 한숨을 쉬었다. 그러자 기다렸다는 듯이 카샤가 앞으로 나왔다.

"여긴 본좌가 맡겠다."

"천요로 변하려고?"

"아니다. 비록 실내이긴 하지만 조심해야 할 필요가 있지. 본좌에게 천수는 그만큼 두려운 존재거든. 하지만 이 정도의 요술은 천요로 변하지 않아도 제거할 수 있다. 걱정 마라, 파렌."

"음……."

파렌은 눈짓으로 여해에게 의견을 물었다. 여해는 등에 찬 쌍수도를 뽑으며 씩 웃었다. 그에 따라 파렌은 슈트롬 팔켄을 오른손에 든 뒤 허리에 매단 방수 탄약 가방에서 작은 물건을 꺼내 왼손에 들었다. 구슬처럼 생긴 그 검은색 물건에는 하얀색의 심지가 박혀 있었다.

"시작해, 카샤."

"알았다!"

문 앞에 선 카샤는 숨을 잔뜩 들이마신 뒤 불꽃을 세차게 뿜었다. 그녀의 꼬리가 바짝 서고 머리카락이 달아올랐다. 그녀와 불꽃의 열기가 워낙 강해서 문 옆에 바짝 붙었던 파렌은 움찔하여 뒤로 물러났다.

문에 걸려 있던 요술이 조금씩 증발했다. 카샤는 숨을 들이마시고 내뿜는 것을 쉬지 않고 반복했다.

한편, 전망대 안에 있는 안개술사들은 계룡을 뒤에 둔 채 요술을 준비하고 있었다. 계급이 없는 무술사보다 청술사의 숫자가 더 많아서인지 서 있는 진형과 눈빛 모두 예사롭지 않았다.

조금 뒤, 문의 요술이 사라지고 문이 불탔다. 카샤는 활짝 웃으며 파렌을 봤다.

"됐다, 파렌!"

"좋아, 고마워."

파렌은 들고 있던 물건의 심지를 문에 붙은 불에 댔다. 불붙은 심지가 파랗고 붉은 불꽃을 내며 타 들어갔다.

"장군, 준비하십시오."

"그러지."

문을 발로 걷어찬 파렌은 들고 있던 물건을 안으로 던진 뒤 다시 옆으로 비켜났다. 그가 진입할 줄 알았던 여해는 들어가려던 것을 멈추고 파렌을 따라 벽에 붙었다. 카샤는 두리번거리다가 파렌의 눈짓을 받고 바로 피했다.

파렌이 던진 물건은 데굴데굴 굴러 안개술사들 앞에 멈췄다. 그런 물건을 처음 보는 안개술사들은 서로를 힐끔힐끔 살폈다.

"뭘 하는 게냐! 어서 저 물건을 없애라!"

계룡이 옥박을 지르자 안개술사 중 한 명이 구슬을 향해 요술을 쏘려 했다. 하지만 심지는 구슬 속으로 파고들어 갔고, 그 순간 구슬은 폭음과 함께 안에 품고 있던 쇳조각을 사방으로 내뱉었다.

전열에 있던 안개술사들이 쇳조각에 더럽혀진 눈과 얼굴을 감싸며 주저앉았다. 안개술사들이 혼란에 빠진 틈을 타 파렌과 여해는 무기를 앞세우고 안으로 뛰어들었다.

파렌과 여해의 칼부림이 시작되자 안개술사들이 추풍낙엽처럼 쓰러졌다. 하지만 모든 안개술사들이 쉽게 당하는 것은 아니었다.

계룡이 소리쳤다.

"당황하지 말고 사방으로 퍼져 대항하라! 틈은 내가 만들겠다!"

그의 양손에서 칼날처럼 다듬어진 물 덩어리가 뿜어졌다. 하나는 여해를 향해 날아갔고, 다른 하나는 파렌에게 향했다.

파렌은 빠른 발놀림으로 요술을 피했고, 여해는 왼쪽 어깨로 그것을 받아냈다. 파렌은 흠칫했으나 요술에 충돌한 여해의 어깨 갑옷은 표면에 번갯불 같은 빛이 치직거릴 뿐, 흠집 하나 나지 않았다.

파렌과 카샤, 안개술사들 모두가 놀랐다. 아무리 급하게 만들었다고는 하지만 적술사인 계룡의 요술은 바위도 가볍게 뚫는 위력을 지니고 있었다.

계룡이 쓴웃음을 지었다.

"방요철갑(防妖鐵甲)……. 궁중술사들의 도움을 좀 받으셨군."

"대비라는 것은 중요한 법이 아니겠나? 오늘 절실히 느꼈을 터인데?"

계룡의 말을 받아친 여해는 파렌과 계룡 사이에 섰다.

"저자의 요술은 내가 버틸 수 있을 것 같군. 나에게 맡기게."

"장군?"

"그것이 더 효율적이지 않겠나?"

파렌은 전망대 같은 좁은 지역에서 누가 누구를 맡고 어쩌고 할 틈이 있을까 의문을 가졌다. 여해는 그 방법을 몸으로 보여주었다.

"하아아아아!"

한 마리의 호랑이처럼 포효한 여해는 검과 몸으로 계룡을 밀어붙였다. 둘은 전망대의 난간을 부수고 밖으로 떨어졌다.

산의 경사를 굴러 아래로 떨어진 둘은 각자의 방법으로 자세를 바로 했다. 계룡은 요술로 중심을 잡았고, 여해는 안전하게 몸을 굴린 뒤 칼을 앞세우고 일어났다.

여해가 무사한 것을 확인한 파렌은 주위에 선 안개술사들을 둘러봤다. 우두머리를 잃은 안개술사들은 모든 신경을 파렌에게 집중한 채 긴장했다.

카샤가 안개술사들의 틈을 후다닥 빠져나와 파렌 옆에 섰다.

그녀가 물었다.

"작전이 있나, 파렌?"

좌우로 눈을 굴린 파렌은 씩 웃으며 슈트롬 팔켄을 들었다.

"일단 무기를 들고… 베는 거야."

카샤가 실망에 젖은 얼굴로 그를 봤다. 그러나 그녀는 친구를 꾸짖지 못했다. 물기가 아직 가시지 않은 그의 검은 장발이 그녀의 눈앞에서 살기 어린 춤사위를 그리고 있었다.

상대방을 사납게 부수는 키르히와 달리 파렌은 최소한의 공격으로 상대를 제압한다. 생명과 직결되는 부위인 머리와 목, 심장이 주된 목표이고, 수단은 적절히 따진다. 검으로 베거나 칠 때도 있고, 군화의 딱딱한 특성을 이용한 발차기도 자주 나온다. 그로 인해 그가 만들어내는 시신들은 매우 깔끔한 편이다.

하지만 구경꾼의 입장에서만 그럴 뿐, 직접 당하는 자들은 격한 고통 속에 사망하는 경우가 있다. 칼날에 목이 날아가거나 심장 주위의 대동맥이 잘려 즉사하는 경우 외에 다른 경우에는 하나같이 동물 같은 비명을 질러댄다.

칼자루에 눈이나 턱뼈, 코뼈를 당하면 그 고통은 말로 표현할 수가 없다. 군화로 하반신을 노리기도 하는데, 그중에 최악은 군화로 골반 뼈를 뒤트는 것이다. 그런 경우에는 숨만 크게 쉬어도 어긋난 골반의 뼈끼리 갈리면서 통증이 몸 전체로 퍼지기 때문에 어지간한 자들은 쇼크로 혼절하고 만다.

문제는 파렌이 그런 자들에 대한 집착이 없다는 것이다. 전투가 불가능하다고 판단된 상대는 버리고 다른 멀쩡한 자들의 수를 줄이는 것이 그의 전투 법칙이다. 그로 인해 급소를 당하고 방치된 자들은 고통과 앞으로 다가올 죽음에 미쳐 울부짖게 된다.

자신이 만든 그 지옥 같은 상황에서 파렌은 기계처럼 냉정을 유지한 채 전투를 계속한다. 그렇다고 방치한 자들을 가만히 두

지도 않는다. 간식으로 남겨놓은 과자를 처리하듯 슈트롬 팔켄의 끝으로 그들의 일생에 종지부를 찍어준다. 그가 가끔 보이는 그 비인간적인 모습은 키르히가 미친 듯이 살인을 할 때처럼 이중적으로 카샤의 망막에 비춰지고 있었다.

어쨌거나 신화 속에 나오는 영웅들처럼 안개술사들을 처리하던 파렌도 결국 지친 기색을 보였다. 상대가 아무래도 숙련된 청술사인만큼 무술사들처럼 간단히 없애기란 쉽지 않았다.

그렇다 해도 30여 명 중에 절반 가까운 인원이 사망하거나 급소를 당한 채 방치되어 굴러다녔다. 여해처럼 요술에 대비한 장비를 전혀 갖추지 않은 인간이 여기까지 해냈다는 것은 놀랄 만한 일이었다.

안개술사들의 물방울들이 파렌에게 집중 난사되었다. 특별한 보호 장비가 없는 파렌은 팔과 어깨로 칼날을 지지하여 자신에게 집중된 요술을 받아냈다. 집중된 충격은 중심을 단단히 잡은 그의 발을 땅에서 떨어뜨릴 정도로 강력했다.

그가 벽에 충돌했다. 미끄러지듯 바닥에 내려온 파렌은 가쁜 숨을 억누르며 일어났다. 카샤는 파렌의 체력이 거의 한계에 왔음을 알 수 있었다.

'평소였다면 피하고 반격했을 거야.'

카샤가 급히 불을 뿜어 안개술사들을 방해했다. 갑작스러운 열기에 요술을 방해당한 안개술사들은 흩어진 요기(妖氣)를 다시 모으느라 분주해졌다.

그 틈에 카샤는 목에 걸고 있던 작은 장신구, 작염검(炸炎劍)을 손에 들고 파렌에게 달려갔다.

"검을 내밀어봐라, 파렌! 본좌가 도와주겠다!"

호흡을 조절하고 있던 파렌이 무슨 소리냐는 얼굴로 카샤를 봤다.

"본좌의 말대로 해라! 안 그러면 키르히가 오기 전에 둘 다 죽는다!"

파렌은 그녀가 무슨 생각을 하는 것인지 예상조차 하지 못했지만 하는 말까지 틀린 것은 아니었다.

"좋아."

결국 그는 슈트롬 팔켄을 내밀었다. 카샤는 자신의 손바닥보다 작은 작염검을 엄지와 검지의 두 번째 마디로 잡은 뒤 그것으로 슈트롬 팔켄의 칼날을 그었다.

칼날을 따라 불꽃이 길게 튀었다. 동시에 슈트롬 팔켄의 칼날 중 하나가 주황색으로 후끈 달아올랐다. 파렌이 깜짝 놀랐지만 카샤는 그에게 눈길도 주지 않고 반대편 칼날을 작염검으로 그었다.

"작염검이 가진 불의 기운을 이 검에 일시적으로 나눠 주는 것뿐이다. 그래도 안개술사들과 그들의 요술을 상대하는 데 큰 도움이 될 게야."

"자세히는 모르겠지만 일단 시험해 보지."

파렌은 검을 다시 제대로 들었다. 그사이 흩어진 요기를 다시 모은 안개술사들의 손에 커다란 물방울이 맺혔다. 뒤편에 선 안개술사들은 카샤가 다시 불을 뿜을 것에 대비해 물의 보호막을 만들어 대기하고 있었다.

그들은 모아뒀던 물방울들을 일제히 쐈다. 파렌의 뒤에 서 있던 카샤는 머리를 감싸며 몸을 웅크렸다. 동시에 슈트롬 팔켄이 주황색의 아름다운 호선을 그렸다.

칼날을 사납게 때리던 물방울들이 이번엔 달궈진 쇠에 떨어진 물방울처럼 파직! 소리를 내며 분해되었다. 급한 나머지 물방울을 맞출 생각만 하며 검을 휘둘렀던 파렌은 손에 아무런 부담이 없는 것에 흡족해했다.

"칼날은 뜨겁지 않군?"

"보통의 불이 쇳덩이에 옮겨 붙을 리도 없지. 술법의 불이라 오로지 술법에만 영향이 있으니 파렌이 데일 염려는 없다."

"그런가?"

파렌은 슈트롬 팔켄의 칼날을 손바닥으로 쳤다. 불똥이 사방으로 튀었으나 그의 옷과 손에는 아무런 상처도 없었다.

"마음에 드는군."

그가 다시 안개술사들을 향해 돌진했다. 카샤는 자신을 노리는 안개술사들이 있는지 관찰하면서 슈트롬 팔켄을 눈여겨봤다.

'저 검, 도대체 정체가 뭐지? 칼날이 녹아내릴 것을 각오하고 작염검을 사용했는데 녹기는커녕 불의 힘을 제대로 받아들이다니……?'

그녀가 의문을 품는 한편, 적술사 계룡을 끌고 밖으로 나간 여해는 빗속에서 사투를 벌이고 있었다.

작년, 안개술사들의 옛 본거지를 쳤을 때 여해를 비롯한 장군들을 가장 난감하게 만든 것은 바로 적술사의 엄청난 요술이었다. 당시 본거지를 치는 데 동원된 벽암국 병사가 1만이었는데,

적술사 백여 명으로 이루어진 방어진에 도전할 때 무려 2천 명이 넘는 병사들이 순식간에 몰살을 당했다. 당시 여해가 병사들을 긴급히 후퇴시키지 않고 궁중술사들의 지원을 요청하지 않았다면 그 이상의 병사들이 죽었거나 전멸을 했을지도 모른다.

그런 참혹한 결과는 벽암국에서 적술사의 능력을 과소평가한 탓이었는데, 벽암국의 장군들이 과소평가를 할 만한 나름대로의 이유가 있었다. 적술사와 적술사의 바로 밑 계급인 청술사의 격차가 너무 컸던 것이다.

안개술사들을 구분할 때 가장 높은 계급으로 꼽는 것은 황술사(黃術士)이며, 그다음으로 흑술사(黑術士), 적술사, 청술사, 무술사 순으로 내려간다. 무술사와 청술사도 일반인의 입장에서는 정말 강하지만 적술사부터는 그 위쪽 계급과 한없이 가깝다. 황술사부터 적술사까지가 대로정교 교주의 진정한 제자이며, 그 이하의 계급은 일반인을 세뇌시켜 만든 가짜 제자라는 말도 있을 정도다.

계룡은 그 역사를 증명하듯 강력함을 과시했다. 요술을 완성하는 속도도 빨랐고, 요술을 이용한 움직임도 기민했다.

물론 여해도 만만치 않았다. 요술의 빈틈을 읽고 파고드는 모습이 젊은 파렌이나 키르히 이상이었다. 요술에 대항하는 술법이 걸린 갑옷은 스치기만 해도 위험한 계룡의 요술을 훌륭히 막아주었고, 그의 검은 계룡이 잠시 밟고 섰던 바위를 깔끔하게 잘라 버렸다.

계룡이 멀리 떨어진다 싶으면 바로 활과 화살을 꺼내 들어 상대를 공격했다. 그가 왕에게 직접 하사받은 활인 항룡궁은 예전에 항구에서 보여주었던 놀라운 위력을 빗속에서도 과시했다.

요술과 화살이 수없이 교차한 끝에 여해의 갑옷에 깃든 힘이 먼저 풀렸다. 그의 투구가 날아가고 왼쪽 어깨 갑옷이 부서졌다. 그래도 몸에 직접적인 피해를 입진 않았는지 여해는 계속 움직이며 활을 쏘았다.

계룡은 예전처럼 쉽게 틈을 주지 않았다. 자신이 여기서 쓰러지면 교주를 비롯한 사제들과 도망을 거듭한 끝에 겨우 만든 이 본거지가 점령당하는 것은 시간문제임을 그 자신도 알고 있었다.

"감탄이 절로 나는구나! 여해여, 어떻게 이곳의 위치를 알아냈느냐? 그리고 이곳에 불과 몇 명으로 쳐들어올 생각은 어찌 했느냐?"

여해는 대답 대신 화살을 날렸다. 부적을 급히 날려 화살을 막아낸 계룡은 크게 웃었다.

"하하하! 대답도 못할 만큼 겁에 질린 게냐? 두렵지 않다면 대답해 보아라, 항룡장군!"

계룡이 갑자기 부적을 꺼낸 것에 주목한 여해는 잠시 생각한 후 화살 세 자루를 꺼냈다. 그중에서 두 자루는 일반적인 화살이었지만, 한 자루는 화살의 촉까지 무광의 검은색을 띠고 있었다.

"두려움이라… 너는 이 화살 세 자루로 족하다."

계룡이 눈살을 찌푸렸다.

"무슨 망언이냐? 세 자루라니? 이 적술사 계룡을 어떻게 보고 하는 소리냐!"

"갑자기 말이 많구나. 자고로 사내대장부라면 잠자코 두고 볼 줄 아는 여유가 있어야 하는데, 네놈은 요술을 배우면서 거세라도 했느냐?"

화살 세 자루 중 두 자루를 입에 문 여해는 우선 한 발을 쐈다. 계룡은 아까와 마찬가지로 부적을 날렸다. 화살과 충돌한 부적은 식충 식물처럼 화살촉을 감싸 함께 땅에 떨어졌다.

여해는 다음 화살을 시위에 메기고 당겼다. 계룡은 이번에도 부적을 날려 화살을 막아냈다.

"무슨 짓을 하는지 모르겠구나, 여해!"

소리를 지른 계룡의 몸뚱이가 순간 뒤로 멀찌감치 날아갔다.

여해는 낙관의 미소를 지었다.

"이제 좀 알았겠군."

여해는 쓰러진 계룡을 향해 걸어갔다.

계룡의 오른쪽 가슴에는 검은색의 화살이 깊숙이 꽂혀 있었다. 영문을 모르겠다는 얼굴로 쓰러진 적술사는 숨을 거칠게 헐떡이고 있었다.

"화살이… 보이지 않았는데……?"

여해는 자신의 키만큼 긴 쌍수도를 들고 그를 내려다봤다.

"검은색 화살은 날씨가 궂을수록 잘 보이지가 않지. 그리고 그 화살은 깃이 좀 특별하다네."

계룡은 희미한 눈으로 화살에 달린 깃털을 봤다. 깃털이 일반 화살보다 훨씬 크고 각도도 묘하게 뒤틀려 있었다.

"그 화살은 활을 떠나는 즉시 왼쪽으로 휘어지면서 나아가지. 요술의 여력이 약해져 긴장한 나머지 시야가 좁아진 자네는 그 화살을 결코 볼 수 없었을 것이네. 자네가 그 화살마저 피했다면 난 자네를 정말 인정해 줬을 것이야."

"후후… 하하하하! 인정해 줬을 거라고? 하하하하하!"

계룡이 갑자기 웃었다. 웃음소리는 점점 더 커졌다. 화살에 폐가 뚫린 사람의 웃음소리라고는 믿어지지 않을 만큼 쩌렁쩌렁했다.

쓰러진 적술사가 다시 일어났다. 여해는 화살이 심장을 관통하지 못해서 그렇거나 계룡이 다른 요술을 부려서 그런 것이라고 생각했다.

"이런 화살 따위로 우리들이 겨우 찾아낸 터전을 놓칠 거라고 생각하느냐!"

계룡은 쓰고 있던 두건을 잡아 뜯듯이 벗었다.

여해는 소스라치게 놀랐다. 두건 안에 있던 것은 인간의 얼굴이 아니라 인간과 비슷한 형태를 띤 파충류의 면상이었다. 머리 위에는 머리카락 대신 닭 벼슬과 같은 붉은색 융기가 붙어 있었고, 눈과 코 일부를 덮어 그를 인간처럼 보이게 해준 물건은 물에 젖은 창호지처럼 녹아 사라졌다.

여해는 퍼뜩 정신을 차리고 칼을 겨눴다.

"인간이 아니란 말인가?"

"대답을 듣기 전에 넌 죽을 것이다!"

계룡의 전신에서 강력한 요기가 뿜어졌다.

점점 부풀기 시작한 계룡의 몸에 큰 변화가 일어났다. 우선 다리 사이에서 굵직한 꼬리가 솟아나고 목과 입이 길어졌으며, 머리에 달린 붉은 융기는 등을 거쳐 꼬리 끝까지 이어져 내려왔다.
　이윽고, 변화를 마친 계룡의 몸은 집 몇 채를 합친 것만큼 긴 네 발 짐승의 모습을 하고 있었다. 그 모습은 파렌이 카샤와 처음 만났을 때 마주쳤던 악어괴물과 흡사하면서 더욱 강력해 보였다.
　계룡이 네 발을 움직이며 몸을 돌렸다. 두꺼운 비늘에 뒤덮인 거대한 꼬리가 여해에게 향했다.
　"흠!"
　여해는 칼을 세워 꼬리를 막아냈으나 질량과 힘의 압도적인 차이로 인해 멀리 날아가 버렸다. 소나무 가지를 무수히 꺾으며 날아 땅에 떨어진 여해는 즉시 일어났지만 입에서는 대량의 피가 흘러나왔다.
　갑자기 증가한 안개술사의 힘에 놀라 전망대 난간으로 갔던 카샤는 그 모습을 보고 크게 놀랐다.
　"여해!"
　안개술사들을 처리하던 파렌이 움찔하여 그녀 쪽을 봤다. 파렌의 뒤쪽에서 보호를 받아야 할 그녀가 제멋대로 위치를 벗어난 탓에 안개술사들의 마수가 그녀에게 향했다. 파렌은 그녀를 구하기 위해 움직이려 했으나 다른 안개술사들이 그의 앞길을 막아섰다.
　안개술사들이 카샤의 사지를 붙들고 입을 막았다. 카샤는 몸부림을 쳤으나 안개술사들은 단검을 뽑아 들고 광적인 시선으로 그녀의 작은 몸을 일제히 훑었다.
　안개술사 중 한 명이 희열에 가득한 눈을 한 채 말했다.

"대불수리님께 바쳐지는 영광을 맞이하라!"

전망대의 천장을 질득한 핏물이 때렸다.

안개술사가 눈을 뒤집은 채 몸을 부르르 떨었다. 정수리에서 피를 뿜은 그 안개술사는 무릎을 접으며 뒤로 고꾸라졌다.

안개술사가 쓰러짐과 동시에 뒤에 가려져 있던 남자의 모습이 드러났다. 쌍검을 든 붉은 코트의 그 남자는 입술의 한쪽 끝을 추켜올린 채 웃고 있었다.

"안녕, 원숭이?"

움찔한 안개술사들 사이로 칼날의 바람이 밀어닥쳤다. 안개술사들의 시체는 카샤를 붙잡은 팔만 멀쩡히 남겨진 채 사방으로 흩어졌다.

핏물에 젖어버린 카샤는 일어나려 했으나 그러지 못했다. 그녀를 잡은 안개술사들의 팔이 경직되어 족쇄처럼 되어버린 탓이다.

키르히는 그녀를 일으킨 뒤 주렁주렁 달린 팔뚝들을 하나씩 떼어주었다.

"꼴좋네. 딱 원숭이 꼴이네."

카샤는 으르렁거렸지만 소리를 지르지는 못했다. 키르히가 그녀의 입을 막은 손을 맨 마지막에 떼어준 탓이었다.

때마침 안개술사들을 모두 제거한 파렌은 안도의 한숨을 쉬며 그들 쪽으로 다가왔다.

"안개의 씨앗은 찾았나?"

그의 첫 질문에 키르히는 못마땅한 표정을 지으며 그를 돌아봤다.

"원숭이 걱정은 안 해?"

대답 직후 셋 사이에 묘한 침묵이 흘렀다.

파렌의 눈이 전에 없이 날카로워졌다.

"상관의 질문에 대답하라, 중사."

평소 같으면 금방 말을 수정했을 키르히가 이번에는 당당히 대들었다.

"너야말로 무슨 소리야? 방금 원숭이가 죽을 뻔했던 것 못 봤어? 씨앗이든 뭐든 원숭이가 무사한지 확인하는 게 먼저 아니야?"

"카샤가 무사한 것은 내 눈으로 충분히 확인했는데 굳이 너에게 물어 재차 확인해야 하나? 여해 장군께서 위기에 몰린 이 상황에?"

"무사하냐는 질문을 하는 데 시간이 그렇게 오래 걸려?"

"감정이 앞설 상황은 따로 있다."

"지금 누가 감정을 앞세우고 있는데?"

둘 사이의 공기가 이상해지자 카샤가 상황을 수습하듯 둘 사이를 막아섰다.

"됐다! 파렌의 말대로 여해가 위험하다! 안개의 씨앗을 어서 부숴야 한다, 키르히!"

"걱정하지 마."

그는 손가락을 튕겼다. 문밖에 대기하고 있던 후로기가 자신의 머리만 한 물건을 들고 안으로 들어왔다. 마치 복숭아처럼 생긴 그 둥근 물체는 잎사귀를 연상케 하는 나무 받침대 위에 놓인 채 연녹색의 빛을 은은하게 발하고 있었다.

카샤의 얼굴에 화색이 돌았다.

"안개의 씨앗이다!"

파렌이 그녀에게 물었다.

"이제 어쩌지?"

"당연히 부숴야지! 씨앗을 부수는 건 어렵지 않다. 찾자마자 부수라고 했는데 왜 여기까지 들고 오게 했나, 키르히?"

그녀가 따지자 키르히의 눈가에 주름이 잡혔다.

"네가 언제?"

이번엔 둘 사이에 침묵이 감돌았다. 파렌이 자주 그러듯 오른손으로 얼굴을 덮은 카샤는 여해가 부순 전망대의 틈새로 향했다.

"아무튼! 본좌가 내려가는 동안 무슨 수를 써서라도 씨앗을 부숴라! 어서 부수지 않으면 여해가 죽을지도 모른다!"

키르히가 피식 웃었다.

"네가 뭐 어쩌려고? 재주라도 넘어서 설득시키게?"

"닥치고 어서 해라!"

카샤가 밑으로 뛰어내렸다. 언덕의 경사에 안전하게 착지한 그녀는 소나무 숲을 헤집으며 여해에게 기어가는 계룡을 향해 전력으로 질주했다.

키르히는 그녀의 모습을 가만히 보다가 파렌을 돌아봤다.

"진짜 재주가 있는 거야?"

"두고 보면 알아."

후로기에게 안개의 씨앗을 받아 든 파렌은 그것을 위로 집어 던진 뒤 떨어지는 것을 검으로 정확히 후려쳤다. 작염검의 기운이 가시지 않은 슈트롬 팔켄의 칼날은 씨앗의 표면을 깨고 전체를 산산이 부쉈다.

씨앗의 파편이 바닥에 뿌려졌다. 파편은 금방 물방울로 변하더니 공기 중에 흩날려 서서히 사라졌다.

"이제 네 차례다, 카샤."

중얼거린 파렌은 키르히와 함께 전망대 밖을 봤다.

여해를 코앞에 둔 계룡이 움찔했다. 악어괴물 특유의 길쭉한 동공이 불안감을 싣고 위로 쏠렸다. 반대로 여해는 긴장이 풀린 듯 힘없이 웃었다.

'드디어 해냈군.'

비가 그치더니 하늘을 덮은 먹구름이 섬 저편으로 확 물러나며 사라졌다. 먹구름에 가려져 있던 햇살이 두꺼운 비늘에 덮인 그의 몸뚱이 위로 따갑게 쏟아졌다.

"씨앗이……!"

당황하는 그의 앞으로 작은 것이 떨어졌다. 꼬리를 바짝 세운 카샤가 검지로 계룡을 가리킨 채 정의감이 넘치는 표정을 짓고 있었다.

"이제 끝이다, 안개술사 계룡! 안개의 씨앗은 부서졌고, 네 부하들은 모두 죽었다! 순순히 항복하라!"

"항복? 웃기지 마라, 애송이 요괴!"

계룡이 입을 벌리고 포효하자 진한 물 냄새와 함께 폭풍이 휘몰아쳤다. 양팔을 교차하여 그 힘에 저항한 카샤는 눈을 부릅뜬 채 의아해했다.

"씨앗이 없어졌는데… 힘을 잃지 않았나?"

"그건 청술사나 무술사 같은 노예들에게나 해당되는 일이지. 이 계룡과 같은 직계 제자를 우습게보지 마라!"

전망대 위에서 계룡의 말을 들은 파렌은 자신들이 만든 시체들을 문득 돌아봤다.

안개술사들이 입고 있던 도복과 복면이 온데간데없이 사라져 있었다. 키르히에게 당해 조각이 난 자들의 것도 마찬가지였다.

키르히는 그 평범한 얼굴의 시신들을 보며 눈살을 찌푸렸다.
"무고한 사람들이었다고?"

그는 만약 자신이 씨앗을 가지고 올라오지 않고 아래에서 부쉈다면 어찌 됐을지 생각해 봤다.

죽은 자들은 모두 남자였다. 수염을 적당히 기른 중년의 남자부터 솜털이 가시지 않은 청소년까지 다양했다. 분명 누군가의 자식이자 부모일 것이다. 만약 키르히가 진작 씨앗을 부쉈다면 사람들은 죽지 않고 안개술사의 옷에서 해방되어 가족의 품으로 돌아갈 수 있었을지도 모른다.

그런 생각이 키르히의 가슴에 후회가 되어 쌓였다.

파렌이 손을 뻗어 키르히의 어깨를 덮었다. 그는 손에 힘을 주어 키르히의 몸에 흐르는 미세한 떨림을 붙잡아주었다.

"수고했어, 키르히. 넌 오늘 최고였다."

멋쩍은 웃음을 흘린 키르히는 전망대 밖으로 시선을 돌렸다.
"원숭이, 괜찮을까?"

"글쎄? 가지고 있는 힘만 따지자면 데려갈 가치가 분명히 있지만 그 외의 면에선 잘 모르겠어. 이유는……."

키르히가 그를 보고 말을 끊었다.

"원숭이라서?"

"……아니."

순간 치밀어 오른 것을 가까스로 참은 파렌은 낮은 목소리로 이야기를 계속했다.

"우리는 타인의 목숨을 임무를 완수하는 데 방해를 주는 요소로 판단할 때가 가끔 있지. 목표 그 자체가 남의 목숨인 경우도 있어. 그리고 그 임무를 완수하는 데 갖은 수단과 방법을 동원하지. 심지어는 민간인의 사망을 실수로 치부하기도 해. 하지만 카샤는 아니야."

"흠."

키르히는 머리를 긁적일 뿐, 상관의 말을 부정하지 않았다. 파렌은 계룡과 대치 중인 카샤를 보며 하던 말을 마저 했다.

"목숨에 대한 가치관이 다른 우리들과 저 아이가 과연 오랫동안 어울릴 수 있을까?"

손으로 고개를 좌로 한 번, 우로 한 번 돌린 키르히는 나름대로의 해답을 내놨다.

"알아서 적응하겠지."

"……."

"왜, 또?"

"아니다, 중사."

파렌은 고개를 설레설레 저었다.

한편, 계룡과 대면한 카샤는 작은 몸에 어울리지 않게 쩌렁쩌렁한 소리를 냈다.

"무고한 자들을 노예로 삼아 인간끼리 상잔의 죄를 저지르게 한 그 죄! 아무래도 저승에서 판결을 받아야 마땅한 것 같구나! 이 카샤, 전력으로 네놈을 격퇴하겠다!"

그녀의 작은 몸에서 거대한 화염이 일어났다. 꽃봉오리처럼 피어올라 그녀를 감싼 불은 주위의 공기를 뜨겁게 달궜지만 그녀가 밟은 흙이나 풀, 나무를 태워 죽이진 않았다. 그 불꽃에 영향을 받는 존재는 오로지 계룡뿐이었다.

고개를 돌린 채 뒷걸음질을 친 악어괴물은 이내 성을 내며 몸을 돌렸다.

"죽어라!"

거대한 철퇴 같은 그의 꼬리가 화염을 후려쳤다. 그러나 소리만 크게 났을 뿐, 화염은 전혀 밀려나지 않았다.

이윽고 화염이 사라졌다. 그 대신 나타난 것은 계룡의 꼬리를 왼손으로 막은 채 당당한 자세로 서 있는 소녀였다.

전망대 난간에 기대어 구경하던 키르히가 움찔했다.

"원숭이는 어디 갔어?"

옆에 있던 후로기가 자랑스레 말했다.

"저것이 카샤님의 또 다른 모습이지요. 우리들은 천요(天妖)라고 칭해 드린답니다."

키르히는 그 말을 도무지 믿을 수가 없었다.

머리색이 선홍색인 것까지는 맞았지만 그가 아는 카샤의 것처럼 뻣뻣하지 않고 방금 머리를 감은 소녀들의 것처럼 결이 부드러울 뿐만 아니라 길이도 허리까지 내려왔다. 피부 역시 카샤는 적토색이었으나 지금 나타난 소녀는 제대로 익은 복숭아처럼 연분홍색을 띠었다. 옷도 붉은색과 검은색 천으로 고급스럽게 치장된 반팔, 반바지의 도복이었다.

가장 큰 차이는 바로 체형이었다. 꼬마일 뿐인 카샤와 달리 지금의 소녀는 10대 중후반으로 보였다. 항상 그녀의 뒤쪽에서 흔들리던 꼬리도 보이지 않았다.

키르히는 믿을 수 없다는 듯 중얼거렸다.

"뭐가 어떻게 된 건지 알 수 없지만, 자세히 보니 원숭이가 변한 게 맞는 것 같네."

"오, 그렇습니까?"

자신도 미처 몰랐던 요소였기에 후로기는 키르히의 대답을 기다렸다

"응. 가슴이 평평하잖아."

"……."

후로기는 이 상황에서 그런 말을 하는 키르히를 도저히 이해할 수 없었다.

한편, 천요의 모습을 갖춘 카샤는 붙잡고 있던 계룡의 꼬리를 밀쳐 낸 뒤 큰 목소리로 외쳤다.

"하늘에서 내려온 요괴! 불꽃의 화신! 모든 사악한 존재는 그 불꽃의 힘에 심판을 받으리니!"

그녀는 자신의 주변에 남아 있는 불꽃을 손에 쥐었다. 불꽃은 금색 띠로 변해 그녀의 머리를 묶었다. 건강한 말의 꼬리처럼 묶인 소녀의 머리채가 이내 불꽃으로 변해 활활 타올랐다.

카샤는 두 팔을 좌우로 벌리고 손바닥을 활짝 폈다. 그 오른손은 계룡을 향해 뻗어 있었다.

"본좌, 화사무쌍! 지금! 이곳에! 열화처럼 나타났노라!"

강한 열기가 그녀를 중심으로 폭풍처럼 일어났다.

"직계 제자의 힘을 보여주마!"

계룡은 턱을 굳게 다물고 그녀에게 돌진했다. 코와 턱 끝의 가죽은 꼬리 끝에 난 돌기와 맞먹을 정도로 단단해 보였다.

양쪽의 과학적 질량 차이는 엄청났다. 카샤가 아무리 모습을 바꿨다고 해도 계룡의 다리 한 쪽보다 작았다.

하지만 파렌은 크게 걱정하지 않았다. 그런 현실적인 부분이 제대로 반영되는 차원의 싸움이었다면 카샤는 계룡의 꼬리에 맞아 일찌감치 세상에서 사라졌을 것이다.

쿵! 하는 소리와 함께 돌진하던 계룡의 몸이 위로 들썩였다. 모습은 바위산에라도 충돌한 것 같았지만 그 상대는 오로지 카샤였다.

양손으로 계룡의 돌진을 막아낸 카샤는 오른팔을 뒤로 빼고 주먹을 쥐었다. 그녀의 주먹이 붉은 기운을 흘리며 붉게 달아올랐다.

"그 힘, 배로 돌려주마!"

카샤의 주먹이 계룡의 턱에 꽂혔다. 화염이 터지고 계룡의 거대한 몸이 뒤로 밀려 나갔다. 그가 딛고 있던 숲과 땅은 엉망으로 구겨졌다.

그 일격으로 어떻게 해볼 생각이 없었던 카샤였지만 상대는 그녀의 예상보다 맷집이 좋았다. 계룡은 머리를 두어 번 터는 것으로 충격에서 벗어난 뒤 다시 돌진할 태세를 취했다.

"그런 것으로 이 계룡을 쓰러뜨리겠다니, 어림없다!"

계룡이 다시 돌진하자 카샤는 옆으로 재빨리 움직여 피했다. 일단 장소를 여해가 없는 곳으로 바꿀 심산이었다.

장소를 바꾼 둘은 곧 육박전을 개시했다. 그러나 단순히 치고 받는 행동일 뿐, 서로에게 결정적인 충격을 주지는 못하고 있었다.

계룡이 입을 벌리고 숨결을 토해냈다. 단순히 힘을 주어 뿜어내는 숨결이 아니라 습기가 잔뜩 섞인 돌풍이었다. 계룡과 카샤 사이에 있는 나무들이 뿌리째 뽑혀 날아갔다.

카샤는 두 팔을 이리저리 움직였다. 뭔가 규칙적이면서도 절도 있는 자세였다. 그녀가 손가락을 엮어 앞으로 내밀자 화염에 휩싸인 육각형의 방패가 나타났다. 아시엔의 상형문자로 가득 찬 그 방패는 지름이 카샤의 키보다 커서 그녀를 보호하기에 부족함이 없었다.

계룡의 숨결이 화염의 방패에 부딪쳐 사라졌다. 손가락을 풀어 방패를 없앤 카샤는 곧장 앞으로 질주해 계룡의 콧등을 타고 머리를 지나 등 위에 올라섰다.

계룡이 그녀를 떼어내기 위해 몸부림을 쳤으나 카샤는 발을 붙인 듯 똑바로 선 채 주먹에 힘을 모았다.

그녀의 오른손 주먹에서 화염이 피어올랐다. 이전처럼 달아오르는 수준이 아니라 멀리서도 보일 만큼 활활 타오르고 있었다.

"하늘의 불꽃을 맛봐라!"

카샤가 내려친 계룡의 등판에서 폭발이 일어났다.

폭발을 뚫고 뛰어올라 땅에 착지한 카샤는 계룡의 상태를 주시했다. 몸을 부르르 떨던 계룡은 다시 눈을 뜨고 카샤를 노려봤다.

폭발이 일어났던 등판은 비늘이 약간 너덜거릴 뿐, 큰 손상은 없었다. 카샤는 불만스런 표정을 지었다.

"한 번으로는 안 되겠구나!"

그녀가 다시 자세를 잡았다.

"끝까지 가보자, 마인 녀석!"

그녀와 계룡이 다시 격돌했다.

구경하던 키르히가 한마디 했다.

"저 악어가 단단한 거야, 아니면 원숭이가 비실비실한 거야?"

파렌은 관찰을 계속할 뿐, 대답하지 않았다. 대신 후로기가 말했다.

"저 계룡이라는 자는 아무래도 인간성을 버리고 마인(魔人)이 된 것 같습니다."

"마인?"

"마귀에게 힘을 받은 인간을 마인이라 칭하지요. 어떤 이유로 마인이 된 계룡은 꾸준히 요괴들을 잡아먹었던 것 같습니다."

"잡아먹어?"

"모든 요괴에게는 요기라는 것이 있는데, 그 기운은 인간에게 있어서 큰 독이 되지만 마인에게는 힘을 늘려주는 보양식이 됩니다. 힘의 상한선을 늘려주기 때문에 마인은 요괴를 먹으면 먹을수록 강해지지요."

키르히는 후로기를 물끄러미 봤다.

"넌 먹히지 않고 어떻게 살아 있었어? 목욕 안 하고 버틴 거야?"

그의 농담에 후로기는 슬며시 웃은 뒤 대답했다.

"같은 물의 요괴라고 해도 바다의 요괴와 민물의 요괴는 엄밀히 다른 요괴입니다. 무수장군은 민물을 바탕으로 한 마귀라서 그들의 입맛에는 맞지 않지요. 안개술사들은 이 섬을 떠날 때마다 민물의 요괴들을 잡아먹은 것으로 생각되는군요."

"그렇군. 근데 원숭이가 정말 저 악어를 이길 수 있을까?"

"그것은……."

그때였다.

"엎드려!"

파렌이 달려들어 모두를 덮쳤다. 동시에 커다란 물체가 전망대의 외벽을 부수고 들어왔다.

아직 가시지 않은 진한 습기 때문에 파편이 멀리 튀진 않았다. 다시 일어난 파렌은 입구 쪽에 박힌 거대한 물체를 보고 아연실색했다.

"이건 비늘이잖아?"

"그러네."

키르히는 칼을 꺼내 그 작은 집의 지붕 반만 한 위를 두드려 보고 찔러보았다.

"대단한데? 시더 고어의 각질(角質) 이상이야. 이 정도면 내 것은 물론이고, 구경이 더 큰 슈트롬 팔켄으로 쏴도 피해를 줄 수가 없겠어. 이거 진짜 구경만 해야겠는데?"

키르히와 별개로 비늘의 확인에 나선 파렌은 비늘의 연결 부분을 손으로 훑으며 자세히 조사했다.

"뼈로 보강된 비늘이군. 비늘의 연결 부위가 약한 것으로 봐서 충격을 완화하기 위한 1차 장갑일 확률이 높아. 키르히, 우리가 이중 각질의 시더 고어를 상대할 때 어떻게 하지?"

키르히는 파렌 자신이 더 잘 아는 사실을 왜 묻느냐 하는 표정을 지으며 대답했다.

"우선 폭발로 1차 각질을 날리고, 그 이후 드러난 2차 각질에 철갑탄 같은 관통성 탄환을 쓰지. 뭐, 다 좋은데… 녀석의 비늘을 어떻게 한다고 치자. 규모를 따져 봐도 치명타를 노리기에는 무리야. 우리가 가져온 철갑탄의 관통 능력이 아무리 좋아도 녀석의 몸이 워낙 두꺼워서 심장 같은 급소에 미치지는 못할 거야."

그는 어깨를 으쓱했다.

"그런데, 뭘 어떻게 했기에 이런 게 여기까지 날아온 거야?"

다시 밖을 본 키르히는 계룡의 등에서 연기가 뭉게뭉게 피어오르는 것을 보고 깜짝 놀랐다.

"폭탄이라도 맞았나?"

계룡의 앞에는 두 주먹을 굳게 쥐고 있는 카샤가 서 있었다.

땅에 배를 붙이고 있던 계룡이 다시 일어났다. 그가 입은 상처는 내장이 어렴풋이 보일 정도로 깊었다. 다리가 후들거리고 눈도 반쯤 풀렸지만 그는 여전히 싸울 의지를 보이고 있었다.

계룡이 힘겹게 말했다.

"과연, 그 옛날에 대불수리님을 쓰러뜨린 실력은 허명이 아니구나."

카샤는 계룡의 입에서 나온 그 이름을 알고 있었다.

"대불수리를 아는가?"

"시조를 모르는 후예가 세상 어디에 있단 말인가?"

카샤가 움찔했다.

"대불수리가 대로정교의 시조라고?"

계룡의 입에서 대량의 안개가 흘러나왔다. 그의 눈도 이상한 빛깔을 띠었다.

"잠자코 기다려라, 하늘의 요괴여! 언젠가 우리 대로정교의 안개가 시간과 공간의 낙원을 가득 채우고 세상을 지배하게 될 것이다!"

그가 자폭하려 한다는 것을 읽은 카샤는 주저 없이 머리를 묶은 황금색 끈을 급히 풀었다. 끈 뒤쪽에만 붙어 있던 불꽃이 그녀의 머리카락 전체로 옮겨 붙었다.

"화공, 전개(火功全開)!"

그녀의 힘이 폭발적으로 증가했다. 그에 불길함을 느낀 계룡이 사력을 다해 그녀에게 돌진했다.

"대로정교여, 영원히!"

계룡의 안개가 카샤의 몸을 뒤덮는 순간, 불꽃의 기둥이 하늘로 치솟았다. 길이만 해도 카샤의 키보다 10배는 긴 그 거체가 불의 압력을 이기지 못하고 단숨에 뒤집어졌다.

불꽃과 함께 하늘로 떠오른 카샤는 떠오르는 속도를 서서히 늦췄다. 계룡의 모습이 보일 듯 말 듯할 정도에서 멈춘 그녀는 지상을 향해 오른쪽 다리를 세차게 뻗으며 유성처럼 떨어졌다.

"타아아아앗!"

그녀가 계룡의 몸 위에 떨어졌다. 흰색의 충격파가 원형으로 퍼지더니 흙먼지가 버섯처럼 피어올랐다. 폭파의 충격과 진동에 익숙한 파렌과 키르히조차도 몸을 웅크릴 정도로 무서운 폭발이었다.

조금 뒤, 먼지 폭풍이 가라앉았다.

전망대 밖으로 고개를 내민 파렌과 키르히는 여해가 부상당한 몸을 이끌고 어디론가 걸어가는 것을 목격했다. 그가 가는 앞길에는 방금 전 카샤가 일으킨 폭발로 인해 움푹 파인 곳이 있었고, 그 중심에는 대(大) 자로 누운 카샤가 있었다. 화후의 모습으로 돌아온 그녀는 정신을 잃은 듯 눈을 감은 채 꿈쩍도 하지 않았다.

"우리 내려가 봐야 하지 않을까?"

키르히의 건의에 파렌은 그의 어깨를 툭 친 뒤 급히 전망대를 빠져나갔다. 키르히와 후로기가 뒤질세라 따라갔다.

카샤는 다행히 아무런 부상도 입지 않았다. 힘을 과하게 개방하는 바람에 탈진한 것뿐이었다.

갇혀 있던 바다요괴들은 후로기와 안개술사의 예복충으로 인해 후로기처럼 괴물로 변해 있던 다른 바다요괴들에 의해 구출되었다. 남아 있는 안개술사는 단 한 명도 없었고, 파렌들이 봤던 것처럼 안개술사들이 입고 있던 옷도 모두 사라져 있었다.

모든 것이 정리되는 분위기였지만 풀리지 않은 문제가 두 가지 있었다.

우선 여해의 부상이 문제가 되었다. 그의 부상은 늑골이 네 대나 부러지는 중상이었지만 응급조치를 취하는 것 말고는 딱히 할 수 있는 일이 없었다. 바다요괴들은 카샤처럼 특별한 능력을 가지지 못했을 뿐더러 치료에 사용할 약은 파렌의 수공으로 모두 사라지거나 흩어진 상태였다.

그 문제를 완전히 해결하려면 섬을 빠져나가야 했는데, 그것이 두 번째 문제와 연결되었다.

여해와 카샤는 바다요괴들이 급히 만들어준 천막 안에 누워 있었다. 그 앞에서 키르히가 고민스레 머리를 긁적였다.

"이제 어쩔 거야?"

질문을 받은 파렌은 엉망이 된 지형을 가만히 쳐다보기만 했다.

천막 속에서 고통의 신음이 섞인 여해의 한숨 소리가 들렸다.

"딱히 방법이 없을 것이네. 이곳은 물살이 강해서 일반적인 배로는 빠져나가는 것이 불가능하지. 작은 배는 뒤집어지고 큰 배는 암초에 부딪친다네."

키르히가 그를 바라봤다.

"그럼 처음엔 어떻게 돌아가시려고 했습니까? 뭔가 방법이 있으셨으니 그런 대책 없는 배를 쓰셨을 것 아닙니까?"

여해는 힘겹게 웃었다.

"어떻게든 될 줄 알았지."

키르히는 어이가 없었다.

배를 잡고 한참 웃은 여해는 웃음이 가신 뒤 진실을 이야기해주었다.

"실은 말일세, 호엔 3세께서 보내신 친서에 모든 일이 쓰여 있었다네."

두 젊은이가 동시에 그를 봤다.

"친서의 내용 대부분은 호엔 3세께서 미디엄께서 하신 예언을 직접 옮기신 것이었네. 친서에는 내가 격화선의 사용을 제안하는 것부터 나와 자네들, 카샤님이 함께 가면 작전이 반드시 성공하고 무사 귀환할 수 있다는 내용이 담겨 있었지. 어떻게 성공하는지는 적혀 있지 않았네만, 미디엄님의 위대한 능력은 이제 우리 벽암국에 충분히 증명된 셈이야."

"이야, 그렇군요."

키르히는 감탄하는 척하면서 파렌의 눈치를 봤다. 파렌은 그럴 줄 알고 있었다는 듯 무표정했다.

사실 파렌은 여해가 동참한다는 말을 들은 순간 벽암국의 왕이 뭔가 알고 있음을 느꼈다. 왕이 미치거나 정치적으로 또는 사적으로 미워하지 않는 한 네 명이서 수가 얼마나 될지 모를 안개술사들의 본거지를 친다는 웃기는 작전에 여해라는 나라의 영웅을, 그것도 왕의 바로 밑에서 군 전체를 책임지는 중장군을 무슨 졸병 보내듯이 홀로 보낼 리가 없기 때문이다.

"여보게, 파렌."

"예, 장군."

"카샤님께서 의식을 잃으셨으니 하는 말이네만, 자네 애초부터 카샤님의 힘을 믿지 않았지?"

파렌은 망설임 없이 대답했다.

"확실하지 않은 힘, 그리고 자신의 것이 아닌 힘에 의지할 수는 없는 법입니다."

"후후, 그럴 줄 알았네. 하기야, 나도 카샤님의 힘이 도대체 무엇인지 제대로 모르니까."

키르히가 의아해했다.

"잘 태우고 잘 부수잖습니까?"

"그것만으로는 좀 부족하지. 이 땅에 존재하는 모든 요괴들은 인간들처럼 종족과 부족이 존재하고 결혼을 하여 후손을 낳지. 하지만 카샤님은 그렇지 않아. 카샤님 스스로도 당신께서 어떻게 나타나셨는지, 왜 다른 요괴와 달리 그토록 강한 힘을 가지셨는지 알지 못하시네."

"……"

"하지만 파렌, 자네가 명심해야 할 것이 있네. 카샤님은 창칼과 같은 무기가 아니야. 자네처럼 숨을 쉬고, 자네처럼 생각을 하고, 자네처럼 남들과 마음을 나눌 수 있는 존재라네. 그러니 나와 약속을 해주게."

"말씀하십시오, 장군."

"카샤님을 아껴주게. 친구처럼, 동생처럼."

이곳에 오기 전 미디엄에게 들었던 말이 여해의 말과 함께 파렌의 귓속에서 맴돌았다. 그는 둘의 말이 겹치는 것이 우연일지, 아니면 필연일지 생각하며 말했다.

"약속드리겠습니다, 장군."

조금 뒤, 후로기가 동굴을 나와 그들에게 달려왔다.

"해결되었습니다, 여러분! 장로님께서 물길을 안내해 주신다고 말씀하셨습니다!"

"물길?"

"그렇습니다. 우리 바다요괴들이 요괴들의 회합에 나갈 때 쓰는 길입니다. 그곳은 작은 배 한 척이 겨우 지나갈 수 있을 만큼 좁지만 다른 곳과 달리 물살이 조용하지요. 타고 오신 군함이 어디 있는지 알려주신다면 저희가 그 배에 알리도록 하겠습니다."

"고맙소, 후로기."

계룡이 쓰러진 후에도 내내 굳은 표정이었던 파렌은 그제야 미소를 보였다.

카샤가 다시 눈을 뜬 곳은 여해의 군함 안이었다. 모든 것이 잘 해결되었음을 안 그녀는 배고픔에 방을 나섰다.

배의 창밖은 깜깜했다. 달이 중천에 떠서 은은하게 빛나고 있었다. 그녀는 부엌으로 갔지만 부엌의 문은 굳게 닫혀 있었다.

배고픔을 달랠 겸 갑판으로 나온 카샤는 난간의 등불 아래에서 별을 보고 있는 파렌과 난간을 바람막이 삼아 앉아 있는 키르히를 발견했다. 둘 다 무거운 코트 대신 가벼운 흰색 셔츠로 밤의 바다 공기를 즐기고 있었다.

키르히가 떡을 옆에 잔뜩 끼고 있는 것을 본 그녀는 체면 보지 않고 곧장 달려갔다.

"키르히, 배고프다!"

떡을 우물거리던 키르히는 얼굴을 찡그리며 떡이 든 바구니를 그녀에게 내밀었다. 그녀는 손이 보일세라 바구니에 담긴 떡을 마구 집어 빈속을 차츰 채웠다.

그녀의 먹는 속도가 둔해질 무렵, 그녀를 보며 웃고 있던 파렌이 물었다.

"몸은 이제 괜찮아?"

"응, 괜찮다. 힘을 너무 과하게 쓴 것뿐이다."

키르히는 벌써 통통해진 그녀의 배를 손가락을 쿡쿡 찔렀다.

"전쟁터 한가운데에서 그러면 죽기 딱 좋은 거 몰라?"

"본좌는 그런 거 모른다. 그런 곳에 가본 적도 없고 갈 필요도 없었으니까."

키르히가 손을 멈추고 파렌을 올려다봤다. 파렌의 미소에 어느덧 공허함이 깃들었다.

"이제 그런 곳에 갈 텐데, 괜찮겠어?"

파렌의 질문에 카샤는 고개를 끄덕끄덕 했다.

"약속을 했으니 어쩔 수 없지. 그리고 오늘처럼 안개술사들만 정리하면 되는 것이 아닌가?"

보장할 수는 없다. 파렌은 그 말을 할까 하다가 하지 않기로 마음을 먹었다. 지금 와서 그녀의 기분을 상하게 하는 것도 그렇고, 그녀의 말대로 안개술사들만 정리하면 끝나는 일이 될 수도 있어서였다.

"여해는 괜찮은가?"

"치료는 잘 끝났어. 하지만 늑골을 심하게 다쳐서 당분간은 움직이지 못하실 거야."

"이런, 큰일이로다. 그래도 모두 잘 끝났으니 다행이다. 이제 웨스트리치로 가는 건가?"

"그렇지."

"하하, 본좌, 두근두근거린다! 도착하는 날까지 잠이 안 올 것 같다!"

카샤는 깔끔히 비운 바구니를 들고 풀쩍풀쩍 뛰었다. 파렌은 웃기만 했고 키르히는 복잡한 얼굴로 아랫입술을 내밀었다.

'불편해서 잠이 안 오겠지. 군함을 타고 갈 테니.'

그로부터 나흘 후, 파렌과 키르히, 그리고 카샤는 약속대로 벽암국 왕이 내어준 군함을 타고 웨스트리치로 떠나게 되었다. 벽암국의 군함 중에서 가장 빠른 편에 속하는 그 군함은 오로지 물자 수송만을 위해 만들어진 것이라 사람이 오래 탈 물건이 못 됐지만 왕의 특별 지시로 기본적인 생활은 할 수 있도록 개조되어 있었다.

하지만 여해의 걱정은 대단했다. 부하들의 만류를 뿌리치고 마중을 나온 그는 배가 떠나기 직전까지도 얼굴을 펴지 못했다.

"이 배라면 1개월 조금 더 걸려서 웨스트리치에 도착하겠지만… 승선감이 형편없을 텐데 걱정이로군. 바다에 단련된 군인이라도 멀미를 할 텐데……."

"뭐, 죽기야 하겠습니까."

키르히는 잔뜩 싸온 멀미약을 들어 보였다.

"아무튼 짧지만 뜻 깊은 시간이었네. 카샤님을 잘 부탁하네, 파렌. 자네들과 웨스트리치 전체에 행운을 빌지."

"감사합니다. 많은 신세를 졌습니다, 장군. 이후에도 반드시 찾아뵙겠습니다."

파렌과 키르히는 자신들의 방식으로 경례를 했다. 팔을 들 처지가 못 되는 여해는 미안한 얼굴로 고개를 끄덕였다.

카샤가 경례 중인 파렌의 어깨에 올라앉았다. 여해와 어느 정도 시선을 맞추고 인사를 하기 위해서였다.

"돌아와서 보세, 여해."

"건강하시고 꼭 무사하십시오, 카샤님. 천지신명께 매일 빌겠습니다."

"하하, 고맙네. 좋은 선물을 갖고 돌아오겠네."

여해는 늑골에서 오는 통증을 참고 목례를 했다. 카샤도 그에 맞춰 목례로 답했다.

이윽고 배가 출항을 알리는 종소리를 내며 경성의 항구를 떠났다. 여해는 통증에 식은땀을 흘리면서도 배가 수평선 너머로 사라질 때까지 자리를 지켰다.

'약속했네, 파렌. 절대 카샤님을 무기로 생각하지 말아주게.'

옆에서 그의 식은땀을 지켜보던 부하가 결국 그를 부축했다.

"장군, 이제 쉬셔야 합니다. 모든 병사들이 장군을 지켜보고 있습니다."

"아, 그렇군. 이제 귀환하도록 하지."

병사들의 도움을 받아 가마에 올라탄 그는 단풍이 곱게 든 산과 그 위에 걸친 하늘을 보고 아쉬운 웃음을 흘렸다.

"겨울옷을 드릴 걸 그랬군."

그를 실은 가마가 사람들 틈으로 사라졌다. 길을 비키길 청하는 젊은 병사의 목소리가 길게 울려 퍼졌다.

신성력 211년 10월의 막바지.

그날은 눈이 내리고 있었다.

파렌이 떠난 지 6개월이 넘었지만 하이디에겐 그에 대한 아무런 소식도 들리지 않았다. 크로이츠 대원들이 돌아가며 그녀를 찾아와 준 덕분에 외로움에 미치거나 하지는 않았지만, 파렌이 떠나는 날 그녀의 가슴에 뚫린 구멍은 날이 갈수록 커질 뿐이었다.

그날도 깨워주는 이가 없어 늦게 일어나 버린 하이디는 평소대로 한숨을 길게 쉰 뒤 하녀복을 입고 안경을 썼다. 헤드드레스 역시 잊지 않았다.

점심 무렵, 그녀는 또 다른 슬픔에 잠겼다. 땔감이 모두 떨어진 것이다. 어제 미리 사둔다는 것을 깜박 한 그녀는 점점 차가워지는 손을 후후 불며 창밖을 봤다. 눈은 그치기는커녕 더욱 풍성하게 떨어지고 있었다. 그나마 바람이 불지 않는 것이 다행이었다.

"……가야겠지, 시장에."

두꺼운 모자와 장갑, 코트 등으로 중무장을 한 그녀는 우산을 쓰고 저택을 나섰다.

시장은 다리를 지나면 곧장 나왔다. 다만 다리가 매우 긴 것이 문제였다. 그래도 점심시간이라 다리를 지나는 사람들이 많아 춥지는 않았다.

우산을 단단히 붙잡고 걷던 그녀의 옆으로 작은 뭔가가 휙 지나갔다. 그녀는 깜짝 놀라 뒤를 돌아봤다. 원통형의 갈색 털모자를 깊게 눌러쓴 선홍색 머리의 소녀가 후다닥 뛰어가고 있었다.

"본좌가 먼저 건넌다!"

소녀의 외침에 사람들이 하나같이 시선을 돌렸다. 하이디는 눈을 그 소녀에게 고정한 채 길을 계속 걸었다.

'본좌가 뭐지? 그보다 저런 머리색이 있었나? 혹시 가발?'

순간 그녀가 으악! 소리를 내며 바닥에 주저앉았다. 소녀에게 신경을 쓰느라 가로등을 미처 보지 못한 것이다.

그 바람에 안경을 떨어뜨린 하이디는 바닥을 더듬어 안경을 찾았다. 안경은 지나가던 늙은 신사가 주워 그녀에게 건네주었다.

"눈길인데 조심하시오, 아가씨."

"감사합니다, 선생님."

그녀는 도망치듯 바닥을 보고 달렸다. 그런 그녀의 옆으로 검은 장발의 남자와 갈색 바람머리의 남자가 스쳐 지나갔다.

하이디를 보지 못한 두 남자, 파렌과 키르히는 다리 앞에서 양팔을 흔들고 있는 소녀에게 다가갔다.

"원숭이, 눈 처음 봐?"

질문하는 키르히의 왼손이 따끔했다. 그는 주위를 둘러보며 한숨을 쉬었다.

"사람 많으니 좀 참을래?"

"흥, 봐주마."

그의 손을 놓아준 카샤는 활짝 웃었다.

"눈은 처음이 아니지만 이런 멋진 돌다리는 처음이다! 본좌, 너무 기분 좋다!"

"성을 보면 기절하겠네."

"성은 더 멋진가?"

"아시엔의 성보다 높고, 뾰족뾰족하고, 뭐, 그렇지."

"오오오!"

파렌은 몸을 숙여 키르히를 깨무느라 옆으로 기운 그녀의 모자를 제대로 고쳐 주었다.

"어서 가자. 폐하께서 기다리실 거야."

"웅, 그러자! 배도 좀 고프다!"

다시 길을 걷는 파렌의 눈에는 감격이 흐르고 있었다. 출발할 때까지만 해도 다시는 못 볼 줄 알았던 수도, 아이젠발트의 전경이 그에겐 그토록 그 어떤 화가의 명화보다도 감동스럽게 다가오고 있었다.

그러나 그런 감격은 성의 정문을 통과하면서부터 금이 가더니 크로이츠의 사무실에 들어서면서 완전히 깨졌다.

그는 동료들의 놀란 모습을 기대하고 노크를 생략한 채 문을 열었다. 하지만 그를 보고 놀라 환호를 질러야 할 동료들은 하나같이 풀이 죽어 있었다. 문이 열렸음에도 불구하고 어디에 정신이 팔렸는지 눈길 한 번 주지 않았다.

그는 오른손을 옆으로 뻗어 문을 노크했다. 머그컵을 양손에 든 채 의자에 앉아 있던 은색 올림머리의 여성이 슬그머니 시선을 돌렸다.

파렌과 눈을 마주친 그녀가 움찔했다. 들고 있던 머그컵이 그녀의 회색 코트를 아슬아슬하게 지나 바닥에 떨어졌다. 그 소리에 모두가 놀라 고개를 들었다.

"파, 파렌!"

"리더!"

모두가 일제히 자리에서 일어났다. 특히 머그컵을 떨어뜨린 여성은 의자를 박차고 달려 파렌의 손을 부여잡았다.

"이제 돌아오면 어떡해, 파렌! 좀 더 일찍 올 수는 없었어?"

"무슨 소리야, 테르나?"

그의 앞으로 금발의 청년이 다가왔다. 잘 정돈된 깃털을 뭉쳐 놓은 듯 곱고 화사한 금발을 가진 그 청년은 선이 얇고 여성스러운 얼굴을 잔뜩 흐린 채 고개를 숙였다.

"죄송합니다, 리더. 면목이 없습니다."

"리벨?"

파렌은 그가 키르히에게 들었던 그 사건 때문에 그러는가 싶었지만 다른 사람들의 표정을 보고 그런 문제가 아님을 느꼈다.

그는 빠르게 평정심을 되찾았다.

"보고하라, 클리츠 상사."

"예, 리더."

차렷 자세를 곧게 잡은 리벨은 심호흡을 한 후 말했다.

"지금으로부터 사흘 전, 폐하께서 괴한들에게 납치되셨습니다."

story 8 과거 회상

호엔 3세의 납치.

그 충격적인 소식을 접한 파렌은 눈을 가늘게 뜬 채 시간을 보냈다. 그는 뭔가 골똘히 생각에 잠겼을 때 항상 그런 표정을 짓는다. 그 버릇을 잘 아는 섀델 크로이츠 대원들은 방금 귀환한 자신들의 리더가 앞으로 보여줄 말과 행동을 조용히 기다렸다.

그런데 파렌의 뒤에 서 있던 키르히가 갑자기 격한 반응을 보였다.

"할배가 납치라니, 무슨 소리야? 그게 무슨 강아지 같은 소리냐고!"

리벨을 포함한 몇몇 대원들이 언짢은 얼굴로 그를 노려봤다. 파렌과 키르히 사이에 끼어 있던 카샤는 그들의 표정을 보고 상당히 놀랐다.

'우와, 진짜 미워하나?'

파렌의 앞에 서 있는 여성, 테르나가 키르히를 보며 고개를 가로저었다.

"그러지 마. 진정해, 키르히."

그녀, 테르나 예레미스는 묘한 여성이었다. 보석을 뿌린 듯 그윽한 눈빛과 뛰어난 미술가가 바늘로 그린 것처럼 수려한 얼굴은 장신구처럼 아름다운 그녀의 은발과 더불어 신비로운 분위기를 자아냈다.

그 외모 때문에 그녀를 처음 만나는 사람들은 그녀가 군인이라는 사실에 놀라고, 그녀의 소속이 대고어 특수부대인 섀델 크로이츠라는 점에서 또 한 번 놀란다. 그리고 그녀가 미망인이라는 사실에 놀라움과 더불어 이상한 좌절감을 느낀다.

키르히는 그 '놀라는 남자들'에 속하지 않았다. 어렸을 때는 그랬지만 지금은 세상의 모든 남자들을 진정시킨다는 그녀의 표정에 사로잡히지 않고 분노를 계속 분출시켰다.

"진정? 진정하게 됐어? 사흘이나 지났다면서 너희들 도대체 뭐 하는 거야! 지금 당장 밖으로 나가서 찾고 있어야 하는 거 아냐! 그런데 얻어맞은 개처럼 꼬리를 내리고 사무실에 처박혀 있어? 웃기지도 않잖아!"

키르히가 주먹으로 사무실 벽을 때렸다. 그의 거친 행동 탓에 사무실 분위기는 더욱 냉랭해졌다.

파렌은 눈을 돌려 그를 봤다.

"대놓고 움직일 상황이 아니야, 키르히."

"뭐라고?"

"폐하께서 어떤 위치에 계신지 잊었나? 폐하께서는 실질적인 연합왕이시기 때문에 그분께서 납치된 사실이 공표될 경우 연합은 반드시 흔들린다. 연합에 속한 나라의 지도자들 대부분이 연합왕이라는 명예를 노리고 있기 때문이지. 만약 이 사실이 밖으로 새어 나간다면 이건 우리나라에만 국한된 문제가 아니라 웨스트리치 전체가 혼란에 빠질 수도 있어."

"그래서, 여기서 이렇게 가만히 있자고?"

"뭔가 이유가 있겠지. 가만히 있는 것은 우리 크로이츠만이 아닌 것 같으니까. 내 말이 맞나?"

그의 질문에 리벨 클리츠가 끄덕였다.

"그렇습니다, 리더."

"현 사안에 대한 기밀 유지 등급은?"

"1급입니다."

"시몬스 대령님은 어디에 계신가?"

"총장(總長, 현재의 국방부 장관)님께서 주재하신 회의에 참석 중이십니다."

"우리가 관여할 수 있는 부분은 어디까지인가?"

"폐하의 구출과 관련된 모든 사항입니다."

파렌은 입을 다물고 리벨을 뚫어지게 봤다.

"근위대가 아니라 우리라고? 어째서?"

"그것이 폐하를 납치한 괴한들의 요구 사항입니다."

"……자세한 보고를 들어봐야겠군. 모두 착석. 키르히도 들어와서 앉아라."

파렌은 빈 의자에 앉아 다리를 꼬았다. 키르히는 못마땅한 얼굴로 그의 지시를 따랐다. 멍하니 서 있던 카샤가 어색한 얼굴로 그와 함께 들어오자 파렌이 재빨리 손을 들어 막았다.

"아, 미안하지만 카샤는 잠시 밖에서 기다려 줄래? 권한 설정이 아직 안 돼서 카샤는 이 이야기를 들을 수 없어."

파렌의 지적에 사무실 내에 있던 크로이츠들의 시선이 한곳으로 쏠렸다. 인간의 아이처럼 보이면서도 느낌이 전혀 다른 카샤의 모습에 모두가 숨을 죽였다.

"저 아이는 누굽니까?"

리벨이 대표로 물었다. 파렌이 말하기 전에 키르히가 먼저 말했다.

"성공한 것뿐이지. 나랑 파렌이 누구들처럼 껍데기 대원인 줄 알아?"

그 말 한마디로 모두를 무시한 키르히는 다시금 눈총을 샀다. 그러나 그는 양팔을 좌우로 늘어뜨리고 어깨를 으쓱했다. 덤빌 테면 덤비라는 모습이었다.

단 몇 명만이 그를 다른 눈으로 바라봤다. 그중에 한 명이 테르나였다.

"그럼 저 아이가 파렌이 데려온다는 그… 요괴?"

키르히가 고개를 끄덕였다.

"그렇지."

"역시 성공했구나! 대단해, 둘 다!"

그녀는 진심으로 기뻐해 줬지만 키르히는 여전히 시큼털털한 얼굴이었다.

그사이 파렌은 남모를 고민에 빠져 있었다. 처음에는 카샤를 내보내고 보고를 들으려 했던 그였지만, 그렇게 하자니 여해와의 약속이 떠올라 그의 심장을 찔렀다. 결국 그는 카샤를 먼저 소개한 뒤에 보고를 듣기로 했다.

"소개가 늦었군."

파렌은 다시 자리에서 일어나 카샤의 옆에 섰다. 그는 자신의 오른쪽 어깨를 왼손으로 두드렸고, 이에 카샤는 기다렸다는 듯 재빨리 그의 몸을 타고 올라가 어깨에 앉았다.

"이 아이가 미디엄께서 말씀하신 카샤다. 안개술사들의 마수로부터 웨스트리치를 구해줄 귀중한 친구지."

"아, 그렇군요!"

리벨은 밝게 웃었다. 그를 시작으로 크로이츠 대원들의 얼굴이 햇빛을 받은 눈밭처럼 차츰 밝아졌다.

카샤는 큰 목소리로 자신을 소개했다.

"본좌, 카샤라고 한다. 웨스트리치 대륙의 군인들이여, 앞으로 잘 부탁한다!"

그녀의 유창한 웨스트리치 말에 놀란 모두는 대답 없이 서로를 보기만 했다. 그런 반응을 두고 볼 성격이 아닌 키르히는 박수를 턱턱 치기 시작했다.

"모두 반갑게 박수."

그의 말이라 그런지 모두 억지웃음을 지으며 박수를 쳤다. 카샤가 두 팔을 흔들며 웃은 뒤에야 그들의 미소와 박수 소리에 진심이 섞였다.

"혼자 밖에서 기다리기는 좀 그렇겠지? 누가 좋을까… 아, 슈이가 좋겠군. 슈이 플레트 중사, 자리에 있나?"

파렌의 부름에 사무실 구석에 있던 검은 머리의 여성이 반응했다. 뒷머리를 정수리 위쪽으로 모아 묶은 그녀는 무표정한 얼굴로 동료들 사이를 걸어나왔다. 옆으로 길게 찢어진 눈매와 콧등의 절반까지 끌어올린 짙은 보라색 목도리 탓에 그녀는 마치 똬리를 튼 독사처럼 보였다.

"중사, 슈이 플레트. 리더의 부름을 받았습니다."

"카샤와 함께 잠시 밖에 있어주겠나? 이야기가 끝나면 다시 부르지."

"알겠습니다."

카샤가 파렌의 어깨를 내려왔다. 그녀와 마주 선 슈이는 잠시 시선을 주고받다가 왼손으로 자신의 오른쪽 어깨를 두드렸다. 파렌이 방금 한 자세를 따라 한 것이다. 그러나 카샤는 움직이지 않았다. 오히려 뭘 원하느냐는 얼굴로 상대를 바라봤다.

그리고 긴 침묵이 흘렀다.

"……어쩌라고?"

키르히가 어이없다는 얼굴로 묻자 슈이의 얼굴이 화끈 달아올랐다.

파렌이 멋쩍게 웃었다.

"특별한 신호는 아니었는데……."

결국 카샤가 알아서 그녀의 어깨에 올라탔다.

"여자치고는 키가 크네? 그럼 나가세나."

언제 그랬느냐는 듯 얼굴색을 되돌린 슈이는 밖으로 나간 뒤 문을 굳게 닫았다. 그 모습을 끝까지 지켜본 키르히는 슈이와 함께 구석에 서 있던 은발의 청년을 봤다. 팔짱을 낀 채 벽에 기 댄 그 청년은 눈을 굳게 감고 있었다.

"네 누나는 여전하구나?"

청년은 대답이 없었다. 키르히는 피식 웃고 말았다.

파렌은 자리에 앉았다.

"시작하지. 시몬스 대령님이 오시기 전에 보고를 모두 듣고 싶군."

"그럼 제가 말씀드리겠습니다."

리벨이 차분한 어조로 말했다.

"폐하를 납치한 괴한들은 자신들을 '반연합전선' 이라고 칭했습니다."

"반연합전선?"

크로이츠 리더는 팔짱을 낀 채 기억을 더듬었다. 그 모습에 리벨은 선명한 파란색의 눈동자를 더욱 크게 떴다.

"알고 계십니까?"

"금년 초에 있었던 대륙 내의 불순 세력에 대한 브리핑에서 그와 비슷한 이름을 들었던 기억이 나는군. 하지만 그들은 규모 면에서, 그리고 구성원의 능력면에서 주목받을 요소가 전혀 없는 단체였을 텐데?"

"지금은 폐하를 납치한 방법 때문에 충분히 주목을 받고 있습니다."

"납치 과정을 알고 있나?"

"그렇습니다."

파렌은 리벨의 대답을 듣기에 앞서 호엔 3세의 호위 방식을 떠올렸다.

호엔 3세가 공식적으로 왕궁을 나설 때엔 우선 30여 명의 무장 시종이 그의 주변에 배치되고 200명의 근위대가 그를 철저히 둘러싼다. 그리고 일반 군인 약 500명이 추가로 주변에 배치되며, 암살자가 숨을 만한 곳엔 암살 전문 특수부대인 '샤튼'의 부대원들이 미리 자리를 잡는다.

길에 대한 안전 확보는 해당 지역에 배치된 군부대가 책임지게 된다. 때문에 왕이 수도를 떠나 수도에서 가장 먼 국경 도시까지 간다고 가정했을 경우, 일반 공무원을 제외하고 군인만 최대 7,000여 명이 움직일 수도 있다.

만약 왕의 습격에 대한 정보가 들어오면 스페치아가 동원된다. 크로이츠와 더불어 바란투로스의 대표적 특수부대인 스페치아는 실제 전투력은 몰라도 역사와 전통에 있어서만큼은 섀델 크로이츠를 능가하는 최정예 부대다.

하지만 섀델 크로이츠가 왕의 호위에 참여하는 법은 없다. 스페치아만으로 충분한 것도 한 이유이지만, 크로이츠의 목적은 어디까지나 고어의 처리이기 때문에 왕의 호위와 같은 공개적인 행사에 동원되지는 않는다.

아무튼 그런 철저한 호위를 뚫고 왕을 납치하기 위해서는 지략도 지략이지만 엄청난 수의 인력과 그 인력을 유지할 수 있는 자금이 요구될 것이다. 하지만 그만한 자금을 동원할 만한 불순세력은 파렌이 알기로 거의 없었고, 문제가 된 반연합전선은 더더욱 아니었다.

그에 대한 궁금증을 리벨이 풀어주었다.

"사건은 폐하께서 2차 방어진인 사자의 요새를 격려차 방문하신 이후 벌어졌습니다. 폐하께서 브렘베른 호수를 지날 무렵, 갑자기 짙은 안개가 행렬을 스치고 지나갔습니다. 그리고 안개와 함께 마차에 타고 계시던 폐하께서 갑자기 사라지셨습니다. 마차의 문이 열린 흔적은 없었으며, 폐하와 함께 타고 계셨던 왕비님도 무사하셨습니다."

파렌은 깍지 낀 두 손을 무릎 위에 얹었다.

"초자연적인 납치 방법이었다는 말이군."

"그렇습니다."

"하긴, 그래야 오히려 말이 되겠지."

파렌이 아시엔 대륙에서 무슨 일을 겪었는지 모르는 크로이츠 대원들은 이번 일을 당연하다는 듯 받아들이는 그의 표정을 쉽게 이해하지 못했다.

"안개술사들의 개입 흔적은?"

"현재 확인된 바는 없습니다만, 그들의 요구 사항을 봤을 때 안개술사들과는 관련이 없는 것으로 보입니다."

"요구 사항이 무엇인가?"

"처음에는 5억 리치의 돈이었습니다."

리치라는 것은 웨스트리치 대륙의 공통 화폐 이름이다. 5억 리치는 바란투로스 왕국의 1년 예산이 600억 리치라는 것을 감안했을 때 실로 가공할 만한 금액이었다.

"처음에는?"

"예. 요구 사항이 하루 만에 바뀌었습니다."

"현재의 요구 사항은 무엇인가?"

"우리 섀델 크로이츠의 실력을 시험해 보겠다고 합니다."

파렌은 실소를 터뜨렸다. 그는 빙긋이 미소 지은 채 물었다.

"뭔가 룰이 있을 것 같군."

"그렇습니다. 크로이츠 여섯 명이 자신들에게 도전하되, 자신들의 본거지를 지키는 구성원들이 단 한 명이라도 사망하거나 불구가 되어서는 안 된다는 조건을 걸었습니다."

"그놈들, 장난하나?"

키르히가 한마디 던졌다.

"감히 할배를 붙잡고 한다는 요구가 그거야? 차라리 처음처럼 돈을 요구하는 게 더 멋있고 현실적일 것 같은데?"

"궁금하면 백기 들고 직접 찾아가서 물어보든가."

리벨이 빈정거리듯 말하자 키르히의 표정이 험악해졌다. 둘이 사납게 눈빛을 주고받는 가운데, 미소를 지우지 않은 파렌이 어깨를 으쓱했다.

"그럼 가서 그들이 정한 룰대로 일을 처리했으면 될 것 아닌가? 왜 대기하고 있었지?"

대답은 테르나가 대신했다.

"폐하를 불가사의한 방식으로 납치한 자들이 해온 요구잖아. 쉽게 보고 갔다가는 대원들이 전멸할 수도 있지 않겠어?"

"흠."

일리 있는 말이었으나 파렌의 뇌리에 깊이 남지는 않았다. 파렌은 달력으로 시선을 돌렸다.

"기한은 없었나?"

"있어. 모레까지야. 기한을 넘기면 폐하의 수급을 보내겠다고 했어."

"그럼 오늘은 집에서 푹 잘 수 있겠군."

"파렌?"

테르나를 비롯한 모든 대원들이 눈을 동그랗게 떴다.

파렌은 지친 얼굴로 고개를 저었다.

"나와 키르히는 6개월이 넘는 시간을 여행으로 보낸 사람들이야. 난 5개월 동안 혼자 걸어서 카샤를 만났고, 벽암국 수도에서 그쪽 사람들에게 잠깐 붙잡혔다가 궁전을 구경하고, 궁전 안에서 목이 달아날 소리를 한 직후에 폭우 속에서 말도 안 되는 전투까지 치렀지. 그것도 부족해서 생각만 해도 끔찍한 멀미 함선을 1개월 넘게 탔어. 우린 심리학적으로, 또 생물학적으로도 집에서 휴식을 취할 이유가 충분히 있어."

"그럼 폐하는?"

"잘 계시겠지."

여유를 부리는 그의 모습이 대원들에겐 한없이 낯설게 느껴졌다. 그러나 파렌은 오히려 그들을 이해하지 못하겠다는 반응을 보였다.

"지금 납치된 사람은 집에서 소일거리를 하는 평범한 할아버지가 아니라 우리가 모시는 호엔 3세 폐하야. 왕 중의 왕, 영웅 중의 영웅이라고 칭송받는 분께서 그런 잡스러운 집단의 협박이 두려워 벌벌 떨고 계실 거라고 생각했나?"

대원들은 꿀 먹은 벙어리처럼 조용했다. 듣고 보니 그런 것 같기도 하고, 아닌 것 같기도 하여 모두가 복잡한 표정이었다.

"다른 특별한 사항이 없으면 이만 마치기로 하지. 아, 그리고 리벨?"

"예, 리더."

"여행 도중 보레트문트 지방에서 벌어진 사건에 대해 들었는데, 자세한 보고를 해주겠나?"

파렌의 어투는 가벼웠다. 그러나 리벨의 예쁘장한 얼굴은 새파랗게 변했다. 입술이 심하게 떨리고 호흡도, 맥박도 중환자의 것처럼 거칠어졌다. 방금 전까지 총명함을 뽐내던 사람이라고는 생각하기 힘든 몰골이었다. 그는 깃털 같은 금발을 흔들며 목소리를 높였다.

"저, 저의 실수입니다! 제가 못난 탓입니다, 리더!"

파렌은 아차 싶었다.

"리벨, 난 널 탓하려는 것이 아니라……."

"어서 저를 비난해 주십시오! 저의 오만방자함 탓에 죄 없는 민간인들이 피해를 입을 뻔했습니다! 아아, 저는 왜 이토록 무능한 겁니까! 저는 왜 아무것도 못하는 인간인 것입니까!"

그는 마치 연극의 주인공처럼 아예 무릎까지 꿇고 슬퍼했다. 파렌은 아차 싶었지만 이미 사무실 내의 모두가 상상으로 만들어낸 스포트라이트를 리벨에게 비춰주고 있었다.

한편, 슈이 플레트와 함께 사무실 밖으로 나간 카샤는 왕궁을 구경하는 재미에 푹 빠져 있었다.

바란투로스의 왕궁, 슈발츠베르크(Schwarze Berg) 성은 검은 산(山)이라는 뜻에 맞게 검은색 벽돌로 높게 지어진 뾰족한 첨탑들의 집합체였다. 성의 대부분이 검은색 일색이었지만 벽에 붙은 금속상과 기둥, 창문의 장식물들은 대부분이 황금색이어서 두렵기보다는 중후하고 고급스러웠다.

황금색 눈을 반짝거리며 성을 구경한 카샤는 지금 보이는 곳 말고 다른 곳을 구경하고 싶어졌다.

"자네, 슈이라고 했나?"

슈이가 머리를 끄덕였다.

"여기 말고 전망이 더 좋은 곳은 없나? 그곳으로 가자."

슈이는 대답 없이 고개를 저었다.

"어째서?"

"리더의 명령이 있었잖아."

"쳇, 본좌의 부탁을 들어주지 않다니… 그럼 슈이는 파렌이 죽으라면 죽을 건가?"

카샤는 그녀를 곤란하게 할 생각으로 농담한 것이었으나 반응은 뜻밖이었다.

"명령이라면."

"……"

멍한 얼굴이 된 카샤는 팔짱을 끼고 생각하다가 이내 짓궂은 망상을 했다.

"파렌을 좋아하나 보지?"

"리더는 내 타입이 아니야."

즉각 나온 그녀의 대답에 카샤의 말문이 다시 막혔다.

"그럼 좋아하는 남자가 따로 있나?"

슈이의 볼이 홍조를 띠었다. 긍정적인 반응에 재미를 느낀 카샤는 계속해서 파고들었다.

"그럼 누군가? 혹시 내가 아는 사람인가?"

현재 카샤가 웨스트리치에서 아는 사람이라고는 파렌과 키르히뿐이었다.

"말할 수 없어."

"호오, 어째서?"

"나도 여자야."

"……."

그 순간 카샤는 이상한 상대에게 괜한 것을 물었다고 생각했다.

"그럼 어쩔 수 없지. 같은 여자이니만큼 더 이상 묻지 않겠다."

그녀가 입은 갈색 모피 코트 밑으로 감춰두었던 꼬리가 빠져나왔다. 카샤는 옷에 눌린 꼬리를 손에 들고 주물렀다. 무릎을 꿇고 오랫동안 앉아 있던 사람이 다리를 주무르는 것과 같은 행동이었다. 슈이는 그 꼬리를 보고 속으로 엄청나게 놀랐지만 겉으로 드러내진 않았다.

"키르히 녀석, 왜 본좌에게 꼬리를 숨기라고 발악을 했는지 이해가 안 되는군. 이렇게 따끔따끔할 정도로 저린데 말이야."

카샤는 인상을 잔뜩 구겼지만 슈이는 키르히가 훌륭한 판단을 했다고 생각했다. 꼬리 달린 소녀가 웨스트리치, 아니, 아이젠발트의 한복판을 걸어다녔다면 분명 사회적인 이슈가 되었을 것이다.

"말이 나와서 그러는데, 키르히 녀석은 원래 그렇게 건방지고 버릇이 없었나?"

슈이의 몸이 움찔했다. 그 흔들림을 확실히 느낀 카샤는 놀란 얼굴로 그녀를 봤다.

"어라? 혹시 슈이도 그 불한당 같은 놈에게 당한 적이 있었나?"

"당해?"

"본좌는 처음 만났을 때부터 그놈에게 당했다! 밤낮 할 것 없이!"

슈이의 뇌리에 벽력이 쳤다. 그녀는 허용치를 넘어버린 충격에 입을 딱 벌렸다. 더불어 냉혹하기만 하던 그녀의 눈동자가 경악으로 뜨겁게 달아올랐다.

'설마, 키르가 이런 아이에게 손을……!'

카샤는 자신이 오해라는 이름의 씨앗을 그녀의 가슴에 심어버린 것도 모른 채 오로지 '원숭이'라는 단어에 맺힌 한을 터뜨렸다.

"하긴, 녀석이 본좌에게 한 짓거리를 생각해 보면 다른 여자들에게도 마찬가지였겠지. 파렌에게 들은 바로는 모두가 어릴 때부터 함께 지냈다고 하던데, 그 말이 사실이라면 슈이도 고생이 많았겠군."

슈이의 몸이 부르르 떨렸다. 카샤는 위로하듯 그녀의 어깨를 두드려 주었다.

"본좌가 날을 잡아서 키르히 녀석을 혼내줄 예정이니 너무 상심하지 마라. 인과응보라는 말을 녀석의 골통에 확실히 심어주겠다."

그녀의 말은 슈이의 귀에 한마디도 들리지 않았다.

'키르가, 어떻게 키르가 그런 짓을……!'

운명이었을까. 마침 키르히가 사무실 문을 열고 밖으로 나왔다.

"어이, 파렌이 들어오래."

그의 눈에 카샤의 코트 밑으로 빠져나온 꼬리가 들어왔다. 사람들이 놀랄 테니 당분간 꼬리를 숨기라고 얘기했던 키르히는 짜증을 냈다.

"원숭이, 함부로 꼬리 내놓지 말랬지!"

"이놈!"

카샤가 이빨을 드러내고 그에게 몸을 날렸다. 키르히는 코웃음을 치며 왼손을 들었다. 하지만 카샤는 그를 깨물지 못했다. 그보다 슈이의 발차기가 더 빨랐던 것이다. 몸이 뒤로 붕 뜬 키르히는 사무실의 책상 하나를 부수며 그 안에 처박혔다.

카샤는 너무 놀라 두 손으로 입을 가린 채 슈이를 쳐다봤다. 사무실 내의 대원들도 앞 다투어 그녀를 바라봤다.

슈이가 버럭 소리쳤다.

"키르는 짐승! 짐승이야!"

책상 파편을 헤치며 일어난 키르히는 황당한 얼굴로 슈이를 응시했다.

"내가 무슨……."

중얼거리는 그의 귓구멍에서 한 줄기의 피가 흘러나왔다. 이어서 눈이 풀린 키르히는 결국 의식을 잃고 책상 파편 속에 몸을 묻었다.

앉아서 상황을 지켜본 파렌은 오른손으로 얼굴을 덮고 한숨을 쉬었다.

"계획된 상황인가?"

대답하는 이는 아무도 없었다.

잠시 후, 회의를 마치고 돌아온 폴스켄 시몬스는 사무실 밖에 버려진 책상 파편들을 보며 구레나룻을 긁적거렸다.

"키르히라도 온 분위기로군."

그와 함께 갔던 두 명의 남녀 크로이츠 대원은 고개를 갸웃거렸다. 그중에서 어지간한 남자보다 큰 키를 가진 여성이 자신의 동그란 쇼트 컷 머리를 긁적이며 말했다.

"책상이 부서진 것만으로도 아실 수 있는 겁니까?"

시몬스가 능글능글하게 웃었다.

"그놈이랑 너 말고 이런 야만적인 사고를 저지를 사람이 또 있나?"

"······하하하!"

그녀가 갑자기 큰 소리로 억지웃음을 터뜨렸다.

"오스틴도 힘 좀 쓰는 축에 속하는데 왜 저만 가지고 이러십니까? 하하하! 시집도 안 간 처녀에게 이러시면 곤란합니다, 대령님. 하하하! 너도 뭐라고 말 좀 해봐, 오스틴! 하하하!"

그녀는 손으로 옆에 선 대머리의 거한을 마구 두드렸다. 눈썹이 거의 없다시피 한 그 청년은 머리 왼쪽을 덮은 커다란 십자 흉터의 카리스마에 어울리지 않게 머쓱하니 웃기만 했다.

폴스켄이 혀를 찼다.

"알렌, 괜히 막내 괴롭히지 말고 저 책상이었던 물건이나 좀 밀어봐. 코트에 걸릴 것 같군."

"예, 그리합죠."

그녀가 두 손을 대고 책상을 밀자 우지끈 소리와 함께 책상이 움직였다.

폴스켄은 여유롭게 사무실 문을 열고 들어갔다. 그는 몸과 머리에 붕대를 감고 있는 키르히와 그 옆에서 엉엉 울고 있는 슈이, 그리고 처음 보는 소녀와 함께 그 모습을 바라보고 있는 파렌을 보고 깜짝 놀랐다.

"어이쿠, 자네, 돌아왔군?"

"아, 대령님."

파렌이 급히 일어나 경례했다. 다른 대원들도 앞 다퉈 일어났다.

"특무상사 파렌 콘스탄, 임무를 마치고 귀환했습니다."

"하하하, 역시 성공할 줄 알았네. 그런데……."

그는 멍한 얼굴의 키르히를 슬쩍 보며 물었다.

"깜짝 파티라도 했나 보군? 내가 던질 크림 파이는 어디 있지?"

파렌이 대답했다.

"작은 오해와 그에 따른 사소한 사고가 있었을 뿐입니다."

"사소한 사고라……."

중얼거리는 폴스켄의 눈엔 키르히의 붕대에 스며든 붉은 피가 선명하게 들어왔다.

"던진 파이가 너무 딱딱했나?"

변하지 않은 그의 농담에 파렌은 멋쩍은 웃음을 지었다.

"아무튼 임무 완수를 축하하네. 그런데 그 아이는 누군가? 자네와 머리색이 많이 다르네만?"

"이 아이가 바로 카샤입니다."

파렌은 두 손으로 카샤를 들었다. 엉겁결에 그녀를 받은 폴스켄은 아이 셋을 둔 경력 덕분인지 능숙한 자세로 카샤를 안았다.

"바로 그 요괴란 말이지? 요괴로 보이지 않는데?"

카샤의 코트 밑으로 꼬리가 쑥 튀어나와 폴스켄의 눈앞에서 살랑거렸다. 폴스켄은 히죽 웃었다.

"하, 하하하하! 자세히 보니 그렇군! 이거 참, 난감한데? 그래도 예쁜 아가씨로군. 우리 막내랑 비슷한 나이로 보이는데, 정확한 나이가……?"

카샤가 대답했다.

"220살 이후로는 기억하지 않기로 했소."

폴스켄의 미소가 금방 사라졌다.

"220살?"

"그렇소."

"하하, 그러시군요. 제가 지식이 부족하여 실례를 했습니다. 너무 귀여우셔서 꼭 아기 원숭이 같으시군요."

순간 파렌이 움찔했다.

"아……."

그는 손을 뻗었지만 때는 이미 늦은 뒤였다. 왼손을 우지끈 물린 폴스켄은 카샤를 보며 떨리는 목소리로 물었다.

"하, 하하… 제가 무슨 잘못이라도?"

"아, 송구하오!"

반사적으로 행동해 버린 카샤는 얼른 그의 손을 놓고 사과했다.

"키르히 녀석이 자꾸 본좌를 원숭이라 불러서 화를 자주 내는데, 그만 반사적으로 움직여 버린 것 같소. 미안하오."

"하하, 키르히가 좀 그런 면이 있지요. 신경 쓰지 않으셔도 됩니다. 아, 저는 폴스켄 시몬스라고 합니다. 계급은 대령이며, 섀델 크로이츠의 총책임자이지요. 자리에 앉으십시오."

"고맙소."

카샤가 빈 의자를 찾아 앉는 사이, 폴스켄은 뒤에 선 오스틴에게 속삭였다.

"파상풍약 있지?"

그가 고개를 끄덕였다. 어서 가져오라는 눈짓을 매섭게 보낸 폴스켄은 얼른 안색을 바꾸고 돌아서서 카샤를 대했다.

"하하하, 드실 것을 좀 가져오라고 했습니다."

"고맙소, 대령."

그녀와 마주 앉은 폴스켄은 오스틴이 급히 가져온 약을 우선 먹은 뒤 이야기를 시작했다.

"키르히 때문에 많이 괴로우셨지요?"

"정신적으로 많이 피곤하긴 했지만… 그래도 영 나쁜 놈은 아니더이다."

폴스켄은 동감한다는 듯 고개를 끄덕였다.

"그렇지요. 작전을 짜고 지시를 내리는 능력만 좋았다면 파렌의 부관으로 더없이 좋았을 텐데, 참 아까운 친구입니다."

그의 공개적인 칭찬에 다른 크로이츠 대원들은 불편한 표정을 이리저리 돌렸다. 특히 현재 파렌의 부관인 리벨 클리츠는 아직도 정신을 못 차리고 있는 키르히를 무섭게 노려봤다.

"그런데 키르히는 어째서 저 지경이 됐고, 슈이는 왜 또 울고 있나?"

질문을 받은 파렌은 여느 때와 같은 표정으로 대답했다.

"슈이 플레트 중사가 키르히 펙터 중사에게 폭행을 가했습니다."

"정말인가? 독사가 개를 물었다고? 어떻게? 주먹인가, 발인가?"

폴스켄은 모험담을 듣는 사람처럼 흥미진진한 얼굴로 다음 이야기를 기다렸다. 파렌은 난처한 표정을 지었다.

"발차기였던 것으로 기억합니다만… 대령님, 이번 일은 그냥 덮어주셔도 괜찮을 것 같습니다."

"그렇게는 못하네. 사무실 내에서, 그것도 비상사태 상황에서 일어난 폭행 사건이야."

폴스켄이 진지하게 나오자 파렌도 정색했다.

"그렇다면 어떤 처분을 내리실 생각이십니까?"

"으음……"

팔짱을 낀 폴스켄은 신중한 어투로 말했다.

"슈이의 그 발차기를 한 번 더 봤으면 좋겠는데……."

"……."

"인간적으로 궁금하지 않나? 키르히가 얻어맞는 모습은 흔히 볼 수 있는 것이 아닐세."

"……대령님."

"하하하! 자네와 키르히를 오래간만에 보니 그동안 참았던 유머가 쏟아지는군. 재밌었지? 그렇지? 하하하하!"

"여전하시군요."

파렌도 결국 웃음을 흘렸다.

그들 사이로 오스틴이 들어왔다. 그는 방금 탄 따뜻한 차 두 잔을 폴스켄과 카샤의 앞에 내려놓았다. 카샤는 자신에게 불쑥 다가오는 흉터투성이 대머리를 보고 흠칫 놀랐다. 오스틴의 첫인상은 그녀가 놀랄 정도로 과격했다.

머리가 천장에 닿을 정도로 큰 남자, 오스틴은 카샤를 보며 부끄럽게 웃었다.

"설탕이 더 필요하시면 말씀하십시오."

"아, 알았네."

카샤는 제법 귀여운 그 미소를 보면서도 위압감을 지우지 못했다.

차를 반 잔 마신 폴스켄은 문득 울음을 그치지 못한 슈이를 봤다.

"슈이, 그만 울고 자리로 돌아가. 여긴 사무실이다."

슈이는 손으로 눈물을 닦았다.

"하지만 저 때문에 키르가……!"

"사람 이름 그렇게 부르지 말랬지!"

키르히의 목소리에 그녀의 어깨가 들썩였다. 가까스로 정신을 차린 키르히는 붕대로 단단히 감긴 뒤통수를 만지고는 자못 무서운 눈으로 그녀를 흘겨봤다.

"비켜."

"미안해, 키르."

"좀 가라니까? 난 너만 보면 숨이 막히는 사람이야!"

그의 언성이 심하게 올라갔다. 슈이는 그대로 고개를 돌려 자신의 자리로 돌아갔다. 자신의 남동생 옆으로 돌아온 그녀는 동생이 건네준 손수건으로 눈가를 꾹꾹 눌렀다.

키르히가 여자에게 그렇게 화를 내는 모습을 처음 본 카샤는 의외라고 생각했다. 평상시의 키르히와 적과 싸울 때의 키르히가 다르다는 것 정도는 알고 있었지만 방금 전의 태도는 또 하나의 새로움이었다.

'뭔가 사정이 있나?'

생각에 빠지려는 그녀를 폴스켄이 불렀다.

"카샤님."

"아, 말씀하시오."

폴스켄은 어느새 수첩과 스펀지에 적신 야전용 잉크, 그리고 펜을 들고 있었다.

"카샤님과 자세한 이야기를 나누고 싶은 마음은 간절합니다만… 이쪽의 내부 사정이 좀 복잡한 관계로 몇 가지 확인만 간단히 하겠습니다."

"알겠소."

"정확한 성함을 말씀해 주십시오."

"카샤라오. 성씨는 없소."

"알겠습니다. 흠, 이거 철자를 어떻게 만들지 고민해야겠군요. 아무튼… 파렌 콘스탄 특무상사로부터 웨스트리치 대륙이 처한 상황에 대해 들으셨을 줄로 압니다만?"

"그렇소."

"그 상황을 들으신 후에 우리에게 도움을 주시겠다고 확실히 약속하셨습니까?"

"물론이오."

"파렌 콘스탄 특무상사가 그에 대한 대가로 재물이나 특별한 물건을 제공하겠다고 약속했습니까?"

"그렇지 않소. 우리는 친구……."

"친구나 가족처럼 대하기로 약속했습니다. 절대 무기로 취급하지 않겠다는 약속도 했습니다."

파렌이 갑자기 끼어들었다. 수첩에 방금 전 말한 사항을 기록하던 폴스켄은 손을 멈추고 그를 봤다. 그런 약속을 한 적이 없었던 카샤도 마찬가지였다.

폴스켄은 한숨을 푹 쉬더니 씁쓸히 웃었다.

"나 이제 안 그런다니까?"

"물론 대령님은 믿습니다. 하지만 다른 기관에서 오해할 수도 있지 않겠습니까?"

"걱정하지 말게. 군사 연구기관이나 특수 정보기관 녀석들이 나서면 폐하께서 직접 그놈들의 코뼈를 부러뜨리실 테니까."

그의 말뜻을 이해한 파렌은 고개를 끄덕였다. 폴스켄은 다시 펜을 움직였다.

"가족은 있으십니까, 카샤님?"

"어머님이 한 분 계시오."

"호오, 미인이십니까?"

카샤는 능글맞게 웃는 중년의 남자를 보고 어찌 대답해야 할지 망설였다.

고민 끝에 카샤가 대답했다.

"그림 같으시다는 말씀은 자주 들으시오."

"오오, 매우 좋군요!"

폴스켄은 매우 기뻐했지만 카샤의 모친이자 산신령인 파우샤를 본 적이 있는 파렌은 가볍게 으쓱했다.

'호랑이 민화(民畵) 말이로군.'

아무것도 모르는 폴스켄은 질문을 계속했다.

"특별히 질병을 앓고 계시거나 앓으신 적이 있으십니까?"

"요괴는 마음의 병은 앓아도 몸의 병을 앓는 적은 없소. 보기보다 깨끗한 존재이니 안심하셔도 될 것이오."

"알겠습니다. 협조에 감사드립니다."

수첩을 닫은 폴스켄은 빙긋 웃었다.

"카샤님은 앞으로 국왕 폐하의 직속 명령에 의거하여 특별한 국빈(國賓)으로서 대우를 받으실 겁니다. 저희 섀넬 크로이즈를 포함한 그 어떤 군부대나 특수 기관도 폐하의 직접적인 윤허가 없이는 카샤님을 모셔가거나 부탁을 드릴 수 없게 되어 있으니 신변의 안전은 걱정하지 않으셔도 됩니다."

그 말에 머리를 감싸고 있던 키르히가 중얼거렸다.

"어디 가서 해부 당하진 않겠네."

순간 사무실 분위기가 싸늘해졌다. 보통 사람 같았으면 기가 죽어 미안함을 표시했겠지만 키르히는 눈썹 하나 까딱하지 않고 오히려 다른 사람들을 이상하다는 듯이 쳐다봤다.

"쥐한테 독이랑 세균 넣고 매시간 관찰하는 놈들이 요괴 배라고 못 가르쳤어? 그게 걔들이 빵 먹고 하는 일이잖아?"
"됐다, 키르히. 말할 기운이 있으면 의무실에나 가봐."
그에게 주의를 주고 일어난 폴스켄은 카샤에게 양해를 구했다.
"많이 피곤하시겠지만 카샤님께서는 잠시 여기서 기다려 주십시오. 저는 특무상사와 얘기를 좀 하고 오겠습니다."
"알겠소."
폴스켄이 파렌을 데리고 나간 뒤, 카샤는 자리에서 일어나 키르히에게 갔다.
"다친 곳은 괜찮나, 키르히?"
"아프니까 귀찮게 하지 마."
"에이, 거짓말하지 말고 사람들 좀 소개시켜 주라. 앞으로 자주 보게 될 얼굴들인데 이름을 모르면 쓰겠나?"
"몰라, 나 쟤들하고 안 친해."
그에게 확실히 거절을 당한 카샤는 팔짱을 꾹 끼고 뾰루퉁한 표정을 지었다.
"참으로 고약한 놈이로다."
키르히는 들은 척도 하지 않았다.
"제가 대신 소개해도 될까요?"
그녀에게 말을 건 사람은 테르나였다. 카샤는 그녀에게 파렌에 대한 것, 정확히는 파렌을 버린 그 테르나가 맞는지 묻고 싶었지만 일단 가슴속에 묻어두기로 했다.
"그래주시겠소?"
테르나가 대원들을 소개하는 한편, 파렌을 데리고 밖으로 나간 폴스켄은 파이프 담배를 물고 불씨를 안에 넣었다. 파렌은 그를 보고 깜짝 놀랐다.

"담배를 다시 피우시는 겁니까?"

"요즘 속상한 일이 너무 많아서……. 애들 엄마한테도 양해를 구했지."

그가 애처가이자 좋은 가장이라는 사실을 잘 아는 파렌은 조용히 그의 말을 기다렸다.

"폐하께서 납치되셨다는 이야기는 대충 들었겠지?"

"그렇습니다. 과정도 적절히 들었습니다."

연기를 듬뿍 즐긴 폴스켄은 하염없이 내리는 눈을 보며 쓸쓸히 웃었다.

"오늘 회의에서 무슨 말이 나왔는지 아나? 다음 국왕이 누가 될지 미리 생각해 보자는 것이었네. 지금 같은 상황에서 당연히 나올 법한 이야기지만 정치적으로 보자면 대단히 지저분한 이야기지. 우리 군부가 어느 왕자님 밑에 붙을지를 물은 거니까."

호엔 3세에겐 공식적으로 두 명의 왕자가 있다. 올해 일흔셋이라는 그의 고령에 어울리지 않게 젊고 어린 그 왕자들은 아직 정치 세력과 국민들 모두에게 딱히 좋은 지지를 받지 못하고 있었다. 심하게는 왕자가 두 명인지, 그들의 이름이 어떻게 되는지 모르는 사람이 태반일 정도로 왕자들의 존재감은 미약했다.

만약 호엔 3세가 갑자기 죽게 된다면, 왕의 권력이 다른 웨스트리치의 그 어떤 나라보다 강력한 바란투로스의 입장에선 자칫 대혼란이 야기될 수도 있는 상황이었다. 태양이 영원히 떠 있는 나라에 갑자기 밤이 찾아온다면 어찌 될 것인가? 아마도 사람들은 밤을 이겨내기 위한 방법을 누군가가 발명하거나 밤에 적응하는 방법을 체득하기 전까지 큰 고통을 겪을 것이다."

폴스켄은 한 모금의 연기를 더 마셨다.

"언제였지? 기억이 잘 나진 않지만 폐하께서 어느 날 기침을 심하게 하시다가 피를 토하면서 쓰러지신 일이 있네. 당시 석상에 있던 모든 사람들이 굳어졌지. 그 누구도 의사를 당장 부르지 않았어. 모두가 이 자리에서 폐하를 잃을 수도 있다는 두려움에 빠져 정신을 놔버린 것이지. 마치 쓰러진 아버지를 바라보는 애들처럼 말이야. 지금 생각해 보면 웃기지만 대비가 너무 소홀했어. 그건 지금도 그렇다네."

"……."

"우리가 폐하를 구출해야 하는 것은 알고 있지?"

"알고 있습니다."

"어찌 생각하나?"

"그들이 어떤 곳을 본거지로 삼고 있는지 듣지 못한 관계로 작전까지 수립하지는 못했지만, 크게 어렵지는 않을 것으로 판단하고 있습니다."

파렌의 명쾌한 대답에 폴스켄은 흡연을 중간에 멈추고 그를 봤다.

"어째서? 녀석들은 근위대와 무장 시종들의 호위를 깔끔하게 무시하고 폐하를 납치한 녀석들일세. 간단할 것 같지는 않은데?"

"그런 능력을 가진 자들이 요구 사항을 갑자기 바꿀 리는 없습니다. 요구를 번복하느라 소모한 시간에 다른 나라의 왕이나 중요 인물을 그들이 사용했던 방법으로 납치하여 자신들의 힘을 더욱 과시하는 것이 그들의 이름, 반연합전선이라는 이름을 더욱 드높일 수 있는 방법일 겁니다."

"일리가 있군."

"그들은 연합의 이름으로 뭉친 웨스트리치의 국가들이 장차 하나의 거대한 국가로서 통합될 것이라는 예상을 근거로 시비를 거는 불순 세력 중에 하나입니다. 그들과 같은 세력에게는 대의명분이 자금보다도 중요한 비중을 차지하는데, 요구 사항 번복과 번복된 요구 사항의 내용은 그들이 그들의 명분을 스스로 흔들기에 충분할 만큼 유치한 짓이었습니다. 폐하를 납치할 때 보여주었던 용의주도함이나 불가사의한 능력과는 전혀 다른 모습이지요."

"호오."

폴스켄은 감탄으로써 그의 의견에 동의했다.

"하지만 임무의 난이도와는 관련이 없는 이야기가 아닌가?"

"아닙니다."

"어떤 근거로?"

"230명의 정예를 바보로 만든 집단이 우리 크로이츠를, 그것도 전원이 아닌 고작 여섯 명을 상대로 목숨을 빼앗지 않는 게임을 요구하는 것이 그 근거입니다. 예상이지만 아무래도 그들은 자신들이 보여주었던 그 불가사의한 능력을 자신들 마음대로 사용하지 못하는 것 같습니다."

파렌의 희망적인 의견에도 불구하고 폴스켄의 속은 그다지 나아지지 않았다. 상관으로서 겁이 날 정도로 뛰어난 부하의 통찰력을 질투하거나 믿지 못해서 그런 것은 아니었다. 이 나라에서, 아니, 웨스트리치에서 가장 중요한 인물의 목숨이 걸린 일인만큼 함부로 속단할 수는 없었기 때문이다.
"자네의 예상이 이번에도 맞아떨어지길 바라네."
"저도 간절히 바라고 있습니다."
두 남자는 서로를 보며 멋쩍게 웃었다.
'맞겠지, 아마도.'
마음속으로 중얼거린 폴스켄은 잠시 과거를 회상했다.
1대 섀델 크로이츠 출신인 그에게 2대 크로이츠의 책임자이자 교관을 맡아달라는 제안이 온 것은 그가 부인과 함께 신혼을 즐길 무렵이었다. 크로이츠가 얼마나 위험한 일을 하는지 잘 알고 있는 부인의 반대에도 불구하고 그는 귀신에 홀린 듯 제안을 수락했다.
그는 자신의 눈앞에 강제로 징집당한 10세 이하의 아이들이 옹기종기 모여 있는 것을 보고 후회했다. 자신이 예전에 겪었던 끔찍한 훈련이 자신의 손에서 다시 시작되려 한다는 것을 뒤늦게 깨달은 그는 후회했지만 되돌릴 기회는 주어지지 않았다.
아이들은 1대 크로이츠가 그랬던 것처럼 뛰어난 재능의 소유자들이었다. 그런데 그들 중 한 명이 괴상할 정도로 그의 눈길을 끌었다. 딱히 앞장설 이유가 없는 데도 불구하고 그 검은 머리의 소년은 가장 앞자리에 서서 어른들을 보고 있었다. 살인의 천재라는 판정을 받으며 모든 이의 주목을 받았던 키르히 펙터마저 그 소년의 뒤쪽에 가만히 서 있었다.
폴스켄은 특기 란에 '미확인'이라고 적힌 그 소년, 파렌의 진정한 특기가 무엇인지 궁금했다. 그의 궁금증은 7년 뒤, 스페치아를 상대로 벌어진 모의 전투에서 해소되었다.

훈련 장소는 깊은 숲이었고, 시간은 5월의 맑은 야간이었다. 야간 전투 및 산악 지형 전투가 전문인 스페치아들에게 절대적으로 유리한 상황이라 할 수 있었다.

어린 크로이츠 멤버들에게 진정한 패배가 무엇인지 가르쳐 주기 위해서 마련되었던 그 훈련은 당시 참여했던 40명의 스페치아 멤버 중 세 명이 팔다리를 못 쓰는 불구가 되고 20명이 중상, 나머지는 경상을 입거나 겁에 질려 작전 지역에서 탈출하는 끔찍한 결과를 낳으며 중단되었다.

관계자들을 가장 경악케 한 것은 스페치아 멤버들에게 중상을 입힌 존재가 소년들이 아닌 늑대들이라는 사실이었다. 어린 크로이츠들은 놀랄 만큼 기민하고 체계적인 움직임으로 스페치아들을 유인했다. 분대 단위로 분산되어 있던 스페치아 멤버들이 모인 자리는 당시 장소를 섭외한 관계자조차 알지 못했던 거대한 늑대 소굴이었다.

뜻하지 않게 늑대들과 전투를 펼치게 된 스페치아들은 보금자리를 침범당한 야성의 분노에 맞서 사투를 벌였다. 만약 그들이 구조 요청을 보내지 않았다면 분명 사망자가 발생했을 것이다.

가까스로 동료들을 구출한 스페치아들은 황급히 어린아이들을 찾아 나섰는데, 어이없게도 소년, 소녀들은 모닥불을 피운 채 옹기종기 모여앉아 비상식량을 즐기고 있었다.

관계자들은 그들의 임시 리더인 파렌에게 상황 설명을 요구했고, 파렌은 늑대들이 새끼를 낳고 보호할 시기를 이용하였다고 답했다. 새끼들이 막 태어났을 시기의 늑대들은 특유의 보호 본능으로 인해 자신들의 영역을 침범한 적들에 대해서 매우 민감하다. 파렌이 그것을 계산하고 스페치아 멤버들을 유인하여 늑대 소굴에 처넣은 것은 정말 엄청난 사건이었다.

그 사건 이후 군 관계자들은 무슨 일이 됐든 크로이츠와 관련되는 것만큼은 사양하게 되었고, 폴스켄은 파렌을 정식 리더로 인정하는 회식 자리를 마련했다. 그 자리에서 폴스켄은 자신이 다른 아이들보다 7년이나 늦게 파렌을 인정했다는 사실을 깨닫게 된다.

회상을 마친 폴스켄은 파이프를 떼고 연기를 내뿜었다. 흰 연기가 눈발 속에 녹아 서서히 사라졌다.

"적들의 본거지는 펠츠부르크 암염 광산이네."

파렌은 폴스켄이 말한 그 광산이 수도로부터 도보로 3시간 거리에 있음을 생각해 냈다.

"생각보다 가깝군요."

"아는 곳인가?"

"경제적 가치가 떨어져 폐쇄된 광산이라는 사실만 알고 있습니다."

"그렇지. 그런데 지형이 좀 특이하긴 하네. 출입구가 산 중턱에 뚫려 있지. 길도 구불구불하고 나무가 거의 자라질 않아서 기습이 쉽지 않아."

"갱도의 구조는 알고 계십니까?"

"갈림길 없이 외길로 뚫려 있다고 하네만… 그 녀석들이 어떻게 개조를 했는지는 알 길이 없지."

"갱도의 너비와 높이는 어느 정도입니까?"

"너비는 손수레 하나가 겨우 지나갈 수 있을 정도? 높이는 그럭저럭 되는 것 같네. 파다 만 광산이 다 그렇지 뭐."

"그렇다면 남은 문제는 등반이겠군요."

파렌이 그렇게 말하면 작전 수립이 대강 끝났다는 말이나 다름없었다. 그 사실을 누구보다 잘 아는 폴스켄은 멍한 눈으로 부하를 지켜보다가 덧없이 웃었다.

"반가운 말이로군. 그럼 작전에 대한 이야기는 내일 자세히 하도록 하세."

"알겠습니다."

"그건 그렇고, 카샤라는 아이… 아니, 카샤님이라고 해야 하나?"

"친구처럼 지내셔도 됩니다."

폴스켄은 그렇게 말하는 부하가 왠지 얄미웠다.

"아무튼 그 요괴 아가씨는 어떤가? 믿음직한가?"

"큰 약점이 있긴 하지만 능력은 확실합니다."

"약점?"

"변신한 상태에서 눈과 비, 즉 하늘에서 내리는 천수에 닿으면 큰 부상을 당한다고 합니다."

그 순간 폴스켄의 관심이 다른 쪽으로 돌아갔다.

"변신?"

그에겐 매우 생소한 개념이었다. 그냥 듣는 것만으로는 장님이 코끼리를 만지고 따지는 것 이상의 결과를 얻기가 힘든 분위기였다.

파렌은 어찌 설명할까 잠시 고민한 뒤 말했다.

"작은 카샤가 큰 카샤로 변합니다."

폴스켄의 표정이 더욱 이상해졌다.

"내가 그 말을 듣고 무서워해야 정상인가, 신기해해야 정상인가?"

"후자… 쪽인 것 같습니다."

"으으음……."

신음 소리를 내며 한참 고민을 한 폴스켄은 쉽게 결론을 내릴 수 없었는지 머리를 좌우로 흔들었다.

"뭐, 보고 온 자네가 더 잘 알겠지. 일단 그 아가씨는 자네가 데리고 있게."

"예?"

"우리 집엔 파상풍약이 없거든."

"……."

"아, 그리고 자네 집에 빈 방 많지?"

"지나칠 정도로 많습니다."

"그럼 다행이군."

파렌은 방금 폴스켄이 한 말을 이해하지 못했다.

"무슨 말씀이십니까?"

"오늘 저녁이나 밤이 되면 알게 될 거야. 세상 일이 다 그렇더라고."

파렌은 짧은 머리를 긁적이는 자신의 상관을 묵묵히 바라봤다.

그것으로 파렌의 오늘 일정은 끝이었다. 그는 카샤, 키르히와 함께 성을 나섰다. 오랜 여행을 한 만큼 일찌감치 집으로 가서 쉬라는 폴스켄의 배려였다.

카샤는 만족스러운 얼굴이었다.

"오늘 친구 많이 사귀어서 기분 좋다. 다들 좋은 녀석들 같더라."

"나쁜 사람은 없어."

응답한 파렌은 카샤가 키르히를 물끄러미 바라보자 빙긋 웃었다. 그녀의 시선을 느낀 키르히는 코웃음을 쳤다.

"그래, 나 나쁜 놈이야. 하지만 크로이츠 중엔 나보다 더 지저분한 놈들도 있다고."

"엉? 누구 말인가?"

"일단 리벨."

카샤는 얼른 금발의 미청년을 떠올렸다.

"리벨 클리츠? 좋은 녀석 같던데? 얼굴도 곱상하고……."

"변태야."

"……."

카샤의 얼굴색이 바뀌었다. 키르히는 뒤쫓듯 말했다.

"집에서 여자 옷을 입어본다는 소문이 있지."

"헉!"

카샤가 소스라치게 놀라자 파렌이 피식 웃었다.

"믿지 마. 6년째 하고 다니는 악담이야."

"이런."

카샤는 놀란 가슴을 쓸어내리며 인상을 버럭 썼지만 키르히는 그녀를 본 척도 하지 않았다.
"그리고 키르히도 그만 해. 네가 그 말을 하도 하고 다녀서 리벨이 난처해진 적이 있었으니까."
"난처해져? 왜?"
"이름은 밝힐 수 없지만 어떤 장교에게 행복의 사과나무 아래에서 청혼을 받은 일이 있었지. 물론 그 장교는 남자였어."
"……진짜? 고백에 성공하면 애 열 명은 거뜬히 낳는다는?"
"재작년 여름인가 그랬을 거야. 나까지 나서서 해명하고 그랬어. 그 일 때문에 리벨이 일주일 병가를 내고 출근을 안 했던 거야. 기억하지?"
"기억나네. 사정은 지금 듣지만."
그는 복잡한 얼굴로 팔짱을 끼며 중얼거렸다.
"그래서 녀석이 나만 보면 발광을 하게 된 거군. 불쌍한 녀석이네."
카샤는 어이가 없었다.
'누가 불쌍하게 만들었는데?'
키르히의 안하무인은 거기서 그치지 않았다.
"다음으로 히스 녀석을 조심해야 돼."
"히스? 히스 플레트?"
키르히가 말한 히스는 슈이의 동생으로서, 키르히와 같은 강습 공격진 소속이다.
"히스는 왜? 좌우 눈동자의 색이 다른 거랑 말수가 적은 것 말고는 괜찮아 보이던데?"
"그놈은 어렸을 때부터 날 무지하게 싫어했거든."

더 이어질 것 같던 키르히의 말은 거기서 끝났다. 카샤는 황금색 눈을 깜박이며 물었다.

"그게 전부인가?"

"응."

"본좌에게 장난을 걸겠다는 심보로구나?"

키르히는 묵묵부답이었다.

다리 앞에서 파렌은 집으로 가는 강변도로로 방향을 돌렸고, 키르히는 그대로 다리를 밟았다. 그는 돌아보지 않고 손을 흔들었다.

"그럼 내일 보자, 원숭이."

카샤는 송곳니를 드러내고 으르렁거림으로써 인사를 대신했다.

파렌과 나란히 걷던 그녀가 갑자기 훌쩍 뛰어 파렌의 목을 잡고 매달렸다. 파렌은 능숙하게 팔을 굽혀 그녀를 안아 들었다.

"키르히 녀석은 왜 말하는 게 저 모양인가?"

"카샤가 좋아서 그럴 거야."

"엉?"

파렌은 놀란 얼굴의 카샤를 보며 웃었다.

"너처럼 말을 받아주는 상대가 그동안 없었거든. 그동안은 나와 테르나, 오스틴 정도? 다른 대원들과는 말을 잘 안 해."

"당연하겠지. 저런 놈의 말을 누가 들어주나?"

"그럼 카샤는 왜 들어주는데?"

"그야 뭐… 딱히 거부할 이유는 없으니까. 그리고 그놈이 본좌에게 말을 걸지 않나?"

"그래, 맞아. 키르히는 앞에 거론된 사람들 말고는 먼저 말을 거는 일이 없어."

"어째서?"

"이유는 나도 정확히 모르지만 사람을 많이 가리더라고. 어렸을 때부터 그랬는데, 나도 딱히 이유를 물어본 적은 없어. 본인도 말하기 싫어하는 것 같았고."

"음……."

"하지만 작전 시에는 나뿐만 아니라 모두가 키르히를 신뢰하고 있어. 키르히와 특별히 사이가 안 좋은 리벨이나 히스도 마찬가지야. 절대적으로 믿고 의지하지."

"그래?"

"응. 어린 시절 훈련을 받을 때도 그런 경향이 있었는데, 키르히가 붉은 코트를 입기 시작한 그날부터 확실해졌어."

코트 이야기가 나오자 카샤는 문득 키르히만이 붉은색 코트를 입고 있음을 깨달았다. 다른 대원들은 흰색이나 청색, 군청색, 보라색 계열의 코트를 입고 있는데, 유독 키르히만이 눈에 가장 잘 띄는 붉은색을 입고 있었다.

"의미가 있는 코트인가?"

"물론이지. 카샤는 전쟁터에서 붉은색이 어떤 의미를 가지는지 알고 있어?"

카샤는 고개를 도리도리 저었다.

"붉은색은 가장 눈에 잘 띄는 만큼 가장 먼저 표적이 되지. 수십, 수백, 수천, 수만의 적군이 그 붉은색을 먼저 보게 되어 있어. 덕분에 붉은색을 입지 않은 자들은 그만큼 살 기회를 얻게 되지. 그래, 죽음을 흡수하는 색이라고 하면 되겠다."

"오호라."

카샤의 눈앞에 안개술사와의 전투에서 가장 먼저 달려나가던 키르히의 모습이 자연스레 떠올랐다.

죽음과 전쟁의 두 신이 만든 그 잔혹한 공간을 향해 두 개의 검을 날개처럼 펼치고 뛰어드는 키르히의 모습은 그가 입은 코트의 색깔만큼이나 뜨겁고 격렬하다. 그 인상적인 모습을 쉽게 잊을 수 있는 사람은 거의 없을 것이다.

"그런데 녀석이 슈이한테는 왜 그러는 건가? 이상하게 쌀쌀맞던데?"

"아, 그 일 말이지?"

파렌은 차가운 공기로 폐를 깨끗이 한 뒤 이야기를 시작했다.

"현재의 대원들은 총 3회에 걸쳐서 징집됐어. 처음에 징집된 대원은 나와 키르히, 테르나 정도의 나이이고, 두 번째 징집된 대원은 알렌 정도의 나이이지. 가장 어린 축에 속하는 슈이와 히스, 리벨, 오스틴은 세 번째이자 마지막이야."

그는 말을 멈추고 소시지 구이를 파는 노점상 앞에 멈췄다. 그렇지 않아도 카샤의 시선이 그곳으로 향해 있었다.

"먹을래?"

"당연지사."

눈이 잔뜩 쌓인 노점상의 천막 밑으로 파렌과 카샤가 들어갔다. 노점상 주인은 머리에 흰 스카프를 두른 젊은 여성이었는데, 책을 보면서 손님들이 들이닥칠 시간을 기다리던 그녀는 파렌을 보자마자 보던 책을 떨어뜨렸다.
 "세상에, 콘스탄 도련님?"
 "오래간만이네, 켈리. 오늘은 어머니께서 나오지 않으셨나?"
 "예, 할머니께서 아프셔서……. 그런데 도련님은 도대체 어디에 계셨던 건가요?"
 "일 때문에 잠시 자리를 비웠지. 학교는 어떻게 됐나?"
 그의 질문에 그녀의 얼굴이 발그레해졌다.
 "합격했습니다."
 "아, 정말 잘됐군. 어머님께서 오랫동안 걱정하셨는데 말이야. 진심으로 축하해."
 "감사합니다, 도련님."
 "이제 대학에서 남자 친구만 사귀면 되겠군?"
 "……아, 예. 하하하……."
 파렌은 몰랐으나 카샤는 노점상 아가씨의 손이 파르르 떨리는 것을 놓치지 않았다.
 '어이쿠.'
 그녀는 노점상 아가씨가 소시지에 이상한 짓을 하지 않을까 염려했지만 그나마 합격 축하라도 해준 덕분인지 카샤가 우려하는 일은 일어나지 않았다.
 카샤의 손에 나무 꼬챙이에 꿰인 커다란 소시지가 들렸다. 웨스트리치 대륙을 밟은 순간부터 햄이나 소시지 같은 가공육의 맛에 빠진 그녀는 노점상을 떠나자마자 즐거운 얼굴로 소시지를 깨물었다.
 "파렌은 안 먹나?"

"외식은 좀 질렸거든."

"호호."

파렌은 하던 이야기를 계속했다.

"지휘관 급으로 지목된 아이들과 일반 대원 급으로 지목된 아이들에게는 공통점이 있었어. 징집된 날부터 수년 동안은 집에도 갈 수 없고, 가족도 볼 수 없다는 사실을 알면서도 울거나 짜증을 내는 아이들이 없었다는 것이지."

카샤는 가볍게 놀랐다.

"10살 정도의 애들이 말인가?"

"응. 그땐 몰랐지만 나이가 들어서 생각을 해보니 정말 신기한 일이더라고. 난 대령님이나 다른 관계자들이 우리에게 약을 먹인 게 아니었나 생각했는데, 세 번째 징집된 아이들 중에서 그 전통을 깨는 아이가 등장한 거야."

"그 아이가 슈이?"

"맞았어."

그때, 노파의 목소리가 들렸다.

"아니, 콘스탄 도령 아니신가?"

꽃을 파는 가판대의 노파가 가게를 놔두고 파렌을 향해 뛰어왔다. 반가운 미소를 지은 파렌은 카샤를 내려놓은 뒤 노파를 향해 손을 뻗었다.

"세상에, 아이고, 세상에!"

파렌의 손을 잡은 노파는 반가움에 겨운 듯 눈물까지 글썽였다. 파렌은 노파를 포옹해 준 뒤 인사를 했다.

"오래간만에 뵙습니다, 어르신."

"이게 도대체 얼마 만에 만나는 거요? 이곳에서 장사하는 사람들 전부 도령이 나타나지 않아 얼마나 걱정을 했는지 아시오?"

"일 문제로 잠시 아이젠발트를 떠나 있었습니다. 오늘 귀환했지요. 워낙 급한 일이라 인사도 제대로 드리지 못했군요. 죄송합니다."

"에구, 죄송할 건 없소. 도령처럼 큰일을 하는 남자에겐 자주 있는 일이 아니오? 이렇게 멀쩡한 걸 보니 마음이 싹 풀리는구려. 어서 들어가시오. 하이디의 얼굴이 말이 아니라오."

"알겠습니다. 내일 또 뵙겠습니다, 어르신."

노파를 가판대까지 데려다 준 파렌은 다시 카샤를 안고 길을 걸었다. 카샤는 외부 사람들과의 관계가 좋은 파렌의 모습에 의외라는 반응이었다.

"사람들과 꽤 친하군?"

"어렸을 때부터 봐왔고, 또 다들 좋은 사람들이니까."

"본좌는 파렌이 일반인들과 친하게 지낼 줄은 몰랐다."

"왜?"

"분위기가 그렇지 않나? 생긴 것도 그렇고, 입고 다니는 옷도 시커멓고."

"색이 좋아서 입는 옷은 아니야."

변명하듯이 웃으며 말한 파렌은 또다시 끊겨 버린 이야기를 이어 나갔다.

"슈이는 처음 온 날부터 집에 가고 싶다며 울었을 뿐만 아니라 집에서 가져온 봉제 인형을 끌어안고 놓질 않았어. 훈련을 받을 때도 인형을 들고 나올 정도였지. 당시 난 열다섯 살이었고 대부분의 훈련을 마친 상태라 훈련 조교 자격으로 아이들의 기초 체력 훈련을 맡고 있었는데, 슈이가 인형을 들고 나오는 것은 막지 않았어."

"엉? 어째서?"

"슈이의 어머니가 돌아가시기 전에 마지막으로 만들어준 인형이었거든."

"저런."

"그런데 며칠 가지 못했지. 시몬스 대령님이 그 애가 보는 앞에서 인형을 찢으셨거든."

카샤는 믿을 수가 없었다.

"어엉? 진짜인가? 그 대령이라는 사람, 꽤 좋아 보였는데?"

"그때는 바늘이 들어갈 틈조차 보이지 않을 정도로 엄격하셨고, 성격도 차가우셨어. 우리를 이름 대신 숫자로 부르실 정도였지."

"사람 속은 정말 모르겠군."

"하지만 대령님이 그러셨던 것에는 이유가 있었어. 인간이 아닌 존재를 상대할 군인을 배출하기 위해서는 자신부터 인간성을 배제할 필요가 있다고 생각하셨던 거야."

"고어라는 놈들이 그렇게 무서운 놈들인가?"

"물론이지. 오로지 살아 있는 생물을 제거하기 위해 나타나고 움직이는 존재니까. 안개술사들처럼 감정이 있고 움직임을 어느 정도 예측할 수 있는 적은 오히려 쉽지."

고어에 대해 이야기만 몇 번 듣고 본 적은 없었던 카샤는 어째서 웨스트리치 대륙에만 고어가 나타나는지 궁금했지만, 그것은 그 누구도 아직까지 밝혀내지 못한 미스터리였다.

"나에게 인형에 대한 사연을 들으신 대령님은 후회하셨지만 이미 때는 늦은 후였어. 정신적으로 큰 상처를 받은 슈이는 이후 기계처럼 아무 감정 없이 훈련에 임했고, 동생과 더불어 모든 사람들과 벽을 쌓았지. 결국 대령님께선 어떻게든 하시기 위해 새 봉제 인형을 사서 슈이에게 주셨어. 그런데 그때 일이 벌어졌지."

"무슨 일?"

"키르히가 대령님과 슈이가 보는 앞에서 그 인형을 찢은 거야. 그때 상황은 내가 직접 보지 않아서 자세히 말해줄 수는 없지만 분위기가 대단했다나 봐."

카샤는 황당했다.

"원래 그런 놈이라 이건가?"

"글쎄?"

파렌은 빙긋 웃었다.

"아무튼 키르히의 그 행동은 효과가 있었어. 그 처벌 아닌 처벌로 인해 슈이가 스스로 닫은 마음의 문은 가까스로 열렸고, 대령님은 그때부터 우리들을 자식처럼 대하셨지. 물론 키르히도 아무런 처벌을 받지 않았어."

거기까지 이야기를 들은 카샤는 고개를 갸웃했다.

"어찌 됐든 좋은 일을 해줬으면서 왜 쌀쌀맞게 대하는 건가?"

"문제는, 슈이가 그날 이후 키르히를 끝없이 따라다니기 시작한 거야. 그를 자신만의 이름으로 바꿔 부르기까지 했지."
 "키르… 라고?"
 "그렇지. 그 이름에 대한 애착이 또 깊어서 다른 사람이 슈이 앞에서 키르히를 키르라고 부르면 큰일이 나버려. 테르나가 괜히 그렇게 불렀다가 일주일 넘게 독사 떼에게 쫓기는 꿈을 꿨지. 그 악몽은 테르나가 슈이에게 사과를 한 후에야 끝났어."
 소시지를 오물오물 하던 카샤의 입술이 순간 굳어졌다.
 "……우연이겠지?"
 "대령님과 폐하께서 그 말을 들으시고 재미 삼아 도전하셨다가 한 달 동안 똑같은 경우로 고생하셨지. 이후 키르히를 키르라고 부르는 사람은 없어졌고, 그건 절대적인 금기 사항이 됐어. 카샤도 주의하는 게 좋아."
 먹던 것을 마저 씹지도 못하고 꿀꺽 삼킨 카샤는 파렌의 경고를 마음에 새기는 한편, 키르히가 슈이에게 했던 말의 뜻을 모누 이해했다.
 '그놈 참, 파란만장한 놈이로세.'
 조금 더 걸으니 저택이 한 채 보였다. 파렌은 그 저택을 손으로 가리켰다.
 "내가 사는 집이야."
 "여어, 생각보다 크다! 저렇게 큰 집에 하인이랑 단둘이 산단 말인가? 과소비다, 과소비."
 "작은 집으로 이사를 가고 싶은 마음은 있지만 나라에서 우리 가문에 내려준 땅이기 때문에 함부로 떠날 수가 없어. 게다가 주거를 하지 않으면 법규상 여러 가지 문제가 발생하지."

"결혼이라도 빨리 해야겠다."

"후후."

작은 친구의 걱정을 들은 파렌은 그녀를 내려놓고 6개월 만에 저택의 정문을 열었다.

한편, 하이디는 거실의 모닥불 앞에서 공부를 하고 있었다.

파렌이 떠난 뒤 그녀가 혼자 외로움을 달랠 방법은 그동안 소홀히 했던 학업이었다. 파렌이 오래전에 선물로 준 국립 도서관 이용 증서 덕분에 그녀는 특별히 돈을 들이지 않고 교수들이나 사용할 수 있는 고급 서적을 마음껏 이용할 수 있었다. 그래도 6개월 이상 지속된 쓸쓸함은 쉽게 달래지 못했다.

"하아……."

그녀는 안경을 벗고 창밖을 봤다. 얇은 차광막 사이로 아침보다 많이 약해진 눈발이 희끗희끗 보였다.

"아시엔도 겨울이겠지?"

혼잣말을 한 그녀는 점점 차가워지는 바깥공기를 막을 겸 커튼을 치기 위해 창가로 갔다. 그런 그녀의 움직임이 일순간 멎었다. 차광막에 누군가의 그림자가 나타난 것이다.

그림자는 왼쪽에서 오른쪽으로 천천히, 정말 천천히 움직였다. 바람에 흔들리는 그림자의 장발과 오뚝한 콧날, 그 아래로 이어지는 훌륭한 턱 선이 그녀의 눈에서 물기로 변했다.

6개월 전만 해도 매일같이 볼 수 있었기에 무관심한 모습이었지만 지금은 그 어떤 소설이나 약보다도 그녀의 심장에 자극적이었다.

뛰는 가슴에 두 손을 얹은 그녀는 좌우를 두리번거리다가 벗어두었던 안경을 쓰고 거울 앞에 섰다. 그녀는 아랫입술을 꼭 깨문 채 옷매무새를 살피고 정돈했다.

'울지 말자, 뛰지 말자, 소리치지 말자.'

그녀는 그 말들을 속으로 연거푸 되뇌며 현관으로 갔다. 처음엔 그녀가 배웠던 예의범절에 딱 맞는 속도를 유지했으나 현관문이 열리는 소리가 들리는 순간 그녀는 모든 것을 잊고 달리기 시작했다.

문이 열리고 그 틈으로 검은 장발의 남자가 고개를 내밀었다. 아무것도 변하지 않은 그의 얼굴에 하이디는 그녀가 즐겨 읽던 소설 속의 여주인공처럼 두 팔을 뻗으며 몸을 날렸다.

"주인님!"

퍽! 하는 소리가 터지며 그녀가 현관 밖으로 나뒹굴었다. 더불어 파렌이 앞세웠던 작은 존재도 그에 휩쓸려 내동댕이쳐졌다.

뛰어난 반사 신경 탓에 사고를 면한 파렌은 눈밭에 쓰러진 두 사람을 멍한 얼굴로 바라봤다.

"괜찮소, 미스 요하네스? 카샤도 괜찮아?"

두 사람은 말이 없었다.

story 9 상식과 상식의 충돌

둘은 파렌의 부축을 받아 안으로 들어왔다. 파렌이 따뜻한 차를 준비하는 사이 파렌에게 눈이 먼 나머지 작은 걸림돌을 보지 못한 하이디와 먼저 들어가겠다는 욕심에 걸림돌 신세가 된 카샤는 다친 곳을 어루만지며 서로를 날카롭게 쏘아봤다.

들고 온 차를 두 사람에게 나누어 준 파렌은 함께 들고 온 따뜻한 물을 마시며 둘을 살폈다.

"두 사람 다 다친 곳은 없소? 관절이나 기타 그밖에."

"없습니다, 주인님."

차갑게 대답한 하이디는 자리에서 벌떡 일어났다.

"저 아이는 뭡니까! 도대체 아시엔 대륙에서 누구와 무슨 짓을 저지르신 겁니까!"

"짓이라면… 키르히와 적들을 살상한 것 정도?"

광기에 휩싸인 나머지 얼토당토않은 오해를 한 하이디는 오른손으로 안경을 고쳐 쓰며 마음을 추슬렀다.
　'하긴, 저렇게 큰 애가 6개월 만에 생길 리가 없지.'
　그녀의 속을 모르는 파렌은 해명을 계속했다.
　"그리고 카샤는 보통의 아이가 아니오. 우리 웨스트리치 대륙을 구해줄 귀중한 손님이자 내 귀중한 친구라오."
　"예?"
　파렌이 임무를 위해 아시엔으로 간 것을 추가로 떠올린 하이디는 급격히 평정심을 되찾았다. 더불어 엄청난 수치심이 그녀의 마음속에서 파도쳤다.
　"제가 경솔했습니다. 두 분께 진심으로 사과드립니다."
　속 좋은 카샤는 얼른 기분을 풀고 손을 흔들었다.
　"괜찮네, 아가씨. 본좌의 이름은 카샤라고 하네. 아가씨가 하이디 요하네스인가?"
　"예, 그렇습니다."
　"파렌과 키르히에게 얘기 많이 들었네. 파렌에 대한 걱정이 이만저만이 아니었다지? 아무튼 앞으로 잘 부탁하네."
　"예, 카샤님."
　그들은 평화로운 분위기 속에서 이런저런 이야기를 나눴다. 카샤와 하이디는 급격히 친해졌고, 하이디는 파렌과 카샤의 모험담을 들으며 그동안 쌓인 쓸쓸함과 걱정을 훌훌 털어버릴 수 있었다.
　밤이 어느새 깊어질 무렵, 누군가가 현관문을 두드리는 소리가 들렸다.

"이 시간에 손님인가?"

파렌이 일어나기 위해 움직이자 하이디가 재빨리 자리에서 일어났다.

"제가 나가보겠습니다, 주인님."

"부탁하오."

파렌은 고개를 끄덕이며 편히 앉았다.

어제까지만 해도 밤에 누가 문을 두드리면 불안하여 견딜 수가 없었던 하이디였지만 지금은 그렇지 않았다. 그토록 기다리던 파렌이 돌아온 만큼 그녀의 마음은 대가족에 둘러싸인 막내아이처럼 든든했다.

'이제 누가 와도 놀라지 않을 거야.'

그녀는 목소리를 가다듬은 후 문밖의 손님에게 물었다.

"콘스탄 가문의 하인인 하이디 요하네스입니다. 실례지만 용건을 먼저 말씀해 주십시오."

"키르히야."

그녀의 표정이 찌릿 구겨졌다.

'그렇군. 키르히 님도 오셨겠군.'

파렌이 없는 동안 그녀는 키르히가 보호를 명목으로 저지른 각종 폭력 사건 때문에 증인 및 피해자 신분으로 고생을 한 일이 여러 번 있었다. 키르히가 파렌을 지원하러 간다며 떠난 이후 그런 일은 벌어지지 않았지만 그녀에겐 아직도 해소되지 않은 끔찍한 추억이었다.

"잠시 기다려 주십시오."

현관문을 연 그녀는 눈을 부릅떴다. 큰 배낭을 등에, 가방을 양손에 각각 쥔 키르히가 짜증스런 얼굴로 서 있었기 때문이다.

"다, 단순한 방문이 아니신 것으로 보입니다만?"

"응, 재워줘."

"재워달라는 말씀의 의미를 잘 모르겠습니다만?"

"며칠 신세 좀 져야 할 거 같아. 내가 없는 사이에 군인 공동주택이 불에 탔더라고. 내 방은 멀쩡했지만 집 꼴이 워낙 흉흉해서… 아무튼 대령님이 여기로 가라고 그러셨어."

"저는 허락해 드릴 생각이 없습니다만?"

"네가 뭔데?"

현관문이 펑! 소리를 내며 닫혔다.

원수의 뺨을 후려치듯 문을 닫아버린 하이디는 닫힌 문을 두 손으로 막은 채 거친 숨을 몰아쉬었다.

'악몽, 악몽이야! 주인님께서 돌아오신 것 말고는 전부 악몽이야! 특별히 죄를 지은 적도 없는 나에게 이런 일이 벌어질 이유가 없어!'

그녀의 뒤쪽에서 발자국 소리가 들렸다. 문이 닫히는 소리에 놀라서 온 파렌은 의아한 눈으로 하이디를 봤다.

"무슨 일이오, 미스 요하네스?"

"잡상인! 잡상인입니다, 주인님! 제가 방금 출입을 막았으니 걱정하지 마시고 자리로 돌아가십시오!"

하지만 문밖에 있는 사람은 그녀의 말을 인정하지 않았다.

"너, 문 못 열어? 나 문짝 하나쯤은 배상할 수 있거든?"

키르히의 목소리를 확실히 들은 파렌은 말 대신 물러나라는 손짓을 했다. 울상이 된 하이디가 옆으로 물러난 후 파렌이 직접 문을 열었다.

문을 연 파렌은 짐을 잔뜩 가져온 키르히를 보고 고개를 갸웃했다.

"무슨 일이지?"

"군인 공동 주택에 불이 났었다는 말 들었어?"

"전혀."

"아무튼, 아까 집에 가보니 내가 사는 3호 건물의 절반이 홀러덩 사라졌더군. 있는 건 내 짐뿐이었어. 경비병한테 물어보니까 대령님이 갈 데 없으면 여기로 가라는 말을 남기셨더라고."

파렌은 앞서 폴스켄이 했던 말을 떠올렸다.

'그래서 빈 방에 대해 물으셨군.'

왠지 당했다는 느낌을 받은 그였지만 그렇다고 해서 여기까지 찾아온 동료를 쫓아낼 수는 없는 노릇이었다.

"들어와."

"실례하지."

짐을 끌고 현관 안으로 들어온 키르히는 집 안을 두리번거렸다.

"어디로 가면 되는 거야? 막상 살려고 들어오니 놀러 왔을 때와는 또 다르네."

"2층에 있는 손님용 방을 골라서 쓰도록 해."

"그럼 강이 내려다보이는 곳으로 잡겠어."

파렌은 어깨를 으쓱했다.

"이 저택에 그런 방이 있었다면 내가 썼겠지."

"후졌네."

투덜댄 키르히는 2층으로 올라가기 위해 짐을 다시 들었다. 그런데 어디서 용기가 났는지 하이디가 그의 앞을 막아섰다.

"기다려 주십시오, 키르히 님."

키르히는 밝게 웃는 일이 거의 없다. 평소에는 떫은 표정을 유지하고 싸울 때는 광적인 미소를 짓는다. 어떻게 보자면 감정 변화가 꽤 단편적이라고 할 수 있는데, 하이디에게 가로막힘을 당한 지금은 다른 때와 달리 묘한 분노에 휩싸였다.

"너, 오늘 왜 그래? 평소엔 내 앞에서 찍소리도 못하더니."

사실 긴 치마에 감춰진 하이디의 두 다리는 부들부들 떨리고 있었다. 키르히에 대한 것을 그냥 듣기만 하고 '미친개'를 거론하는 일반인들과 달리 하이디는 그가 사람을 조각내는 모습을 실제로 본 일이 있었다.

그날 이후 그녀는 키르히를 귀신 보듯이 했지만 오늘은 그래도 용기를 냈다.

"섣낳이 따질 것은 따져야 하지 않겠습니까?"

"어, 그래? 그럼 따져 봐. 뭔지 들어나 보자."

키르히는 군용의 딱딱한 가방을 바닥에 세워놓고 의자에 앉 듯 그 위에 걸터앉았다.

하이디는 가슴을 달래며 말했다.

"키르히 님께서 보시기엔 어떠실지 몰라도 저는 이 저택에서 제법 많은 일을 합니다. 저택의 관리란 쉬운 일이 아닙니다. 저 혼자서는 오늘 방문하신 카샤님의 뒷바라지를 하기에도 벅찹니다. 식사까지는 드릴 수 있지만 키르히 펙터 님의 빨래를 처리하고 방을 청소할 여력은 저에게 없습니다."

키르히는 고개를 갸웃거렸다.

"되게 좋네."

"예?"

"군인 주택에서는 빵 쪼가리도 인 줘. 마실 물도 밖에서 사 먹어야 돼. 세탁이나 청소는 당연히 방주인이 해야 하고. 그러니 식사만 줘도 나야 고맙지."

"……."

"말 나온 김에 저녁이나 좀 주라. 출출하네."

그녀의 마지막 저항이 수포로 돌아가는 순간이었다.

하이디의 속을 알 리가 없는 파렌은 키르히를 2층으로 손수 안내해 주었다.

"3호 건물에 불은 왜 났지? 방화가 아닌 이상 군인 주택에 불이 날 일은 없을 텐데?"

"얘기 들어보니까 웃기더라고. 고향에 있는 애인이 신발 거꾸로 신었다는 이유로 어떤 병장 녀석이 방화를 한 거야."

"그 병장은 어찌 됐지?"

"총살만 겨우 면했지. 그날 경계 근무 선 녀석들은 불명예제대 판정을 받았고, 중령 급까지 줄줄이 작살났대."

"저런."

두 남자의 목소리가 2층 계단 끝으로 사라졌다. 현관에 우두커니 남은 하이디는 말없이 참담함을 곱씹었다.

잠시 후, 키르히가 파렌을 따라 거실로 들어오자 혼자 차를 마시며 기다리던 카샤가 깜짝 놀랐다. 카샤는 이유를 물었고, 키르히는 내키지 않는 얼굴로 대답했다. 사정을 대충 들은 그녀는 의문이 들었다.

"같은 건물에 있던 다른 사람들은 어찌 됐나?"

"다른 건물로 갔거나 집으로 갔겠지. 아니면 불에 타 죽었거나."

그가 그런 말을 서슴없이 해도 특별히 반응하는 사람은 없었다. 카샤도 이제는 '원래 그런 놈'이라는 인식을 확실히 갖추고 있었다.

"그럼 키르히도 다른 사람들처럼 옮기지 왜 여기로 왔나?"

"내 문제 빼고는 전부 처리된 상황이라 어쩔 수 없었어. 다른 군인 주택은 3호 건물에서 이사한 녀석들 때문에 발 디딜 틈조차 없고 해서… 새 건물이 지어질 때까지는 이곳 신세 좀 져야 할 거 같아."

"으음……."

카샤가 팔짱을 끼고 인상을 구기며 거부감을 드러내자 키르히의 얼굴도 덩달아 구겨졌다.

"나도 좋아서 여기 온 거 아냐. 상관하고 같은 집을 쓰고 싶은 군인은 세상 어디에도 없다고. 게다가 여긴 파렌의 집이야. 식사도 전략적으로 해야 하고, 속옷조차도 위아래 색을 반드시 맞춰야 할 수도 있어."

"……."

카샤는 조심스레 집주인을 봤다. 그녀와 눈이 마주친 파렌은 한숨을 쉬었다.

'일리가 있다고 생각하나 보군.'

파렌은 변명할 가치조차 없는 일이라고 생각한 듯 아무 말도 하지 않았다.

저녁 식사를 마친 손님들은 각자의 방을 정리하기로 했다. 뒷정리가 워낙 깔끔하게 되어 있었기에 그들의 일은 가구를 덮은 천을 걷어내고 먼지를 터는 것으로 끝났다.

카샤가 쓸 방을 손수 정리해 준 키르히는 자신의 방으로 갔다. 특별한 짐이 없는 카샤와 달리 키르히는 가방에서 꺼내 정리할 물건이 많았기에 카샤를 데리고 들어갔다.

그는 우선 옷이 든 가방을 열었다. 카샤는 남자가 쓰는 가방이라 냄새가 엄청나게 날 것이라고 생각했지만 그녀의 생각은 완벽하게 빗나갔다. 가방 안에서 가장 먼저 나온 것은 향기가 나는 방충제였다. 더불어 옷도 말끔하게 세탁되어 있었다.

"호오, 보기와는 다르군."

그녀는 가방에서 옷을 꺼내 옷장 안을 정돈하는 키르히에게 건네주었다. 키르히는 옷을 차곡차곡 넣으며 말했다.

"칼이 잘 들게 하려면 어떻게 해야 할까?"

"잘 갈아두어야겠지."

"사람도 마찬가지야. 관리를 하지 않으면 망가지고, 결국 쓸모없게 되어버리지. 쓸모없는 인간 취급받으면 짜증나잖아?"

"미친놈 취급받는 건 좋고?"

키르히는 코웃음을 쳤다.

"그건 질투니까."

카샤는 이상하게 화가 났지만 대놓고 반박하지는 못했다. 영 틀린 말은 아닌 것 같아서였다.

가방에서 옷을 모두 꺼낸 카샤는 바닥에 깔려 있던 물건을 보고 의아해했다.

"이건 뭐냐, 키르히?"

"왜 또 시비야."

고개를 돌린 키르히는 잠시 가방을 보다가 뭔가 떠오른 듯 묘한 미소를 지었다.

"아, 그거? 뭐, 그런 게 있어."

"대답하기 부끄러워서 그러나?"

"아니야."

"그럼 뭔가?"

"그거 내 거 아니야. 원래 주인에게 돌려줘야 하는데, 이리저리 미루다 보니 시간이 너무 흘러서 이젠 돌려주기가 뭐하게 됐네."

"흠."

그녀는 가방에 들어가다시피 하여 물건을 꺼냈다. 그것은 엉망으로 수선된 봉제 인형이었다.

"이건 어디다 두면 되나?"

"줘봐."

인형을 받아 든 키르히는 옷장 깊숙한 곳에 인형을 대충 던진 뒤 문을 닫았다. 그렇게 처리할 줄은 몰랐던 카샤는 어이가 없었다.

"왠지 불쌍하다."

"어차피 10년 넘게 썩은 건데 뭐. 간식이나 먹으러 가자."

"간식? 그런 게 있나?"

"없으면 만들라고 협박해야지."

"흐흐."

둘은 방의 기름 램프를 끈 뒤 밖으로 나갔다.

※

다음날, 파렌과 키르히, 그리고 카샤는 출근 시간에 맞춰 집을 나섰다.

파렌에게 인사를 하던 노점상 주인들은 그의 뒤쪽에 키르히가 따라가는 것을 보고 움찔했다. 젊은 사람들은 물론 꽃을 파는 노파까지도 키르히를 보고 기겁을 했다. 지나치다 싶을 정도로 강한 그들의 반응에 카샤는 한숨을 푹 쉬었다.

"사람들에게 자릿세라도 받은 건가?"

"군인이 그런 짓하면 큰일 나."

"그게 아니라면 왜 사람들이 마귀라도 본 것처럼 기겁을 하나?"

앞장서서 가던 파렌이 걸음걸이를 늦추지 않고 말했다.

"2년 전의 일 때문이야."

"일?"

"대륙에서 가장 규모가 크고 위험한 불순 세력 중에 하나가 전투원 2,000여 명을 동원하여 아이젠발트를 공격한 일이 있었어. 그들의 병력 전부가 도시 내부에 미리 침투해 있었고, 관련 첩보가 없었기 때문에 수많은 경비병들과 민간인들이 희생되었지. 그때 폐하께서 왕궁의 수비를 완전히 포기하시고 진압 작전을 명령하지 않으셨다면 더 큰 희생이 있었을 거야."

"호오, 그렇군. 그런데 키르히와는 무슨 관계인가?"

"잠깐."

파렌이 교차로 앞에서 멈췄다. 고위 관료의 것으로 보이는 검은색 마차 한 대가 붉은 깃발과 나팔로 요란스레 경고를 하며 길을 질주했다. 아이젠발트의 도로 법칙에는 마차가 공적인 일로 인해 규정 이상의 속도를 내야 할 때는 반드시 경고를 하여 사고를 방지할 의무가 있다는 규정이 있었다.

마차의 모습을 끝까지 살펴 누구의 것인지 확인한 파렌은 다시 길을 걸었다.

"당시 진압 작전에는 근위대를 비롯한 성 내부의 정예 부대가 모두 투입되었지. 물론 우리도 포함되었는데, 진압 작전에 투입된 군인들 중에서 소수가 적들의 신체를 과도하게 훼손하는 바람에 사회적인 문제가 됐어. 인권 단체들과 종교 단체들이 일제히 들고 일어난 거야."

키르히가 사람을 어떻게 죽이는지 알고 있는 카샤는 수긍한다는 듯 고개를 끄덕였다.

"그래서 사람들이 그렇게 기겁을 하는 거군."

"당시 상황을 직접 본 목격자들이니 어쩔 수 없지. 하지만 아이젠발트의 사람들 대부분은 그 일을 잊고 있어. 일주일 후에 여론의 방향이 다른 곳으로 쏠렸거든."

"어디로?"

"폐하께서 당시 작전에 대해 이의를 제기하거나 군인들을 비난하는 자들은 반역죄로 추방하거나 수도 경비대에 강제로 징집시키겠다는 선언을 하셨지. 덕분에 여론은 독재자를 몰아내자는 쪽으로 급선회했고, 군인들이 다치는 일은 없었어."

카샤는 혀를 내둘렀다.

"호엔 3세라는 왕, 듣던 것보다 성격이 더 대단할 것 같군. 그런 왕을 납치한 놈들은 도대체 어디서 그런 용기가 났을까?"

파렌이 대답했다.

"치밀한 계획이 낳은 결과일 수도 있고, 누가 지나가기에 재미 삼아 납치하고 보니 폐하였다는 황당한 스토리일 수도 있지."

"……재미 삼아?"

"카샤는 처음 보는 장난감을 손에 넣으면 어떻게 할 거야?"

"일단 어떤 물건인지 갖고 놀아보겠지?"

"바로 그거야."

뭔가 알고 있다는 뉘앙스의 말이었다. 카샤는 머리를 굴려봤지만 금방 한계에 부딪쳐 머리를 마구 긁적였다.

사무실에는 오스틴 혼자 쓸쓸히 앉아 있었다. 가장 일찍 출근할 뿐만 아니라 크로이츠에서 가장 부지런한 사람으로 유명한 그는 모두가 들어오자마자 벌떡 일어나 경례를 했다.

"좋은 아침입니다, 리더."

"좋은 아침이네. 오늘도 일찍 왔군."

"예. 그보다 메르첼더 대위님께서 방금 전에 왔다 가셨습니다."

자리에 앉으려던 파렌은 문득 고개를 돌렸다.

"대위님께서?"

"예. 리더를 찾으셨습니다. 오시면 병기창으로 곧장 오라는 말씀을 남기셨습니다."

어제 수리 및 정비를 맡긴 슈트롬 팔켄 때문일 것이다. 그렇게 판단한 파렌은 의자를 책상에 다시 붙였다.

"그럼 병기창에 다녀오지."

파렌이 나간 뒤, 카샤는 머쓱한 얼굴로 사무실을 두리번거렸다.

사무실의 외벽은 섀델 크로이츠의 문장이 그려진 깃발과 트로피가 가득 담긴 장식장, 각종 군사 지도, 그리고 군과 정계, 왕실 등에서 발부한 공문으로 가득 채워져 있었다.

그중에서 카샤의 눈길을 끄는 것은 크로이츠의 문장이었다. 검은색을 배경으로 흉악하고 어두운 인상의 해골이 십자가를 깨물고 있는 모습은 상당히 섬뜩하면서도 특이했다. 무기나 전설의 생물, 바란투로스의 각종 명물 등을 상징화한 다른 부대와는 큰 차이가 있었다.

그것을 보고 가만히 있을 카샤가 아니었다. 그녀는 작은 집게로 찻잎을 골라내고 있는 오스틴을 목표로 했다.

"어이, 오스틴."

오스틴이 도구를 내려놓고 그녀를 봤다.

"아, 예. 말씀하십시오."

그녀가 눈을 부릅떴다.

"친구로 지내자고 하지 않았나?"

괜한 시비였다. 오스틴은 흉터로 가득한 대머리를 만지작거렸다.

"저는 이게 편합니다만……."

"씁!"

오스틴은 도움을 청하듯 키르히를 봤으나 그는 아침에 배달된 신문을 얼굴에 덮고 침묵을 지켰다.

"아, 알았어. 원하는 대로 해줄게. 뭔가 물어보고 싶은 거라도 있어?"

카샤는 손으로 크로이츠의 문장을 가리켰다.

"이 문장의 뜻은 도대체 뭐가? 이것만 보자면 어느 나라의 군대가 아니라 꼭 악마 추종자들 같은데?"

"아, 저건 '그림믹(Grimmig)' 이라고 해. 묘지에 안장된 시신들을 뼈만 남기고 거둬간다는 미신 속의 저승사자이지. 우리가 상대하는 고어들은 시체들의 집합체니까 그림믹이 실제로 있다면 고어의 천적쯤 되겠지. 그림믹과 같은 일을 하는 부대라는 의미야."

"오호, 그렇군. 그럼 부대명을 그림믹이라고 하지, 왜 해골(섀델) 십자가(크로이츠)라고 단순하게 부르나?"

"그림믹이라는 이름으로 우리 마크를 당장 연상시킬 수 있는 사람이 거의 없거든. 군에서의 명칭은 의미 전달 속도를 고려해서 단순할수록 좋아."

"으흠, 이해가 되는군."

답변을 마친 오스틴은 한 번 웃은 뒤 찻잎 고르기에 다시 돌입했다.

사무실이 다시 고요해졌다. 멀뚱멀뚱 앉아 있던 카샤는 심심한 듯 코트 속에 감춰둔 꼬리를 내밀었다. 그녀의 머리털과 같은 선홍색의 꼬리는 자아를 가진 생물처럼 슬그머니 일어나더니 주인의 코밑을 긁어주었다.

그것 말고는 변화가 없었다. 시간이 정지한 듯한 사무실의 분위기를 바꾼 사람은 폴스켄이었다.

피곤한 얼굴로 사무실에 들어온 폴스켄은 문을 닫자마자 출입구 옆에 마련된 물통에서 식수를 받아 벌컥벌컥 마셨다. 하던 일을 멈추고 일어났던 오스틴은 상관이 컵을 내려놓길 기다린 후에 경례를 했다.

"좋은 아침입니다, 대령님."

"별로 안 좋아."

"예?"

폴스켄은 자신의 책상으로 가면서 키르히의 의자를 발끝으로 툭 찼다. 키르히는 신문을 코 밑까지만 내리고 그를 봤다.

"왜요?"

"짜증나서."

키르히는 다시 눈을 감고 신문을 덮었다. 군인이, 그것도 계급 차가 엄청난 상대를 두고 할 행동이 아니었지만 카샤 외에 그 누구도 그 광경을 이상히 여기지 않았다.

자리에 앉은 폴스켄은 품속에서 수첩을 꺼내어 새벽에 은밀히 전달받은 사항을 살폈다. 그러다 갑자기 신경질적으로 머리를 긁적인 그는 수첩을 품속에 넣고 한숨을 쉬었다.

"파렌은 어디 갔나?"

오스틴이 대답했다.

"메르첼더 대위 호출로 병기창에 갔습니다."

"루카스가? 호출 이유가 뭔데?"

"정확한 사유는 말씀하지 않으셨습니다."

"하여튼 루카스, 그놈은……!"

그는 짜증을 폭발시키려다가 자신을 멀뚱히 보고 있는 카샤와 눈이 마주친 뒤 안색을 바꿨다.

"아, 이거 죄송하게 되었습니다. 좋은 아침입니다, 카샤님."

"좋은 아침이오. 대령께서도 밤새 편히 보내셨소?"

"밤까지는 괜찮았습니다. 아침에 좀 틀어졌지요. 아무튼 드릴 물건이 있습니다."

일어나서 카샤에게 다가간 그는 코트의 바깥 주머니에서 손바닥 절반 크기의 직사각형 철패(鐵牌)를 꺼냈다. 열처리가 확실히 된 그 철패에는 바란투로스의 문장과 카샤의 이름, 그리고 그녀의 신분을 증명하고 알리는 글귀가 적혀 있었다.

"신분증명서입니다. 오늘 이 시간부터 카샤님은 벽암국 특별대사의 자격을 얻게 되셨습니다. 이제 공식적으로 저희는 물론 웨스트리치 연합군과 함께 움직이실 수 있습니다. 기밀 사항에 대한 접근은 제한적이지만 각종 임무와 관련된 기밀 사항은 문제없이 접근하실 수 있습니다. 또한 앞으로 크로이츠의 회의 및 임무 브리핑에도 정식으로 참여하실 수 있습니다."

"오? 그런 일이 단 하룻밤 만에 처리되었단 말이오?"

"하룻밤이 아니라 한 시간입니다. 그거 깎는 친구가 저 때문에 고생을 좀 했습니다."

카샤는 눈이 확 벌어졌다. 오스틴의 손이 멈추고 키르히도 무슨 소리냐는 표정을 지으며 똑바로 앉았다.

폴스켄은 이해해 달라는 듯 서글프게 웃었다.

"확정된 사항은 아니지만 카샤님께 일을 부탁드리게 되었습니다. 내일 당장 말이지요."

한편, 성내의 병기창으로 간 파렌은 한 남자와 슈트롬 팔켄을 살펴보고 있었다. 갈색 사자머리의 그 남자는 한쪽 눈을 감고 칼날을 이리저리 살펴보다가 만족스런 결과를 얻은 듯 고개를 끄덕끄덕 했다.

"좋아, 이제 좀 보이는군."

그는 도구를 이용해 칼날을 잡아 각도를 유지한 뒤 파렌에게 손짓했다.

"이리 와서 보게. 이제 자네 눈에도 보일 거야."

남자는 자리를 비켜주었다. 파렌은 그가 있던 자리로 가서 남자가 했던 대로 한쪽 눈을 감고 칼날을 살폈다.

감겨 있던 파렌의 눈이 번쩍 뜨였다. 칼날의 반사광이 미세하게나마 적색을 띠고 있었기 때문이다.

"어떻게 된 일입니까, 메르첼더 대위님? 저는 처음 보는 현상입니다."

사자머리의 남자, 루카스 메르첼더는 우선 종이에 싸인 신식 담배를 물고 성냥으로 불을 붙였다. 이어서 그는 깎다가 만 듯 거칠게 뿌려진 수염을 긁으며 대답했다.

"나도 모르니까 자네를 불렀지. 리제늄(Riesenium)으로 만들어진 무기가 이런 변화를 보이는 것은 나도 처음이네. 혹시 자네, 아시엔 대륙에서 슈트롬 팔켄에 이상한 저주라도 건 게 아닌가?"

"그런 일은 없었습니다."

대답하는 순간 파렌의 눈앞에 뭔가가 스쳐 지나갔다. 안개술사들을 상대할 때 카샤가 작염검의 힘을 슈트롬 팔켄에 나눠 줬던 일이었다.

'설마, 그때의 흔적인가?'

그는 루카스에게 보고를 할까 하다가 끝내 입을 열지 않았다. 한 번 파고들면 끝장을 보고야 마는 성격인 루카스가 그 말을 듣고 카샤와 그녀의 작염검을 가만히 놔둘 리 없었기 때문이다.

"무기의 성능에도 영향이 있는 현상입니까?"

"그렇진 않네. 매(팔켄)는 정상이야."

루카스는 어느새 다 피운 담배를 쓰레기통에 던져 넣었다.

"나도 이걸 보자마자 놀라서 테스트를 해봤지. 다행스럽게도 무기의 강도와 절삭 능력, 그리고 총포의 성능 모두 정상이야. 좋아진 것도 없고 나빠진 것도 없어."

그는 칼날의 표면을 손가락으로 문질렀다. 어느새 칼날 위에 앉은 서리가 무기력하게 밀려났다.

"그냥 쓱 봐서는 티가 거의 나지 않아서 상부에 보고하지는 않았네만, 만약 지금의 현상이 오랫동안 지속되거나 검에 변화가 생긴다면 즉시 나에게 말하게. 자네 때문에라도 무기 연구기관 녀석들에게 던져 줘야 하니까."

루카스의 지금 행동은 군법 및 병기창과 무기 연구기관 사이에 맺어진 협약에 저촉되는 행위였다. 원칙상 무기 연구기관에서 생산한 특수 병기에 문제가 생기거나 이상이 발생할 경우 해당 무기를 보관하고, 정비하는 병기창에서는 무기를 즉각 반환하고 해당 사항을 문서로 자세히 정리하여 보고해야만 한다.

그러나 그 원칙이 지켜진 경우는 거의 없었다. 병기창을 자신들의 하위 기관 정도로 취급하는 무기 연구기관의 태도와 그들의 불친절한 정비 설명으로 인해 시작된 일종의 자존심 싸움이었다.

루카스 메르첼더는 여기저기 철판을 덧대어 수리한 흔들의자에 몸을 실었다.

올해 49세인 그는 젊은 시절 폴스켄과 함께 크로이츠로서 이름을 날린 군인이었지만, 1대 크로이츠의 해체로 이어진 '72번 임무'에서 중상을 입는 바람에 현장에서 은퇴, 결국 육탄전 다음으로 재능이 있던 무기 제작 및 정비를 맡아 병기창 최고 지휘관에 오른 파란만장한 인생의 남자다. 또한 5년 전에 동갑의 미망인과 결혼한 뒤 작년에 아들을 보면서 큰 화제를 불러일으키기도 했다.

"키르히는 괜찮았나?"

그가 묻자 파렌은 그 질문이 나올 줄 알았다는 듯 웃었다.

"큰 사고는 치지 않았습니다."

"아아, 난 그놈이 어디 출장 간다는 말만 들으면 잠이 안 와. 군인 공동 주택 3호 건물에 불이 났다는 얘기, 들었지?"

"어제 들었습니다."

"키르히는 있지도 않았는데 키르히 탓이라고 3호 건물에 살았던 놈들이 그러는 거야. 아니, 그놈이 무슨 정치가야? 3호 건물 군인들한테 돈이라도 뜯었나?"

"그렇습니다."

예상치 못한 대답에 루카스의 표정이 굳어졌다. 그가 고개를 살짝 까딱여 진위 여부를 묻자 파렌은 긍정의 뜻이 담긴 미소를 지었다.

"빌어먹을 자식. 뭐, 아무튼 그놈만 탓하면 또 몰라."

그가 입술 오른쪽 구석에 새 담배를 물었다. 그는 성냥에 불을 켜고 그것을 가까이 하면서 왼쪽 입술을 꿈틀거렸다.

"그놈이 무슨 일만 저지르면 왜 다들 다 내 탓을 하는지 모르겠어. 폐하마저도! 난 그놈이랑 피 한 방울 안 섞였을 뿐만 아니라 내 일기장에 그놈 이름을 적은 적도 없다고!"

"그래도 스승과 같은 분이 아니십니까?"

"흥."

성냥을 흔들어 불을 털어낸 그는 쓴웃음을 지었다.

"난 스승 대접을 받을 만한 것을 가르쳐 준 일이 없어. 그냥 사람 죽이는 방법을 가르쳐 줬을 뿐이야. 그게 그렇게 좋은 일인가?"

파렌은 아무 말 없이 웃기만 했다.

"자네야 거기 가서도 멀쩡했을 거고… 같이 데려온 요괴는 어떤가?"

"특별한 문제는 없습니다. 또한 매우 협조적입니다."

"다행이군. 폴스켄 형님의 걱정이 이만저만이 아니었거든. 그 요괴라는 것이 사무실 벽에 똥칠이라도 할까 봐 벌벌 떠시는 거야."

"……"

"어쨌거나 다들 무사히 돌아왔으니 안심이네. 특히 폐하 문제 때문에 자네를 기다리는 사람이 많았지. 엇, 벌써 시간이 이렇게 됐군. 여기서 1분이라도 더 끌면 폴스켄 형님이 우리 집에 불을 지를지도 몰라. 어서 가보게."

"예, 대위님."

경례로 대화를 마친 파렌은 바쁜 걸음으로 병기창을 빠져나왔다.

돌아가는 길에 그는 한 무리의 여군들과 마주쳤다. 판초 형식의 검은색 덧옷을 군복 위에 걸친 그녀들은 덧옷 색에 맞춘 검은색 베레모를 깊이 눌러 눈빛을 감추고 있었다.

그들은 파렌 앞에서 걸음을 멈추고 경례를 했다. 파렌도 경례로 응답했다.

"샤튼이 군사 지구에 무슨 일이지?"

파렌의 말대로 그들은 바란투로스 정보기관 소속의 특수부대, 샤튼(Schatten)의 멤버들이었다. 크로이츠와 달리 정규군에 소속된 부대가 아니기 때문에 그들이 정규군 소속 군사 지구에 모습을 드러내는 것은 매우 이례적인 일이었다.

"왜, 우리가 싫은가?"

한 여성이 무리를 나와 파렌과 마주 섰다. 다른 멤버들과 달리 베레모를 깊게 눌러쓴 그녀는 파렌과 같은 특무상사 계급장을 달고 있었다.

그녀가 베레모를 벗고 곱게 접어 군복 주머니에 넣었다. 베레모의 그늘에서 드러난 그녀의 얼굴은 남자들이라면 누구나 한 번쯤 돌아볼 정도로 괜찮았으나 어딘지 모르게 어둡고 냉혹한 기운이 표정 속에 도사리고 있었다.

파렌은 일부러 탈색한 것처럼 새치가 심한 그녀의 검은색 울프 커트 머리를 보며 한숨을 쉬었다.

"헤어스타일은 여전하군."

"또 염색 얘기인가? 그건 모발에 대단히 나쁘지."

"아무튼 미행을 붙인 것은 불쾌하군. 비신사적인 행위라고 생각하지 않나, 프란츠?"

그녀와 함께 온 여군 중 한 명이 움찔했다. 하지만 프란츠라 불린 여성은 전혀 문제될 것이 없다는 표정으로 맞섰다.

"일종의 애정 표현이야. 애정 표현은 동물적일수록 좋지."

"……용건을 최우선적으로 듣고 싶군."

"후후."

음흉하게 웃은 그녀, 프란츠 파브레힐트는 목소리를 죽이고 말했다.

"어제저녁에 책을 한 권 샀어. 브리스톤에서 건너온 물건이야."

일상적인 이야기 같지만 실은 암호였다.

"언제 들어온 책이지?"

"밀수라서 나도 잘 몰라. 오늘 아침에 이야기를 들어보니 원작자가 눈에 불을 켜고 찾아다녔더라고. 내가 다니는 서점에서는 일단 책의 존재를 부정하는 쪽으로 가닥을 잡은 것 같아. 그냥 내주기는 너무 아까운 물건이니까."

파렌은 가볍게 팔짱을 꼈다.

"책의 제목은?"

"안개 계곡의 마녀."

파렌의 눈이 꿈틀했다.

"안개 계곡의 마녀?"

"그렇다나 봐."

"흠."

파렌은 오른손을 들어 턱을 만졌다. 프란츠는 그의 두뇌가 돌아가기 시작했음을 느끼고 가만히 그를 지켜봤다.

"원작자가 행동에 나선 것이 언제부터지?"

"어제까지는 아무 움직임도 없었어. 갑자기 부리나케 들이닥쳤지."

파렌은 출근하는 길에 봤던 마차를 떠올렸다. 그것은 브리스톤 왕국 대사관 소속의 마차였다. 그들이 왜 하필 오늘에 와서야 난리를 치는지 알 길이 없었지만, 그들이 움직여 준 덕분에 파렌은 호엔 3세를 납치하는 데 사용된 불가사의한 힘이 무엇인지 예상할 수 있었다.

프란츠가 말했다.

"여기까지는 시몬스 대령님이 말씀해 주실 거야. 하지만 이후의 이야기는 오로지 나만이 얘기해 줄 수 있는 극비 사항이지."

"그런 대단한 극비 사항을 일개 특무상사인 나에게 전달해 주려는 이유를 모르겠군."

"폐하께서 계시지 않으니 어쩔 수 없지. 우리가 모아오는 정보는 무조건 폐하께만 전달하는 것이 원칙이야. 이제 기한은 내일로 다가왔고, 내일 내로 폐하를 구출해야 하는 사람이 너니까 극비 사항 전달은 당연한 거야."

"시몬스 대령님과 함께 듣고 싶군."

"오호, 파렌은 그 아저씨를 의지하는구나. 둘이서 그렇게 깊은 사이였어?"

"……."

놀림을 받은 파렌은 침묵으로 일관했으나 프란츠의 부하들은 얼굴을 붉힌 채 그를 보며 속닥거렸다.

"농담이야. 이번에도 넌 크로이츠 리더로서 선봉에 서겠지? 대령님은 최종 지휘자로서 산 밑에 계실 거고."

프란츠는 씩 웃었다. 특이하게 검붉은 색으로 칠해진 그녀의 입술이 매력적인 곡선을 그렸다.

"전투 도중에 터질 수 있는 사항이라 그러니 방탄복 입는 셈치고 들어봐."

"그러지."

프란츠는 부하들에게 사무실로 돌아가라는 지시를 내린 뒤 파렌과 단둘이 성벽 위로 가는 계단을 탔다.

성벽 위에는 방어용 공성 무기들이 간격을 맞춰 서 있었다. 의자에 앉아 성 밖을 멍하니 바라보던 병사는 두 명의 특무상사가 올라오자 경악하여 경례를 했다.

"사, 상병 햄튼 호렌츠! 경계 근무 중 이상 없음!"

"오, 그래. 상병, 잠깐 밑에서 놀다 올래?"

"예?"

프란츠의 말에 병사는 눈을 크게 떴다. 프란츠는 파렌의 장발을 훑어 올리며 의미심장한 미소를 지었다.

"후후, 이 사람이 성격이 좀 급해서… 장소를 가리질 않네."

무슨 상상을 했는지 병사의 얼굴이 빨갛게 달궈졌다. 파렌은 당장이라도 내려가고 싶었으나 프란츠의 정보 수집 능력을 알기 때문에 일단 잠자코 있었다.

"그, 그럼 좋은 시간 되십시오!"

병사가 후다닥 내려간 뒤, 프란츠는 원래의 냉혹한 표정으로 돌아와 이야기를 꺼냈다.

"아젤란도라는 이름, 들어봤지?"

"브리스톤의 소년왕, 아셀 더 아발론의 가장 큰 지지자라는 것과 대마법사라는 것 정도?"

"잘 아는군. 그 노인은 100년 전, 브리스톤에 갑자기 나타나서 브리스톤을 대륙 최강의 나라로 만들겠다는 선언을 했지. 그 직후 브리스톤은 각지의 영주들이 군대를 모아 패권을 다투는 난장판이 됐어. 영주들이 다투게 된 이유가 아젤란도와 그의 강대한 힘을 손에 넣기 위함이라는 말은 들었지?"

"거기까지는 알지만, 고어와는 관련도 없고 풍문에 가까운 정보라서 깊게 파고들진 않았지."

"흐흥."

코웃음을 친 프란츠는 깃대로 가는 계단에 앉았다.

"확실한 것은 아젤란도가 100년 전에 첫 등장을 한 이후 지금까지 멀쩡히 살아 있는 것은 물론 외모조차 변하지 않았다는 사실이야. 보통 인간은 절대 아니지."

파렌은 시계탑에 눈을 돌렸다.

"본론으로 들어가 주겠나?"

"이미 본론이야. 그가 아셀 더 아발론을 브리스톤의 진정한 왕으로 인정한 뒤 브리스톤의 상황은 급변했어. 많은 영주들이 소년왕에게 항복했고, 맞서 싸울 것을 결의했던 영주들은 거짓말 같은 패배를 당했지. 2,000명에 가까운 병사들이 하룻밤 만에 재로 변했다는 소문도 있었고, 엄청난 낙뢰에 성문과 성벽이 부서져 농성에 실패했다는 소문도 있었어."

파렌은 처음 듣는 이야기였다.

"그런 일이 가능한가?"

질문한 그 순간, 파렌은 사무실에서 놀고 있을 카샤의 얼굴을 떠올렸다.

'……설마.'

그의 표정 변화를 본 프란츠는 빙긋 웃었다.

"네가 아시엔 대륙에 가기 전에 이 얘기를 했으면 넌 날 무시하고 후다닥 내려갔을 거야. 하지만 지금은 그럴 수 없지. 그 요괴라는 것 덕분에 초현실적인 힘을 눈으로 목격했을 테니까."

파렌은 고개를 끄덕였다. 프란츠는 이야기를 계속했다.

"우리 샤튼은 폐하의 명을 받아 오랫동안 그 이상한 소문을 추적했어. 그 와중에 당시 전쟁터에 있었다고 주장하는 패잔병을 만나 이야기를 들었지. 그는 윗치(Witch), 즉 마녀가 실존한다고 주장했어. 난 이야기 속에서 등장하는 안개 계곡의 마녀인 줄 알았는데, 아젤란도를 추적하면서 그게 아니라는 것을 알아냈지."

"그게 아니라면?"

"마법사야."

"마법사?"

"그래. 그것도 10세 이하로 보이는 아이들이지. 추적 끝에 그 마법사들이 브리스톤의 베링검 성을 초토화시키는 장면을 목격할 수 있었어. 아이들은 마치 흙장난을 하듯 땅에 도형을 그렸고, 완성된 도형 앞에 모여앉아 기도를 했지. 그러더니 하늘에 먹구름이 끼고 자연적으로는 발생할 수 없는 대량의 낙뢰가 베링검 성에 떨어졌어. 정말 놀라운 광경이었지."

프란츠는 품속에서 종이 한 장을 꺼냈다. 종이에는 그림이 있었는데, 동그라미 속에 복잡한 도형이 가득 그려진 기하학적 형상이었다.

"기억나는 대로 그려보긴 했는데 난 도무지 모르겠더라고. 사본이니까 일단 가지고 있어."

"그러지."

종이를 받은 파렌은 도형을 살펴봤지만 그라고 해서 뜻을 알 수 있는 것은 아니었다. 그는 도형에 시선을 둔 채 중얼거렸다.

"브리스톤에 마법을 전략적으로 이용하는 특수부대가 존재한다는 소문이 사실이었군."

웨스트리치의 상식에서 마법은 아무런 도구 없이 모닥불을 만들거나 손을 대지 않고 빗자루를 움직이는 신기한 힘에 불과했다. 100년 전, 아젤란도가 처음 마법을 펼칠 때도 신기함의 범주에서 벗어나지는 않았다. 그러나 프란츠의 말대로라면 마법은 화약 무기를 대체할 수 있는 획기적인 무기이자 전쟁 역사를 바꿀 수도 있는 엄청난 힘이었다.

프란츠가 말했다.

"난 그 아이들의 본거지가 어디인지 밝혀내려고 했지만 실패했어. 아이들은 소년왕이 이끄는 브리스톤 정규군이 오기 직전에 감쪽같이 사라졌거든. 베링검 성은 정규군에 의해 간단히 정리됐고, 성의 영주는 그 다음날 처형됐지."

"그렇군."

도형을 품에 넣고 잠시 생각에 잠겼던 파렌은 다시 그녀를 봤다.

"그렇다면 폐하를 납치하는 데 마법사가 동원됐다는 말이로군?"

"바로 그거야. 그리고 그 정보는 약간 왜곡되어서 오늘 아침에 알려졌어."

"어떤 연유로?"

"브리스톤의 대사가 오늘 아침에 들이닥쳐서는 범죄인 인도 조약을 내세우며 난리를 피워댔어. 그리고는 고위 관료님들과 시몬스 대령님까지 불러서 너 죽고 나 죽자는 식으로 말했지. 반연합전선에 있는 것이 확실한 자신들의 범죄인을 자신들과 맺은 조약에 따라 죽이거나 다치게 하지 말고 발견 즉시 자신들에게 인도하라고 말이야."

"배짱도 좋군."

파렌의 말대로 브리스톤의 대사가 그렇게 일방적인 요구를 하는 것은 인구와 경제력, 그리고 군사력의 압도적 차이를 따졌을 때 겁을 상실한 행동이나 다름없었다.

"그 말을 듣고 우리 쪽 사람들 모두가 비웃었는데, 반쯤 미쳐 있던 그 대사가 갑자기 폭탄 발언을 했지. 그 범죄자의 정체가 실은 수백 명을 살해하고 브리스톤에서 도주한 안개 계곡의 마녀라고 말이야."

"거기서 나온 말이었군."

"그래. 안개를 일으켜서 폐하를 납치한 장본인이 바로 그 마녀라는 거야. 그 때문에 분위기가 이상해지려고 했는데 외무대신께서 적절히 대응해 주셨어."

"어떻게?"

"폐하께서 납치당하신 일이 없는데 무슨 망발을 하느냐면서 시치미를 떼신 거지."

파렌은 고개를 끄덕이며 웃었다.

"대사의 얼굴이 볼 만했겠군."

호엔 3세의 납치 사항은 1급 기밀이었고, 성 밖으로 이야기가 새어 나가지 않도록 주의하는 중이다. 그런 와중에 다른 나라의 대사가 와서 그와 관련된 말을 직접 꺼낸 것은 자신들이 성안의 상황을 염탐하고 있음을 스스로 밝히는 꼴이나 마찬가지였다.

"대사는 두고 보라고 소리치고는 성을 나갔어. 그리고 대사가 빠진 그 자리는 곧장 긴급 회의실로 바뀌었지."

"흠······."

파렌은 브리스톤의 대사가 왜 그런 바보 같은 짓을 했는지 생각해 봤다. 그가 전해 들은 대사의 행동은 정말 미치지 않고는 할 수 없는 것이었다. 한 국가의 대사로서는 물론이고, 고급 교육을 받은 성인으로서 할 행동이 전혀 아니었다.

프란츠가 그의 옆으로 다가와 어깨에 손을 얹었다.

"대사가 왜 그렇게 날뛰었는지 궁금하지 않아?"

"뭔가 알아냈나?"

"물론이지. 일의 시작은 바로 너 때문이야."

파렌은 오른손으로 자신의 가슴을 덮었다.

"나?"

"그래. 네가 아시엔에서 요괴를 성공적으로 모셔왔다는 소문은 순식간에 퍼졌어. 브리스톤 대사관에 심어놓은 정보원에 따르자면, 대사가 그 얘기를 듣자마자 미쳐 날뛰었대. 폐하 납치 사건 덕분에 오랫동안 쫓고 있던 마법사의 소재가 파악되어서 기분 좋은 하루를 보내고 있었는데, 그 마법사의 힘에 대항할 만한 존재가 나타났다, 이거지. 원래는 크로이츠가 마법사 때문에 실패할 거라고 예상했나 봐."

파렌은 고개를 끄덕였다.

"그렇군. 안개술사에게 대항할 수 있는 요괴라면 그 마법사와도 충분히 싸울 수 있을 것이고, 만약 마법사가 생포된다면 마법사와 관련된 극비 사항이 우리 바란투로스에 알려지게 된다, 이거군. 그들로선 두려워할 만한 일이겠는데?"

"그렇지. 하지만 풀리지 않는 부분이 있어."

"뭐지?"

"반연합전선에 협조한 마법사가 브리스톤으로부터 도망친 이유가 불분명해. 그리고 왜 하필 바란투로스에 온 것인지 도무지 감이 잡히지 않아. 단순한 우연일까?"

"부딪쳐 보면 알겠지."

그의 재미없는 대답에 프란츠는 양손을 허리에 대고 김샜다는 듯이 웃었다.

"가장 확실한 방법이긴 하지. 그럼 작전 개시는 언제야?"

"내일 아침. 규모가 작은 광산인만큼 오랫동안 고민할 필요는 없을 것 같아."

"그렇군. 하지만 방심하지 마. 마법사의 능력은 상상을 초월하거든. 제아무리 바란투로스의 흑기사님이라고 해도 당할 수 있으니 조심하도록 해."

"주의하지."

자리를 떠나려던 파렌은 걸음을 멈췄다.

"그런데, 이 정도 이야기는 시몬스 대령님과 함께 들어도 괜찮을 것 같은데? 그리고 마법사의 강력함을 나 혼자만 아는 것은 너무 비효율적이지 않나? 자칫 잘못하면 부대의 생존율에도 영향을 미칠 수가 있어."

"후후."

가볍게 웃은 그녀는 눈으로 하얗게 덮인 아이젠발트의 전경을 잠깐 바라본 뒤 다시 파렌에게 시선을 돌렸다.

"넌 적과 칼을 맞댄 상황에서도 작전을 구상하고, 실행하고, 변경할 수 있는 별종이야. 하지만 시몬스 대령님은 미리 작전을 짜고 움직이는 정상인이지. 너는 내가 준 정보를 참고해서 작전에 즉각 응용할 수 있지만, 대령님에겐 극비 사항의 습득이라는 부담만 쥐어드리게 되는 꼴이 될 수 있어. 너와 대령님의 입장 차이를 알잖아?"

"칭찬 같아서 고맙긴 하지만 그래도 이건······."

"이건 폐하의 뜻이기도 해."

파렌은 입을 다물었다. 믿기 힘들다는 반응이었다. 그러나 프란츠의 안색은 멀쩡했다. 정말 신이 아닌 이상 지금 한 말이 사실인지 거짓인지 밝힐 수가 없을 것 같았다.

프란츠가 그의 등을 두드렸다.

"자, 춥다. 내려가자."

"흠……."

파렌은 무거운 숨을 내쉬며 성벽에서 내려왔다.

사무실로 돌아온 그는 폴스켄과 간단히 대화한 후 작전 지역인 펠츠부르크 암염 광산의 지도를 펼쳤다. 프란츠에게 들은 이야기 때문인지 작전은 쉽게 짜이지 않았다.

그와 폴스켄이 작전을 결정한 것은 오후 2시 경이었다. 그때까지 크로이츠 대원들은 생리적 배출이 요구될 때를 제외하고는 전원 긴장한 상태로 자리를 지켰다.

점심 식사 지시에 응한 사람은 키르히와 카샤뿐이었다. 키르히가 눈치 없이 움직인 게 아니라 카샤까지 끼니를 거르지 않도록 배려한 것이라 이번에는 아무도 그를 비난하지 않았다.

칠판에 작전 지역 지도를 붙인 파렌은 물을 한 잔 마신 뒤 가늘고 긴 막대를 들었다.

"크로이츠, 집중하도록."

그 한마디에 크로이츠 대원 전원이 숨을 죽이고 시선을 그에게 두었다. 키르히도 자세를 고치고 바로 앉았다. 어디에 있어야 할지 망설이던 카샤는 폴스켄의 손짓을 받고 그의 옆으로 갔다.

"작전 설명을 시작하겠다. 내일 우리가 시행할 작전은 크게 두 가지다. 하나는 폐하의 신병(身柄) 확보, 또 하나는 청소다."

청소라는, 현재 상황과 어울리지 않는 단어의 등장에 카샤는 의아해했다. 하지만 그녀를 제외한 모두는 그 의미를 명확히 알고 있었다.

리벨이 손을 들었다.

"불순 세력이 정한 룰에는 그들의 생명에 지장이 있거나 불구가 될 정도의 위해를 가해서는 안 된다는 항목이 있습니다."

"알고 있다. 청소 작업은 폐하의 신병을 확보한 직후에 개시한다."

파렌은 설명을 덧붙였다.

"모두 알다시피 폐하의 납치와 관련된 모든 사항은 1급 기밀 중에서도 최상급이다. 그 수준의 기밀을 누설한 자에겐 고의 여부를 따져서 최대 사형이 선고될 수도 있다. 상부에서는 반연합전선이라는 그 불순 세력이 고의적으로 해당 기밀을 누설하여 우리 바란투로스의 위신에 해를 입힐 가능성이 명확하다고 판단했다. 따라서 우리는 폐하의 신병을 확보한 즉시 그들이 영원히 기밀을 누설할 수 없도록 처리해야 한다."

그제야 청소의 의미를 파악한 카샤는 벌떡 일어났다.

"다 죽인다고?"

키르히는 올 것이 왔다고 느꼈다. 파렌이 말했던, 카샤와 자신들 사이에 존재하는 '목숨에 대한 가치관의 차이'가 생각보다 빨리 충돌하게 된 것이다.

'어떻게 설득할 거야, 파렌?'

모두가 긴장한 가운데 작전 설명 때문에 표정을 단단히 굳히고 있던 파렌은 자조하듯 웃었다.

"이것도 일종의 전쟁이니까."

모두의 마음이 뜨끔했다. 폴스켄 이하 전원은 파렌이 뭔가 더 멋지고 설득력 넘치는 말을 할 것이라 기대했지만 당사자는 그들의 기대를 멋지게 저버렸다. 모두는 과연 그런 말로 순진한 꼬마 요괴를 설득하는 것이 가능하겠느냐며 마음속으로 그를 비난했다.

'원숭이 도망가겠네.'

키르히가 벌에 쏘인 사람처럼 인상을 쓰고 초긴장 상태에 돌입한 가운데 드디어 카샤가 말했다.

"하긴, 세상은 그런 법이지."

그녀는 팔짱을 끼고 노인처럼 고개를 끄덕였다. 파렌은 이해해 주어 고맙다는 뜻으로 그녀의 머리를 만져 주었다.

옆에 있던 폴스켄이 갑자기 괴로운 표정을 짓고는 자신의 얼굴을 눌렀다.

"아아……."

"무슨 일이십니까?"

파렌이 걱정스레 묻자 폴스켄은 고개를 저었다.

"짜증나서 그래."

"예?"

"세상은 그런 법이라잖아. 아, 미칠 듯이 좋아."

"……."

파렌은 그의 말뜻을 이해하지 못했다. 하지만 카샤의 한마디로 허탈감에 빠진 대원들의 표정은 폴스켄과 비슷했다.

파렌이 다시 정색했다.

"그럼 설명을 계속하겠다."

대원들은 마음을 추스르고 그의 말에 귀를 기울였다.

"반연합전선이 정한 룰에 따르자면 우리가 동원할 수 있는 인원은 총 여섯 명이다. 폐하의 안전을 위해 이 룰은 지키기로 했다. 투입되는 대원은 나와 키르히, 히스, 슈이, 오스틴, 그리고 알렌이다."

그는 암염 광산의 외부 지도를 지적했다. 산의 오른쪽, 즉 동쪽에 파란색 선이 어지러이 그어져 있었다.

"광산의 입구는 산 중턱에 있다. 지도에 표시된 파란색 선은 광산까지 이어진 길을 의미한다. 작전 설명이 끝난 후에 지도를 게시판에 붙여놓을 테니 모든 대원들은 내일 아침까지 숙지하도록."

테르나가 손을 들었다.

"잠깐만, 산 서쪽의 길도 표시해야 하지 않아? 지형을 보니 적들이 서쪽에 가장 많은 인원을 배치할 것 같긴 하지만 그렇다고 생략할 수는 없잖아?"

"생략한 것은 아니야. 이쪽 길이 작전 중에 어떻게 변할지는 나도 모르거든."

파렌은 별것 아니라는 듯이 설명했지만 테르나와 크로이츠 전원은 그것이 자신들의 리더가 보여줄 마법의 예고편임을 느꼈다.

"이어서 구출을 맡은 대원들이 담당할 지역을 알려주겠다."

그는 심이 굵은 대형 연필을 지도에 댔다.

작전 설명은 그로부터 1시간 뒤에 끝났다. 크로이츠들은 휴식 및 장비 점검 지시에 따라 각자의 물건을 정비하거나 파렌이 게시판에 붙인 지도 앞에 모여 메모를 하는 등 분주하게 움직였다.

파렌은 자리에 앉아 눈을 감고 1시간 동안 쌓인 피로를 풀었다. 카샤는 그의 옆에 앉아 바란투로스의 군대 용어와 체계에 대한 설명 책자를 읽으며 내일을 대비했다.

그녀는 사람을 해하거나 해할 가능성이 있는 일로부터 완전히 제외되었다. 대신 만약 초자연적인 상황이 벌어지면 적극적으로 나서달라는 부탁을 받았다. 파렌이 자세한 것을 설명해 주지 않아 답답하긴 했지만, 그래도 그녀는 약속을 지키겠다는 마음의 준비를 단단히 했다.

그녀의 코에 향긋한 냄새가 났다. 파렌도 그 냄새에 눈을 떴다.

"둘 다 수고하네."

테르나가 두 잔의 차를 파렌과 카샤 앞에 내려놓았다. 카샤는 찻잔을 들고 녹색의 찻물에 코를 가까이 했다.

"오오, 이건 무슨 차인가?"

"허브차야. 카샤에겐 처음이니?"

"응. 아시엔에는 자라지 않는 식물의 냄새다."

"그럼 마셔봐. 마음이 가라앉을 거야."

카샤는 차를 홀짝 마셨다.

"오오오, 뭔가 오묘하면서도 맛이 좋다! 고맙다, 테르나!"

"후후, 마음에 들었다니 기분이 좋네."

그녀는 카샤의 머리를 부드럽게 매만졌다.

아무 말 없이 차를 한 모금 마신 파렌은 다시 눈을 감았다. 그의 모습을 가만히 지켜보던 테르나가 조심스레 말을 걸었다.

"걱정이라도 있어?"

"아침에 프란츠를 만났거든."

그의 입에서 프란츠라는 말이 나오자 테르나의 얼굴에 아쉬움이 떠올랐다.

"그 애, 건강했어? 안색이 안 좋거나 하진 않았고? 겨울이면 얼굴이 잘 트는 체질이라 걱정했는데……."

파렌은 낮은 목소리로 답했다.

"괜찮았어."

"다행이네. 정말 걱정했어. 파렌이 아니면 그 애의 소식을 들을 수가 없으니까."

그들의 대화 저편에 숨겨진 일을 알 리가 없는 카샤는 주저없이 질문했다.

"프란츠가 누구인가?"

파렌이 말을 꺼내기 전에 테르나가 먼저 말했다.

"프란츠 파브레힐트. 나보다 한 살 어린 소꿉친구야. 지금은 다른 특수부대의 현장 지휘관이지. 재미있고 좋은 아이야."

"호오, 그렇군."

카샤는 곧이곧대로 믿었으나 파렌의 생각은 좀 달랐다.

'누가? 프란츠가?'

파렌의 표정이 이상해진 것을 보지 못한 카샤는 순진한 얼굴로 테르나에게 물었다.

"그런데 친구에다가 같은 군인인데 왜 파렌에게 소식을 들나? 직접 만나면 될 것을?"

"심하게 다퉜거든. 오래전에."

"흐음."

카샤는 테르나가 파렌을 떠나 다른 남자와 결혼했다는 이야기를 떠올렸다. 그녀는 방금 테르나가 말한 그 다툼이 그때의 일과 관련이 있지 않을까 추측해 봤다.

지금의 분위기가 마음에 들지 않았던 파렌은 자기 식대로 돌파구를 만들었다.

"프란츠가 이번 납치 사건과 관련이 있는 정보를 전해주더군. 그것 때문에 일의 흐름이 이상한 쪽으로 가는 게 아닌가 하는 생각이 들었어."

테르나는 우울한 마음을 추스르고 그의 말에 응했다.

"이상한 쪽이라니?"

"안개술사와 폐하의 납치, 두 사건은 겉으로 봐서는 연관성이 없어. 폐하의 납치에 안개가 사용되었다는 사실 말고는 사건이 발생한 장소와 성격, 목적이 완전히 다르지. 그런데 감이 좋지 않아. 묘하게 얽혔을지도 모른다는 느낌이 들어. 거대한 일이 아니길 바라고는 있지만… 아무튼 그래."

윤기가 듬뿍 담긴 테르나의 연분홍색 입술이 곡선을 그렸다. 파렌의 냉정한 얼굴을 바라보는 그녀의 눈빛은 손을 내밀어도 잡을 수 없는 먼 풍경을 안타깝게 바라보는 목동의 것처럼 깊고 쓸쓸했다.

"너무 무리하지는 마. 당장 닥친 일을 해결한 뒤에 생각해도 늦진 않을 거야."

"그러지."

파렌은 테르나가 가져온 차를 다시 입에 가져갔다.

대원 중 한 명이 그들에게 다가왔다.

"예레미스 상사님, 장비 점검하실 시간입니다."

"응, 지금 갈게."

그녀는 파렌과 카샤를 보고 한 번 웃어준 뒤 자리를 떠났다.

카샤는 사무실을 나서는 그녀의 뒷모습을 보면서 말했다.

"좋은 사람이군, 테르나. 벽암국에서 처음 얘기를 들었을 때는 피도 눈물도 없는 여자인 줄 알았는데."

"나쁜 여자라고 한 적은 없어. 그것보다 이걸 한 번 봐줄래?"

씩 웃은 파렌은 품속에서 프란츠가 전해준 종이를 꺼냈다.

"친구가 브리스톤에서 봤던 것을 베껴서 나에게 준 거야. 나로선 이 도형이 무엇을 뜻하는지 도저히 모르겠더군. 본 적 있어?"

종이를 건네받은 카샤는 도형을 뚫어지게 쳐다봤다.

"으음… 베껴온 거라 그런지 구성이 엉망이로군."

"알아?"

"물론이지. 본좌가 설명해 주마. 종이와 붓을 다오."

가만히 그녀를 바라보던 파렌은 책상 서랍에서 종이와 연필을 꺼내주었다.

"우리는 붓을 안 써."

"흠, 어쩔 수 없지."

연필을 받아 든 그녀는 소매를 걷어 붙이고 도형 속에 포함된 가지각색의 도형들을 분해하듯 종이에 하나씩 그렸다. 그림을 그리는 속도와 손놀림이 너무 능숙하여 카샤의 모습까지 다르게 보일 정도였다.

"자, 됐다. 이건 마법진이라고 한다. 내가 그린 것들은 그 구성 요소라고 할 수 있지."

"마법진?"

"그래. 마법진은 인간이 정령이나 신의 힘을 빌리기 위한 수단이지. 아시엔에서는 팔괘진(八卦陣)이라고 하여 비슷한 역할을 하는 것이 있는데, 벽암국의 궁중술사나 은거하는 도사들이 요술을 이용하기 위해 자주 사용하지."

파렌은 깜짝 놀랐다.

"요술은 안개술사들만 쓰는 게 아니었나?"

"신이나 정령과 통하는 요소를 지닌 인간은 가능해. 안개술사들은 마귀와 안개의 씨앗을 통하여 그 요소를 강제적으로 부여받았기 때문에 어설프게나마 사용이 가능한 거다."

파렌은 처음 듣는 이야기였다. 그는 이렇게 대단하면서도 신기한 이야기를 왜 지금에 와서야 들을 수 있었는지 이해할 수가 없었다.

카샤는 파렌의 당황한 얼굴을 보고 씩 웃었다.

"깊게 고민할 것 없다. 하늘의 이치라고 생각하면 된다. 고어가 아시엔에 나타나지 않는 이유와 요괴가 웨스트리치에 존재하지 않는 이유를 설명할 수 있는 사람이 없는 것과 같다."

"……."

"아무튼, 요술은 신과 정령들에게 힘을 빌려 천재지변을 일으키는 기술이다. 하지만 웨스트리치에서는 사용할 수 없지. 안개의 씨앗 덕을 보는 안개술사들을 제외하면 말이다."

"어째서 그렇지?"

"그쪽 대륙과 이쪽 대륙의 신이 다르거든. 이쪽 신에겐 이쪽 신에 맞는 방법을 사용해야만 하지. 이런 것들 말이야."

카샤는 자신이 그림을 그린 종이를 들어 보였다. 그녀는 우선 가장 오른쪽 위에 있는 그림을 손가락으로 찍었다.

"우선 이 그림으로 신과 교신을 할 통로를 만드는 거야. 그다음 그림으로 교신을 요청하고, 이어서 다음 그림들로 자신이 원하는 것을 신에게 말하지. 이 그림들은 언제, 어디에, 어느 정도의 규모로, 어느 정도의 강도로 번개를 떨어뜨려 달라는 소원이야."

카샤에게는 그저 아이에게 말을 가르쳐 주는 것 정도로 간단한 일이었지만 파렌에겐 프란츠가 보고 전해준 것들이 실제라는 것을 증명해 주는 대단한 순간이었다.

파렌이 다급히 말했다.

"그림만 그릴 수 있으면 가능한 거야?"

"본좌가 말했지 않나? 우선 신이나 정령과 통하는 요소를 가져야만 하지. 그리고 그림으로 만든 요구 사항을 하늘에 대고 말로 풀어내야 하기 때문에 보통 사람에게는 불가능해."

파렌은 심각한 얼굴로 물었다.

"만약 마법을 사용하는 사람, 마법사가 적이라면 난 어떻게 해야 하지?"

카샤는 피식 웃었다.

"안개술사들도 간단히 눕힌 주제에 무슨 걱정인가? 마법사도 그들과 다를 바가 없어. 그리고 이 정도의 마법은 상당히 대형이기 때문에 준비하고 주문을 외우는 데에만 족히 한 시간은 걸릴 거다. 육박전에서는 사용이 불가능해."

"공성전이라면?"

"그럼 무섭지. 술사와 마법사에겐 시간이 가장 큰 무기거든."

파렌은 프란츠가 전해준 종이와 카샤가 그림을 그린 종이를 보며 생각에 잠겼다. 뭔가 자신이 모르는 곳에서 엄청난 일이 벌어지고 있다는 느낌이 그의 신경을 자극했다. 자신이 지금껏 알아온 모든 상식이 송두리째 날아가 허무함으로 변할지 모른다는 두려움마저 들었다.

"카샤는 이런 것들을 어떻게 알게 됐지? 모친께 배운 건가?"

"아니. 그냥 알아."

"웨스트리치의 말을 아는 것처럼?"

그녀는 밝은 얼굴로 고개를 끄덕였다.

"……그렇구나."

파렌은 웃었다. 그것이 상식과 상식의 충돌 지점에서 그가 할 수 있는 유일한 행동이었다.

다음날 오전, 섀델 크로이츠 대원들을 실은 대형 마차가 펠츠부르크 암염 광산 밑에 도착했다.

story 10 사기꾼

　광산이 위치한 산은 폴스켄이 파렌에게 말했던 그대로 민둥산이었다. 지형 구조상 기습은 야간에나 겨우 허용될 듯했고, 산의 규모도 지도를 통해 봤던 것보다는 컸다.
　산으로 올라가는 입구에는 가벼운 무장을 한 청년이 붉은색 깃발을 어깨에 진 채 서 있었다. 마차에서 내린 크로이츠 대원들은 폴스켄과 파렌을 따라 청년의 앞으로 모였다.
　청년이 육포를 질겅질겅 씹으며 다가와 폴스켄에게 물었다.
　"당신들이 그 섀델 크로이츠야?"
　마치 시비를 거는 듯한 말투였다. 폴스켄은 아들뻘 되는 그 청년을 보며 씩 웃었다.
　"그렇다네. 폐하께선 무사하신가?"
　"아, 그 노인네?"

노인네라는 말에 대원들의 안색이 확 달라졌다. 특히 키르히가 반쯤 이성을 잃고 꿈틀하자 옆에 있던 카샤가 그의 손을 잡아당겨 제지했다.

청년이 말했다.

"그 노인네, 정말 일흔 넘은 거 맞아? 무서운 건 그렇다 치고 너무 정정하잖아. 혹시 가짜 왕 아냐?"

"자기 관리에 철저하신 분이시지. 자네들과의 게임은 언제부터 시작하면 되겠나?"

"들어올 놈들부터 앞으로 내보내 봐."

파렌이 앞으로 나서며 손짓했다. 키르히, 슈이, 히스, 오스틴, 알렌이 그의 옆에 섰다.

청년은 파렌을 보고 삼각형으로 예쁘게 다듬은 자신의 턱수염을 만졌다.

"뭐야, 저놈 혹시 흑기사인가 뭐 하는 놈이야?"

폴스켄이 미소를 유지한 채 대답했다.

"대충 그런 별명으로 불리는 것 같더군."

"뭐, 좋아. 산에는 이 여섯 명만 오를 수 있어. 우리가 한 명이라도 죽거나 불구가 될 정도로 다치면 어떻게 되는지 알지?"

"알고 있네."

"다른 사람들은 모두 저 뒤에 위치하도록 해. 산 정상에 있는 우리 초소에서 감시하기 편하게 말이야."

경고를 마친 청년은 산을 보고 어깨에 지고 있던 깃발을 흔들었다. 조금 뒤 위쪽에서 작은 폭죽이 터졌다. 신호를 확인한 청년은 고개를 끄덕였다.

"됐어, 이제 올라가도 좋아."

돌아선 청년은 움찔했다. 키르히가 자신 앞에 바짝 붙어 있어서였다.

"어이, 이제부터 죽이거나 불구로만 안 만들면 되는 거지?"

"그렇다니까?"

순간 청년이 끈이 잘린 인형처럼 공중에서 허우적거리며 날아갔다. 멀리 날아가 바닥에 떨어진 청년은 맞아서 턱이 돌아간 상태였다. 괴이하게 뒤틀린 입에선 많은 피가 흘러내렸다.

주먹을 불끈 쥔 키르히는 분이 풀리지 않은 듯 뜨거운 숨을 뿜으며 중얼거렸다.

"그래, 이제부터."

청년이 죽었는지 살았는지 확인한 파렌은 미리 들고 온 상자에서 군용 회중시계를 꺼내 다른 다섯 명에게 나눠 주었다.

"그럼 작전을 개시한다. 키르히, 히스는 앞으로 나오도록."

미리 나와 있는 키르히의 옆에 히스가 섰다.

키르히와 비슷한 키의 그 청년은 슈이와 마찬가지로 짙은 군청색 코트를 입고 있었다. 약한 황색을 띠는 테르나의 은발과 달리 히스의 은발은 새벽하늘처럼 차가웠다.

볼륨이 풍부한 쉐도우펌 스타일의 머리카락 속으로 그의 가장 큰 개성이라 할 수 있는 이색홍채(異色紅彩)가 보였다. 그의 오른쪽 눈동자는 그의 누나와 마찬가지로 아이스블루였지만 왼쪽 눈동자는 태양 밑의 석류처럼 선명한 적색이었다.

파렌이 두 청년에게 말했다.

"시간 엄수를 잊지 말도록. 둘 중 한 명이라도 10초 이상 시간을 어기면 작전 실패는 물론 슈이 플레트 중사의 목숨도 보장할 수 없다."

둘이 동시에 답했다.

"쳇, 실패는 무슨……."

"명심하겠습니다."

다른 성격의 대답을 내놓은 둘은 서로를 사납게 노려봤다. 뒤에 서 있는 슈이는 걱정스레 눈살을 찌푸렸다.

"그만. 전원 시계를 맞춘다."

모두는 파렌이 하는 대로 시계의 시침과 분침, 초침 모두를 12에 맞춘 뒤 시계의 기동 버튼에 엄지를 올려놓았다.

"5, 4, 3, 2, 1, 시작."

모두가 동시에 버튼을 눌렀다. 여섯 개의 시계가 오차 없이 움직이기 시작했다.

키르히와 히스가 산을 향해 뛰어갔다. 둘의 허리에 매달린 쌍검들이 요란하게 움직였다.

크로이츠의 도착과 게임의 시작 소식은 폐광 속으로 빠르게 전해졌다. 이야기를 전해 들은 반연합전선의 리더, 올델 브라운은 가소롭다는 듯이 웃었다. 북방 민족 출신으로서 민족 특유의 거대한 몸집을 자랑하는 그는 두껍게 껴입은 늑대 가죽 코트 때문에 더욱 크게 보였다.

그는 주먹을 쥐고 양팔을 좌우로 펴며 동굴이 떠나가라 외쳤다.

"걱정할 것 없다, 형제들이여! 지형과 숫자는 우리가 더 유리하다! 고작 여섯 명으로 녀석들이 할 수 있는 일은 아무것도 없으니 당황하지 말고 대처하라고 전해라!"

"예, 리더!"

지시를 전하기 위해 일어나는 청년을 누군가가 불러 세웠다.

"이보게, 혹시 잊은 말 없나?"

노인의 물음에 청년은 가만히 생각하더니 뭔가 떠오른 듯 다급히 말했다.

"아, 파렌 콘스탄으로 보이는 자가 있었습니다!"

올델의 몸이 움찔했다.

"진짜인가?"

"진짜 파렌 콘스탄인지 확실하지는 않지만 검은 코트에 검은 장발을 한 크로이츠가 있었다는 것은 분명합니다."

"……"

잠시 고민한 올델은 다시 두 팔을 벌리고 외쳤다.

"그래 봤자 여섯 명이다! 녀석이 진짜 파렌 콘스탄이라 해도 120여 명이나 되는 우리 형제들을 이길 수는 없다! 어서 가서 전해라!"

"예, 리더!"

청년이 동굴 밖으로 후다닥 뛰어나갔다.

자세를 유지한 채 가만히 서 있던 올델은 청년의 발소리가 사라진 즉시 옆에 선 노인을 돌아봤다.

"폐하, 정말 규칙대로 하면 승패에 관계없이 저희를 정식 특수부대로 삼아주시는 겁니까?"

제법 고급스러운 모양의 흔들의자에 편히 앉아 있는 노인, 호엔 3세는 금색의 바란투로스 문장이 박힌 자주색의 베레모를 벗고 백발을 정돈하면서 낮게 웃었다.

"다시 말하네만, 짐은 자네들 목숨에는 전혀 관심이 없네. 크로이츠를 상대로 맞서 싸울 수 있는 자들이라면 야만족들 때문에 골치 아픈 지금으로선 오히려 반갑지."

"저어, 그래도……."

"허어, 괜찮다니까. 왜 덩치에 맞지 않게 지금에 와서 안절부절못하는 건가? 리더라는 자가 이러면 쓰나?"

올델은 괴로운 얼굴로 자신의 머리를 감싸 쥐었다. 사실 호엔 3세의 납치는 그가 의도한 바가 아니었다.

이야기의 시작은 지금으로부터 약 열흘 전이었다.

반연합전선은 대륙의 지방 도시들을 돌며 연합의 통합에 반대하는 구호를 외치고 자신들을 공격하는 각 나라 정규군들과 전투를 벌이는 중간 규모의 과격 세력이었다.

바란투로스 정규군의 추격과 강한 눈보라를 피해 지금의 폐광으로 숨어든 그날, 뾰족한 모자를 쓴 어린 소녀가 그들의 숙소에 찾아왔다. 여자를 본 지 오래된 그들은 음흉한 눈으로 소녀를 대했지만 좀 멍청하긴 해도 조직에 대한 자부심만은 깊은 올델은 그녀를 신사적으로 대했다.

소녀의 요구 사항은 일을 할 테니 숙식을 제공해 달라는 것이었는데, 올델은 반연합전선의 이름에 어울리는 혁명적인 일을 해오면 요청을 받아들이겠다고 약속한다. 물론 그것은 완곡한 거부였다.

그런데 그 소녀가 어떤 노인을 데리고 다시 돌아왔다. 데려온 방법도 특이했는데, 이상한 안개 덩어리가 마치 짐꾼처럼 소녀를 대신하여 노인의 육체를 운반해 왔다.

올델을 포함한 반연합전선의 대부분은 노인이 입은 화려한 옷을 보고 그가 대단한 귀족일 것이라고 예상했는데, 바란투로스 출신의 청년들이 노인의 정체가 다름 아닌 호엔 3세라는 것을 확인해 주면서 사태는 상상할 수 없을 만큼 커졌다.

일단 소녀를 정식 일원으로 맞이한 올델은 단순하게 부족한 자금을 충당할 생각으로 호엔 3세의 소지품 중 하나를 사자(使者)에게 쥐어준 뒤 바란투로스로 보냈다. 사자가 무사히 돌아옴으로써 올델은 자신들이 잡은 노인이 호엔 3세가 확실하고, 5억 리치라는 거금이 손에 들어올 것이라 믿었지만, 호엔 3세가 의식을 되찾으면서 상황은 급변했다.

올델이 돈을 요구했다며 자랑을 하자 호엔 3세는 당당히 그를 비웃었다.

"그 돈을 무사히 쓸 수 있을 것 같나?"

협박 같은 그의 말에 올델은 눈도 깜짝하지 않았다. 오히려 자신들의 본거지 가장 깊은 곳에서 자신들을 협박하는 호엔 3세의 용기를 칭찬하는 대담함을 과시하기도 했다. 하지만 호엔 3세가 말하는 현실은 그렇지 않았다.

"사자가 무사히 돌아왔다고 했지? 그럼 이미 본거지의 위치와 자네들의 움직임은 파악이 된 거라네. 돈과 짐을 교환하는 즉시 대기하고 있던 군대가 몰려와서 자네와 얼간이들을 영원히 잠재워 주겠지. 왕이 납치됐다고 엉엉 울고 있을 짐의 군대가 아니라니까?"

그 말에 흥분한 청년 중 한 명이 칼을 들이댔지만 호엔 3세에겐 소용이 없었다.

"들개들의 손에 죽는 것도 꽤 인상적인 최후가 될 것 같군. 하지만 내가 자네들 손에 죽었다는 소식이 들리는 순간 웨스트리치의 모든 땅은 자네들에게 있어서 생지옥이 될 거네. 자네들도 알다시피 난 연합왕으로 불리는 늙은이야. 내 뒤를 이어 그 명예를 차지하고 싶어 하는 왕은 천지에 깔렸지. 내가 자네들 손에 죽으면 그 왕들 모두가 자네들의 목을 노리고 덤빌 거야. 왜냐고? 혀를 아무리 잘 굴려봤자 복수에 성공한 영웅 앞에서는 무용지물이거든. 백성들이 큰 거 한 방에 약한 것은 역사적으로 증명된 사실이지."

그렇게 되자 올델과 부하들의 마음이 크게 동요되었다. 공포에 질린 늙은이의 말일 뿐이라며 올델을 부추기는 자도 있었지만, 호엔 3세의 얼굴에서 두려움을 읽지 못한 사람이 대부분이었기에 그 의견은 묵살당했다.

그래도 호엔 3세라는 거물을 그냥 놓아줄 수는 없다고 판단한 올델은 어떻게든 상황을 타파하기 위해 호엔 3세를 납치한 소녀에게 도움을 요청했지만 그녀는 받아들이지 않았다. 그녀는 올델이 돈을 요구한 순간부터 이미 마음을 달리 먹은 상태였다.

심리적으로 벼랑 끝에 몰린 올델은 호엔 3세를 보내줄 결심을 하는데, 성격이 더러운 것으로 널리 알려진 그 늙은 왕은 자신에게 유리해진 상황을 그냥 놓치지 않았다.

"그럼 짐을 좀 즐겁게 해줘야겠네."

그에 대한 대가로 호엔 3세는 크로이츠를 상대로 이기든 지든 반연합전선을 바란투로스의 정식 특수부대로서 채용해 준다는 파격적인 조건을 내걸었다.

바란투로스의 특수부대가 특별 대접을 받는다는 소문을 익히 들었던 올델과 그의 부하들에겐 '반연합'이라는 대의명분을 버릴 결심을 세우고도 남을 만큼 달콤한 이야기였다. 사실, 그것이 그들의 한계였다.

그리고 다음날, 요구 사항은 5억 리치의 돈에서 크로이츠의 실력을 시험하는 것으로 바뀌었다.

그런 거래가 이루어지면서 올델을 찾았던 소녀는 그들을 떠나려고 했지만 게임이 끝날 때까지 그녀를 보내지 말라는 호엔 3세의 명령으로 인해 그녀는 폐광 밖을 벗어나지 못했다.

그것이 지금까지의 자초지종이었다.

호엔 3세가 올델에게 손짓을 했다.

"난 네벨과 할 일이 있으니 잠시 나가보게."

올델은 발목에 족쇄가 채워진 채 호엔 3세의 옆에 앉아 있는 소녀를 흘끔 본 뒤 이상한 미소를 지으며 머리를 숙였다.

"보초들도 멀리 물러나게 하겠습니다."

"후후, 그래주게."

"네벨, 잘 모셔라."

소녀에게 조언한 뒤 방을 나선 올델은 문지기 두 명을 끌고 방을 뒤로했다.

"거참, 나이 드신 분이……."

그가 중얼거리자 문지기들이 맞장구를 쳤다.

"노인왕도 남자인데, 회춘(回春)이 싫겠습니까?"

"하하하."

그들이 물러간 뒤, 소녀와 단둘이 된 호엔 3세는 왼손으로 팔걸이를 툭 치며 그녀를 봤다.

"아직도 짐과 이야기를 할 생각이 없느냐?"

소녀는 시선을 다른 곳에 둔 채 아무 말도 하지 않았다.

그녀는 헝겊을 대충 잘라 만든 듯 밋밋한 디자인의 검은색 원피스를 걸치고 있었다. 같은 색의 뾰족하고 챙이 넓은 모자 밑으로는 신기한 형색의 단발머리가 보였다. 마치 일부러 조작한 것처럼 콧날을 중심으로 머리의 오른쪽은 금발이고 왼쪽은 흑발이었다. 눈도 특이했다. 동공이 뚫리지 않은 눈동자는 선명한 주황색을 띠고 있었다. 단지 지금은 생기를 잃고 있을 뿐이었다.

소녀는 호엔 3세를 보지 않고 말했다.

"소녀와 연합은 적입니다."

"특별한 사정이라도 있느냐?"

방금 전의 말을 통해 호엔 3세와 벽을 쌓으려 했던 소녀는 그것이 실패했음을 알고 한숨을 폭 쉬었다.

"소녀는 드릴 말씀이 없습니다."

"흠, 그런가?"

호엔 3세는 풍부하게 기른 흰 수염을 만졌다. 그는 볼에 살이 없고 눈빛이 날카롭다. 또한 표정도 친절함과는 거리가 멀어서 사람들이 쉽사리 말을 걸기가 어렵고, 그의 말에 대항하는 것도 쉽지 않다. 그나마 부드러운 스타일로 수염을 기르지 않았다면 지금보다 더 큰 오해와 근거 없는 악명을 안고 살아야 했을 것이다.

그가 입을 열었다.

"연합을 적으로 두었기에 올델과 건달들의 밑으로 들어가려 했다, 이거겠지? 국가 통합론이 마음에 들지 않았나? 녀석들의 대의명분은 연합의 통합 반대였으니까."

소녀가 자못 무서운 눈으로 왕을 노려봤다.

"당신들의 권력 놀음은 소녀와 관계가 없습니다. 소녀를 놓아주십시오."

그리고 소녀는 고개를 돌렸다. 호엔 3세는 쓴웃음을 지었다.

"연합의 어느 놈인지 몰라도 원한을 단단히 산 것 같군."

한편, 폐광 밖에서 상황을 지켜보려고 했던 올델은 나오자마자 닥친 상황에 기겁했다.

"동쪽 길 입구가 벌써 돌파됐다고? 녀석들이 왜 서쪽으로 오지 않고 동쪽으로 간 거지? 서쪽 길의 경사가 더 완만하지 않나?"

부하들은 아무 말도 하지 않았다. 그들은 사람이 올라오기 편한 서쪽과 중앙의 길에 부하들을 더 많이 배치한 올델의 판단이 아직까지 옳다고 생각하고 있었다.

광산의 동쪽 길은 사람은 물론 말과 같은 중형의 짐승도 올라오기 힘들 정도로 경사가 급하다. 올델은 보통 사람이 등산용 장비를 이용해도 올라오는 데 10분이 넘게 걸리는 그곳 지형의 특성을 고려하여 15명 정도를 길의 위쪽에 배치해 놨는데, 그것이 시작한 지 5분도 안 되어 돌파당한 것이다.

"보통 사람이 아니라 크로이츠라 이건가? 홍, 어차피 돌파됐다 하더라도 중앙에 배치한 형제들과 또 만나게 되어 있으니 상관없겠지. 일단 지켜보자."

그가 팔짱을 끼는 순간 폭죽이 묘한 소리를 내며 하늘로 올라가 터졌다. 방금 올델이 말한 중앙의 길에서 전투가 벌어졌다는 신호였다.

동쪽 길 입구에서 그곳까지의 거리를 알고 있는 올델은 입을 멍청하게 벌렸다.

"날아서 올라오나……?"

접촉이 일어난 부분에서는 이미 다섯 명의 희생자가 바닥을 뒹굴고 있었다.

당한 사람들은 쇄골과 대퇴골, 늑골, 팔뼈 등이 골고루 부러진 상태였다. 올델의 부하들은 귀신같이 불쑥 나타나 기습을 가한 키르히와 히스, 두 명의 침입자를 보며 고함을 질렀다.

"룰을 잊었나? 우리 형제들이 한 명이라도 죽거나 불구가 되면 왕의 목숨은 없다!"

도펠 슈트롬을 칼집째로 든 채 그들의 움직임을 살피던 키르히는 입술 끝을 올리며 비웃음을 터뜨렸다.

"맞추면 다시 붙는 뼈로 부러뜨려 놨으니 걱정 마시지? 설마 뼈가 부러졌다고 놀라서 사망할 정도로 허약한 놈들은 없겠지?"

청년들 중 가장 뒤에 있던 자가 슬그머니 손을 들었다. 살이 잘 안 붙는 체질인 듯 몸이 홀쭉한 그는 키르히를 보며 애원하듯 웃었다.

"뭐, 여유되면 신경 써줄게."

키르히가 대열의 오른쪽으로 달려들었다. 반대로 히스는 왼쪽으로 달려갔다.

그들의 손과 발이 움직이는 것에 맞춰 반연합전선의 청년들은 뼈가 부러지고 실신하여 쓰러졌다. 만약 두 크로이츠가 성격대로 했다면 매가리 없는 청년들은 굶주린 야수들에게 몸이 뜯기고 심장이 파헤쳐진 시체로 변했을 것이다.

비록 살인이 제한되긴 했지만 두 크로이츠에겐 큰 문제가 되지 않았다. 그들에게 전투 기술을 가르쳐 준 자는 자신의 제자들이 거의 모든 상황에 대처할 수 있게끔 철저하고 기술적인 교육을 지향했다.

현장 은퇴 후 병기창으로 자리를 옮긴 루카스 메르첼더는 2기 크로이츠가 모인 후 특수 전투 기술 교관으로서 잠시 복귀한 일이 있다.

그는 강습공격진(強襲攻擊陣)이라는 이름으로 따로 분류된 크로이츠들을 가르쳤는데, 그중에서 가장 두각을 나타낸 사람은 키르히와 히스였다.

키르히는 루카스에게 천재란 무엇인지를 확실히 보여주었다.

그의 강인한 육체와 정신, 그리고 천부적 소질은 인격적 문제를 제외하고는 가히 최고 수준이었다. 그는 루카스가 현장에서 10년 넘게 뛰며 익힌 전투 노하우를 불과 몇 주 만에 자신의 것으로 만들었을 뿐만 아니라, 스스로의 신체 능력에 맞춰서 기술을 개량하기까지 했다.

반면 히스는 시각 장애라는, 백병전을 주로 하는 강습공격진의 입장에서 보자면 최악의 신체 조건을 갖추고 있었다. 그런 그가 키르히와 맞먹는 개인 전투 능력을 지닐 수 있었던 이유는 히스 자신도 알지 못했던 소질을 루카스가 찾아내 준 덕분이었다.

시작점이 다른 둘은 전투 방식도 달랐다.

키르히는 공격할 때 반드시 두 발을 땅에 붙인다. 그렇게 힘의 중심을 확실히 잡고 체중을 이상적으로 싣기 때문에 인간의 대퇴골을 일격에 꺾는 묘기를 부릴 수 있는 것이다.

반면 히스는 키르히에 비해 상반신의 힘이 약한 대신에 도약력과 균형감, 그리고 다리의 힘이 초인적인 수준이다. 앞사람을 뛰어넘어 뒷사람의 쇄골을 무릎으로 부수는 것은 그가 가진 여러 가지 특기 중 하나다.

약간 녹이 슨 검을 든 청년이 키르히에게 달려들었다. 전투 훈련을 제대로 받은 적이 없는 듯 청년의 모습은 빈틈투성이였다.

"꼬라지하고는."

피식 웃은 키르히는 오른손 칼로 청년의 검을 때렸다. 검신(劍身)이 훌러덩 날아가고 자루만이 남게 되자 청년은 도망치려 했다. 하지만 키르히는 이미 자세를 낮춘 채 그의 대퇴부를 왼손에 든 칼로 후려치고 있었다.

대퇴골이 부러지는 소리와 함께 청년은 공중에 붕 떴다. 그 때문에 청년을 따라 공격해 오던 다른 청년이 엉겁결에 멈췄다. 멈춘 청년의 안면에 칼자루를 쥔 키르히의 오른손이 꽂혔다. 주먹이 턱 관절에 정확히 꽂히면서 턱뼈가 어긋났다.

"커어억!"

안면을 붙잡으며 괴성을 지르는 청년의 옆으로 키르히가 유유히 지나갔다. 동료 두 명이 순식간에 당하는 것을 본 반연합전선의 청년들은 다른 두 명이 정강이뼈와 갈비뼈 골절로 연이어 쓰러지는 모습을 멍하니 보고만 있었다.

다른 한편에서 히스는 앞뒤로 달려오는 청년들과 맞서고 있었다.

그는 앞서 오던 청년에게 숨소리가 들릴 정도로 밀착했다. 작은 철퇴를 들고 있던 청년은 히스의 이색홍채를 보고 자신도 모르게 숨을 멈췄다.

상대방의 두 팔을 잡고 뒤로 몸을 젖힌 히스는 전력을 다해 상대방의 얼굴을 머리로 들이받고는 코피를 쏟는 청년의 어깨를 밟고 뛰어올랐다. 친구를 뒤따르던 반연합전선의 청년은 축에서 떨어져 나온 바퀴처럼 맹렬히 돌며 날아오는 히스를 보고 깜짝 놀랐다.

히스의 발뒤꿈치가 상대의 쇄골에 찍혔다. 쇄골을 부러뜨린 군화 뒤축은 더욱 내려가 가슴뼈에까지 충격을 주었다.

두 명이 쓰러지고 착지한 히스가 일어났다. 중형 단검 두 자루를 들고 있던 청년이 그의 뒤를 노리고 뛰었다.

상대에게 등을 보이고 있던 히스는 입김을 흘리며 왼쪽으로 고개를 돌렸다. 동시에 그의 어깨도 같은 방향으로 움직였다. 그의 등판만 보고 달리던 청년은 그가 왼쪽으로 움직여 피할 것이라는 생각에 왼쪽으로 약간 방향을 꺾었다.

그가 단검을 뺀는 순간 히스의 그림자가 오른쪽으로 사라졌다. 순식간에 돌아 들어가 상대의 배후를 잡은 히스는 오른팔로 목을 꺾으며 무릎으로 상대의 등판을 가격했다.

청년이 체조 선수처럼 등을 꺾으며 쓰러지는 한편, 몸을 돌려 청년이 쓰러질 길을 만들어준 히스는 청년이 쓰러짐과 동시에 발로 그의 쇄골을 밟았다.

반대편에서 키르히의 고함이 요란하게 터졌다.

"하아앗!"

그가 왼손을 휘두르자 목표가 된 반연합전선의 청년은 대퇴부 뼈가 부러지면서 빙판에 넘어지듯 공중에 떴다. 키르히는 오른손의 칼자루로 그를 찍어내려 늑골을 사정없이 격파했다. 땅에 떨어진 청년은 격통을 견디지 못하고 거품을 물며 기절했다.

엄청난 완력이 만들어낸 그 광경에 키르히를 노리던 청년들은 본능적으로 멈출 수밖에 없었다. 하지만 불과 십여 발자국 떨어진 거리에서 발생한 사건임에도 불구하고 히스가 맡은 왼쪽의 청년들은 그것을 보지 못했다. 그들의 눈에도 그와 맞먹는 일이 벌어지고 있었기 때문이다.

한 청년이 농기구에 가까운 삼지창을 앞세우고 히스에게 달려들었다. 히스는 방금 다른 청년의 머리를 찍어내린 뒤 착지하던 중이었다. 누가 봐도 피할 수 없는 상황이었지만 히스의 오른쪽 눈동자에는 변화가 없었다.

옆으로 살짝 비켜 창끝을 피한 히스는 왼발을 들어 적의 어깨에 올려놓았다. 그리고 그가 몸을 또 한 번 틀어 젖히자 일반인들은 상상하기 힘든 광경이 벌어졌다. 히스가 외다리로 청년의 어깨를 밟고 서 있는 형국이 되어버린 것이다.

"엇?!"

삼지창의 청년이 흠칫 놀람과 동시에 히스가 공을 차듯 상대의 견갑골을 걷어찼다. 어깨뼈가 뒤틀린 청년은 기절한 채 빙글 돌며 쓰러졌고, 히스는 깃털처럼 부드럽게 땅에 내려왔다. 그의 차가운 은발이 충격의 끝마무리에서 찰랑거렸다.

여섯 명이 순식간에 당하는 것을 목격한 반연합전선의 청년들은 상대가 나빠도 한참 나쁘다는 것을 깨달았지만 그들에게 도망칠 여유는 없었다.

도펠 슈트롬을 잠시 내린 키르히는 턱을 도발적으로 내밀었다.

"어이, 아까 열외 신청한 놈 누구였지? 놀라서 사망할 것 같다고 한 놈 말이야."

청년들 중 한 명이 손끝으로 땅을 가리켰다. 그는 방금 전 키르히가 대퇴골을 부러뜨리고 늑골을 부순 자를 가리키고 있었다.

키르히는 칼집 끝으로 엎어진 청년의 몸을 뒤집었다. 몸이 먼저 뒤집히고 부러진 다리가 뒤따라 움직였다. 그나마도 제각각 꺾여서 반연합전선 청년들은 누구랄 것 없이 혐오감에 젖었다.

우선 상대의 생존 여부를 확인한 키르히는 발로 부러진 다리를 툭툭 차서 모양새를 갖춰주었다. 그리고는 청년들에게 보란 듯이 말했다.

"자, 봤지? 무서워할 것 없어. 사람 쉽게 안 죽으니까."

"으아아아!"

단체로 고함을 지른 청년들은 뒤도 돌아보지 않고 산을 오르며 도망쳤다. 그 꼴을 본 키르히는 어깨를 으쓱했다.
"나야 좋지."
그는 코트 속에서 회중시계를 꺼내 시간을 확인했다.
"시간도 적절하네. 어이, 히스. 올라가자."
둘은 청년들이 도망친 길 말고 다른 길을 택했다. 쓰러져서 끙끙대던 청년들은 그들의 행동이 이해가 되지 않았다.
'저건 산 뒤쪽으로 가는 길인데……?'
하지만 그들로서는 어떻게 할 방도가 없었다. 이 사실을 알리기 위해서는 부러진 다리와 어긋난 몸을 이끌고 급경사를 올라가야 했기 때문이다.
그로부터 15분 정도가 흐른 뒤였다.
폐광으로부터 멀지 않은 곳에 설치된 진지에는 망원경을 든 청년이 가죽으로 된 갑옷 등으로 무장을 단단히 한 청년들의 보호를 받으며 산 밑의 상황을 지켜보고 있었다.
감시를 맡은 청년이 고개를 갸웃거렸다.
"녀석들, 이해가 안 되네?"
무장한 청년들이 고개를 돌렸다.
"뭐가?"
"서쪽과 중앙의 길에는 전혀 들어오질 않고 있어. 우리 수비가 그쪽에 많다는 걸 읽은 건가?"
"동쪽 길로 오려는 거 아냐? 아까 전에 전부 돌파됐다면서?"
"그렇지도 않아. 밑에 있는 놈들은 아직 움직이지 않고 있어. 계집애로 보이는 한 명이 동쪽으로 가는 것 같더니 어느 순간 사라지고는 끝이야. 그리고 동쪽 길을 뚫은 두 명도 시야에서 사라졌어."

무장한 청년은 뭐가 문제냐는 듯 웃었다.

"길 하나가 뚫렸을 뿐이야. 지들이 어쩌겠어? 여섯 명이 전부 들어온다고 해도 폐광 속에 배치된 소총 부대와 함정에 막힐 거야. 날벌레로 변신하지 않는 한 그 길은 뚫을 수 없어. 그사이에 밑에 배치된 형제들이 되돌아와서 녀석들이 빠져나갈 길을 막을 거라고. 서쪽 길이랑 중앙의 길은 올라오기 편해서 5분 정도면 전부 되돌아올 수 있으니까."

"으음, 그렇긴 한데……."

청년의 걱정은 쉽게 가시지 않았다.

"상대가 흑기사인 게 좀 거슬려."

"흑기사? 그 크로이츠 리더인가 하는 놈? 그놈이 뭐?"

"난 고향이 아이젠발트고, 3년 전까지만 해도 거기서 뛰어다녔지. 그래서 다른 지역의 촌놈들이 모르는 특수부대에 대한 이야기도 많이 알아. 혹시 들어본 적 없어? 팔텐트 백작의 쿠데타 사건 말이야."

"오, 얼핏 들어본 것 같아. 4년 전에 벌어졌던 일이지?"

"응. 바란투로스 역사상 가장 큰 쿠데타 사건이었는데, 당시 팔텐트 백작과 그의 군대는 호엔 3세가 지방 시찰로 자리를 비운 사이에 왕궁을 점령했어."

"그래? 바란투로스 놈들, 진압하는 데 고생 많았겠네."

"그렇진 않았어. 단 이틀 만에 단 한 명의 사상자도 없이 백작 군대가 진압됐거든."

진지 안에 있던 모든 이들이 그에게 시선을 돌렸다.

"이틀 만에? 무슨 수로?"

"그건 나도 몰라. 당시 작전을 지휘한 사람이 크로이츠 리더라는 말만 들었을 뿐이야."

이야기를 마친 청년은 망원경을 눈에서 떼고 진지 오른쪽의 절벽을 봤다. 수년 전까지 이어진 채석 작업으로 인해 생성된 그 인공 절벽은 경사가 90도에 가까워서 진지 내의 사람들은 아무도 신경을 쓰지 않았다. 오히려 갑작스런 돌풍에 넘어져 절벽으로 떨어지지 않을까 하는 쓸데없는 생각에 거리를 두고 떨어져 있었다.

그가 나직이 말했다.

"혹시 이 절벽을 통해 올라오진 않을까? 우리가 당하면 산을 감시할 사람이 없어지는 거잖아?"

크로이츠 리더에 대한 이야기 때문에 바짝 긴장하고 있던 다른 청년들은 웃음을 터뜨렸다.

"녀석들이 설마 그 고생을 하겠어? 그리고 절벽은 다른 진지에서 따로 감시하고 있잖아? 넌 너무 걱정이 많아."

"그래도……."

다시 절벽에 시선을 돌린 청년은 소리도 지르지 못할 정도로 놀랐다. 절벽에서 짙은 보라색의 그림자 하나가 치솟은 것이다. 그림자는 우선 진지 옆에 설치된 신호탄 발사기를 발로 차서 경사 밑으로 떨어뜨렸다.

청년들은 자신들 쪽으로 돌아선 그림자를 보고 아연실색했다. 그 정체는 제법 큰 키의 여자였다.

크로이츠의 코트를 입고 목도리를 걸친 그녀, 슈이는 양손을 코트의 바깥 주머니에 찔러 넣었다. 그녀가 절벽을 올라왔다는 사실과 날카로운 눈빛에 놀라 아무것도 하지 못하던 청년들은 이내 함성을 지르며 그녀에게 덤벼들었다.

"이 계집이!"

슈이가 무서운 속도로 손을 뽑았다. 무기를 들고 달려가던 청년들의 다리가 갑자기 풀리더니 그녀의 군화 앞에 모조리 쓰러졌다. 쓰러진 청년들의 인중(人中)에는 즉효성 마비약이 칠해진 바늘이 정교하게 꽂혀 있었다.

수비를 맡은 청년은 한 명만이 남아 있었다. 동료들과 뒤섞여 뛰어나가지 않은 덕분에 바늘공격을 피할 수 있었던 청년은 급히 가죽 투구를 썼다.

"이곳을 넘겨줄 수는 없다!"

그 순간 무서운 속도의 발차기가 그의 목을 휘감듯이 들어왔다. 낮은 기온 탓에 더욱 딱딱해진 군화의 끝은 신발이 아니라 둔기에 가까웠다. 투구를 쓰면서 그녀의 접근을 허용한 대가는 잔혹했다.

마지막 수호자마저 쓰러진 뒤 남은 것은 비무장 상태의 감시자뿐이었다. 겁에 질린 그는 자신에게 다가오는 슈이를 보며 머리를 흔들었다.

"마, 말도 안 돼……! 절벽을 감시해 주는 형제들이 있었는데, 도대체 어떻게……!"

슈이는 걸음을 멈추고는 땅에 떨어진 망원경을 주워 청년에게 건넸다. 청년은 그녀의 뜻을 얼른 이해하지 못했다.

"서비스."

"뭐?"

"직접 알아봐."

청년은 얼른 망원경을 들고 절벽 감시조가 있는 곳을 살펴봤다.

절벽을 감시하는 진지는 총 두 군데였는데, 그곳에는 동료들 대신 붉은색 코트를 입은 남자와 군청색 코트를 입은 남자가 있었다. 특히 붉은색 코트의 남자는 망원경으로 이쪽을 마주 보며 팔을 흔들기까지 했다.

"……그래서 동쪽 길을!"

소리치려는 청년의 후두부에 슈이의 군화가 꽂혔다.

"침투, 완료."

청년의 생존을 확인한 슈이는 손가락을 입에 댔다. 곧이어 매의 울음소리와 비슷한 소리가 허공에 울려 퍼졌다.

파렌은 그 소리를 확실히 들었다.

야전용 간이 의자에 앉아 책을 읽던 그는 두 손을 모아 입에 대고 또 다른 새 울음소리를 냈다. 파렌의 응답을 확실히 전달받은 슈이와 키르히, 히스는 각자의 장소에서 코트 안에 넣어 가져온 물건들을 꺼냈다.

길고 가느다란 원통형의 물건, 그것은 다름 아닌 폭약이었다.

조금 뒤, 산의 중간 지점 세 군데에서 폭발이 일어났다. 그 폭발의 규모는 비록 작았지만 작은 산사태를 일으키기에는 충분했다. 산사태는 서쪽과 중앙의 길들을 지워 버렸고, 그쪽 근처에서 대기하고 있던 반연합전선의 청년들을 완전히 고립시켰다.

산사태의 소음이 잦아들자 파렌은 보던 책을 덮고 일어났다.

"합류 지점으로 간다. 오스틴, 알렌, 장비를 챙기도록."

파렌은 슈트롬 팔켄을 장비하기 위해 착용하는 가죽 띠를 코트 위에 둘렀다. 배낭에서 끈만 뚝 떼어낸 것처럼 보이는 그 띠는 뒤쪽에 슈트롬 팔켄을 고정할 때 쓰는 금속제 거치대가 달려 있었다. 전용 가죽 칼집도 물론 있었지만, 상황 변화가 급박한 실전에서는 오히려 방해만 되는 물건이었다. 적이 나타날 때마다 자신의 키만큼 긴 무기를 칼집에서 꺼내는 파렌의 모습은 웃기다 못해 안쓰러울 것이다.

파렌은 미리 조립해 둔 슈트롬 팔켄을 거치대에 고정시켰다. 잘 닦인 은색의 양손대검이 흐린 날씨 속에서도 은은히 빛났다.

그에게 알렌이 다가왔다.

"리더, 탄약은 어떻게 가져갈까요?"

파렌은 그녀를 돌아봤다.

그녀, 알렌 블랑코의 주무기는 창이었다. 얼핏 그냥 보면 길고 두꺼운 총의 끝에 총검술용 대검을 장착한 것처럼 보이지만 장착된 대검의 크기가 워낙 크고 무기의 길이가 길어서 창처럼 이용하는 데에도 무리는 없어 보였다.

그런 무식한 무기를 다루는 만큼 그녀는 파렌보다 약간 작을 정도로 키가 클뿐더러 근육의 양도 여성치고는 많은 편이었다. 여성 특유의 곡선을 잃어버릴 정도의 근육질은 아니었지만 그녀가 남성용의 펑퍼짐한 옷을 입으면 열에 아홉은 운동을 열심히 한 남자로 오해하기에 충분했다.

그래도 얼굴은 동글동글하고 귀여운 편이었다. 붉은색이 감도는 머리를 동그랗게 커트한 스타일도 꽤 어울렸다. 하지만 그녀에게 직접적으로 예쁘다는 말을 한 사람은 그녀의 역사상 가족을 제외하고 단 한 명뿐이었다.

파렌은 꾸짖듯 한숨을 쉬었다.

"오늘은 표준 무장이라고 어제 분명히 말했을 텐데?"

"……하하하!"

그녀가 크게 웃었다. 곤란한 일이 닥칠 때마다 터지는 호탕한 웃음은 그녀의 가장 큰 특징이다.

"하하하, 깜박했네요, 하하하하! 아, 이거 난감하네? 하하하!"

파렌은 알았으니 가보라는 듯 고개를 끄덕끄덕 했다. 알렌은 계속 웃으며 탄약통 쪽으로 물러갔다.

한편, 오스틴은 파렌의 지시대로 시더 고어 대응용 중장갑옷을 걸치고 있었다.

올해로 스물한 살인 그는 지휘관 급 대원 중에서 가장 막내지만 섀델 크로이츠 방어진의 지휘관을 맡을 정도의 실력자였다. 곰처럼 거대한 몸집과 흉터투성이 대머리라는 험한 외모는 그의 겉보기 나이를 서른으로 끌어올려 주지만, 일상생활에서는 다도를 취미로 하고 응급처치 및 약을 다루는 데에 능한 친절한 청년이다.

덩치면에서 여해보다 큰 사람을 처음 보는 카샤는 신기함 때문에 그의 옆에 바짝 붙어 있었다. 오스틴은 그녀의 시선이 부담스러웠는지 평소보다 조심스럽게 갑옷을 입었다.

동물원에 온 아이처럼 그를 구경하던 카샤가 이윽고 그를 불렀다.

"이봐, 오스틴."

"응? 왜?"

꽤 긴장한 듯한 목소리였다. 카샤는 통나무처럼 두꺼운 그의 다리를 두드리며 그의 마음을 풀어주었다.

"너무 긴장하지 마라. 전투에 나가는 것이 한두 번도 아닐 텐데, 왜 그러나?"

"하하……."

그녀 때문이라는 말을 차마 하지 못한 오스틴은 그냥 웃을 수밖에 없었다. 카샤는 그가 전투 때문에 긴장하는 것이라고 멋대로 오해한 뒤 대화로써 그의 기분을 풀어주자고 마음먹었다.

"방어진이 하는 역할은 뭔가? 강습공격진이랑 공격진의 차이는 들었지만 방어진은 뭘 하는지 본좌는 못 들었다."

오스틴은 덩치에 비해 작은 눈을 좌우로 굴리다가 해맑게 웃었다.

"막는 거야, 말 그대로."

카샤는 그의 어깨에 올라탄 뒤 그의 귀를 잡아당겼다.

"똑바로 못하나?"

"미, 미안. 하지만 사실인걸."

"막아도 뭘 어떻게 막느냐는 말을 해줘야 할 거 아닌가? 본좌를 우습게 보는 건가?"

"그게 아니라… 아아."

괴롭힘을 당하는 오스틴의 모습이 안쓰러웠는지 멀리서 지켜보던 리벨이 그들에게 다가왔다.

"방어진은 고어의 기습 공격과 원거리 공격을 막아주는 중요한 역할을 하지."

카샤가 그를 돌아봤다.

"……자넨 누군가?"

깃털 같은 금발의 미청년, 리벨 클리츠는 할 말을 잃고 고개를 숙였다.

"흐흐, 농담이다. 자세하게 설명해 봐라, 리벨."

"……"

"어허, 농담이라니까?"

리벨은 헛기침을 한 뒤 하려던 이야기를 이어 나갔다.

"고어의 공격은 위력이 엄청나기 때문에 공격진이 맨몸으로는 버텨낼 수 없어. 방어진은 그 공격들을 갑옷과 방패로 막아내면서 고어들을 밀어붙이지. 고어들은 후퇴를 하는 법이 거의 없기 때문에 양쪽의 거리는 자연스레 좁혀지게 되어 있고, 결국 밀착하게 되면 공격진이 쉽게 공격할 수 있는 기회가 만들어지는 거야."

"오, 그럼 저기 뒤에 있는 덩치들이……?"

카샤는 다른 크로이츠들보다 몸이 유달리 크고 두꺼운 무리들에게 시선을 돌렸다. 모두 남자로 이뤄진 방어진의 청년들은 카샤가 자신들을 보자 씩 웃으며 코트 위로 드러난 두꺼운 근육을 뽐냈다.

리벨은 오스틴의 어깨 갑옷을 툭툭 두드렸다.

"오스틴은 그 방어진의 지휘관이야. 전진과 후퇴, 완전 방어, 밀치기의 타이밍을 오스틴이 잡아내지."

"밀치기?"

"들고 있는 방패로 방패에 붙은 상대를 밀어내는 거야. 적이 붙었다고 해서 밀치기를 함부로 하면 엄청난 빈틈이 생기거나 최악의 경우 방패를 빼앗길 수도 있기 때문에 아무나 타이밍을 잡아내지는 못해."

"호오, 보기보다 유능한 대머리로군."

카샤는 구슬을 쓰다듬듯 오스틴의 머리를 만지작거렸다.

마침 이야기가 끝날 때 즈음, 파렌이 손을 들어 오스틴을 불렀다.

"준비됐나, 오스틴?"

"아, 예! 오스틴 아몬 중사, 준비 완료했습니다!"

크게 외친 오스틴은 카샤가 어깨에서 내려가자 투구를 들고 머리에 썼다. 이어서 악마가 이를 악문 듯한 형상의 면갑(面甲)을 아래로 내렸다.

"후우."

면갑의 통풍구에서 오스틴이 뿜은 입김이 길게 새어 나왔다. 그 모습은 투구의 두려운 형상과 맞물려, 지옥에서 방금 올라온 악마가 희생자를 보고 입맛을 다시는 것처럼 보였다.

그는 하단과 표면에 말뚝 같은 징이 무수히 박힌 거대한 방패를 들어 갑옷 등판에 마련된 거치대에 걸었다. 이어서 어중간한 길이의 창을 오른손에 들었다. 두껍지만 짧은 그 창은 특이하게도 화약 무기가 설치되지 않은 일반적인 창이었다.

완전 무장한 오스틴의 모습은 가히 압도적이었다. 남의 눈을 의식하던 모습은 어느 구석에서도 찾아볼 수 없었다.

카샤가 당황하여 그를 불렀다.
"오, 오스틴?"
오스틴이 면갑을 열고 그녀를 돌아봤다.
"왜?"
밝은 표정이 드러나면서 위압감이 씻은 듯 사라졌다.
"아니, 힘내라고."
"하하, 고마워."
그가 면갑을 내리자 강철 같은 위압감이 다시 넘쳐흘렀다. 카샤는 입김을 거칠게 뿜으며 걸어가는 그를 어이없다는 얼굴로 지켜봤다.
"역시나 특이한 자로다."
"그렇지?"
리벨은 그런 반응이 나올 줄 알았다는 얼굴이었다.
"오스틴은 저렇게 투구를 써야만 비로소 '철벽의 오스틴'으로 바뀌지. 평상시에는 외모에 대한 걱정 때문에 남의 시선을 신경 쓰느라 분주하거든."
"……싸우는 도중에 투구가 벗겨지면 큰일 나겠군."
"그렇진 않아."
"응?"
"오스틴의 머리에 나 있는 흉터는 괜히 있는 게 아니거든."
중얼거리듯 말하는 리벨의 표정은 대단히 진지했다. 카샤는 참으로 사연이 많은 젊은이들의 집합체라고 생각했다.
그녀가 오늘 들은 사연 중에서 가장 인상적이었던 것은 히스에 관한 이야기였다.

처음에 카샤는 히스의 이색홍채를 보고 특이하면서도 예쁜 눈이라고 생각했다. 하지만 슈이는 그 이야기를 듣자마자 눈시울을 붉혔다. 그녀가 원래 자주 우는 편이지만 분위기가 조금 달랐기에 카샤는 이유를 물었고, 슈이는 그의 왼쪽 눈에 얽힌 이야기를 해주었다.

히스가 쓰는 쌍검, 운게라데(Ungerade=Odd)라는 이름은 '기묘함'이나 '홀수'를 뜻하는 바란투로스의 사투리에서 따왔다.

그 이름에 맞게 히스의 검은 오른쪽만 카노네 블라트(Kanone Blatt=Cannon Blade) 형식이고, 왼쪽은 오른쪽과 길이만 똑같은 일반적인 칼이다. 이유는 그의 왼쪽 눈이 한 발자국 안쪽에 있는 가까운 사물밖에 구별할 수 없는 특이한 장애를 안고 있었기 때문이다.

태어날 때부터 외눈이나 마찬가지였던 그는 두 살 때 친부모로부터 버림을 받았다. 그의 부모가 누구인지 확인할 방도가 없었던 탓에 그는 법에 따라 입양되어야 했지만 시각 장애라는 이유로 입양 신청을 한 사람들에게 거부를 당하면서 무려 6개월가량을 보호소에서 지내야만 했다.

그러다가 운이 좋게도 귀족인 슈이의 부모에게 입양이 되었다. 부인이 중병에 걸리면서 아이를 낳는 것이 힘들어지자 슈이의 부친인 플레트 자작(子爵)이 입양을 선택한 것인데, 가문을 이을 아들을 찾는 그가 시각 장애아인 히스를 선택한 이유는 전쟁터에서 왼쪽 눈을 잃은 그가 가까운 물체만 볼 수 있는 히스의 왼쪽 눈을 보고 묘한 동질감을 느꼈기 때문이다.

플레트 자작의 친지들은 둘째 부인을 두어 친아들을 보는 것이 더 낫지 않겠냐면서 그를 설득했으나 부인에 대한 그의 일편단심과 부인이 허락한 아이는 자신의 아이와 마찬가지라는 그의 생각을 꺾지는 못했다.

부모의 극진한 사랑과 걱정 속에서 자라던 그는 10세가 되기 전, 모친을 잃은 슬픔이 가시기도 전에 누나와 함께 징집을 당했다. 플레트 자작과 징집을 맡은 군인들은 시각 장애를 가진 히스가 어째서 군 징집 명단에, 그것도 전설의 정예 부대인 크로이츠의 군인으로서 징집되는지 이해하지 못했다.

그러면서도 플레트 자작은 아들이 크로이츠에 들어가는 것을 다행으로 여겼다. 일반 군대도 아닌 크로이츠라면 바깥세상에서 받는 차별만큼은 피할 수 있을 것이라는 생각이었다.

10여 년이 흐른 뒤, 히스는 아버지가 보는 앞에서 누나와 함께 무공 훈장을 가슴에 달았다. 그 자리에서 플레트 자작은 지금까지 걱정만 해서 미안하다는 말과 함께 히스에게 처음으로 자랑스럽다는 말을 해주었다.

지금까지 대부분의 사람들은 불리한 신체 조건을 의지로 이겨낸 히스가 대단하다고 평했지만 사연을 전해 들은 카샤의 생각은 달랐다.

'예상대로 파렌과 같은 종류의 인간들이로다.'

그녀는 파렌을 처음 만났을 때, 보통 사람들과는 다른 그의 느낌에 놀랐다. 그것이 구체적으로 무엇인지는 떠오르지 않았지만, 아무튼 다른 인간들과는 다른 무엇인가를 지니고 있었다. 그것은 외부에서 주어진 힘도 아니었고, 특이 체질에 의한 돌연변이적인 능력도 아니었다.

키르히를 만났을 때도 그 느낌이 들었고, 이곳에서 크로이츠들을 만났을 때도 마찬가지였다. 물론 폴스켄도 그 범위 내에 들어가 있었다.

카샤는 산의 입구로 들어가는 파렌과 오스틴, 알렌을 보며 생각했다.

'미디엄께서 저들을 선택하신 건가?'

카샤는 거기서 생각을 그만두었다. 의심이나 탐구는 그녀와는 거리가 먼 개념이었다. 그녀는 산으로 올라간 친구들이 무사히 돌아오기를 조용히 기원했다.

밑에 배치된 부하들이 기술적인 산사태로 고립되었음을 확인한 반연합전선의 리더, 올델은 다급히 남은 부하들을 폐광 안으로 불러 모으고 소총을 지급해 주었다. 민간용 총이긴 했지만 성능면에서 군용과 큰 차이가 없는 무기였다.

비록 어이없이 몰리긴 했지만 올델은 나름대로 자신이 있었다.

"모두 기운을 내라! 아무리 크로이츠라고 해도 두 사람이 겨우 지나갈 수 있는 좁은 갱도를 맨몸으로 돌파할 수는 없다! 사격만 실수 없이 하면 우리가 이긴다!"

"알겠습니다!"

총을 받은 수십 명의 청년은 대열을 갖추고 적이 올라오기를 기다렸다.

올델은 왕이 있는 방으로 들어갔다. 턱을 괸 채 가만히 앉아 있던 왕은 잔뜩 긴장한 올델의 표정을 보고 씩 웃었다.

"벌써 마지막까지 몰린 건가? 이거, 너무 싱겁군."

"그만 하십시오. 파렌 콘스탄이 아니었으면 이렇게 되진 않았을 겁니다. 하지만 아무리 바란투로스의 흑기사 양반이라고 해도 이 갱도를 뚫진 못할 겁니다."

"소총 말고 믿는 구석이라도 있나?"

"물론이지요!"

그러면서 그는 헝겊으로 덮어두었던 자신의 비밀 병기를 공개했다.

"흐흐, 어떠십니까? 충분하고도 남지 않겠습니까?"

비밀 병기를 잠시 감상한 호엔 3세는 고개를 끄덕였다.

"어디서 났는지 몰라도 정비는 잘 해두었군. 하지만 너무 방심하면 안 되네."

"물론입니다. 방심하지 않을 겁니다."

올델은 의지를 보였으나 그를 보는 호엔 3세의 표정은 아이들의 재롱을 비웃는 할아버지의 그것과 같았다.

올델이 비밀 무기를 챙기고 나간 뒤, 늙은 왕은 옆에 묶인 소녀, 네벨을 봤다.

"슬슬 여기서 나갈 때가 된 것 같구나."

별 생각 없이 그녀를 바라본 왕은 깜짝 놀랐다. 네벨이 식은 땀에 흠뻑 젖은 채 몸을 웅크리고 벌벌 떨고 있었기 때문이다.

"오고 있어, 오고 있어……!"

호엔 3세는 그녀의 이상한 행동을 이해할 수가 없었다.

그때, 밖에서 청년들의 목소리가 들렸다.

"크로이츠가 폐광으로 온다! 준비하라!"

왕은 그녀가 크로이츠들에게서 뭔가 느끼는 것이 아닌가 생각했다.

'설마……? 아니야, 그럴 리가 없을 텐데?'

한편, 반연합전선의 사수들은 대열을 맞추고 일제히 탄환을 장전했다. 이어서 사격 자세를 잡고 폐광 입구에서 쏟아지는 빛에 시선을 집중했다.

올델이 외쳤다.

"내 지시가 있을 때까지는 사격하지 마라!"

"예, 리더!"

이윽고 빛 속에서 한 남자의 실루엣이 들어왔다.

"헉!"

타앙!

총의 발사음이 갱도를 흔들었다. 누군가가 엉겁결에 방아쇠를 당겨 버린 것이다. 탄환은 갱도의 천장을 때리고 이리저리 튀었다.

올델이 주먹을 흔들며 고함을 질렀다.

"바보 녀석! 뒤로 빠지고 2열 한 명 앞으로!"

"2열 한 명, 앞으로!"

총을 쐈던 청년은 지시에 맞춰 뒤로 빠진 뒤 2열에 있던 청년이 그의 자리를 채웠다.

입구에 나타난 장발머리의 실루엣은 옆으로 한숨을 길게 쉬었다. 입김의 실루엣까지 똑똑히 보일 정도로 바깥의 빛이 강했다.

"넌 누구냐!"

올델이 묻자 장발의 남자가 대답했다.

"섀델 크로이츠의 특무상사, 파렌 콘스탄이다. 폐하께서는 무사하신가?"

"물론이다! 우리 반연합전선은 약속을 지킨다!"

"대신 말은 멋대로 바꾸겠지."

다른 목소리의 말이었다. 파렌의 실루엣은 고개를 돌려 자신의 왼쪽을 한참 동안 바라봤다.

"내가 뭐? 틀린 말 했어?"

방금 그 목소리가 역성을 내자 여성의 작은 목소리가 흘러나왔다.

"그만 해, 키르."

"넌 좀 닥쳐!"

잠시 얼굴을 덮은 파렌은 곧장 자세를 바로 하고 말했다.

"반연합전선에게 마지막 경고를 하겠다. 즉시 무장을 해제하고 우리 바란투로스의 왕이신 호엔 3세 폐하의 신병을 인도하라. 반복해서 말하진 않겠다."

"거절한다! 들어올 방도가 없으니 입으로 주절거리는구나! 왕을 데려가고 싶으면 네 손으로 직접 데려가라!"

올델의 단호한 말에 파렌은 다시금 한숨을 쉬었다.

"그렇다면 구출 작전을 개시하겠다. 약간 신사적이지 않더라도 이해하도록."

파렌이 옆으로 물러났다.

반연합전선들이 통쾌감을 느끼는 것도 잠시, 갱도 입구를 가득 채울 정도로 커다란 덩치의 실루엣이 땅을 울리며 나타났다.

파렌의 목소리가 들렸다.

"오스틴, 팔랑크스(Phalanx) 스타일로 진행한다."

"리더의 뜻대로!"

덩치의 주인공, 오스틴은 등의 거치대에 걸어둔 방패를 들어 자신의 앞을 가로막았다. 방패 밑에 설치된 지면 고정용 스파이크로 땅을 찍는 기세와 강철이 울리는 소리는 가히 압권이었다. 그것은 사람이 방패를 든 모습이라기보다는 악마가 지옥의 문을 뜯어 들고 있는 형상이었다.

"전진."

"전진!"

오스틴은 방패를 땅에서 뽑은 뒤 갱도 안쪽을 향해 움직이기 시작했다. 넓은 방패의 양 끝이 좁은 갱도의 벽에 살짝살짝 긁혔지만 오스틴은 개의치 않았다.

그가 살아 있는 벽처럼 천천히 공기를 밀고 들어오자 반연합 전선의 청년들은 당황하여 거친 호흡만을 불규칙하게 내쉬었다. 그들의 지도자인 올델마저도 생전 처음 보는 그 광경에 입을 다물지 못했다.

오스틴의 이동 속도는 대단히 느렸다. 지면에 박은 방패를 뽑아서 앞으로 옮긴 뒤, 철갑 장화의 뒤축에서 장딴지에까지 설치된 두꺼운 아이젠 스토크(Eisen Stock, Iron Stick)를 뽑아 다시 땅에 박아야 한 걸음이 완성된다. 한 번에 이동하는 거리가 보통 사람의 한 걸음보다 훨씬 길긴 했지만 중간 과정 때문에 속도는 어쩔 수 없었다.

그래도 상대가 받는 압박감은 살인적인 수준이었다. 200년 이상을 살아온 요괴인 카샤가 놀랐을 정도면 풋내기 티를 벗지 못한 올델들의 입장에선 말로 표현하지 못할 수준일 것이다.

올델이 철컹철컹 하는 쇳소리에 정신을 차렸을 때 오스틴은 이미 십여 발자국을 전진한 상태였다. 그는 갱도를 꽉 막고 다가오는 오스틴을 보고 다시금 질렸지만 인내심을 발휘해 호흡을 조절한 뒤 마음속의 공포를 내쫓듯 소리쳤다.

"사격해! 사격 개시! 저놈을 막아라!"

하지만 사격하는 청년들은 아무도 없었다. 그들은 자신들이 가진 총이 저 강철 덩어리 괴물에게 과연 통할지 의문을 품고 있었다.

"일단 쏘고 보란 말이야! 저항조차 하지 않으면 무슨 의미가 있냐고! 어서 쏴!"

벌벌 떨던 청년들이 일제히 방아쇠를 당겼다.

예상대로 청년들의 탄환은 방패에 작은 흠집만을 남길 뿐이었다. 황소 몇 마리의 몸뚱이를 일격에 부수는 시더 고어의 공격까지 완벽히 막아낼 수 있도록 고안된 특수 방패에 사냥용 구식 탄환이 통할 이유는 없었다.

몇몇 탄환이 방패 이동 시에 잠깐 드러나는 오스틴의 투구와 어깨 갑옷에 맞긴 했으나 아무런 의미도 없었다. 손으로 두드려 만든 갑옷이 아니라 기계로 철판을 형틀에 압착시켜 성형한 갑옷이라 그 두께와 강도가 달랐다. 그만큼 무겁긴 하지만 오스틴에겐 그런 무게를 버티고 산까지 등반할 수 있는 천부적인 육체가 있었다.

청년들은 결국 뒷걸음질을 시작했다. 추격하고픈 마음이 절로 나는 꼴이었지만 오스틴은 냉정하게 전진 속도를 유지

했다.

"모두 비켜!"

청년들의 뒤에서 뭔가를 꾸미던 올델이 외쳤다.

오스틴이 방패 위로 고개를 내밀었다. 갱도 좌우로 붙는 청년들 틈에서 뭔가를 든 올델의 모습이 보였다. 그의 양손에는 묵직한 휴대용 대포가 들려 있었다.

사람의 허벅지부터 발끝까지의 길이를 가진 그 대포에는 마치 동물의 귀처럼 보이는 손잡이가 양쪽에 달려 있었고, 오른쪽 손잡이엔 발사용 방아쇠가 있었다. 본래는 2인 1조로 사용하게 되어 있지만 올델도 힘만큼은 자신이 있는 남자였다.

'팔메르 왕국의 아리야스(Ahliyass)……!'

상대가 들고 나온 무기를 파악한 오스틴은 방패 뒤로 몸을 숨겼다. 어찌 보면 소극적인 그의 모습에 기세가 살아난 올델은 의기양양하게 웃었다.

"나의 비밀 무기가 두렵나? 너의 그 우둔한 몸으로는 피할 수 없을 테니 두렵겠지! 받아라, 크로이츠의 졸개여!"

그가 방아쇠를 당김과 동시에 고막을 찢는 듯한 폭음과 시커먼 매연이 갱도를 가득 채웠다.

포탄은 확실히 발사됐다. 반동을 이기지 못하고 뒤로 나동그라진 올델의 모습이 그 증거였다. 벌떡 일어난 올델은 매연에 괴로워하면서도 상대에 대한 확인을 서둘렀다.

오스틴이 있던 자리에 낀 먼지구름 때문에 상황을 파악하기는 힘들었지만 적어도 움직임은 없었다. 올델은 기쁨에 겨운 나머지 주먹을 흔들어댔다.

"어떠냐! 이것이 자유를 사랑하는 우리 반연합전선의 의지다!"

그때였다.

철컹 하는 소리가 먼지구름 속에서 들렸다. 거대한 방패가 먼지를 밀치며 나오더니 오스틴이 뒤따라 나오면서 자세를 잡았다.

방패에는 포탄이 충돌하면서 만든 것으로 보이는 흔적이 있긴 했지만 뭔가 치명적인 어떤 것은 보이지 않았다. 다가오는 오스틴의 속도에도 이상이 없었다.

"으으으으음!"

올델은 다급히 다음 포탄을 장전했다. 기름종이에 싸인 화약 블록을 먼저 넣고 포탄을 넣으면 끝나는 간단한 과정이었지만 긴장한 올델은 포탄을 떨어뜨리는 등의 추태를 부렸다.

겨우 장전을 끝낸 올델은 갱도 양쪽에 붙은 청년들이 귀를 막을 틈도 주지 않고 방아쇠를 당겼다.

이번에도 매연이 크게 일어났지만 올델은 확실히 볼 수 있었다. 미리 자리를 잡은 오스틴은 방패를 비스듬하게 기울이고 있었고, 방패 위로 튕겨 오른 포탄은 갱도 천장에 충돌해 아래로 떨어졌다.

맥이 빠진 올델이 멍하니 있는 사이 오스틴의 방패가 청년들의 코앞까지 닥쳤다. 열을 교대시키며 총을 쏘던 청년들은 결국 총을 놓고 오스틴의 방패를 손으로 밀었지만, 오스틴은 천천히 전진하던 지금까지와 달리 성난 들소처럼 청년들을 거세게 밀어붙이기 시작했다.

빗자루에 쓸리는 먼지처럼 순식간에 밀려난 청년들은 결국 올델과 함께 갱도의 끝까지 몰렸다. 숨을 쉬기 불편할 정도로 압착된 청년들은 오스틴을 밀어내기 위한 최후의 발악을 했으나 땅에 발을 대는 것도, 팔을 제대로 펴는 것도 할 수 없는 상황에서 인간이 힘을 발휘하는 것은 불가능했다. 아무리 다수라고 해도 지금은 서로의 물리적 운동을 방해하는 걸림돌에 불과했다.

청년들을 밀어붙인 오스틴의 뒤로 발자국 소리가 들렸다. 밖에서 망을 보는 알렌을 제외한 나머지 크로이츠들이 파렌을 따라 들어오고 있었던 것이다.

코트 주머니에 손을 넣은 채 걸어온 파렌은 압력의 도가니에서 괴로워하는 청년들을 보며 말했다.

"팔메르가 자랑하는 전술 타격용 소형포, 아리야스. 설마 보유하고 있을 줄은 몰랐지만 그것으로 오스틴의 리제뉴 방패와 방어 기술을 극복할 수는 없지. 우리의 방어진은 그것보다 약간 더 큰 구경의 대포로 훈련을 하거든."

키르히는 화약 냄새가 마음에 들지 않는 듯 코를 막은 채 오스틴 너머로 보이는 반연합전선 청년들을 쏘아봤다.

"화약은 좀 좋은 걸 써줘야 하는 거 아냐? 이건 화약이 아니라 석탄 가루나 마찬가지라고. 이런 저질 화약 가지고는 사람을 죽이기는커녕 빵도 못 구워."

앞서 있던 파렌이 어깨를 으쓱했다.

"좋은 화약을 보유하는 것이 불가능하지. 1급 화약은 각국의 군이 직접 관리하고, 행여나 밀반출된다 하더라도 시세가 금값에 맞먹기 때문에 이렇게 작은 규모의 불순 세력은 최저 품질의 사제 화약을 쏠 수밖에 없어."

청년들 뒤에서 끙끙거리던 올델이 소리쳤다.

"불순 세력이라고 하지 마라! 우리는 반연합전선이다!"

파렌이 그를 봤다.

"아직 힘이 남아 있군."

"뭣이?"

"오스틴, 전진."

그의 지시를 오스틴이 복창했다.

"중사, 오스틴 아몬! 전진!"

그의 아이젠 스토크가 바닥에 박혔다. 오스틴이 전력을 다해 밀기 시작하자 청년들의 입에서 비명이 터졌다. 방패와 갱도의 벽에 밀착된 청년들은 온몸의 살이 눌리고 뼈가 뭉그러지는 고통에 눈을 뒤집기까지 했다.

"그만."

파렌의 지시에 오스틴이 압박을 멈췄다. 청년들은 다급히 숨을 몰아쉬었고, 파렌은 차가운 눈으로 그들을 지켜봤다.

"항복하라, 불순 세력이여. 늑골이 뭉개진 시체가 되고 싶나?"

"오우, 어떡해? 늑골이래. 아프겠네?"

키르히가 시큼한 표정을 지으며 자신의 늑골을 만졌다. 히스는 꼴도 보기 싫은지 시선을 다른 곳으로 돌렸고, 슈이는 뿌듯하게 웃으며 키르히를 지켜봤다.

올델이 사력을 다해 소리쳤다.

"우리를 죽이면… 호엔 3세의 목숨은 보장할 수 없다!"

"폐하는 어디에 계신가?"

파렌의 질문에 올델의 얼굴이 갑자기 핼쑥해졌다. 그의 기세가 갑자기 꺾인 것에 이상함을 느낀 파렌은 주위를 둘러봤다.

왼쪽에 나무로 단단히 막힌 벽과 문이 보였다. 밖에서 걸어 잠긴 문을 한참 바라보던 그는 고개를 끄덕여 키르히에게 신호를 보냈다.

"뜯어라, 중사."

"분부대로."

키르히는 도펠 슈트롬의 탄약실을 열고 붉은색 탄약을 집어 넣었다. 그것은 대인살상용 산탄(散彈)이었지만 봉쇄된 나무 문을 여는 데에도 효과가 그만이었다.

문은 산탄 한 방에 절반이 날아가 버렸다. 키르히가 발로 문을 찬 뒤 왼쪽에 붙고, 히스가 오른쪽에 붙었다. 슈이는 투척용 단검을 양손에 들고 부서진 문틈을 통해 여러 각도로 문 안쪽의 상황을 살폈다.

"폐하와 족쇄에 묶인 아동 1명을 확인. 함정은 확인되지 않음. 리더, 폐하께서 나오십니다."

호엔 3세가 부서진 문을 지팡이로 밀치며 밖으로 나왔다. 크로이츠들이 경례를 하려고 하자 왕은 손사래를 쳤다.

"기분 별로니까 인사 따위는 나중에 하지. 어이, 강아지."

키르히가 그의 앞에 다가와 한쪽 무릎을 꿇었다.

"부르셨습니까, 폐하!"

항상 삐딱하던 그답지 않게 우렁찬 목소리였다.

'얼마나 반가웠으면…….'

슈이는 감동에 겨운 나머지 눈시울을 붉혔지만 히스는 눈을 감는 것으로 짜증을 가라앉혔다.

"들어가서 안에 있는 애를 데리고 나와라. 짐이 여태까지 이곳에 있었던 이유이니 소중히 다루어라."

키르히가 왕을 물끄러미 봤다.

"물거나 그러진 않습니까?"

"물어?"

호엔 3세는 무슨 소리냐는 얼굴로 파렌을 봤다.

파렌은 덤덤히 대답했다.

"사정이 있습니다, 폐하."

"흠."

왕은 지팡이 끝으로 키르히를 쿡쿡 찔렀다.

"아파서 그럴 힘도 없는 것 같으니 잔말 말고 들어가라. 족쇄는 잘 끊어주고."

"알겠습니다."

안으로 들어간 키르히는 몸을 웅크린 소녀, 네벨이 고통스런 얼굴로 떨고 있는 모습을 보고는 고개를 갸웃거렸다.

"화장실에 안 보내주디?"

"……."

그녀는 눈을 뜨고 키르히를 노려봤다. 동시에 밖에서 파렌의 한숨 소리가 들렸다.

"알았다니까?"

문밖을 향해 소리치듯 말한 그는 코트 주머니에서 도구를 꺼내 족쇄의 열쇠 구멍에 넣었다. 족쇄는 간단히 풀렸지만 네벨은 한 치도 움직이지 못했다.

"이봐, 못 일어나겠어? 그렇게 아파?"

네벨이 천천히 고개를 끄덕였다.

"뭐야, 또? 귀찮게."

짜증을 낸 키르히는 그녀를 등에 업고 밖으로 나왔다.

"다 됐습니다, 폐하."

"좋아."

만족스럽게 고개를 끄덕인 호엔 3세는 파렌에게 말했다.

"됐으니 이제 내려가세."

"저 죄인들은 어찌하면 되겠습니까?"

왕의 이마에 새겨진 주름이 더욱 깊어졌다.

"당연히 죽여야지. 자네들은 그냥 죽이면 돼. 시체는 들짐승들이 알아서 하겠지."

그 한마디에 올델과 그의 부하들이 경악했다.

"무, 무슨 말씀이십니까, 폐하! 승패에 관계없이 저희들을 특수부대로 삼아주신다고 말씀하지 않으셨습니까!"

왕은 짧게 물었다.

"언제?"

왕은 영문을 모르겠다는 얼굴로 올델들을 봤다.

"내가 그렇게 하겠다는 문서라도 썼나? 바란투로스에서는 문서로 명시된 계약이 아니면 법적인 약속으로 인정하질 않네."

한순간 멍한 표정을 지은 올델은 결국 거친 말을 쏟아내기 시작했다.

"이런, 제기랄! 천벌을 받을 노인 같으니! 당신은 역시 독재자였어! 가식과 위선으로 인간성을 묻어버린 독재자여, 하늘이 두렵지 않나!"

왕은 씩 웃었다.

"군주제 국가는 원래 독재야."

"……."

"후후, 됐네. 내버려 둬. 뜻도 모르고 문자를 쓰는 놈들의 피를 자네들의 칼에 묻힐 필요는 없을 것 같군."

파렌이 걱정스레 물었다.

"괜찮으시겠습니까, 폐하? 이번 일에 대한 소문이 좋지 않게 퍼질 수도 있습니다."

"상관없네. 내가 멀쩡히 왕좌에 앉아 있으면 다들 그러려니 하겠지. 그리고 너희들."

호엔 3세가 무서운 눈으로 올델과 청년들을 노려봤다.

"보름의 여유를 줄 테니 좀 쉬다가 사라져라. 대신 그사이에 또 이상한 짓을 하거나 보름 뒤에도 내 나라에서 꾸물거리면, 그땐 너희들 내장으로 아이언발트의 성벽을 둘러서 본보기로 삼아버릴 테니 알아서 해라. 알았나?"

"여, 여부가 있겠습니까? 감사합니다, 폐하!"

오스틴이 그들로부터 방패를 떼어냈다. 압박에서 벗어난 청년들은 급격한 피로감을 이기지 못하고 우르르 무너져 내렸다.

왕을 보호하며 밖으로 나온 크로이츠들은 모두 멈춰서 먼 하늘을 봤다. 어두운 곳에 있다가 나와서 그런 것도 있지만 가장 큰 이유는 상공에 뜬 묘한 구름 때문이었다.

이질적인 구름이었다. 굴뚝에서 피어오른 연기처럼 시커먼 그 구름은 규모도 작았을뿐더러 몸속에 번개로 보이는 섬광을 품은 채 천천히 소용돌이치고 있었다.

파렌은 구름을 보느라 정신이 없는 알렌의 어깨를 쳤다.

"중사, 저 구름은 언제부터 있었나?"

"아, 나오시기 직전이었습니다. 갑자기 피어오르더니 저렇게 계속……."

순간, 그 구름으로부터 굉음과 함께 시퍼런 번개가 떨어져 내렸다. 낙뢰가 떨어진 곳은 크로이츠들이 대기하고 있는 산의 입구였다.

모두가 경악하는 가운데, 키르히에게 업힌 네벨이 나직이 중얼거렸다.

"마법사… 나를 쫓는 추적자……!"

『섀델 크로이츠』 제2권으로…

story 과거편 **설광(雪光)의 흑기사**

신성력 207년, 2월의 어느 날.

바란투로스 왕국의 수도, 아이젠발트는 어제 내린 폭설로 하얗게 덮여 있었다. 아침이 되자 도시의 아이들이 모두 뛰어나와 눈사람을 만들고 눈뭉치를 던지며 소리를 질렀다.

검은색과 회색 일색의 그 우중충한 도시는 겨울만 되면 세상에서 가장 아름다운 도시로 바뀐다. 외국의 어떤 시인은 겨울의 여신에게 매번 축복을 받는 도시라며 극찬을 하기도 했다.

하지만 모든 이들에게 통하는 축복은 아니었다. 아이들을 제외한 도시민 대부분에게 있어서 눈은 통행을 어렵게 하고 옷을 더럽히는 골칫거리에 불과했다.

오후가 되자 눈이 다시 내렸다. 아이들이 집으로 도망칠 정도로 큰 눈이었다.

한 치 앞도 보기 힘든 그 눈발 속에서 한 남자가 길을 걸었다. 검은색의 군용 코트를 입은 장발의 남성이었다. 코트 앞자락을 완전히 풀어헤친 그는 비틀비틀 술에 취한 걸음걸이로 다리를 지났다.

그는 실제로 술에 취해 있었다. 오른손에는 일반인들의 한 달 월급과 맞먹는 가격의 술이 쥐어져 있었다.

결이 고운 검은 장발과 코트로 인해 더욱 넓어진 어깨 위엔 눈이 수북이 쌓여 있었다. 술에 찌든 얼굴은 눈이 불러온 냉기로 인해 핏기를 잃었고, 눈동자는 형용할 수 없는 슬픔에 젖어 흐릿했다.

힘들게 다리를 건넌 남자가 갑자기 쓰레기통을 향해 달렸다. 짐승처럼 내달린 그는 뚜껑을 열고 자신이 어제 새벽부터 먹고 마신 것들을 뱉어냈다.

그 후, 그는 길 건너의 벤치에 앉았다. 쌓인 눈을 그대로 깔고 앉은 그는 얼어붙은 하이네스 강에 눈길을 돌렸다. 남성의 것치고는 아름다운 눈매였으나 그 속에 맺힌 기운은 차가움과 슬픔뿐이었다.

"영웅의 피로 시작된 거대한 자연이여, 그대도 나의 심장처럼 차갑게 얼어붙었구나. 그대는 누구를 사랑했으며, 누구에게 버림을 받았나?"

그는 술병을 기울였다. 바닥에 떨어진 붉은 술이 배수구를 타고 내려가 강의 얼음판 위로 번졌다.

"이 술을 그대에게 나누어 줄 테니, 부디 녹아 흐르는 방법을 나에게 가르쳐 주게나."

한 모금의 술만을 남기고 모두 부어버린 남자는 이윽고 소리 높여 웃었다.

"대답이 없구나, 하이네스여. 대답이 없어… 하하하하!"

술병이 하늘을 날아 얼음판 위에 떨어졌다. 남아 있던 술이 유리 조각 사이를 흘렀다. 술의 흔적이 사라졌을 때 남자가 있던 벤치에는 그가 앉았던 흔적만이 남아 있었다.

집으로 돌아온 남자는 크고 두껍고 무거운 코트를 바닥에 아무렇게나 벗어 던진 뒤 방으로 향했다. 자신의 방이 아니라 하인의 방이었다.

방은 작았지만 큰 책장이 두 개나 있었고, 그 안엔 책이 가득 꽂혀 있었다. 그리고 아무 장식도 없는 침대에는 백발의 노인이 눈을 감고 누워 있었다.

남자는 바닥에 앉아 노인의 침대에 기대앉았다.

"돌아왔소, 미스터 요하네스."

노인이 눈을 떴다.

"……예레미스 아가씨와 헤어지신 겁니까?"

"헤어진 게 아니오. 버림받았소, 일방적으로. 말도 안 되는 이유로……."

그는 오른손으로 얼굴을 덮었다.

"내 꿈이 그렇게 대단한 것이었소? 그저 작은 희망 사항일 뿐이지, 거대한 야망이 아니지 않소? 그런데 어째서……!"

그의 손 밑으로 눈물이 흘러내렸다. 술과 기타 등등으로 엉망이 된 그의 얼굴이 더욱 더럽혀졌다.

노인은 조용히 일어나 옷을 갈아입었다. 집사 전용의 고급 정장이었다. 남자는 거울 앞에서 옷을 입고 매무새를 정돈하는 노인의 모습을 흐릿한 눈으로 바라봤다.

"괜찮으시오, 미스터 요하네스?"

노인은 숨기려 애를 썼지만 그의 숨결은 거칠었고, 그 끝에서는 뭔가 끓는 듯한 소리가 나고 있었다. 이마는 차가웠고 땀이 흘러내렸다. 하지만 노인은 자신의 주인을 보며 따뜻하게 웃었다.

"목욕물은 데워두었습니다, 주인님. 저는 식사를 준비하겠습니다."

"……알겠소."

남자는 뭔가에 이끌리듯 정신을 추스르고 일어났다.

목욕을 마치고 식당으로 들어온 남자를 맞이한 것은 속을 풀어주기에 딱 좋은 따끈한 음식들이었다.

노인은 식탁 옆에 흰 장갑을 낀 두 손을 정갈하게 모은 채 서 있었다. 그는 팔을 벌려 손자뻘 되는 주인을 정중히 안내했다.

"앉으십시오, 주인님."

"고맙소."

식기를 든 남자는 수프를 뜨는 것으로 식사를 시작했다. 노인은 그 모습을 지켜보다가 식사가 절반 정도 끝날 무렵 그에게 말했다.

"잠시 자리에 앉겠습니다, 주인님."

"아, 그러시오."

노인은 의자를 조용히 끌어당긴 후 최대한 소리를 내지 않고 앉았다. 다시 한 번 옷깃을 정돈한 그는 빙긋 웃으며 말했다.

"주인님께 송구스럽지만, 저는 이제 어르신과 마님을 모시기 위해 이 저택을 떠나려고 합니다."

남자가 노인을 봤다.

"무슨 말씀이시오? 아버님과 어머님은……."

"들어주십시오, 주인님."

남자는 입을 다물었다. 노인은 계속해서 말했다.

"제가 떠난다 해도 주인님께서 혼자 이 저택을 지키실 일은 일어나지 않을 것입니다. 요하네스 가문의 전통에 따라 주인님을 모실 새로운 하인이 저를 대신하게 됩니다. 아마 며칠 뒤면 이곳에 올 것입니다."

"……."

"이제 저는 가문 대대로 이어지는 전통을 지키기 위해 주인님의 말씀을 들어야 합니다. 그러니 솔직하게 말씀해 주십시오."

"알겠소."

"지금까지의 요리는 어떠셨습니까?"

남자는 뭔가를 꿀꺽 삼킨 뒤 어렵사리 대답했다.

"오늘처럼 항상 최고였소."

"다행이군요. 잠자리와 옷은 어떠셨습니까?"

"항상 편안했소."

"안심입니다. 목욕하실 물은 괜찮으셨습니까?"

"오늘은 좀 차가웠소."

"저런, 마지막에 큰 실수를 하고 말았습니다."

"그러니 내일은 제대로 온도를 맞춰주시오. 제발 부탁이오."

노인은 말이 없었다.

남자 앞에 놓인 수프 위로 물방울이 떨어졌다. 남자의 잘 다듬어진 얼굴선을 타고, 눈에서 시작된 물줄기가 그의 턱에 고여 반짝거리고 있었다.

"제발 부탁이라고 하지 않았소? 벌써 떠난 것이오, 미스터 요하네스? 아버님과 어머님께서 당신을 그리도 다급히 찾으셨단 말이오? 3년 전 갓 스무 살이 된 아들을 두고 돌아가신 것도 부족해서?"

노인은 꿈쩍도 하지 않았다. 그가 만든 마지막 음식들과 함께 말없이 식어갈 뿐이었다.

"왜 하필 오늘이란 말이오? 왜! 테르나도, 당신도! 사람이 감당할 만큼의 틈은 줘야 할 것 아니오! 내가 무슨 죄를 지었다고!"

남자는 소리 높여 울었으나 그를 위로해 주는 사람은 아무도 없었다. 노인은 지난 3년간 그와 함께 집을 지켰던 유일한 사람이었다.

그로부터 며칠 후, 장례식을 모두 마친 남자는 동료들의 위로를 받으며 집으로 돌아갔다. 직속상관에게 휴가까지 받은 그는 집에 처박힌 채 시간을 보냈다. 술은 입에 대지 않았다. 자신이 그날 밤새도록 술을 마시지 않고 간호를 했다면 이렇게 혼자 남겨지는 일 따위는 없었을 거라는 죄책감 때문이었다.

휴가의 두 번째 날, 거실에서 책을 보며 겨울밤을 보내던 남자의 귀에 갑자기 문이 열리는 소리가 들렸다. 문이 분명 잠겼다는 사실을 알고 있는 그는 방금 일어난 불가사의한 일에 관심을 두고 책을 덮었다.

벽에 걸린 장식용 무기에 손을 가져가던 그의 귀에 또 다른 소리가 들렸다.

"저어, 계십니까?"

사람의, 그것도 여성의 목소리였다. 남자는 손을 놓고 거실을 나가 현관이 보이는 발코니로 갔다.

현관문 앞에는 큰 가방을 든 소녀가 서 있었다. 가면이 아닐까 싶을 정도로 커다란 뿔테안경을 쓴 그 소녀는 긴장한 얼굴로 주위를 두리번거렸다. 그녀가 머리를 움직일 때마다 뒤쪽으로 정성스레 땋아 내린 갈색의 머리가 뒤따라 흔들렸다.

"아가씨는 누구시오?"

발코니 쪽에서 남자가 나타나리라고는 생각 못했는지 소녀는 안경이 뒤틀릴 정도로 깜짝 놀랐다.

"죄, 죄송합니다. 파렌 콘스탄님이십니까?"

안경을 제대로 쓴 소녀는 발코니에 선 남자를 보고 숨을 죽였다.

잘 다려진 검은색 바지와 흰색 셔츠 차림은 지금까지 그녀가 봐왔던 여느 남자들과 다를 것이 없었으나 검은 장발과 깎아 자른 듯 늘씬한 얼굴 선, 그리고 적절한 두께의 목을 타고 이어지는 넓은 어깨의 선이 사춘기의 중반에 접어든 그녀의 마음을 자극했다.

그런데 남자의 눈빛이 이상했다. 이런 대저택의 주인이라면서 세상의 끝을 본 사람처럼 슬픔에 잠겨 흐릿했다.

남자가 대답했다.

"그렇소만, 이 집에는 어떻게 들어왔소?"

"유언장과 함께 온 열쇠를 이용하였습니다."

그녀는 검은색 열쇠를 들어보였다.

"저는 하이디 요하네스라고 합니다. 조부님의 유언과 가문의 전통에 따라 콘스탄 가문의 문장(門長)이신 파렌 콘스탄님을 모시기 위해 왔습니다. 이 자리에서 조부님의 뒤를 이어 당신을 주인으로 모실 것을 맹세합니다."

그녀는 예절에 맞춰 치마 중간을 잡고 좌우로 살짝 들어 올린 뒤 고개를 숙였다.

그녀를 바라보던 남자, 파렌은 낮은 목소리로 그녀에게 물었다.

"실례지만 나이가 어떻게 되시오, 미스 요하네스?"

"올해로 열다섯입니다."

파렌은 지나치게 마른 그녀의 얼굴과 목을 보며 한숨을 쉬었다. 그러더니 이내 쓴웃음을 지으며 머리카락을 쓸어 올렸다.

"아가씨는 무슨 죄를 지었소?"

"예?"

깜짝 놀란 그녀, 하이디는 다급한 목소리로 대답했다.

"저, 저는 빨래도, 요리도 잘 못하고 공부도 못했습니다. 몸도 약해서 늦잠을 자주 자고 일도 오랫동안 하지 못합니다. 하지만 죄를 지은 적은 단 한 번도 없습니다."

그녀의 대답이 파렌의 가슴을 찔렀다.

"……그렇구려. 내가 말을 실수한 것 같소. 방을 안내해 주겠소. 거기서 잠시 기다리시오."

"예, 주인님."

아래로 내려온 파렌은 복도 입구에서 그녀를 향해 손짓했다.

"이쪽으로 오시오, 미스 요하네스."

"알겠습니다, 주인님."

하지만 하이디는 얼른 오지 못했다. 파렌은 얼굴이 새빨개질 정도로 용을 쓰며 짐을 옮기는 그녀의 모습에 어이가 없었다.

"짐이 꽤 무거워 보이는데, 여기까지는 어떻게 들고 왔소?"

"고모부님의 마차를 타고 왔습니다. 다시 들려니… 좀 무겁게 느껴집니다."

파렌은 머리를 한 번 흔들고는 그녀의 짐을 들었다. 어렸을 때부터 군인으로서 강도 높은 훈련을 받아온 그에게 하이디의 짐 정도는 문제도 아니었다.

"아, 주인님! 이러시면 안 됩니다!"

"비록 저택에는 나 혼자이지만 미스 요하네스가 내일부터 해 주어야 할 일은 상당히 많소. 오늘 힘을 다 빼버리면 내가 곤란하지 않겠소?"

"죄, 죄송합니다."

그가 안내해 준 방은 그녀의 조부가 쓰던 방이 아닌 그 옆방이었다. 방을 다른 곳으로 준 이유는 하이디를 위한 배려가 아니라 파렌 자신을 위해서였다. 그 방에 다시 들어가면 그날의 기억이 다시 떠오를 것 같았기 때문이다.

파렌은 푹 쉬라는 말, 내일은 아침 6시에 깨워 달라는 말, 그리고 배가 고프면 부엌에서 챙겨 먹으라는 말을 남기고 바로 나갔다. 하이디는 그가 보기보다 쌀쌀맞은 사람이라 그렇게 휙 나간 것인지, 아니면 표정에서 드러나듯 뭔가 나쁜 일을 당해서 그런 것인지 궁금했지만 알 길은 없었다.

　다음날, 책을 읽다가 늦게 잠들었던 파렌은 자신이 정오가 다 되어 일어났음을 깨닫고 깜짝 놀랐다.
　어제 하이디에게 6시에 깨워 달라는 당부를 분명 했음에도 불구하고 이렇게 됐기에 그가 느끼는 황당함은 매우 컸다. 하인이 주인을 정해진 시간에 깨우는 것은 편지를 우체통에 넣어야 하는 것만큼 당연하면서도 반드시 지켜져야 하는 일이었다.
　파렌은 혹시나 그녀의 신변에 무슨 일이 생긴 것이 아닐까 의심했다. 혹시라도 그녀가 여행 후유증으로 앓아누웠거나 사소하지만 갑작스런 사고로 몸을 움직이지 못하게 되었을 가능성도 배제할 수는 없었다.
　파렌이 실례를 무릅쓰고 그녀의 방에 들어갔을 때 하이디는 기분 좋게 늦잠을 즐기고 있었다. 미소를 지은 채 이 일을 어찌해야 할까 고민한 그는 조용히 그녀에게 다가간 뒤 이불을 제대로 덮어주었다.
　"확실히, 죄는 아니지."
　그는 거실로 자리를 옮겼다. 벽난로에 불을 넣고 어제부터 읽던 책을 마저 읽기 시작했다. 하이디가 잠에서 깨어나 후다닥 달려 나온 것은 그로부터 두 시간이 흐른 뒤였다.
　"죄, 죄송합니다! 죄송합니다, 주인님!"
　파렌은 책을 몸에 얹고 그녀를 봤다. 워낙 급히 뛰쳐나오는 바람에 검은색의 하인용 옷도, 앞치마도, 헤드드레스도 모두 엉망이었다.

그녀의 조부가 어떤 모습을 보여주고 죽었는지 잘 알고 있는 그는 엄중한 표정으로 그녀에게 말했다.

"돌아가서 옷을 고쳐 입고 오시오."

"죄송합니다, 주인님!"

그녀는 눈을 질끈 감고 허리를 굽혔다. 대충 묶어둔 헤드드레스가 거실 바닥에 떨어졌다.

"알았으니 어서 시행하시오."

"예, 주인님."

그녀는 울먹이며 복도를 걸어나가 현관의 거울 앞에서 복장을 고쳐 입었다. 현관의 문틈을 통해 들어오는 겨울 기운은 괴로울 정도로 싸늘했지만 그녀는 꾹 참고 옷매무새를 가다듬었다.

'복장은 철저히 하자, 복장은.'

그래서였을까. 그녀는 이후 파렌의 휴가가 끝나는 날 아침까지도 늦잠을 자버리고 말았다. 그녀는 정말 죽고 싶은 심정이었으나 막상 파렌은 복장에 대한 이야기와 음식에 대한 이야기를 할 뿐, 늦게 일어나는 것에 대해 탓하지는 않았다.

문제는 파렌이 다시 출근하는 날에 벌어졌다.

아침 6시 30분에 일어난 그는 저택 내의 운동 시설에서 땀을 흘린 뒤 7시에 그곳을 나왔다. 이어서 어제저녁 미리 받아놓은 따뜻한 물로 샤워를 간단히 한 후 어제 먹고 남은 빵으로 배를 채웠다. 식사까지 다 끝낸 시간은 8시였다.

검은색 군용 코트를 입는 것으로 출근 준비를 마친 그는 하이디가 자고 있을 방으로 가서 문을 두드렸다.

"일어날 시간이오, 미스 요하네스."

잠시 후, 안에서 폭발적인 반응이 일어났다.
"아, 주인님! 죄송합니다, 죄송합니다! 제발 쫓아내진 말아주세요!"
그런데 뒤이어 쿵! 하는 소리가 크게 났다. 소리가 심상치 않았기에 파렌은 문을 다시 두드렸다.
"미스 요하네스? 괜찮소?"
"아앗……!"
신음 소리가 나자 그는 급히 문을 열었다. 잠옷 차림의 하이디가 오른쪽 발목을 부여잡은 채 몸을 웅크리고 있었다.
그로부터 30분 뒤, 파렌은 저택의 문을 걸어 잠그고 밖으로 나왔다.
출근길을 서두르는 시민들과 제설 작업반, 상인, 그리고 경비병들 모두가 그를 이상한 눈으로 쳐다봤다. 그럴 것이, 이런저런 이유로 유명한 귀족인 그가 하녀 복장의 소녀를 등에 업은 채 길을 걷고 있었기 때문이다. 그 때문에 하이디는 병원에 들어갈 때까지 얼굴을 들지 못했다.
하이디는 다친 발목에 붕대를 단단히 감고 병원을 나섰다. 그녀를 데리고 나온 파렌은 눈이 내리기 시작한 거리를 둘러보며 말했다.
"뼈에 금이 가거나 하지는 않아서 다행이오, 미스 요하네스."
"예, 주인님."
그녀는 부상의 가벼움을 확인한 것보다 양손에 목발을 쥐었다는 것이 더 기뻤다. 여기까지 오면서 받았던 그 따가운 시선들로부터 벗어날 수 있게 된 것이다.

"그럼 난 궁으로 들어가 보겠소. 늦겠다는 전갈을 대령님께 보내놓긴 했지만 너무 늦을 수는 없으니 이해해 주길 바라오."

"예. 저는 걱정하지 마십시오, 주인님."

"일단 사거리까지 배웅해 주겠소. 갑시다."

파렌은 거리로 나와 길을 걸었다. 하이디가 그를 따라 목발을 짚었다.

몇 발자국 걸어나간 파렌은 다시 멈추더니 뒤를 돌아봤다. 하이디가 거의 울 것 같은 얼굴로 힘겹게 따라오고 있었다.

파렌은 병원으로 돌아가 간호사 중 한 명을 급히 불러왔다. 중년의 간호사는 하이디의 상태를 확인한 뒤 웃으며 말했다.

"팔 힘이 너무 약한 아가씨군요. 이 정도면 목발의 팔걸이가 아마 고문 기구 같을 겁니다. 이 추위에 또 맨손이니 오래가지도 못하겠지요. 일꾼이라도 붙여 드릴까요?"

결국 하이디는 다시 파렌에게 신세를 져야만 했다.

파렌의 등에 업힌 채 저택으로 가는 다리를 건너던 하이디는 결국 울음을 터뜨렸다.

"죄송합니다, 주인님. 괜히 저 같은 것 때문에 이 고생을 하시다니……."

파렌은 대답 없이 길을 계속 걸었다. 하이디는 안경을 벗고 눈물을 닦았다. 주인의 깔끔한 옷과 머리카락을 자신의 눈물로 더럽히고 싶지 않아서였다.

"집안 어르신들께서 저를 보내신 이유를 도저히 모르겠습니다. 조부님께서도 저에게는 하인이 되기보다는 공부를 열심히 하라고 말씀하셨지요. 하지만 저는 공부도 못했습니다."

"공부를 못한 이유는 무엇이오?"

질문한 파렌은 웃고 있었다. 비웃음이 아니라 보고 있으면 마음이 솔직해지는 훌륭한 미소였다.

하이디는 눈물을 다시 닦으며 대답했다.

"남동생들이 쓸 학비도 부족했거든요. 부모님들은 아니라고 하셨지만……."

성적이 좋지 않음을 빗댄 말이 아니라, 정말 공부를 하지 못했다는 말이었다.

파렌은 수년 전, 그녀의 조부가 자신의 부친에게 적지 않은 돈을 빌린 사실을 떠올렸다. 그의 아들 부부가 사업을 크게 실패하여 그리된 것인데, 그때의 기억 덕분에 파렌은 하이디의 말을 이해할 수 있었다.

"미스 요하네스."

"예, 주인님."

"세상에는 죄가 아니면서도 죄인 것처럼 여겨지는 것들이 있소. 돈의 부족, 학업의 부족, 사랑의 실패, 미래에 대한 불안, 외로움, 그리고… 늦잠?"

그의 마지막 농담에 하이디의 얼굴이 화끈해졌다.

"수많은 사람들이 그 때문에 고뇌하고, 또 슬퍼하오. 하지만 그것은 명백히 죄가 아니오. 그저 스스로가 만족하지 못했을 뿐이오. 아, 저기서 잠시 쉽시다."

그는 뜨거운 차를 파는 노점상 옆의 벤치에 하이디를 내려놓은 뒤 자신이 낀 가죽 장갑을 벗었다. 그리고 그 장갑을 얼어서 빨갛게 된 하이디의 손에 끼워주었다.

"주, 주인님?"

"좀 크겠지만 이것으로 좀 참아보시오."

그는 노점상에서 뜨거운 차를 사 그중 하나를 하이디에게 건네주었다. 그녀 옆에 앉은 파렌은 얼어붙은 하이네스 강을 보며 노점상의 이름이 적힌 싸구려 머그컵을 입에 댔다.

"가난해도 만족하면 백만장자가 부럽지 않지만, 부자인데 가난하게 될까 걱정하기만 한다면 엄동설한에 내던져진 것처럼 쓸쓸하기 그지없는 법이오. 물론 자기만족이 끝도 없다면 문제겠지만, 너무 과한 욕심을 부리지 않는다면 세상은 제법 살 만 할 것이오."

하이디는 파렌이 왜 자신에게 이런 이야기를 하는지 궁금했다. 실수투성이에 늦잠만 퍼 자는 하녀를 옆에 두고 할 이야기 같지 않아서였다.

그가 고개를 들었다. 하늘에서 떨어진 눈이 그의 얼굴에 닿아 녹아내렸다.

"눈은 세상의 모든 것을 순결하게 덮어준다오. 하지만 살아 있는 것은 덮지 못하고 녹아버리오. 살아 있다는 것 자체가 덮을 수 없는 큰 죄이기에 그럴지도 모르오. 하지만 괜찮은 죄가 아니오? 적어도 죽어서 아무것도 못하는 것보다는 나으니까."

"……."

"내가 당신의 죄를 덮어줄 테니, 당신도 나의 죄를 덮어주겠소?"

"예?"

"약속해 준다면 내 기분이 좋을 것 같소."

도대체 무슨 말인지 하이디는 알 수가 없었다. 하지만 그녀는 대답했다.

"아, 알겠습니다, 주인님. 약속드리겠습니다."

"고맙소, 미스 요하네스."

파렌은 그녀를 보며 빙긋 웃었다.

그녀의 발목이 다 나은 날부터 파렌은 휴일을 제외하고 매일 아침 그녀를 깨워주었다. 하이디는 면목이 없었지만 죄송하다는 말 대신 조부가 남겨놓은 수첩과 요리책을 바탕으로 하인으로서의 실력을 열심히 쌓았다.

그로부터 1년 후, 하이디는 자신이 온 지 1주년이 되는 날에 파렌으로부터 큰 선물을 받았다. 바란투로스의 국립 도서관을 언제든지 이용할 수 있는 증서였다. 평민으로서 그런 증서를 갖게 되는 것은 큰 영광일뿐더러 책을 좋아하는 하이디에겐 둘도 없는 선물이었다.

증서가 담긴 봉투 속에는 편지도 들어 있었다.

나와의 약속을 꾸준히 지켜주어 고맙소, 미스 요하네스. 앞으로도 잘 부탁드리다.

그녀는 자신이 무슨 약속을 지킨 것인지 알지 못했다. 그녀는 자신이 지난 1년 동안 이 저택에서 쫓겨나지 않은 것을 오히려 다행으로 여기고 있었다.

"주인님과 단둘이 살게 된 것도 벌써 1년이네······."

그녀는 받은 선물을 책상 속에 넣은 뒤 거실의 커튼 정리를 계속했다. 사다리에 올라가 커튼을 떼어내던 그녀는 문득 창밖을 바라봤다. 소리 없이 떨어지는 눈발 속에서 파렌이 느린 걸음을 걷고 있었다.

"오늘은 일찍 돌아오시네?"

그녀는 파렌이 특수부대 섀델 크로이츠의 리더라는 것도, 그의 계급이 특무상사라는 것도, 별명이 바란투로스의 흑기사라는 것도 비교적 최근에 알게 되었다. 파렌이 집에서 그런 말을 일체 하지 않는 것이 가장 큰 이유였지만, 그래도 많은 사람들이 알고 있는 사실을 저택에 함께 있는 자신이 몰랐다는 것에 그녀는 적잖이 상처를 받았다.

'주인님은 나를 하녀로밖에 생각하시지 않는 걸까?'

그녀는 창문에 손을 댔다. 유리에 투과된 그의 모습을 따라 그녀의 손이 서서히 움직였다.

'눈 속의 검은색……. 저렇게 아름다울 수도 있구나.'

감상에 젖은 그녀가 어느 순간 눈을 퍼뜩 떴다.

"무슨 주제넘은 생각을! 늦잠 자는 하녀 주제에!"

그녀는 한계와 마주친 예술가처럼 머리를 쥐어뜯으며 괴로워했다. 자학이 너무 심했던 탓인지 그녀는 어느새 집에 들어온 파렌이 자신을 지켜보고 있다는 사실조차 느끼지 못했다.

파렌은 씩 웃고는 자신의 방으로 향했다.

"오늘도 약속을 지켜줘서 고맙소, 미스 요하네스."

그는 혹시나 하이디가 들을까 싶었는지 조용히 방문을 닫았다.